U0524635

2011年教育部人文社会科学研究青年基金项目（11YJC751005）
"清代文话与清代文章学"结项成果
江苏第二师范学院学术著作出版资助项目
江苏省高校"青蓝工程"中青年学术带头人培养对象资助成果

清代文话研究

蔡德龙 著

中国社会科学出版社

### 图书在版编目（CIP）数据

清代文话研究/蔡德龙著.—北京：中国社会科学出版社，2017.11
ISBN 978-7-5203-0695-9

Ⅰ.①清… Ⅱ.①蔡… Ⅲ.①古典文学研究—中国—清代
Ⅳ.①I206.2

中国版本图书馆 CIP 数据核字（2017）第 163691 号

| | |
|---|---|
| 出 版 人 | 赵剑英 |
| 责任编辑 | 郭晓鸿 |
| 特约编辑 | 席建海 |
| 责任校对 | 周　昊 |
| 责任印制 | 戴　宽 |

| | |
|---|---|
| 出　　版 | 中国社会科学出版社 |
| 社　　址 | 北京鼓楼西大街甲 158 号 |
| 邮　　编 | 100720 |
| 网　　址 | http://www.csspw.cn |
| 发 行 部 | 010-84083685 |
| 门 市 部 | 010-84029450 |
| 经　　销 | 新华书店及其他书店 |
| 印刷装订 | 北京君升印刷有限公司 |
| 版　　次 | 2017 年 11 月第 1 版 |
| 印　　次 | 2017 年 11 月第 1 次印刷 |
| 开　　本 | 710×1000　1/16 |
| 印　　张 | 25 |
| 插　　页 | 2 |
| 字　　数 | 303 千字 |
| 定　　价 | 108.00 元 |

凡购买中国社会科学出版社图书，如有质量问题请与本社营销中心联系调换
电话：010-84083683
**版权所有　侵权必究**

# 序

去岁冬，蔡君德龙持其书稿定本来晤，盖萃八年之功，且已有出版之约，为之喜慰不置。以清代文话研究为专题，乃拓途之举，亦适其时会，博搜详讨，宜其逾远而存也。

昔贤于诗话、词话早有文献集成与考辨，至十年前王水照先生主编《历代文话》始问世，弥补缺典，鼓舞学林。适逢"国家新修清史工程"之役，余承乏任"艺文志·散文篇"撰务，批帙濡毫，隐感清学研究之方兴未艾。复念文话之批评文体在清代之状貌成就若何，兹于文话史及清代文章学均宜缀理。因商之德龙，德龙觑得消息，毅然择为博士论文之题。

德龙素笃学，具诂释经史之训练，随赵生群先生攻读硕士时，成《〈史记〉三十世家校诂》诸考论，广参文献以究达诂，亦深明乙部之义例。至是益肆力于博通综核之学，力避蹈空胶执之失。因文话之书，题无定式，加之文献散落，不乏错讹。德龙仍不避烦难，远访近求，于各地图书馆发掘稿抄本等，故对清人文话存佚传布之踪迹、卷帙盈缩递变之义例，能作恰当之说明与总结。虽有前修之堂庑，后学踵事，搜验文献之功，诚不可省，亦可谓自立之方。德龙于清人文话中之文艺方略，推阐蕴奥，务究其所以云然之意，余颇叹其妙义纷纶，尤击节于其"文体分类观"、"繁简论"诸章，长置几案，时传示弟子同人间，用申擘肌析理之佳例焉。

所欣感于德龙之卓然有立，实符契于先贤之治学格言。昔程子称"唯性静者可以为学"，朱子重"居敬持志"，先师千帆先生八字教言之首为"敬业"。德龙志定性静，磨砻多年，学风笃实，其持之以有恒之心，方得乐此不疲之味。朱子读书法中甚重"着紧用力"，先师亦称许"勤奋"。观德龙扩充裒集之定本，其涉猎文献之丰富博赡，识议论断之深慎赅贯，勤求精进之迹历历可感。德龙任教于两所师范大学，亦未忘身教言传于新进之学子。故余序其书而有感于古今未隔，亦得因之以自励焉。

丁酉三月，曹虹序

# 目　次

绪　论 ································································· 1

## 上　编

**第一章　文话的辨体与溯源** ······································· 15
　第一节　文话的体制特征 ········································ 15
　第二节　文话溯源 ················································ 31

**第二章　清文话的总貌与特征** ···································· 48
　第一节　清文话的成书形式 ····································· 49
　第二节　清文话的研讨文体 ····································· 51
　第三节　清文话的经典化与文派理论的传承 ················· 57

**第三章　考据与文话** ············································· 68
　第一节　作家修养论中的考据 ·································· 68
　第二节　文话与考据著作的交融 ······························ 78

第三节　考据与古文的学术论争 ……………………………… 84

**第四章　理学与文话** ………………………………………………… 89
　第一节　康熙帝：实用主义理学家的文道观 ………………… 90
　第二节　李光地：清初理学重臣的文章观 …………………… 95
　第三节　方宗诚：晚清理学复兴下的桐城文章观 …………… 105

**第五章　清文话中的文体分类观** …………………………………… 111
　第一节　演绎式与归纳式的文体分类 ………………………… 112
　第二节　"以至简之门类隐括文家之体制" ………………… 117
　第三节　归类与分体并行的两层结构法 ……………………… 128
　第四节　时代思潮与文体分类 ………………………………… 132

**第六章　清文话中的繁简论** ………………………………………… 140
　第一节　唐宋古文运动与繁简观的变异 ……………………… 140
　第二节　文章学内部的繁简重估 ……………………………… 148
　第三节　汉学视域下的"古人文法" ………………………… 152
　第四节　骈文中兴与"繁复"价值的再认识 ………………… 156

**第七章　"骈散合一"观与清代骈文话编撰的冷清** …………… 161
　第一节　骈文话的稀见 ………………………………………… 162
　第二节　稀见缘由探究 ………………………………………… 163
　第三节　骈散合一的大势 ……………………………………… 167

# 下 编

## 第一章　康熙《古文评论》与清代文章学的指向 …… 173
### 第一节　文法论 …… 174
### 第二节　文体论 …… 178
### 第三节　雅论 …… 186

## 第二章　田同之《西圃文说》与明代文章学的回响 …… 191
### 第一节　《西圃文说》引文考辨 …… 192
### 第二节　融汇诗学异彩的文章观 …… 219

## 第三章　张星鉴《仰萧楼文话》与骈文"文言说"的接受 …… 225
### 第一节　张星鉴生平与著述 …… 226
### 第二节　《仰萧楼文话》的成书与命名 …… 229
### 第三节　与阮元"文言说"的离合 …… 230
### 第四节　《仰萧楼文话》中的骈散文作家作品论 …… 238

## 第四章　吴铤《文翼》与曾门文论的纠杂传播 …… 244
### 第一节　《文翼》与《曾文正公论文》 …… 245
### 第二节　曾门文人与《文翼》传抄 …… 251

## 第五章　蒋励常《十室遗语·论文》与文话、评点的结合 …… 255
### 第一节　"先躬行而后文辞" …… 255
### 第二节　《十室遗语·论文》的成书 …… 257

第三节　辩证的古文艺术思维 ………………………………… 259

第四节　推崇"恣肆"的文章风格 ……………………………… 263

## 第六章　平步青《国朝文楖题辞》与清代文集叙录 ………… 266

第一节　《国朝文楖题辞》与《国朝文楖》 …………………… 267

第二节　江西古文的叙录 ………………………………………… 271

第三节　浙文的谱系 ……………………………………………… 275

## 第七章　徐湘潭《论文绝句一百七十五首》与论文绝句的创制 … 283

第一节　清人的批评文体自觉与论文绝句的创制 ……………… 284

第二节　"诗以论文诗更史"——散文史的诗意构建 ………… 288

第三节　批评文体的文学追求与体制生新 ……………………… 297

## 附录一　文话的创体之作——吕祖谦《丽泽文说》考论 …… 305

第一节　《丽泽文说》的佚文辑录与辨析 ……………………… 306

第二节　《丽泽文说》的理论价值及创体意义 ………………… 313

## 附录二　清代文话简目 …………………………………………… 318

参考文献举要 ………………………………………………………… 367

本书部分章节初刊刊物 ……………………………………………… 385

后　　记 ……………………………………………………………… 387

# 绪　论

　　文话是中国传统文评类著作中的一种,内容主要为文章理论、文章批评、文章作法等,与序跋、书信、评点、选本等其他批评样式一起,共同构成了中国传统文章学的基础。一般认为,第一部文话著作是宋代陈骙撰写的《文则》①,它的问世标志着中国古代文章学的正式成立②。历经宋、元、明三代的发展,文话著作于清代呈现出繁荣景象。清代是中国古典学术集成时期,"诗话之作,至清代而登峰造极","不特数量远较前代繁富,而评述之精当亦超越前人"③。这种

---

　　① 与陈骙同时的南宋著名学者吕祖谦也曾撰有一部文话,名《丽泽文说》,此书曾被多家援引,却渐为后世所罕闻。《丽泽文说》成书时间最早要先于《文则》一年,最迟则晚于《文则》十一年,与《文则》同属文话创体之初的重要著作,详见本书附录一《文话的创体之作——吕祖谦〈丽泽文说〉考论》。

　　② 罗根泽《中国文学批评史》第十一章《诗话、词话、文话、诗文评点》"文话"部分云:"今存宋人谈文专书,当以陈骙《文则》为最早。"(上海人民出版社2015年版,下册,第813页。)另可参见王水照、慈波《宋代:中国文章学的成立》,《复旦学报》2009年第2期。胡大雷先生认为,在隋唐时期,"文"与"笔"被对等论述,论"笔"的著作即是文话,参见其《"文笔之辨"与中国文章学的成立——"文话"出现于隋唐考辨》,《社会科学研究》2013年第2期。笔者以为,隋唐论"笔"的著作为文格类著述,是文话的源头之一,尚非后世的文话。详见本书上编第一章。

　　③ 郭绍虞:《清诗话续编序》,郭绍虞编选、富寿荪校点《清诗话续编》,上海古籍出版社1983年版,第1页。

评论完全可以移用于对清代文话的判断。经笔者初步调查统计，清代文话著作有200种以上①，若能将公私书目、清人笔记、文集、方志等普查一遍，其总数当远不止于此。不仅数量众夥，清代文话的理论价值也非常之高。刘声木《苌楚斋续笔》卷四《国朝论文各书》条称："窃谓论文之语，至国朝而最精。"② 其言不虚。有清二百余年间，出现了诸如康熙《古文评论》、刘大櫆《论文偶记》、刘熙载《文概》、薛福成《论文集要》、王葆心《古文辞通义》等一批重要的散文理论批评著作，它们在文道论、文气论、文体论、文法论、风格论等方面，集历代之成而不乏新创，是中国古代文章学最后的辉煌。

清代文话自清、民以来一直受到关注。清人对本朝文话的研究，主要表现在叙录和点评上。《四库全书总目》"诗文评"类、"诗文评存目"类录有四种文话。与诗话相比，《四库提要》虽然收录当世文话过少，但其所下论断精审，如考辨《四六金针》为托名陈维崧之伪书，称《铁立文起》采录《文章辨体》《文体明辨》，参以己意而成等，均有说服力。然亦有缺憾，其一，限于体例，未注明文话的版本情况；其二，《枣林杂俎》主要为笔记性质，书内评诗论文之语非常之少，将其看作文话著作，未必合适。后世目录学著作多将《枣林杂俎》置于"诗文评"类中，应是受《四库全书总目》影响。而"自幼即好读桐城文学家文集"的刘声木，毕生从事于桐城派著作的考辑，他曾发愿编刊《桐城文学丛书五十八种》，"其坊间有通行本，及

---

① 王水照先生所编《历代文话》收录清代文话62种，占整部《历代文话》的43%左右。余祖坤编有《历代文话续编》，全书收录清代文话8种。
② 刘声木：《苌楚斋续笔》卷四，《苌楚斋随笔续笔三笔四笔五笔》，中华书局1998年版，第310页。

不难购得者，不在此例"①，其中便有较为稀见的清代鞠濂所撰文话《史席闲话》一卷。

日本明治三十九年（1906），广池千九郎编成《支那文法书批阅目录》，叙录中日两国文话及语言学类书籍。其中属于清代文话的有唐彪《读书作文谱》《父师善诱法》，方宗诚《论文章本原》、张秉直《文谈》等数种。此书的评论较为粗略，评语多为"有读之价值""有一读之价值"② 等。

民国时有编撰《续修四库全书总目提要》之举，叙录清代文话三种，即阮福《文笔考》、方宗诚《文章本原》、吴铤《文翼》，皆为罗继祖执笔。其中的《文翼》一种为手稿本，殊为难得。罗氏叙录较为重视揭橥文话作者的学术背景、思想渊源与文话的关系，亦对版本有所说明。

刘咸炘是民国学者中少有的对清代文话广有涉猎者，在其浩瀚的著述中，随处可见对清代文话的关注与研究。他的研究可分为三种类型：

其一，零星的评论。刘氏为学广大，著述孔多，在他的多种著作中，往往散落着对清文话的点评。如其在《旧书附录》评包世臣《文谱》："文雅可单行。"评刘熙载《艺概》："义精文简，古今罕匹。"③《内景楼检书记·集类》著录梁章钜《制艺丛话》，称："亦备故事而未精善。"他认为孙梅《四六丛话》"掇集宋人说部，分编杂乱无

---

① 刘声木：《苌楚斋续笔》卷三，《苌楚斋随笔续笔三笔四笔五笔》，中华书局1998年版，第50页。
② ［日］广池千九郎：《支那文法书批阅目录》，明治三十九年（1906）稿本，藏于早稻田大学图书馆。
③ 刘咸炘：《推十书》（增补全本）丁辑第2册，上海科学技术文献出版社2009年版，第390页。

次"①，评价《中国学报》刊登的《张廉卿论文书牍》一卷："少深远之论。"他认为彭元瑞《宋四六话》十二卷超越了孙梅《四六丛话》："辑选之余，亦资考览，大胜孙梅。"评论陈用光编《惜抱轩尺牍》："要此可取者固多，若执此编而谓古文法尽于是，则堕禅宗矣。"②他在《学略》之《文词略》中认为《艺舟双楫》"平正精当"、《艺概》"朴至深远"、《国故论衡》"探古明法，甚超卓"，可以上接《文心雕龙》《文赋》③。诸如此类对清文话的简略评点，《推十书》中还有不少。

其二，梳理文话脉络。刘咸炘为学注重考镜源流，他对清文话的考察，往往也能发掘其相关的学术关联。如他指出焦循《文说》近于章学诚说④。认为林纾《韩柳文研究法》源于桐城家法："颇醒豁，足资启发。惟未脱尽桐城家气习，往往言之过露过拘。"⑤称刘大櫆《论文偶记》："大抵与震川同，亦有独到处。要言神气，不可尽信也。"⑥他还提出了姚永朴《文学研究法》的文本源头："主讲京师法政学校，撰《国文学》四卷，取前人论文之文，附以评论，多姚、曾绪言。举义甚精要，惜无传本，予曾得一本于吴质诚，质诚学于法校所得也。后乃揉成此编，分类亦详括，而所引所举多于《国文学》。

---

① 刘咸炘：《推十书》（增补全本）丁辑第2册，上海科学技术文献出版社2009年版，第637页。
② 以上分别引自《内景楼检书记·集类》第639、640、641页，刘咸炘《推十书》（增补全本）丁辑第2册，上海科学技术文献出版社2009年版。
③ 刘咸炘：《推十书》（增补全本）已辑，上海科学技术文献出版社2009年版，第56页。
④ 刘咸炘：《推十书》（增补全本）乙辑第2册，上海科学技术文献出版社2009年版，第444页。
⑤ 同上书，第637页。
⑥ 同上。

托体不如彼高，为用固较彼便矣。"① 揭示了姚永朴《国文学》《文学研究法》二书的关系。他又对影响清代士子无数的《归评史记》和《方评史记》作了比较："廉卿工文，非归所能笼罩。而宝归若此，则桐城家法固然。吾谓《方评》多论史公意旨，较归高出数倍。归但标提顿略，有评识不甚精要。或但考一事，记一言，乃明人评书常态。"②

刘咸炘在较为繁杂的清代文话中，梳理出八家一脉的文话，《文说林一》："桐城家法虽狭隘，而其通说词意，详备尚过宋人，如吴仲伦《古文绪论》评论近代主八家者颇当，若刘海峰《论文》则虚幻无取。薛氏辑《论文集要》、姚氏辑《文学研究法》、吴氏《文谈》，合而观之，亦略具矣。此外二魏论意、局，亦有可取。至于探源八代，标举正宗，则包氏《艺舟双楫》、王氏《王志》最多卓见，然尚语焉不详。"③ 在梳理"八家"文话的同时，也指出了论及"八代"骈文的骈文话。评论"八家者流"的文话，以为姚鼐尺牍、刘大櫆《论文偶记》、吴德旋《古文绪论》"皆可观"。《涵芬楼文谈》、姚永朴《文学研究法》"皆平近详实"。

其三，补正注释。即对清文话疏漏者补正，缺少引文者补出引文以注解。刘咸炘曾补正吴曾祺《涵芬楼文谈》及所附《文体刍言》二书："（《涵芬楼文谈》）颇平允，少偏驳，足导后学。稍有谬漏，曾随笔补正之，录成一册。《刍言》则漏误甚多，亦补正之。"④ 又撰《文谱注原》，注释包世臣《文谱》："惟包氏此书精简而平通，乍观

---

① 刘咸炘：《推十书》（增补全本）乙辑第2册，上海科学技术文献出版社2009年版，第638页。
② 同上书，第639页。
③ 同上书，第983页。
④ 同上书，第637页。

似浅,而实已赅。"① 不过包世臣《文谱》虽提炼了诸多先秦文章之法例,却未列出文章原文,读者不便于揣摩理解。刘咸炘将相关文章段落一一注于《文谱》条目之下,对照阅读,更能理解《文谱》深意。

随着近代西洋文学观念的输入,相当数量的传统文章因不符合西方纯文学审美标准而被划入非文学范畴,文章在诸种文体之中的地位也一落千丈。文章研究一直不如诗、词繁荣,处于较边缘的状态,而研究文章的文话也随之备受冷落,罕有学者问津。一直到20世纪80年代,这种状况才有所改观。台湾学者王更生教授是较早倡言文话研究者之一,在他的指导下,产生了一批研究文话的硕士、博士学位论文,与清代相关的有两种,即李四珍《明清文话叙录》和林妙芬《中国近代文话叙录》②。这两部论文均是对文话著作的叙录介绍,尚未展开深入研究。王更生先生本人也曾著文呼吁开展文话研究③。复旦大学的王水照教授亦是最早关注文话研究的学者,他曾于20世纪90年代将两部日本江户时代文话,即《拙堂文话》和《渔村文话》,介绍给国内学者④。在其指导下,复旦大学慈波以"文话发展史略"为题完成了博士学位论文⑤。这部论文纵论从南宋至民国的整部文话历史,从每代选取若干代表性文话作为研究对象。论文在清代文话史上选取了包世臣的《艺舟双楫·论文》一书,筚路蓝缕,功不可没。张恩普

---

① 刘咸炘:《推十书》(增补全本)己辑,上海科学技术文献出版社2009年版,第297页。
② 李四珍:《明清文话叙录》,硕士学位论文,台湾中国文化大学,1983年(此文有台湾花木兰文化出版社2006年版)。林妙芬:《中国近代文话叙录》,硕士学位论文,台湾东吴大学,1986年。
③ 王更生:《开拓中国古代文学理论的新局——从整理文话谈起》,《文艺理论研究》1994年第1期。
④ 王水照、吴鸿春:《日本学者中国文章学论著选》,上海古籍出版社1994年版。
⑤ 慈波:《文话发展史略》,博士学位论文,复旦大学,2007年。

等《中国散文理论批评史论》论及黄宗羲《论文管见》、刘大櫆《论文偶记》、唐彪《读书作文谱》等数种①，扩大了清文话的研究面。从批评文体的角度对文话进行研究，始于2005年王水照教授所发《文话：古代文学批评的重要学术资源》一文②，此文实为王先生主持编撰多年的《历代文话》前言的节录，先行刊发，对文话的历史、分类、内容等作了精辟的论述。王明强《文话：古代散文批评的重要样式》一文③，则对文话"话"体的隐蔽性和"话"风的严肃性作了初步的探讨。日本御茶水女子大学和田英信教授通过对日本江户时期《拙堂文话》和《渔村文话》的比较，准确指出了"一是关于文章的随笔，一是写文章的指南书"的两种文话风格④。侯体健有《资料汇编式文话的文献价值与理论意义——以〈文章一贯〉与〈文通〉为中心》一文⑤，对辑录式文话作了专门研究。莫山洪《文话的兴起与南宋中期文章骈散的对峙——以朱熹、李刘为例》⑥一文，对四六话兴起的背景进行了探讨。研究古文话的专著，关注点多集中于刘熙载的《艺概·文概》，专著即有王气中《刘熙载和〈艺概〉》⑦、韩烈文《刘熙载〈艺概〉研究》⑧、周淑媚《刘熙载〈艺概〉研究》⑨等。近

---

① 张恩普、任彦智、马晓红：《中国散文理论批评史论》，东北师范大学出版社2009年版。
② 王水照：《文话：古代文学批评的重要学术资源》，《四川大学学报》2005年第5期。
③ 王明强：《文话：古代散文批评的重要样式》，《长江学术》2007年第1期。
④ [日]和田英信：《日本江户末期至明治、大正时期的文话》，《お茶の水女子大学中国文学会报》第27号，2008年4月，第121页。
⑤ 侯体健：《资料汇编式文话的文献价值与理论意义——以〈文章一贯〉与〈文通〉为中心》，《复旦学报》2009年第2期。
⑥ 莫山洪：《文话的兴起与南宋中期文章骈散的对峙——以朱熹、李刘为例》，《广西师范大学学报》2009年第2期。
⑦ 王气中：《刘熙载和〈艺概〉》，上海古籍出版社1987年版。
⑧ 韩烈文：《刘熙载〈艺概〉研究》，江苏古籍出版社2002年版。
⑨ 周淑媚：《刘熙载〈艺概〉研究》，台湾花木兰文化出版社2006年版。

年也多有学者开始关注四六话著述,以专著论,便有莫道才《骈文研究与历代四六话》(辽海出版社 2005 年版)、何祥荣《〈四六丛话〉研究》(线装书局 2009 年版)、吕双伟《清代骈文理论研究》(人民出版社 2011 年版)等,均对清代四六话进行了深入研究。自《历代文话》出版后,以清代文话专书为研究对象的硕士、博士学位论文渐多,如吴伯雄《古文辞通义研究》(复旦大学 2009 年博士学位论文)、郝艳芳《魏禧的文章学理论及其实践》(扬州大学 2010 年硕士学位论文)、靳利翠《张谦宜〈絸斋论文〉与清初文章学》(陕西师范大学 2013 年硕士学位论文)、朱园《徐昂〈文谈〉与近代文章学》(陕西师范大学 2013 年硕士学位论文)、韩李苗《吴曾祺〈涵芬楼文谈〉之文章学理论研究》(内蒙古师范大学 2014 年硕士学位论文)、王丽娟《吕留良文章学研究》(广西师范大学 2015 年硕士学位论文)、王海明《陈鸿墀〈全唐文纪事〉研究》(广西师范大学 2016 年硕士学位论文)等。这些论文虽然水平深浅不一,但多是对相关清文话的首次研究,有助于拓宽清文话的研究视野。

在清代文话文献整理方面,刘熙载的《艺概·文概》是迄今所出整理版本最多的文话,有上海古籍出版社 1978 年王国安《艺概》校点本和贵州人民出版社 1986 年王气中《艺概笺注》本、巴蜀书社 1990 年徐中玉、萧华荣整理《刘熙载论艺六种》本、华东师范大学出版社 1993 年刘立人、陈文和点校《刘熙载集》本、江苏古籍出版社 2001 年薛正兴点校《刘熙载文集》本、复旦大学出版社 2007 年《历代文话》本和中华书局 2009 年袁津琥《艺概注稿》本等。能够一再得到整理出版的机会,固然说明该文话本身具有极高价值,然而当研究力量过度倾斜于某部文话时,便意味着更多的理论著述被遮蔽而湮没不闻,著者名迹不彰。《艺概》被不断地解读,相应的研究精力就很难用在其他文话之上了,以致研究者会产生"(中国古代)讨论散文的文字实在太少,其中自成体系而又富有理论色彩的则很难觅得""专门谈文涉及面也比较广的,大概只有《艺概》中的《文概》"① 这样的误解。与此同时,众多清文话藏在图书馆却不为人知。清文话的研究,首先还是应在文献整理上有所突破,还原清文话繁荣的原貌,而非仅仅对现有学术史作深度挖掘。离开了对文话文献的搜集整理,仅仅依靠数种清文话进行研究,其"深度"也是有理由被怀疑的。

《艺概·文概》之外,人民文学出版社 1959 年有刘大櫆《论文偶记》、吴德旋《初月楼古文绪论》、林纾《春觉斋论文》合刊本,同年又出版刘师培《论文杂记》(与《中国中古文学史》合刊本)。其他则有台湾商务印书馆 1980 年杨承祖点校本吴曾祺《涵芬楼文谈》(附《文体刍言》)、中华书局上海编辑所 1959 年出版陈鸿墀《全唐文纪事》(上海古籍出版社 1987 年新 1 版)、南开大学出版社 1993 年高维国、张格注释本来裕恂《汉文典》、中华书局 1995 年陈祖武点校本李光地《榕村语录 榕村续语录》(此书含文话两卷)以及《绩溪文史》1996 年第四辑载有徐子超点校本邵作舟《论文八则》等。清代文话的文献整理转折出现在 2007 年,王水照教授等为之努力十余年的大型文话著作汇编——《历代文话》出版。此书收录历代文话 143 种,起于南宋,迄于清代,其中清文话 62 种,为文话研究奠定了坚实的文献基础。2013 年,余祖坤编《历代文话续编》出版,其中《汪文摘谬》《左传义法举要》《史记七篇读法》等属评点、选本性质,全书收录清代文话 8 种,不乏罕见著述,进一步推动了清代文话

---

① 朱世英、方道、刘国华:《中国散文学通论》,安徽教育出版社 1995 年版,第 13 页。

的文献整理工作。

综上言之，目前对清文话的研究，刚开端绪而已。张高评教授在2013年出版的著作中仍认为："古文研究为冷门专业，文话探讨皆是尚未开发之学术处女地。"① 相比于清代诗话、词话，学界对清代文话的研究显得尤为薄弱，学者的注意力主要集中于刘大櫆《论文偶记》、刘熙载《文概》等少数几部经典著作之上，对存世的绝大多数清代文话罕有关注。虽然出现了一些研究清文话专书的硕士学位论文，但研究深度有限。与专书研究不足相似，清代文话也缺乏整体研究，学界对一些基本问题，如清代文话的大致数量（包括存世著作与有目无书者）、清代文话与文章创作及理论传承之间的关系等都尚未有较清晰的认识。在当前主要文献已经可征的条件下，进行清代文话研究，正当其时②。

本书研究论题为"清代文话研究"，其中"清代"指从1644年清人入关、定都北京始，至1912年清帝下诏退位终，产生于这一阶段的文话皆属研究范围之列。有些文话或作于明末清初，或作于清末民初，凡此成书时间难以详考者，亦以清代文话视之。王朝的兴替虽对文学思想的演变有着重要影响，然而二者并非严密的对应关系。民国初年的一些文话虽撰于清亡之后，但其反映的文学思想仍属于清代文章学范畴。对于此类文话，文中亦偶有论及，并不以王朝起讫而刻意自缚。

"文话"一词，有广、狭二义。广义的文话包含古文话、四六话、

---

① 张高评：《论文选题与研究创新》，台湾里仁书局2013年版，第508页。
② 诗话、词话等批评文体的研究已有相当基础，与之相比，文话的研究空间无疑更为宽阔，加之大型文话丛书《历代文话》的出版，近年开始出现以文话为研究对象的科研立项，如慈波《文话流变研究》，2009年国家社会科学基金青年项目；马茂军：《宋代文话与宋代文章学》，2009年教育部人文社会科学研究项目；宁俊红：《"五四"前后的文话研究》，2009年国家社会科学基金西部项目。

制艺话，狭义的文话则专指古文话。本书研究对象以专论古文（散体文）的古文话为主，兼及四六话、制艺话。因清代文话有其特殊性，清人普遍认为古文与时文、散文与骈文有其相通之处，"以古文为时文"、骈散合一是清代文章学的重要理念。清人常在古文话中兼论骈文、时文，于四六话、制艺话中又兼论古文。他们或是期望通过对比，发掘古文、时文各异的文体特质，或是借以提炼适用诸体的文章学普遍原理。无论原意如何，结果都使得清代诸多古文话、制艺话、四六话你中有我，我中有你，相互交融而难以剥离。鉴于此，本书所研究的"文话"，虽以论古文话为主，但也兼及四六话、制艺话，这样或许更符合清代文话的实际面貌。

上 编

# 第一章　文话的辨体与溯源

文话作为批评文体，自身的体制特质使之与其他批评文体区别开来。这种独特的体制特征既与其文体源头有关，也和"文"与诗、词等文学文体之间的差异有关。

## 第一节　文话的体制特征

### 一　文话不以"话"名

文话是中国古代文学批评的传统形式之一。最早以"文话"名书者，当数北宋末年学者王铚，他在作于北宋宣和四年（1122）的《四六话》自序中提到曾撰有《文话》一书："又以铚所闻于交游间四六话事实，私自记焉。其《诗话》《文话》《赋话》各别见云。"① 王铚

---

① 王铚：《四六话序》，王水照编《历代文话》第1册，复旦大学出版社2007年版，第6页。

《文话》失传已久，其后以"文话"为名的著作甚为少见，以致清代多位学者认为古今并无文话。陈用光《叶元垲〈睿吾楼文话〉序》曰："夫古今诗话多矣，文话则未之闻。"① 杨文荪《梁章钜〈制义丛话〉序》云："宋以后，诗话日出，独尠文话。"② 李元度《古文话》自序亦谓："自梁锺嵘、唐司空图作《诗品》，逮宋迄今，撰诗话者，几于汗牛充栋矣。宋王铚有《四六话》，近世毛西河有《词话》，梁茞邻有《楹联话》《制艺话》《试律话》，而文话独无闻焉。"③ 就连日本江户时期学者斋藤谦也持有这种疑惑，他在撰于文政十三年（1830）的《拙堂文话》自序中说："诗之有话尚矣，四六与诗余亦皆有话，何独遗于文？文而无话，岂非缺典乎？"④ 上述众人皆发现诗、词、四六、楹联诸文体均有相应的"话"体著述，唯独"文"却例外。当然，这种判断基于文话著作须以"文话"命名的观点，未免拘泥，且其判断本身也不尽符合事实：就现存文献来看，清以前至少北宋王铚、明人闵文振、李云各撰有一部《文话》⑤。即便如此，区区三部《文话》在数量上与《诗话》《词话》相比，无疑仍有天壤之别。斋藤谦、杨文荪、李元度等人的思考仍有相当意义，他们揭示了存在于中国古代文学理论批评史上的一种特殊现象：即论文专著虽车载斗量，但以"文话"命名的却寥若晨星。古人常以"某某诗话""某某词话"为诗话、词话类著作命名，却罕见以"某某文话"来命

---

① 陈用光：《叶元垲〈睿吾楼文话〉序》，王水照编《历代文话》第6册，复旦大学出版社2007年版，第5357页。
② 杨文荪：《梁章钜〈制义丛话〉序》，陈居渊校点《制义丛话 试律丛话》，上海书店出版社2001年版，第4页。
③ 李元度：《古文话序》，《天岳山馆文钞》卷二六，《续修四库全书》第1549册，第407页。
④ ［日］斋藤谦：《拙堂文话自序》，台湾文津出版社1985年影印日本古香书屋版。
⑤ 明代闵文振撰有《兰庄文话》，《千顷堂书目》《明史·艺文志》著录；明李云辑有《文话》，《近古堂书目》《绛云楼书目》著录。二书皆有目无书。

名论文著作,最为通行的名称却是"论文""文说""文谱"之类。个中缘由,值得思考。

## 二 文话而不以"话"名的原因

文话而不以"话"名,主要是由其体制特征所决定。

"诗话""词话""四六话"中的"话"字,表明其属于"话"体批评形式。从"话"体批评形式的内容来看,"所谓'话',即故事之意"①。早期诗话、词话、四六话等多记录作品本事、作家轶闻,故多以"话"名之。《四库全书总目》"诗文评类"小序称首部诗话《六一诗话》"体兼说部"②,其实这应是所有典型"话"体批评形式的共同特征。清人章学诚按内容将诗话分为"论诗而及事"和"论诗而及辞"两种③,而早期"话"体批评皆以"及事"为主。如第一部诗话《六一诗话》共二十八则,据张伯伟先生统计,"其中有二十一则都是关于诗或诗人的故事"④。再以首部四六话为例,王铚《四六话》凡六十三则,或辞中及事,或事中及辞,或及事而不及辞,只及辞而不及事者只有十四则,记事在四六话中也占有相当大之比重。第一部词话是杨绘的《时贤本事曲子集》,亦以记述词作本事为主。可见在典型的"话"体批评形式中,叙事成分都很突出。而与诗话、词话、四六话等相比,文话话文却是"及辞"者多,"及事"者少,论多而"话"少,从创体伊始就表现出远离说部的特征。以勒成专书而论,现存第一部文话为南宋陈骙(1128—1203)的《文则》,此书成

---

① 张伯伟:《中国古代文学批评方法研究》,中华书局2002年版,第462页。
② 永瑢等:《四库全书总目》卷一九五,中华书局1965年版,第1779页。
③ 章学诚:《文史通义·诗话》,叶瑛《文史通义校注》,中华书局1985年版,第559页。
④ 张伯伟:《中国古代文学批评方法研究》,中华书局2002年版,第463页。

于乾道六年（1170）。与陈骙同时代的著名理学家吕祖谦（1137—1181）也曾撰有一部文话，名《丽泽文说》，此书于明代散佚，渐不为后世所闻。南宋张镃《仕学规范》收录十四则，尚可略见一斑。从这两种早期文话来看，《文则》全书没有一则内容是叙事的，而《丽泽文说》虽已不可复睹全貌，但现存佚文也全都是有关文章行文法则的内容，与叙事无涉。在文体初创时期，作者的声望、文坛影响也直接关系着由他所开创的文体能否得到广泛的接受。如时为文坛盟主的欧阳修写作首部诗话之后，就带动了司马光《续诗话》①、刘攽《中山诗话》等一批仿效之作。《文则》与《丽泽文说》均成于文话初创之时，陈骙曾官至参知政事，而吕祖谦创立金华学派，更是名倾天下，在当时文坛、学界尤为著名。由这二人所开创的文话风格，无疑直接影响着后来者。虽然早在北宋末年王铚就撰有文话，却未见人称引，以致湮没不闻，当与他的名望、影响力较小有关。文话发展史也证明，由陈骙、吕祖谦所开创的这种及辞而不及事的体制特征，为后世大多数文话所继承。以吕祖谦的嫡传弟子楼昉为例，他撰写的文话著作《过庭录》，今尚存十一条，全为及辞之论，无一及事。

  以诗话为代表的"话"体批评形式，多有对佳句的评赏，这在文话中却较为罕见。以首部词话《时贤本事曲子集》为例，赵万里辑本共有佚文九则②，每则都收录有词作佳句甚至通篇词作；以首部四六话论，王铚《四六话》六十三则内容中，有六十一则记录了四六佳句甚至全文；以首部赋话而论，李调元《赋话》正是在对唐代律赋佳句进行品评的基础之上，才建立了律赋学鉴赏理论体系。而首部诗话

---

① 司马光《温公续诗话》云："诗话尚有遗者，欧阳公文章名声虽不可及，然记事一也，故敢续书之。"何文焕《历代诗话》，中华书局1981年版，第274页。
② 杨绘：《时贤本事曲子集》，唐圭璋《词话丛编》，中华书局1986年版，第3—12页。

《六一诗话》中的摘句评赏更是随处可见,如

> 余少时犹见其集,其句有云:"风暖鸟声碎,日高花影重。"又云:"晓来山鸟闹,雨过杏花稀。"诚佳句也①。

> 自科场用赋取人,进士不复留意于诗,故绝无可称者。唯天圣二年省试《采侯诗》,宋尚书祁最擅场,其句有"色映堋云烂,声迎羽月迟",尤为京师传诵,当时举子目公为"宋采侯"②。

黄维樑先生曾将诗话摘句的特点总结为两点:第一是对偶句,第二写的是景物③;张伯伟先生则指出"形象完整是摘句的基本条件"④。文话与诗话、词话、四六话、赋话不同,很少有对佳句或全篇的品赏,这当与散文篇幅较长且奇句单行的特点有关。清人孙万春在《缙山书院文话·话端》中说:"文话较诗话为难。……且诗中多有可摘之句,遇佳句,摘出一联即成一段。文章可摘之句甚少。"⑤梅曾亮《与孙芝房书》说:"夫古文与他体异者,以首尾气不可断耳。"⑥方孝岳先生在《中国文学批评》中也说:"谈诗的人,或者偶然举出某人一两句诗,加以批评,但是论到散文,都未曾如此。"⑦古文"文

---

① 欧阳修:《六一诗话》,郑文校点,人民文学出版社 1962 年与《白石诗说》《瀛奎诗话》合刊本,第 9 页。
② 同上书,第 16 页。
③ 黄维樑:《诗话词话中摘句为评的手法》,原载 1979 年《中文大学学报》,收入邝健行、吴淑钿编选《香港中国古典文学研究论文选粹(1950—2000)·文学评论篇》,江苏古籍出版社 2003 年版,第 206 页。
④ 张伯伟:《中国古代文学批评方法研究》,中华书局 2002 年版,第 328 页。
⑤ 孙万春:《缙山书院文话·话端》,王水照编《历代文话》第 6 册,复旦大学出版社 2007 年版,第 5873 页。
⑥ 梅曾亮:《柏枧山房全集》卷二,《续修四库全书》第 1513 册,第 620 页。
⑦ 方孝岳:《中国文学批评》,《中国文学批评 中国散文概论》,生活·读书·新知三联书店 2007 年版,第 164 页。

字须浑成而不断续"①，讲究抑扬开阖、起伏照应，气象混沌，少有对偶②。且古文家看重的是文章能否宗经明道，除山水游记类外，一般不太重视景物描写，故而很难从中摘出形象完整的写景对偶句，常见于诗话、词话和四六话③中的摘句鉴赏对文话来说并不适用。刘咸炘激赏包世臣《文谱》，也指出包书："惟所引之例未录原文，读者瞀焉。"于是作《文谱注原》，将包书"抄引而详注之"④，将《文谱》中提及但未摘录的大量秦汉文章原文补出，方便读者一一印证。

从"话"体批评的文体风格来看，诗话风格较轻松活泼。欧阳修于《六一诗话》卷首自注说："居士退居汝阴而集，以资闲谈也。"⑤诗话的撰作目的是"以资闲谈"，同时也包含对旧时"闲谈"内容的追述，其写作态度因而轻松随意。值得注意的是，"居士退居汝阴而集，以资闲谈也"中的"谈"字，郑文校勘云："一作'话'也。"⑥这说明"诗话"之"话"正是"闲谈"之意，才使得其有可能成为异文出现。诗话的这种风格特点为后世所熟悉，郭绍虞先生将诗话风格总结为"在轻松的笔调中间，不妨蕴藏着重要的理论；在严正的批评之下，却多少又带些诙谐的成分"⑦。其实，"话"字本身即含有诙谐之义，唐释慧琳《一切经音义》卷十六"谈话"注引《博雅》曰：

---

① 张镃《皇朝仕学规范》卷三十二《作文》引《节孝先生语》，《北京图书馆古籍珍本丛刊》第68册，书目文献出版社1988年版，第654页。
② 明末清初江右古文家陈弘绪曰："严沧浪云：'汉魏古诗，气象混沌，难以句摘，晋以还方有佳句。'予谓文章亦然。退之《平淮西碑》岂可以字句求耶？'混沌'二字，摹写古诗气象甚是，《平淮西碑》亦只是朴穆。"清抄本《寒夜录》卷上。
③ 朱熹与弟子谈论四六时，也常讨论"前辈四六语孰佳"之类的问题，见黎靖德编《朱子语类》卷一三九《论文上》，中华书局1986年版，第3313页。
④ 刘咸炘：《文谱注原》，《推十书》（增补全书）己辑，上海科学技术文献出版社2009年版，第297页。
⑤ 欧阳修：《六一诗话》，郑文校点，人民文学出版社1962年与《白石诗说》《瀛南诗话》合刊本，第5页。
⑥ 同上。
⑦ 郭绍虞：《宋诗话辑佚序》，中华书局1980年版，第3页。

"话，谑也。"① 推而广之，凡以"话"为名之"话"体著述皆应有轻松活泼之特点。日本明治间医家浅田惟常著有《先哲医话》，其弟子松山挺有跋语云："盖医有案有话，医之有案，犹史之有案，断章取义，有格定之式；而话则优游餍饫，入人心者深。"② 松山挺从医话的角度道出了"话"体轻松而易于让人接受的特点。晚清邱炜蒦指出"话"体批评样式的兴起是受到禅宗语录的影响："不比唐以后人见禅宗语录，风靡一世，知话之易入人，因竞智角力，别开话之一门。"③ 故而"话"体自产生起就打上了"易入人""入人心者深"的标签。

而文话的典型风格则是严肃而认真的。林纾《春觉斋论文》曰："论文之言，犹诗话也。顾诗话采撷诸家名句，可以杂入交际谈谈；若古文，非庄论莫可。"④ 准确地指出了诗话与文话在文体风格上的差异。诗话与闲谈有关，故不妨各抒己见，轻松随意。而论古文的文话却非"庄论"不可，个中原因，大致有二：其一，经过唐、宋两次古文运动，"文以明道"的观念在北宋以后的古文家中已成共识。欧阳修说："所谓文，必与道俱。"尽管儒家诗教历来就有着"言志"的传统，但与明道之文相比，诗的政治功利性仍相对较弱。欧阳修《六一诗话》云："退之笔力，无施不可，而尝以诗为文章末事，故其诗曰：'多情怀酒伴，余事作诗人'也。"⑤ 这里显然是以一种赞赏的态度援引韩愈的观点。清代李光地《榕村语录》云："韩文公一肚皮好道理，

---

① 宗福邦、陈世铙、萧海波主编《故训汇纂》引，商务印书馆2003年版，第2116页。
② [日] 松山挺：《书〈先哲医话〉后》，曹炳章原辑、芮立新主校《中国医学大成》第8册，中国中医药出版社1997年版，第706页。
③ 邱炜蒦：《客云庐小说话》卷五，阿英编《晚清文学丛钞·小说戏曲研究卷》卷四，中华书局1960年版，第421页。
④ 林纾：《春觉斋论文》，人民文学出版社1959年与《论文偶记》《初月楼古文绪论》合刊本，第41页。
⑤ 欧阳修：《六一诗话》，郑文校点，人民文学出版社1962年与《白石诗说》《潄南诗话》合刊本，第16页。

恰宜于文发之；杜工部一肚皮好性情，恰宜于诗发之，所以各登峰造极。"① 清代费锡璜《汉诗总说》亦称："诗主言情，文主言道。"② 朝鲜文人李宜显《陶峡丛说》比较诗、文异同云："诗以道性情，文以明道术、记事变，皆有所补于世教，不可以徒作也。然诗则间多吟咏景物，容或有闲漫之作。文则何可如此？"③ 且文尚典实④，先秦两汉文章皆属著述体，自不必论。唐代古文运动后，文艺散文兴起，但散文中的序跋题记、史论传赞等品类仍属应用散文，内容要求切实而不能虚构，正如朱熹所说，作文"大率要七分实，只二三分文"⑤，文比诗更偏于实用，文章本身就需要"庄论"⑥。文与诗的这种差异，导致了文话与诗话风格的不同，故而宋人于诗话中不妨闲谈，在文话中却需"庄论"。其二，北宋前期，科举承唐旧制，进士科仍以诗赋为主，"王安石变法以后，进士殿试废诗、赋、论三题，改试时务策一道，遂成永制。省试则废诗赋而以经义（大义）、策、论取士"⑦。"绍兴三十一年（1161），进士科最终被分成经义与诗赋两科，各兼以策、论，从而使经义、诗赋和策论在进士科考校中几乎占了同等重要的地位"⑧。策、论等文体在科考中受到重视，自然带动士子学习文章

---

① 李光地：《榕村语录》卷二十九《诗文一》，陈祖武点校《榕村语录　榕村续语录》，中华书局1995年版，上册，第511页。

② 费锡璜：《汉诗总说》，丁福保编《清诗话》，上海古籍出版社1978年版，下册，第946页。

③ ［韩］李宜显：《陶峡丛说》，《陶谷集》卷二十八，韩国民族文化推进会1996年编印《影印标点韩国文集丛刊》第181册，第453页。

④ 关于文与诗之差异，胡应麟的说法较有代表性，其《诗薮》外编卷一曰："诗与文体迥不类：文尚典实，诗贵清空；诗主风神，文先理道。"胡应麟《诗薮》，中华书局1958年版，第120页。

⑤ 黎靖德：《朱子语类》卷一三九《论文上》，中华书局1986年版，第3320页。

⑥ 刘明今《中国古代文学理论体系：方法论》曰："唐以后诗歌与文章在功能上、艺术表现上的区分越来越大。文章学与诗学分道扬镳，文章主于发明事理，诗歌重视格调意境的创造。"复旦大学出版社2000年版，第540—541页。

⑦ 何忠礼：《科举与宋代社会》，商务印书馆2006年版，第102页。

⑧ 同上书，第103页。

的风气，吕本中甚至说："有用文字，议论文字是也。"① 可见策、论文章在当时的文体地位。为了帮助士子应考，一批用于指导创作的文话著作相继问世，如吕祖谦《丽泽文说》、魏天应《论学绳尺·行文要法》等。这些文话具有教材性质，强调指导性与权威性，自然也就具有了异于诗话的严肃文风。以日本文话为例，日本最早的两种文话为江户末期斋藤谦《拙堂文话》（1830）、《续文话》（1836）和海保元备《渔村文话》（1852）。和田英信指出，二者"在某种意义上却呈现出极为不同的性格"：《拙堂文话》"在论述的形式上还是以诗话为范本"，而《渔村文话》则"在性质上比较偏向供写作汉文时参考的文章指南书"②。《拙堂文话》和《渔村文话》的风格差异，正缘于一者刻意效法诗话而作，一者学习中国古代文话而作。和田先生认为，"一是关于文章的随笔，一是写文章的指南书"③，这其实也是典型诗话与典型文话之间的差异。

从体制特征来看，诗话、词话等"话"体批评著述，一般是由一条条互不相连的条目组成，呈现出随笔札记体的形式。文话的体制则较为复杂，王水照先生在《历代文话》序言中将论文专著分为四类："一是颇见系统性与原创性之理论专著。……二是具有说部性质、随笔式的著作。……三为'辑'而不述之资料汇编式著作。……四为有评有点之文章选集。"④ 这四类已基本囊括历代论文专著类型，除第四类"有评有点之文章选集"属评点、选本类外，其他三种均属文话。

---

① 张镃《皇朝仕学规范》卷三十五《作文》引吕本中《童蒙训》语，《北京图书馆古籍珍本丛刊》第68册，书目文献出版社1988年版，第663页。
② ［日］和田英信：《日本江户末期至明治、大正时期的文话》，《お茶の水女子大学中国文学会报》第27号，2008年4月，第122页。
③ 同上文，第121页。
④ 王水照：《历代文话序》，王水照编《历代文话》第1册，复旦大学出版社2007年版，第2—3页。

其中第二类、第三类属于札记体形式，与诗话、词话形式相同。文话中还有读文笔记一体，也是由一条条互不相连的条目组成，可以归入第二类中，如叶适《习学记言序目·皇朝文鉴》、黄震《黄氏日抄·读文集》等。因而从形式上可将文话分为两类：一类有着严密体系，另一类则为随笔札记形式，后一类也是大多数文话所采用的形式。

　　从以上对文话的内容、风格与形式的分析中可以看出，文话的文体特质明显异于典型的"话"体批评。在内容上，"话"体批评形式注重叙事和摘句，文话则以"及辞"为主，罕有"及事"，亦乏摘句；在风格上，"话"体批评形式自由活泼，文话则严肃端重。无论是内容还是风格，文话皆不同于典型的"话"体批评形式。只有在体制特征上，多数文话才采用了与"话"体批评形式相同的随笔札记体。古人深悉文话的文体特征，故而有意不以"话"名书。陈骙《文则》之前，北宋王得臣所撰笔记《麈史》中设有《论文》门，已可视为文话雏形。王得臣在《麈史》中将《论文》门与《诗话》门对举，是称"论文"而不称"文话"之始；最早的两部文话《文则》与《丽泽文说》，一名"则"，一称"说"。"则"即为法式，表明其受到文格的影响，而"文说"意即"论文"①。南宋学者包扬将其师朱熹的论文之语汇编成书，亦称《文说》②。明代《近古堂书目》设"文说类"与"诗话类"对举，同样是名"文说"而不称"文话"。明人祁承㸁《澹生堂藏书目》将"诗文评"分为"文式""文评""诗式""诗评""诗话"五个小类，他对文与诗的划分并不对称，文类中没有设置与"诗话"相对应的"文话"一目，而将所有论文著

---

①《广雅·释诂》："说，论也。"王念孙《广雅疏证》卷二下《释诂》，江苏古籍出版社2000年版，第72页。
② 陈振孙《直斋书录解题》卷二十二《文史类》云："《文说》一卷，南城包扬显道录朱侍讲论文之语。"徐小蛮、顾美华点校，上海古籍出版社1987年版，第650页。

作统归于"文式""文评"类中。自北宋末年王铚撰有《文话》之后,直到明代,才有闵文振、李云二人采用"文话"作为书名。清人继元、明辨体之风,同样有着强烈的文体意识,几种"话"体批评形式在清代都有了很大发展①,名为"文话"的论文专著也较前代为多。据笔者初步查访,得到以下十种《文话》:

表1-1　　　　　　清代题名"文话"的文论著作

| 书　名 | 作　者 | 成书时代 | 备　注 |
| --- | --- | --- | --- |
| 诗文话 | 王文清 | 清 | 曾国荃等撰光绪十一年(1885)重刊本《湖南通志》卷二五八《艺文志十四·集部六》著录。本书属诗文合话 |
| 文话 | 朱曾武 | 嘉庆十九年(1814)绿玉堂刻本 | 《贩书偶记续编》著录 |
| 见星庐文话 | 林联桂 |  | 光绪十六年《高州府志》卷三九云:"(林联桂)有《文话》《赋话》《诗话》《馆阁诗话》《作吏韵话》《讲学偶话》《续清秘述闻》《日下推星录》诸书。"光绪《吴川县志》卷九引《作吏韵话》自序云:"曩桂有《见星庐文话》《赋话》《诗话》二十余卷。" |
| 睿吾楼文话 | 叶元垲 | 道光十三年(1833)刻本 | 王水照《历代文话》收录 |

---

① 第一部赋话和第一部联话均产生于清代,分别是李调元的《赋话》和梁章钜的《楹联丛话》。

续表

| 书　名 | 作　者 | 成书时代 | 备　注 |
|---|---|---|---|
| 仰萧楼文话 | 张星鉴 | 咸丰九年（1859）稿本 | 上海图书馆藏 |
| 缙山书院文话 | 孙万春 | 光绪十一年（1885）刻本 | 王水照《历代文话》收录 |
| 古文话 | 李元度 | 清 | 王先谦《诰授光禄大夫贵州布政使李公神道碑》（《虚受堂文集》卷九）著录。《古文话》自序尚存于李元度《天岳山馆文钞》（清光绪六年刻本）卷二六之中 |
| 文话 | 张山 | 清 | 张山，九鼎子，同治间贡生。民国《河北通志稿·文献志·艺文》卷四据《永平府志》著录；徐世昌《大清畿辅书征》卷十四亦著录 |
| 国朝先辈文话举是 | 宋恕 | 光绪二十年（1894）稿本 | 部分内容曾以《六斋论文》之名刊于《瓯风杂志》第5—8期 |
| 六字课斋文话初编 | 宋恕 | 光绪十五年前后（1889—1890年） | 宋恕《六字课斋津谈》词章类第十二云："永昼闭门，辑弱冠后七八年来论古今文之语，为《六字课斋文话初编》八卷，凡数万言。" |

　　清代"文话"之名的流播，主要原因还是清人出于批评意识的自觉，有意追求一种与诗话、词话相对应的专门论文的"话"体批评形式，这从前文所引陈用光、杨文荪、李元度等人言论即可看出。自清以来，"话"体批评样式的影响一直在向外扩展，"话"体几乎无事

不可谈，如清人翁楚编有《画话》谈论画事①，晚清廖平撰有《经话》研讨经学②，民国陈梦家《梦甲室字话》谈文字学③，其他如食话、书话等比比皆是。日本明治医家浅田惟常撰成《先哲医话》后，时人也多从"话"体扩展的角度置评，村山淳评论说："赵云崧著《瓯北诗话》，于唐宋明清四代，取十家以为学者之圭臬，从来诗话无出其右者也。栗园浅田君之著《先哲医话》，体例似瓯北所载十三家，虽儒医异道，其为大家一也。"④ 认为《先哲医话》仿赵翼《瓯北诗话》体例而成；《先哲医话》的校刊者松山挺说："赵宋以降，诗话之多，累积可柱屋。而至文话则唯宋有王铚《文话》，明有闵文振《兰庄文话》、李云《文话》而已。如医话绝无，不亦杏林缺事乎？"他认为"是则不可不与诗文之话并存而传也，因校以授梓"⑤，松山挺看重的，也是"话"体著述形式由文坛而延及杏林的跨界意义。署名"文话"之作便是在清代这种批评意识自觉的背景下出现的，如清人孙万春《缙山书院文话》便是刻意模仿诗话之作⑥，他自叙其写作方法云："《随园诗话》中，间有谈文及言他事者。兹作亦仿其例。俾学者作正书看，可以用功；作闲书看，可以消遣。"⑦ 孙万春紧紧抓住了诗话近于"说部"的叙事特征，将之运用于文话写作，模仿得可谓

---

① 翁楚：《画话》，上海图书馆藏有稿本，谢巍《中国画学著作考录》著录，上海书画出版社1998年版，第579页。
② 廖平：《经话（甲、乙）》，舒大刚、杨世文主编《廖平全集》第1册，上海古籍出版社2015年版。
③ 陈梦家：《梦甲室字话》，《国文月刊》1940年第1卷第2期。
④ ［日］村山淳：《书〈先哲医话〉后》，曹炳章原辑、芮立新主校《中国医学大成》第8册，中国中医药出版社1997年版，第706页。
⑤ 同上。
⑥ 孙万春：《缙山书院文话·小引》："因仿前人诗话之例，名之曰《文话》。"王水照编《历代文话》第6册，复旦大学出版社2007年版，第5870页。
⑦ 孙万春：《缙山书院文话·话端》，王水照编《历代文话》第6册，复旦大学出版社2007年版，第5872页。

亦步亦趋。清以后仍有作"文话"者，民国年间，"文话"之名渐为常见，报刊成为刊登文话及使用"文话"名称的重要平台。以《双星杂志》第四期（1915年6月25日）为例，该杂志设短篇小说、长篇小说、传奇、文苑、野史、文话、诗话、词话、诗钟话、笔记、艳屑、幻术等栏目，其中"文话"与诗话、词话、诗钟话并列，该期"文话"栏目下刊登的是章绂云《论文琐言》。上海国华书局发行的《小说新报》1915年第1期（创刊号）上，则刊有署名山渊（该报社编辑）的《省怼斋文话》。而刘大白《白屋文话》却是以传统文话的形式"要革掉文言的头衔"（胡适跋）。夏丏尊、叶圣陶合撰《国文百八课》，每课设"文话"一目①，教授文章学基本知识。今人亦偶有作"文话"者，如卢宗邻《暴寒斋文话》即采用随笔体论文，作者称："以下所说的，都是一些有关作文章、读文章，或者有关文学家的话。称之曰'文话'者，仿'诗话'也。"②卢氏所谓"文"是指广义的文章，其《文话》中也论诗歌，非狭义文话。顾随在20世纪40年代的授课记录，也被后人整理成《驼庵文话》③。

今人对于文话范围的界定，尚不统一。李四珍《明清文话叙录》收录姚鼐《古文辞类纂》④，是将选本纳入文话；收录归有光《评点史记》，是将评点纳入文话。而林妙芬《中国近代文话叙录》同样阑入梅曾亮《古文词略》等选本和吴闿生《孟子文法读本》等评点著

---

① 《国文百八课》由开明书店于1935—1938年陆续出版，印行第一册至第四册。因抗日战争爆发，第五、六册未能继续编写出版而就此终止，共有《文话》72篇。中华书局于2007年结为《文话七十二讲》出版。
② 卢宗邻：《暴寒斋文话（选登）》，《湖北大学学报》1985年第3期，第73页。
③ 叶嘉莹先生于1942—1947年，记有顾随先生课堂笔记，顾之京将其重新整理，称《驼庵文话》。见《顾随全集》第3册，河北教育出版社2000年版。
④ 李四珍：《明清文话叙录》，台湾花木兰文化出版社2006年版。

作①。对于文话,清人已有自觉的辨体意识,王之绩《铁立文起·凡例》云:"是编论文,非选文也,故名作如林,皆所弗录。"②此时已经能把文话与选本严格区分开来。文话与评点之关系,尤需注意。二者几乎同时产生于南宋初期③,此时科考重视论策之体,促使文法之学兴起,新兴的文话与评点都以文法为中心。文话因与具体文章相脱离,在论述文章之法时难免显得理论笼统而空洞,而评点则因与作品原文相附,便能方便地对字、词、句乃至全篇进行品评,具体可感,起到文话所没有的批评效果,这也是后世评点著作远多于文话的重要原因。如吕祖谦一人著有《丽泽文说》《古文关键》二书,前者作为文话,只论文章的用语、转折、结尾等具体的行文法则;后者作为评点,运用"掷""抹"等符号及旁注小批等对句子、段落和全篇作出批评。与文话相比,评点的文体优势即在于结合具体文章进行文法分析,而其劣势则在于其文法理论因系伴随文章的评点而出现,显得有些支离破碎,难以有整体而集中的理论阐发。鉴于此,评点家常在书首位置集中论述文法理论,这部分内容实已具备文话性质,完全可以别裁单行。如吕祖谦《古文关键》卷首单独列出的《看古文要法》部分,就是独立的文法理论,且《看古文要法》与吕祖谦《丽泽文说》在内容上亦颇有相通之处。陈傅良《止斋论祖》卷首所附《论诀》、魏天应《论学绳尺》卷首《行文要法》等亦可以文话视之。文话通过附于评点著作卷首的方式,与评点分别发挥各自的文体优势,更加便于读者掌握理论、学习写作。这种著述其实已是文话与评点的混合体,两种批评形式在这里起到了很好的互补作用。

---

① 林妙芬:《中国近代文话叙录》,台湾私立东吴大学 1986 年硕士学位论文。
② 王之绩:《铁立文起·凡例》,《续修四库全书》第 1714 册,第 272 页。
③ 现存最早的评点著作为吕祖谦《古文关键》,吕祖谦同时又撰有文话《丽泽文说》,是文话史上最早的著作之一。

文话还需与诗话、赋话等其他"话"体批评形式相区分。中国古代"文"的概念非常宽泛，几乎所有文体皆可纳入"文"的范畴。唐代古文运动以后，诗文之分取代了六朝的文笔之辨①。到北宋时，狭义的"文"已不包含诗和乐府。随着人们对各种文学文体认识的不断深化，相应的批评文体也获得独立与发展：四六话即专论四六，制艺话即专论制艺，赋话则专门论赋，均不涉及散体文，非常纯粹。清人李元度在《古文话》自序中亦云："今诗话、四六话既有专书，则凡论诗、论四六者，皆当沟而出之。"② 从与诗歌相对的角度而言，四六、八股、赋皆属于文，故广义的文话可以包括四六话③、制艺话④、赋话⑤；狭义的文话则专论散体文。当然，由于受传统观念影响，有些文话中也论及诗、赋、四六等，如宋王正德《余师录》、楼昉《过庭录》等早期文话都是以论散文为主而兼论四六骈文的。而在清代，由于文坛流行"以古文为时文"的创作理念，许多文话作者在文话中也将古文、时文并而论之，提炼出相通的文章学理论，此类文话虽然兼论其他文体，但仍以论散体文（古文）为主。

结合前文的分析，可将文话的基本要素胪列于下：其一，对"文"的理解不同使得文话讨论的文体范围不同。广义的"文话"不妨兼论散体、四六、八股、诗歌、辞赋等文体；狭义的"文话"则以

---

① 参见郭绍虞《试论"古文运动"——兼谈从文笔之分到诗文之分的关键》，《照隅室古典文学论集》下编，上海古籍出版社1983年版，第87—118页。
② 李元度：《古文话序》，《天岳山馆文钞》卷二六，《续修四库全书》第1549册，第407页。
③ 也有将四六话纳入诗话范畴者，宋代诗话总集《唐宋分门名贤诗话》分三十四类，最后一类即为"四六"。明人祁承爜《澹生堂藏书目》则将《四六话》《四六谈麈》归入"诗文评"中的"诗话"类。
④ 清人孙万春《缙山书院文话》名为"文话"，实则专论八股制艺，已是纯粹的制艺话。
⑤ 台湾新文丰出版公司1997年版《丛书集成三编》第61册"文话"类目下只收录一种，即为王芑孙《读赋卮言》，此书实为赋话。

论散体古文为主，是与四六话、制艺话、诗话、赋话平行的概念。其二，文话作为论文的专著，区别于序跋、尺牍、评点、选本、单篇文论等批评文体，与诗话、词话等同属于"话"体批评形式，主要采用结构松散的随笔札记体，也有一些文话是体系严密的理论专著。符合以上要素的，无论是直接标名"文话"，还是称作"论文""文说""文谱""文谈"等名称，都应属于文话范畴。而作为"话"体批评形式，"论文"而非"选文"的文话尤其应注意与古文选本、古文评点区别开来。

## 第二节 文话溯源

文话之作始于北宋王铚，其《文话》亡佚已久。南宋陈骙《文则》或吕祖谦《丽泽文说》是目前可知的最早的文话①。若论其文体滥觞，则当追溯至更早。相比于诗话之源的人言言殊，对于文话之源，清人意见出奇一致，均将刘勰《文心雕龙》作为文话肇始，这可以梁章钜、胡珵二人的意见为代表。

梁章钜在刊于道光二十年（1840）的《楹联丛话》自序中说："窃谓刘勰《文心》，实文话所托始；钟嵘《诗品》，为诗话之先声。"②将《文心雕龙》与《诗品》分别作为文话、诗话之发端。胡珵与之稍异，他将《文心雕龙》作为诗话、文话的共祖，道光二十九

---

① 陈骙《文则》成书于1170年，吕祖谦《丽泽文说》大致成书于1169—1181年，具体时间不明，与《文则》同属文话创体之初的重要著作。具体论述参见附录一。
② 梁章钜:《楹联丛话自序》，中华书局1987年版，第7页。

年（1849），他在为金璋《潊芳斋卮言》所作序言中写道："昔刘知几纂《史通》，刘勰撰《文心雕龙》，二书为千古论史、谭艺之祖，后人踵之，遂分史评、诗文话两门，分隶史部、集部。"① 梁章钜随后又在刊于道光三十年（1850）的《制义丛话·例言》中重申己论："文之有话，始于刘舍人之《文心雕龙》。诗之有话，始于锺记室之《诗品》，降而宋王铚之《四六话》，近人毛奇龄之《词话》、孙梅之《赋话》，层见叠出。"② 这种观点得到广泛接受，孙福清《浦铣〈复小斋赋话〉跋》即云："文之有话，始于刘舍人之《文心雕龙》，诗之有话，始于锺记室之《诗品》。"胡鉴《丁绍仪〈听秋声馆词话〉跋》亦谓："文话推原于刘勰，诗话托始于锺嵘。"③ 以《文心雕龙》为文话之源，已是清人共识。民国时期，周锺游编辑文话丛书《文学津梁》，以任昉《文章缘起》置其首④；今人所编《丛书集成新编》"文话"类则以曹丕《典论·论文》发其端⑤。文话是论文的，毫无疑问继承了《典论·论文》《文心雕龙》以来的论文传统。文话中亦有如朱荃宰《文通》、吴曾祺《涵芬楼文谈》、姚永朴《文学研究法》这样有意模仿《文心雕龙》的体系周严的理论著述⑥，但大多数文话在形式上是随笔式的札记体，单以《文心雕龙》这样的体大思精之作或《典论·论文》这样的单篇文论作为文话之祖，并不能全面揭示文

---

① 胡珵：《金璋〈潊芳斋卮言〉序》，转引自王棻《永嘉县志》卷二十七《艺文志》，光绪八年（1882）刻本。
② 梁章钜：《制义丛话·例言》，陈居渊校点《制义丛话 试律丛话》，上海书店出版社2001年版，第7页。
③ 见唐圭璋编《词话丛编》，中华书局1986年版，第2841页。
④ 周锺游：《文学津梁》第1册，上海有正书局1916年刊本。
⑤ 见《丛书集成新编》第80册，台湾新文丰出版公司1986年版。
⑥ 明人罗万爵《文通序》云："朱子之为《文通》，其义况诸彦和之论文。"《四库全书总目·诗文评类存目》亦谓《文通》"盖欲仿刘勰《雕龙》而作。其末《诠梦》一篇，酷摹勰之自序"。吴曾祺则在《涵芬楼文谈序》中将己作自比于《文心雕龙》。姚永朴门人张玮亦在《文学研究法序》中称："（《文学研究法》）发凡起例，仿之《文心雕龙》。"

话的体制特征①。细究文话来源，可知其文体渊源，实非一端，以下试作分析。

## 一 文格的影响

文格专门论文，是由诗格发展而来的一种"格"类批评形式，兴起于唐，宋以后渐衰。见于书目的唐五代文格，尚有倪宥《文章龟鉴》、孙郃《文格》、王瑜《文旨》、王正范《文章龟鉴》、冯鉴《修文要诀》等②。现存元代陈绎曾《文章欧冶》可谓文格之遗响③，此书以《古文谱》为主，另附《四六附说》《楚赋谱》《汉赋谱》《唐赋附说》《古文矜式》《诗谱》，这些皆属"格"类著作，故《文章欧冶》实为包含文格、四六格、赋格、诗格的综合性"格"类著述。文格的撰述意图，或在于指导士子应举，或在于训示童蒙习文，陈绎曾即在序中指出其书是"童习之要"④，这种实用性目的也决定了文格对于纲目结构、承接转折等文法理论内容的关注。以《文章欧冶·古文谱》为例，它将古文分成叙事、议论、辞令三纲，作为"诸文体中皆通用"⑤之准则，又将古文结构分成起、承、铺、叙、过、结六种"体段"。当然，过分拘泥于此种章法，无疑会有陷入机械的时文结构的危险，故陈绎曾在指出此六段"大小诸文体中皆通用"的普遍适应

---

① 如吴曾祺《涵芬楼文谈》正文四十篇，颇具体系性，而篇末《杂说》则为收录35条文论的随笔札记体。
② 详见张伯伟《全唐五代诗格汇考》附录四《全唐五代诗文赋格存目考》，江苏古籍出版社2002年版，第574—576页。
③ 此书原名《文筌》，今名为朱权所改。参见王宜瑷所撰《历代文话·〈文章欧冶〉》解题及杜泽逊《明宁献王朱权刻本〈文章欧冶〉及其他》，杜文见《文献》2006年第3期，第185页。
④ 陈绎曾：《文筌序》，见《文章欧冶》卷首，王水照编《历代文话》第2册，复旦大学出版社2007年版，第1226页。
⑤ 陈绎曾：《文章欧冶》，王水照编《历代文话》第2册，复旦大学出版社2007年版，第1242页。

性后,又特意强调"可随宜增减,有则用之,无则已之,若强布摆,即入时文境界矣"①。《古文谱》接着标出"制法"九十字以为作文活法,并结合"三纲"和六种"体段"绘成图表(表1-2为"制法"中的"引"字法和"结"字法),以此来标示行文法则。此书名目甚多,颇为琐细,但其内容不出文法范畴。文格对文话内容上的影响,即在于对文法理论的关注。文法强调实用性与可操作性,既便于学生初学,亦便于教师教学。清代王葆心《古文辞通义》说:"尝考以定格论文者,宋人最盛,至明而极,由科举兴盛所生发也。"② 文话诞生于科举重文章的背景之下,故在创体伊始就延续了文格对格法的追求,以句法、章法等为核心理论。如陈骙的《文则》一书,撰述目的就在于总结为文之法则。其书既以细论修辞见长,又注重结构谋篇之法,其"丁"部、"己"部等论及的句法就有反复、对偶、倒装、析字、层递等多种。现存吕祖谦《丽泽文说》佚文集中于对段落、转折、行文节奏等内容的论述,"结文字,须要精神,不要闲言语""凡做简短文字,必要转处多,凡一转,必有意思则可"③ 等,皆属于句法、章法的内容。可以说,由南宋至晚清民国,由《文则》《丽泽文说》到薛福成《论文集要》、刘熙载《艺概·文概》,文法一直是文话的重要问题④。以收录古今十二部文话的民国丛书《文学津梁》为例,有正书局所撰的广告词便涵盖了文话的基本内容:"斯集所采录

---

① 陈绎曾:《文章欧冶》,王水照编《历代文话》第2册,复旦大学出版社2007年版,第1243页。
② 王葆心:《古文辞通义》卷十,王水照编《历代文话》第8册,复旦大学出版社2007年版,第7512页。
③ 张镃:《皇朝仕学规范》卷三十五《作文》引,《北京图书馆古籍珍本丛刊》第68册,书目文献出版社1988年版,第664页。
④ 刘师培《文说序》认为,历代论文著作,"所论之旨,厥有二端:一曰文体,二曰文法",也是将文法作为重要的论述内容。见王水照编《历代文话》第10册,复旦大学出版社2007年版,第9522页。

者，均为历代名人论文之作。有述文体之源流者，有论文章之优劣者，有研究段落篇幅者，有考求炼字造句者。"① 将文话内容分为四块，前二者分别是文体论和作品论，后二者均属文法论，文法也是《文学津梁》关注的重要内容。而从批评文体的兴衰看，文话正是在文格著作式微之后，承担起了继续讨论文法的任务。

表1-2　　　　《文章欧冶·古文谱·体制》（部分）②

| 结 | 引 | 制 |
|---|---|---|
| ○ | ○ | 叙 |
| ○ | ○ | 论 |
| ○ | ○ | 辞 |
| 结尾终篇 | 引洗入为本虚题词 |  |
| ●● | ○○ | 叙起 |
| ○● | ○○ | 过承 |
| ○● | ○○ | 结铺 |

---

① 见张翔鸾《文章义法指南》内封广告，上海有正书局民国六年（1917）版。
② 关于此图读法，尹春年有《〈古文谱〉体制法注》附于书后，注曰："此乃横看之图也。'引'字下三圈内，第一圈属'叙'字，二圈属'论'字，三圈属'辞'字。其下双行六圈内，第一圈属'起'字，二圈属'承'字，三圈属'铺'字，第四、五、六圈属'序'、'过'、'结'三字，盖'引'字之法皆可用之于'叙'、'论'等九字也，其下仿此。且白圈为用，黑圈不用。假如'结'字之下，自第一圈至第四圈皆黑者，结语不可用之于'起'、'承'、'铺'、'叙'故也，第五、第六皆白者，'过'与'结'相同故也。"《文章欧冶》，王水照编《历代文话》第2册，复旦大学出版社2007年版，第1330页。

文格在形式上对文话也有影响。诗格、文格等"格"类著述，为了指导和规范写作理论，一般会对诗文进行简要概括，从中提炼出若干格式作为学习范式。明人高儒《百川书志》称诗格著作《沙中金》是"以全诗、摘句定为格式"，称诗格《诗学禁脔》是"集唐人诗十五首聚为格式"①，这种提炼范式的做法在文话中得到继承。陈骙《文则》"丁"部八则全部论述行文章法，它从六经、诸子中总结出若干法则，如第一则将"上下相接、若继踵然"②的行文技巧归纳为"其体有三"，即"叙积小至大""叙由精及粗""叙自流极源"，并分别以《中庸》《庄子》《大学》证之。"辛"部则"考诸《左氏》，摘其英华，别为八体，各系本文"③，即从《左传》中归纳出八种文体风格，并附之以《左传》文例。而受此影响最为明显的，当数碑志义例类文话。此类文话专门研究碑志文章体例，始于元代潘昂霄《金石例》，继之以明代王行《墓铭举例》，至清代而大盛。潘昂霄推重韩愈文章，他以韩文为标准，归纳出碑版文章的条例。《四库全书总目》之《金石例》提要云："（是书）六卷至八卷，述唐韩愈所撰碑志，以为括例，于家世、宗族、职名、妻子、死葬日月之类，咸条列其文，标为程式。"④ 如卷七"书妻例"下分"书妻及曾祖、祖，不书妻之父例""书妻及妻之祖、父，不书妻曾祖例"等十一小例，每例下又引韩

---

① 高儒：《百川书志》卷十八《文史》，冯惠民、李万健等选编《明代书目题跋丛刊》，书目文献出版社1994年版，第1339页。
② 类似今日所谓"顶真"修辞法。
③ 陈骙：《文则》，王水照编《历代文话》第1册，复旦大学出版社2007年版，第177页。
④ 永瑢等：《四库全书总目》卷一九六《诗文评类二》，中华书局1965年版，第1791页。

文为证①。此书卷九云:"凡作文字,先要知格律,次要立意,次要语赡。"②明确将熟悉文章体式作为学文首要的任务。清代王塾在为族兄王芑孙《碑版文广例》所作序言中引芑孙语曰:"学古文者,当始由无例以之有例,继由有例以之无例。"王塾继而说:"此先生《碑版广例》所由作欤?"③他将《碑版文广例》的写作意图归于指导学文者"由无例以之有例",正是看出了此类碑志义例类文话的规范性。碑志义例类文话对作文"程式"的归纳,应是源于文格著作。

文格还在文体风格上影响了文话。"格"类著作均具有规范性、权威性特征,诗格如此,文格也不例外,故而文体风格均趋于郑重、严肃而又教条。文话继承了文格的教条性、规范性特征,如陈骙《文则》即被许为"操觚之定律,珥笔之初桄"④,潘昂霄《金石例》亦因其规范性特征,而称为"例"⑤。更多以"文法""文式""文谱"等命名的文话著作,从其书名即可见出文格的影响。前文已经提及,文话的风格不同于诗话的轻松活泼,而具有"庄论"特性。从批评文体的角度而言,这也是文格向文话渗透的结果,这种文体的渗透,使得文话风格最终偏离"话"体而近于"格"体。

---

① 如引韩愈《河南少尹李公志》中"公之配曰彭城刘氏夫人。夫人先卒,其葬以夫人祔。夫人曾祖曰子玄,祖曰𬘡,皆有大名",以之论证"书妻及曾祖、祖,不书妻之父例"。潘昂霄《金石例》卷七,王水照编《历代文话》第2册,复旦大学出版社2007年版,第1435页。

② 潘昂霄:《金石例》卷九,王水照编《历代文话》第2册,复旦大学出版社2007年版,第1478页。

③ 王塾:《碑版文广例叙》,《石刻史料新编》第三辑第40册,台湾新文丰出版公司1986年版,第225页。

④ 宋世荦:《重刊〈文则〉序》,王水照编《历代文话》第1册,复旦大学出版社2007年版,第195页。

⑤ 元人杨本称:"以其可法于天下后世,故曰例。"见《金石例》前序,王水照编《历代文话》第2册,复旦大学出版社2007年版,第1367页。

## 二 类书的影响

类书是独立于四部之外的特殊文献①，它把原始材料摘引撮述，分类编排，或供帝王参考之用，故有"皇览""御览"之名；或供学习作文②和临文时采摘典故、辞藻之用③。类书常设有《论文》门，有的称《评文》《文章》《作文》等。隋末虞世南编撰的《北堂书钞》是现存第一部类书，该书第一百卷已有《论文》门，收录了自《左传》以至陆机《文赋》、葛洪《抱朴子》的文论材料。《北堂书钞》中的《论文》门采用札记形式，每条互不相连，这已与后世"话"体著述形式无异，只是杂论各体，尚未专门论文。其后唐初欧阳询《艺文类聚》卷二二《人部六》设有《质文》类，胪列《左传》《庄子》等典籍中关于质文关系的言论。这种专门设置《论文》类的传统也为宋以后许多类书所继承，而且随着诗文分途，诗歌渐渐退出《论文》门，《论文》门所论文体渐渐只限于文章。如宋章如愚《山堂考索》卷二一至卷二二文章门下设有"评文类"与"评诗类"，分别论文与论诗；宋潘自牧《记纂渊海》著述部下亦分"评文"与"评诗"。

类书中的《论文》门采用随笔札记体的形式，将各种文献中的论文言论辑录在一起，而文话正是采用这种体裁的论文专著，无论内容还是形式，类书均已开启后世文话之先河。再者，类书的特点是"述

---

① 类书性质特殊，与经、史、子、集有别，传统四部分类法中多将其寄居于子部之下。
② 据刘肃《大唐新语》卷九记载，玄宗谓张说："儿子等欲学缀文，须检事及看文体。《御览》之辈，部帙既大，寻讨稍难。卿与诸学士撰集要事并要文，以类相从，务取省便。令儿子等易见成就也。"中华书局1984年版，第137页。
③ 《四库全书总目》之《源流至论》提要云："宋自神宗罢诗赋，用策论取士，以博综古今、参考典制相尚，而又苦其浩瀚，不可猝穷，于是类事之家，往往排比联贯，荟萃成书，以供场屋采掇之用。"中华书局1965年版，第1151页。

而不作",专门辑录前人论文之语,不加入编者言论,这种采集众说、不加论断的编辑方式,也为后世许多文话所采用,宋王正德《余师录》、明曾鼎《文式》等文话皆用"辑而不作"的形式。而有些类书,因其所辑论文条目价值较高,往往被后人将其论文部分裁出单行,直接以文话视之。如宋代张镃《仕学规范》(《宋史·艺文志》列入类事类)、王应麟《玉海》(《四库全书总目》等列入类书类)、明代唐顺之《荆川稗编》(《四库全书总目》等列入类书类)均为著名类书,《仕学规范》中的《作文》部分、《玉海》所附《辞学指南》《荆川稗编》中《文章杂论》部分,理论价值较高,并辑有不少稀有文论材料,均被王水照先生收入《历代文话》之中。其实,清人已经注意到类书与诗话、文话等"话"体批评形式之间的内在关联。何文焕在《历代诗话·凡例》中说:"诗话贵发新义,若吕伯恭《诗律武库》、张时可《诗学规范》、王元美《艺苑卮言》等书,多列前人旧说,殊无足取。"① 姑且不论《诗律武库》等书价值究竟如何,他将《诗律武库》《诗学规范》当作诗话看待,本身就是饶有意味之事。《诗律武库》为吕祖谦所编的一部文史典故类书②,该书卷十一《文章门》、卷十二《诗咏门》③ 分论诗、文,大概因为书名中特别标示"诗"字,故何氏将其归入"诗"话。而张时可《诗学规范》就是张镃(字功甫,又字时可)所编类书《仕学规范》中的《作诗》部分。既然《作诗》可以归入诗话,那同出自《仕学规范》的《作文》部分归入文话也应是情理中事。在何文焕看来,类书中的《论文》门、

---

① 何文焕:《历代诗话·凡例》,中华书局1981年版,第1页。
② 《四库全书》类书类存目、《四库全书简明目录》《中国古籍善本书目》《中国丛书综录》等皆将《诗律武库》列入类书类。何文焕指责《诗律武库》《诗学规范》"多列前人旧说",其实,应该更进一步说,是"全列前人旧说"才对,而这正是类书的特性。
③ 吕祖谦:《诗律武库》,黄灵庚、吴战垒主编《吕祖谦全集》第16册,浙江古籍出版社2008年版。

《论诗》门与"文话""诗话",本质并无二致了。综上,从文体形式来说,类书无疑对后出的诗话、文话产生了重要影响。后世类书中的《论文》门、《论诗》门有时也被直接视作诗话、文话,这正说明类书与诗话、文话等"话"体批评著作间的密切关联。

### 三 诗话的影响

文话采用札记随笔体,运用散点式分析,在体制上与诗话相像,也明显受到诗话的影响。北宋末年王铚在《四六话》序中提及他撰有《文话》,又称其父曾"学文于欧阳文忠公",而欧阳修正是首部诗话的创制者。从学术渊源考虑,王铚《文话》之作,或许也受到欧阳修《诗话》影响。

首部诗话产生于宋神宗熙宁四年(1071)欧阳修退居汝阴时期,此后司马光《续诗话》、刘攽《中山诗话》、魏泰《临汉隐居诗话》等一批诗话相继问世。王铚《文话》虽撰于宣和四年(1122)之前,但此书属空谷足音,并没有带动他人的文话写作。文话一体得到普遍接受,是在南宋陈骙《文则》(1170)、吕祖谦《丽泽文说》问世之后。从诗话产生到文话兴起的这一百年间(1071—1170),诗话起到了记录论文言论的作用,是文话的主要寄生载体。早期诗话如宋代陈师道《后山诗话》、唐庚《唐子西语录》①、范温《潜溪诗眼》等,皆有许多论文内容。

早期诗话之中收录论文的内容,有多种原因:或是因为诗、文本有相通之处,论诗时难免及于文。如范温《潜溪诗眼》云:"古人律

---

① 《绛云楼书目》《四库全书总目》《苞庐诗话》等作《唐子西文录》。

诗亦是一片文章，语或似无伦次，而意若贯珠。"① 《王直方诗话》云："子美到夔州后诗，退之自潮州还朝后文，皆不烦绳削而自合。"② 此二例将诗、文并举，以说明其共性；或是为了更加突出诗歌之特性，而将诗、文对举，这样自然也就论及文章。如陈师道《后山诗话》引黄庭坚语："诗文各有体，韩以文为诗，杜以诗为文，故不工尔。"③ 诗、文对比说明，更具说服力。

对于文话的诞生而言，更具意义的是诗话中纯粹论文的条目，这些条目并不论及诗歌，已与后世文话内容无异。如范温《潜溪诗眼》中记录黄庭坚与曾巩探讨班马、庄左优劣之语云：

> 时曾子固曰："司马迁学《庄子》，班固学《左氏》，班、马之优劣即《庄》《左》之优劣也。"公（黄山谷）又曰："司马迁学《庄子》既造其妙，班固学《左氏》未造其妙也。然《庄子》多寓言，架空为文章；《左氏》皆书事实，而文调亦不减庄子，则《左氏》为难。"子固亦以为然④。

又如《王直方诗话》中的一则，引东坡论文云："韩退之尝自谓不逮子厚，至《送李愿归盘谷序》一篇，独不减子厚。"⑤ 这里记录的完全是有关散文之论，与诗无涉。在诗话之中存在纯粹论文的条目，这主要是由文话与诗话产生的时间之差所造成。随着诗话中论文成分的不断增多，其性质也有所变化，由单纯的诗话渐变为诗文合话。如《王直方诗话》一书，两宋之际的《郡斋读书志》《遂初堂书

---

① 郭绍虞：《宋诗话辑佚》，中华书局1980年版，上册，第318页。
② 同上书，第101页。
③ 何文焕：《历代诗话》，中华书局1981年版，第303页。
④ 郭绍虞：《宋诗话辑佚》，中华书局1980年版，上册，第327页。
⑤ 同上书，第102页。

目》《苕溪渔隐丛话》《类说》等著作皆称其为《王直方诗话》，但同在两宋之交的方深道《诸家老杜诗评》则已改称为《归叟诗文发源》，随后南宋张镃《仕学规范》、元代王构《修辞鉴衡》征引时亦称其为《诗文发源》。《王直方诗话》何以会产生《诗文发源》这种异名？郭绍虞先生推测原因说："今考《修辞鉴衡》所引各条，每多纯粹论文之语，岂此书原称《诗话》，其后增益论文之语，遂改称《诗文发源》欤？"①郭先生的推论应离事实不远。此书含有较多的论文条目，遂导致在流传过程中产生了《诗文发源》的异名，而《诗文发源》之名的产生也是对其诗、文合话本质的揭示。

两宋之交至南宋初年，产生了不少诗文合话著作，较有代表性的如蒲大受《蒲氏漫斋录》、王直方《王直方诗话》等。这些著作虽已散佚不全，但从现存佚文来看，论诗、论文的条目均有不少。由诗话衍生出诗文话，再从诗文话中剥离而出，专论散文的文话最终产生。由寄生于他体，到成为一种新的批评文体，文话的产生是以文体学的发展为背景的。自唐以后，诗文之分逐渐取代文笔之分，而宋人尤重辨体，注意到诗、文各自不同的文体特征、功能作用。上文所举《后山诗话》"诗、文各有体"之论即是代表，再如《王直方诗话》云："秦少游言人才各有分限，杜子美诗冠古今，而无韵者殆不可读。曾子固以文名天下，而有韵辄不工，此未易以理推也。"②秦观认为人之才性不同，导致诗、文创作也各有所擅。辨体意识的增强，使得"诗和文，诗论和文论就成为经常分途的现象了"③，文话也就从诗文话中独立而生了。

---

① 郭绍虞：《宋诗话考》，中华书局1979年版，第129页。
② 郭绍虞：《宋诗话辑佚》，中华书局1980年版，上册，第101页。
③ 郭绍虞：《试论"古文运动"——兼谈从文笔之分到诗文之分的关键》，《照隅室古典文学论集》下编，上海古籍出版社1983年版，第106页。

## 四　其他文体的影响

散点透视式的论文札记,是多数文话的体制特征。如前所述,这种特征源于类书和诗话。有些笔记著作也采取了这种形式,最为明显的一例便是北宋王得臣所撰笔记《麈史》。《麈史》设有"诗话""论文"两门,将论文札记单独归为一门,其实已可视为文话的雏形。据四库馆臣考证,《麈史》成书于绍圣四年至政和五年(1097—1115)之间,上距欧阳修撰写《诗话》(1071)不过二十余年光景,故他在书中仿效欧阳修《诗话》,将自己撰写的论诗条目汇集一处,亦称《诗话》。同时,他又将论文条目收集一处,称《论文》,与《诗话》相对。王得臣为王铚从伯父①,他在《麈史》中分设《诗话》《论文》二门,对王铚一人而作《诗话》和《文话》二书,应有直接的影响。而宋代文人喜好雅集闲谈,论诗谈文是其间重要的内容。当时文人好论文、善论文者很多,如《冷斋夜话》云:"李格非善论文章。"② 陈师道《后山诗话》云:"孙莘老喜论文。"时人的论文之语常被记录于笔记著作之中,因而宋代笔记中收录着大量文论③。笔记中的这些文论又成为后来辑录体文话的材料来源,文献来源的性质也就影响到文话的性质。以南宋王正德《余师录》为例,明代《文渊阁书目》

---

① 王得臣(1036—1116),字彦辅,嘉祐四年进士,其与王铚关系,可参见张剑《王铚及其家族事迹关系考辨》一文,载于《中国社会科学院文学研究所所刊》2008年卷,中国社会科学出版社2008年版。

② 惠洪《冷斋夜话》云:"李格非善论文章,尝曰:'诸葛孔明《出师表》、刘伶《酒德颂》、陶渊明《归去来辞》、李令伯《陈情表》,皆沛然从肺腑中流出,殊不见斧凿痕。是数君子,在后汉之末,两晋之间,初未尝以文章名世,而其意超迈如此,吾是知文章以气为主,气以诚为主。'"陈新点校《冷斋夜话　风月堂诗话　环溪诗话》,中华书局1988年版,第26页。

③ 今人罗根泽先生曾搜集宋代笔记中的论文之语辑成《笔记文评杂录》《笔记文评新录》,见《罗根泽古典文学论文集》,上海古籍出版社1985年版。

《秘阁书目》《菉竹堂书目》等多种书目便因其多收笔记著作的论文内容，而将其归入"子杂"类。

为了延续家族文学传统，使得门风不致中辍，古人常于家训之中论文谭艺，教导后人文章要义。刘宋颜延之《庭诰》、萧齐张融《诫子》等家训之中已有论文之语，隋初颜之推《颜氏家训》有《文章》篇，尤为出名。不过这些家训中的文论尚属只言片语或是单篇文论，当家训之中的论文之语占据相当篇幅之时，也就与文话的形式相仿佛了。北宋末年吕本中撰有《童蒙训》，张镃《仕学规范·作文》从中征引论文条目多至二十七条，王构《修辞鉴衡》论文部分则从中采择二十六条。而南宋初年孙奕所撰家训《履斋示儿编》中有《文说》三卷①，专门论文，已具文话性质。文话问世之后，仍有在家训之中论文的，若具备札记体形式，亦可以文话视之。如南宋楼昉的论文专著《过庭录》，从书名看，似乎便与家训相关。明末清初傅山所撰《家训》之中，分《训子姪》《文训》《诗训》《韵学训》《音学训》《字训》《仕训》《佛经训》《十六字格言》②，其中的《文训》即是论文札记。

属于题跋体的"读……后""书后"类札记短文，对于文话的形成也有一定影响。"它们大多为由原书（原文）引申发挥、记录读书心得之作"③，诞生于唐代古文家之手，如韩愈作有《读〈荀子〉》，柳宗元作有《读韩愈所著〈毛颖传〉后题》等。然唐人作品尚不多，至北宋时，文人开始大量创作此类题跋。欧阳修撰有《集古录跋尾》

---

① 孙奕：《履斋示儿编》，《北京图书馆古籍珍本丛刊》第70册，书目文献出版社1988年版。
② 傅山：《家训》，《霜红龛集》卷二十五，山西人民出版社1985年影印宣统三年（1911）山阳丁宝铨刊本。
③ 朱迎平：《宋代题跋文的勃兴及其文化意蕴》，《文学遗产》2000年第4期。

和《杂题跋》。苏轼、黄庭坚也都作有大量题跋文章。此类读文题跋本是书于原文之后，后来可以脱离原书或原文，单独置于文集之中。此类文体对于创立文话的启示在于，当把本来分散的读文题跋汇集一处时，其内容和形式已然具备后世文话的特征。彭国忠先生认为，欧阳修《集古录跋尾》对于《六一诗话》的形成在内容和体制上均有影响[①]。这是从《集古录跋尾》中论诗条目来看其对诗话的影响。《集古录跋尾》中亦有论文条目，如其中二则云：

> 《唐阳武复县记》：唐衢文世所罕传者，余家《集录》千卷，唐贤之文十居七八，而衢文只获此尔。然其气格不俗，亦足佳也[②]。

> 《唐樊宗师〈绛守居园池记〉》：右《绛守居园池记》，唐樊宗师撰，或云此石宗师自书。呜呼！元和之际，文章之盛极矣，其怪奇至于如此[③]！

以上两则跋尾均论及记体散文。不过总体看来，《集古录跋尾》主要是从金石学角度置评，涉及文章学的条目很少。对后来文话有着更为实际影响的跋尾，当数南宋初年王十朋（1112—1171）的读文札记。王十朋《梅溪集》中有《读苏文》三则：

> 唐、宋文章，未可优劣。唐之韩、柳，宋之欧、苏，使四子并驾而争驰，未知孰后而孰先，必有能辨之者。

---

[①] 彭国忠：《论欧阳修〈集古录跋尾〉的文学批评价值》，《古代文学理论研究丛刊》第21辑，华东师范大学出版社2003年版，第189—192页。
[②] 欧阳修：《集古录跋尾》卷八，李逸安点校《欧阳修全集》第5册，中华书局2001年版，第2268页。
[③] 欧阳修：《集古录跋尾》卷九，李逸安点校《欧阳修全集》第5册，中华书局2001年版，第2281页。

不学文则已，学文而不韩、柳、欧、苏是观，诵读虽博，著述虽多，未有不陋者也。

韩、欧之文，粹然一出于正；柳与苏好奇，而失之驳。至论其文之工、才之美，是宜韩公欲推逊子厚，欧阳子欲避路、放子瞻出一头地也。绍兴庚午七月上澣日，读《东坡大全集》于会趣堂，因题于后①。

从末句"读《东坡大全集》于会趣堂，因题于后"来看，这三则《读苏文》属于"读后"类的题跋，每则均论述对苏文的看法，内容各自独立，互不相犯。将这三则相连的《读苏文》别裁单行，可以视之为一部微型的文话。王十朋又著有《杂说》五则，其中第四、第五则均是论文札记：

贾谊《过秦论》、班固《公孙弘赞》、韩退之《进学解》，真文中之杰也。予少时诵之至熟，今为昏忘所夺，心能记之，口不能道，聪明不及于前时，宜古人之兴叹也。贾谊赋过相如，扬子云不知也；柳子厚《平淮西》，雅过韩退之，子厚自能知之。子厚之文，温雅过班固；退之之文，雄健过司马子长；欧阳公得退之之纯粹，而乏子厚之奇；东坡驰骋过诸公，简严不及也。

唐宋之文，可法者四：法古于韩，法奇于柳，法纯粹于欧阳，法汗漫于东坡。余文可以博观，而无事乎取法也②。

《读苏文》作于"绍兴庚午"，即南宋高宗绍兴二十年（1150），

---

① 王十朋：《读苏文》，梅溪集重刊委员会编《王十朋全集》文集卷十四《杂著》，上海古籍出版社1998年版，第798页。
② 王十朋：《杂说》，梅溪集重刊委员会编《王十朋全集》文集卷十四《杂著》，上海古籍出版社1998年版，第801页。

《杂说》虽无明确的写作时间，但大致与《读苏文》相距不远。北宋宣和年间，王铚作有《文话》却佚而不传，其后文话撰写有近五十年的空白期。这期间，王十朋的读文札记对于文话的形成当有重要的影响。

综上所论，文话的源头实际可以追溯到多种著述形式。从内容上言，文话继承了《典论·论文》《文心雕龙》以来的论文传统；从文体风格而言，文话承袭了专论格法的文格的板正严肃之风；从札记式的体制特征而言，文话则受到类书、笔记、诗话、家谱等影响。而这些影响文话形成的著述形式，它们之间的关系也较复杂，比如，家训之中一般既有谈文的部分，也有论诗的部分，《童蒙训》便是如此，其论文条目被《仕学规范》《修辞鉴衡》多有征引，论诗的条目则被明人专门辑录成册，称《童蒙诗训》[①]，可见家训对诗话的形成也应有一定影响。而从辑录式的体制特征来看，产生时间在前的类书对诗话也有影响，然后又与诗话一道对文话的结构形式产生了影响。总之，前文所论多种著述形式，对文话的影响或有小大之别、轻重之分，但作为文话产生之前的萌芽或潜在发展因素，均起到了一定的作用。文话的产生是诸体共同作用的结果，而非某一文体直接的产物。

---

① 明代叶盛《菉竹堂书目》卷四、杨士奇《文渊阁书目》卷十均著录《童蒙诗训》，后亡佚不存。今人郭绍虞又重新辑有《童蒙诗训》，收于《宋诗话辑佚》之中。

# 第二章 清文话的总貌与特征

　　文话著作产生于南宋，作为文章学的重要批评形式，文话在清代获得极大发展，总数超过宋、元、明三代之和，佳作如林。清代文话的繁荣，推其原因，或有以下几端。其一，宋元以来文章学理论的积累和发展，在清代出现了集成现象。在文道论、创作论、风格论、文体论等方面，清人作了诸多探讨和总结。文话因其专著的性质，成为提出理论的适宜平台。其二，域外文学理论的影响与交融。晚清以降，域外文学思潮传入禹域，《法兰西文学说例》等为中国学人开启了新的视窗，小说、戏曲等通俗文体被纳入文话；加之遭遇时代变局，保存国粹之危机、日人《汉文典》等带来的压力[①]，出现了一批总结汉字与汉语文章特色兼有语法著作性质的文话。其三，清代文章创作的繁荣。清代文章写作无论骈散皆取得极高成就，这带动了清人论清文的热情，成为文话中有关文章批评的一类。其四，科举的影

---

　　① 日人于明治年间撰写了三十余部《汉文典》《清文典》之类研究中国语言文法的著作，参见袁广泉《清末民初中日文法学交流初探》，收入狭间直树、石川祯浩主编、袁广泉等译《近代东亚翻译概念的发生与传播》，社会科学文献出版社2015年版，第150页。

响。文话在南宋产生之初便与指导士子应试有关，清代科举取士制度愈发稳定，文话仍在一定程度上承担着指导应试的任务，大量制艺话应运而生的同时，许多古文话往往也兼论时文。

## 第一节　清文话的成书形式

以文话的成书形式论，清代文话体式多元。有论文专著，如赵吉士《万青阁文训》、张星鉴《仰萧楼文话》等；也有为读书笔记中之一部分者，如姚范《文史谈艺》本为《援鹑堂笔记》中之一卷，方宗诚《读文杂记》《论文章本原》均出自《柏堂读书笔记》；有汇总各种批评文体而成者，如包世臣《艺舟双楫·论文》是集其论文书信、序跋、单篇文论等而成。王昶《述庵论文别录》是集录其十六篇论文书信而成；亦有本无其书，后人蒐罗前人论文之语，汇为一册、定一新名者，如《昭代丛书》所收魏际瑞《伯子论文》、魏禧《日录论文》，皆为张潮从二魏著作中选录编辑而成。《中国学报》1912年第2期、1913年第3期文学版接连刊出《张廉卿先生论文书牍摘钞》，亦是后人在张裕钊身后选其书牍而编成；而清代文话又有一种特殊形式，即编者将前人手书文章评语剪裁后粘贴于经折装之上，成一新书。此举在剪贴者而言，或仅为欣赏原作者的书艺而为，然从辑录的内容来看，已具备文话的性质。如何焯评阅时文的批语，被后人剪贴于一处，称《时艺书评》[①]。张裕钊为张一麐习作所下批语，也被后

---

[①] 何焯：《时艺书评》，藏于上海图书馆。

者汇贴于经折装之上，王欣夫称为《濂亭评文》①。此类文话在文章学意义之外，还兼有书法和文物价值。

还有的清文话则与修辞学、语法学著作混在一起。晚清开始兴起近代修辞学、语法学研究，在学科产生之初，界限并不明晰。第一部语法学著作即马建忠《马氏文通》的最终用意还在于为文，基于《文心雕龙》"因字而生句，积句而成章，积章而成篇"的理论，他从文字、句法这些文学"可授受者"入手，"以深求夫不可授受者"，即达到"刘氏所论之文心，苏辙氏所论之文气"②。光绪三十一年（1905）出版的龙志泽《文字发凡》一般被认为是修辞学著作，其书卷一《正字书》，卷二《词性学》，卷三《修辞学》，卷四《文法图说》③，性质较为驳杂，卷四属于文话性质。光绪三十二年（1906）出版的来裕恂《汉文典》分为《文字典》和《文章典》两部分④，将语言学著作与文话合著。在受西方语言学影响的背景下，日本学者也是将语法、修辞、文话综论。明治三十九年（1906），日人广池千九郎编成《支那文法书批阅目录》，叙录中、日两国文法书籍。其中清代部分既有王引之《经传释词》《经义述闻》和马建忠《马氏文通》等传统小学或近代语法学著作，又有唐彪《读书作文谱》《父师善诱法》，方宗诚《论文章本原》，张秉直《文谈》等数种文话⑤，反映了近代学科分类之初界限的模糊。文话写作的繁荣，也带动了清代文话丛书的出版。较著者有嘉庆二十五年（1820）于学训编《文法合刻》，收录文话七种，其中清代文话有六种；卢见曾编《金石三例》、李瑶编

---

① 张裕钊：《濂亭评文》，藏于复旦大学图书馆。
② 马建忠：《马氏文通序》，商务印书馆1932年版，第3页。
③ 龙志泽：《文字发凡》，光绪三十一年（1905）上海广智书局铅印本。
④ 来裕恂：《汉文典》，高维国、张格《汉文典注释》，南开大学出版社1993年版。
⑤ [日] 广池千九郎：《支那文法书批阅目录》，明治三十九年（1906）稿本，藏于早稻田大学图书馆。

《校补金石例四种》、朱记荣编《金石全例》则为金石文话总集；民国初年周锺游编辑的《文学津梁》收录文话十二种，其中清代文话居半。刘熙载《艺概》原有《文概》《诗概》《经义概》等六种，周锺游从中专门抽出《文概》列于丛书之中，其专收古文话之意甚明。另外，光绪五年（1879）上海淞隐阁印有《国朝名人著述丛编》，所收十五种书皆为诗文评，其中文话有顾炎武《救文格论》一卷、黄宗羲《金石要例》一卷、黄与坚《论学三说》一卷，均为清初文话。

清代文话中还出现了新的体式——论文绝句和论文连珠。历代以绝句论诗、论词、论艺者习见，但在清代以前，以绝句论文的却未得见。清人秉着填补艺林缺典的心态创作出十余种论文绝句，时间较早且数量较多者有钱梦铃《论文绝句》八十首、徐湘潭《论文绝句一百七十五首》等。清代论文绝句论及多体，汪辉祖《论文绝句》十二首专论时文，王锡纶《论文绝句》七十五首论古文，其中有三十三首专论清代本朝文章，谭莹《论骈体文绝句十六首》则专论骈文。连珠为传统文学文体样式，骈俪多韵，历代未见有以其论文者。《大陆》杂志1902年第二号刊有唐浏阳（唐才常）遗稿《论文连珠十首》，纵论历代文章，亦属发明。

## 第二节　清文话的研讨文体

文话自然是话"文"的。不过"文"历来是颇为复杂的一个概念，文话也难以像诗话、词话那样纯粹，清人文话也因对文的理解不同而内容有异。其一，清文话有综论各体的。如赵曾望《蔷播檃论文》对诗、赋、散文诸体皆有涉及①。宋恕《六字课斋文话初编》则骈体、散体、诗歌乃至经解、楹联、传奇无体不包②。其二,清文话有明确将"文"固守为一体的。李元度撰《古文话》专论"古文":"今诗话、四六话既有专书,则凡论诗、论四六者,皆当沟而出之。"③ 黄宗羲《金石要例》专论金石文章,孙梅《四六丛话》专论四六,孙万春《缙山书院文话》专论八股时文,董良玉《公文缘起》专论公文。其三,清文话有杂论古文、时文的。清初唐彪《读书作文谱》卷七《文章诸法》自注云:"卷内所载文章诸法,其古文、时艺合者,或专就古文言,以该时艺;或专就时艺言,以该古文。至于法不相合者,则提出古文、时艺名目,分阐其理。"④ 由于"以古文为时文"被普遍视为时文写作的向上一路,清代的时文话往往借古文以自重,故多论及古文。刘大櫆《时文论》甚至认为"谈古文者,多藐视时文,不知此亦可为古文中之一体"⑤,径将时文纳入"古文"类属之下。其四,清文话有杂论古文、骈文的。清初张谦宜《絸斋论文》主要讨论古文,卷四"四六文以骨能载肉,气足充窍为上"一条下自注曰:"以下骈文。"⑥ 此条及以下共八则研讨的对象都是骈文,是典型的置于古文话之中的骈文话。骈散合一的文体观念在清中叶流

---

① 赵曾望:《葘畬檪论文》,书成于光绪二十年(1894),笔者所用为民国八年(1919)石印本。
② 宋恕:《六字课斋津谈》词章类第十二,胡珠生编《宋恕集》,中华书局1993年版,第91页。
③ 李元度:《古文话序》,《天岳山馆文钞》卷二六,《续修四库全书》第1549册,第407页。
④ 唐彪:《读书作文谱》,王水照编《历代文话》第4册,复旦大学出版社2007年版,第3480页。
⑤ 刘大櫆:《时文论》,光绪元年(1875)刊本《刘海峰稿》附录。按:通行的上海古籍出版社《刘大櫆集》据同、光间《海峰诗文集》收录的《时文论》,凡6则,而南京图书馆所藏光绪乙亥刊本《刘海峰稿》所附《时文论》凡18则,比通行本多出12则,此则即在其中。
⑥ 张谦宜:《絸斋论文》,《续修四库全书》第1714册,第450页。

行以后，清人对骈文的讨论附着于古文话之中的现象更为习见，整个清代纯粹的四六骈文话著述较少。其五，清代文话中还有将"文"视为"艺"之一种，从"艺术通论"角度论文的，这类文话往往出自兼通多种艺术门类者之手。明末清初书法家王铎撰有《文丹》，《文丹》所论之"文"，既似古文，又似书法①；晚清文论家、书法家刘熙载有《游艺约言》，其书将诗、文、书、画综论："无论文章书画，俱要苍而不枯，雄而不粗，秀而不浮。"②"夫文章书画，亦欲其真而已矣。"③ 书中内容皆是如此将"文章书画"一并论之的。

  清代文话研讨的文体往往还与学术风气的转向有关。典型者如清代出现了大量的金石义例类文话。此类文话始自元代潘昂霄撰《金石例》，其后明代王行撰《墓铭举例》，数量很少。清初黄宗羲撰有《金石要例》，乾嘉以降，金石义例类文话大兴。举其著者，便有梁玉绳《志铭广例》二卷、王芑孙《碑版文广例》十卷、冯登府《金石综例》四卷、李富孙《汉魏六朝墓铭纂例》四卷、刘宝楠《汉石例》六卷、梁廷枏《金石称例》四卷、《续金石称例》一卷、吴镐《汉魏六朝志墓金石例四卷附唐人志墓诸例》、郭麐《金石例补》二卷、鲍振方《金石订例》四卷、李遇孙《金石余论》一卷、黄任恒《石例简抄》四卷等。金石义例类文话历经元明两代的衰微而在清代勃兴，主要与清代朴学的繁荣有关。朴学是清代学术的主流，作为朴学分支，金石学在清代同样兴盛，人才辈出，以至于有"今之学者，人人

---

  ① 王铎：《文丹》，《拟山园选集》卷八二，《四库禁毁书丛刊》集部第88册影印顺治十年刻本。按：《清代诗文集汇编》所收《拟山园选集》无卷八二。
  ② 刘熙载：《游艺约言》，薛正兴点校《刘熙载文集》，江苏古籍出版社2001年版，第757页。
  ③ 同上书，第763页。

郑许，家家金石"之说①，这也直接推动了清文话中金石义例类的繁荣。如阮学浩与多位四库馆臣交谊深厚，受到汉学风气影响，据其子阮葵生称："晚年不多为诗，专治古文，讲明格法，考究金石义例。"② 很能说明时风之盛。

　　清代文话的"文"的内涵的变化，还与政令科举的变化有关。文话自宋代产生起，便与科举多有关联。清代文话中用于科举考试的也很多，诸多制艺话、时文话的产生均与科举有关。文话的编撰者对朝廷教育政令和科举变革非常关注。1904年颁布的《奏定大学堂章程》要求"中国文学门"主课开设"古人论文要言"，《奏定大学堂章程》解说道："历代名家论文要言，如《文心雕龙》之类，凡散见子史集部者，由教员搜集编为讲义。"③《奏定中学堂章程》在"中国文学门"要求："次讲中国古今文章流别、文风盛衰之要略，及文章于政事身世关系处。"④ 大、中学堂要求开设"古人论文要言""古今文章流别、文风盛衰"类课程，于是促进了相关文话的撰写。姚永朴在任教京师法政学堂、北京大学期间，先后编撰《国文学》《文学研究法》，前者即为"古人论文要言"类的辑录体文话，后者为自编的理论概论书籍。据慈波统计，《历代文话》所收30种清末民初文话中，"可以确定为各类学校教科书的就多达17种"⑤。比如《历代文话》中收录的陈康黼《古今文派述略》，为陈康黼在任浙江第四中学、浙

---

　　① 王芑孙：《碑版文广例》卷一，《石刻史料新编》第三辑第40册，台湾新文丰出版公司1986年版，第232页。
　　② 阮葵生：《显考缓堂府君行述》，《七录斋文钞》卷六，《续修四库全书》第1446册，第145页。
　　③《奏定大学堂章程》，见璩鑫圭、唐良炎编《中国近代教育史资料汇编：学制演变》，上海教育出版社2007年版，第365页。
　　④ 同上书，第329页。
　　⑤ 慈波：《学堂讲授与文话书写——晚清民初教育转型之际的文话考察》，《学术研究》2011年第8期。

江第四师范经史古文讲席时所编。除《历代文话》之外，此类文话尚有不少。光绪三十四年（1908），浙江瑞安人池虬任温州师范学堂国文教席，编成教学讲义《中国历代文派沿革录》，这也是讲述"古今文章流别、文风盛衰之要略"的文话①。这些学堂教材新意较少，较为系统全面，是学制改革的产物。

而科举政策稍微有些风吹草动，便会带动文话编撰的改弦更张。典型者如光绪二十四年（1898）五月丁巳，因感于"时文积弊太深，不得不改弦更张"②，作为戊戌变法的系列改革措施之一，光绪帝下谕改革科考文体，由八股改为主试策论。但在同年八月乙巳，科举新政就在慈禧的直接干预下废止，重新改回原有的八股取士制度。然而变法虽只维持百日之久，却已迅速带动文话写作的转向。是年夏六月，科举改革一月之内，广东人李芳楼即编成了针对策论考试的《史论初阶》。该书于卷首刊出了最新的科举考试文体变化规定：

> 光绪二十四年五月初五日奉上谕：科场废八股，改试论策。……旋经六月初一日，两湖总督张之洞、湖南巡抚陈宝箴奏请，于乡、会试头场，试以历朝史论及本朝政治得失。二场试以时务、各国政治及专门之学。三场试以四书义及五经义，学政、岁科两考各生童亦以此例推之。先试经古一场，首题史论；次题时务策。正场首题四书义，次题五经旧义③。

科举文体突然改革，引来士子的慌乱。《史论初阶》序说："今

---

① 池虬：《中国历代文派沿革录》，光绪三十四年（1908）石印本。
② 王炜：《〈清实录〉科举史料汇编》，武汉大学出版社2009年版，第1053页。
③ 李芳楼：《史论初阶》卷首附，粤东福芸楼版，澳门大学图书馆藏。

夏，八股废，咕哔之士咸束手。"① 专攻八股制义的士子对策论并不擅长，促使了策论文话著作的产生。《史论初阶》强调："史论与八股不同。八股以理法为重，且多是对偶文字。……今史论则以议论为重，且纯是段落文字。"②

光绪二十七年（1901），迫于朝野内外的压力，清廷终将科举文体由八股改为以策论为主。本年七月己卯，谕内阁："着自明年为始，嗣后乡、会试头场试中国政治史事论五篇，二场试各国政治艺学策五道，三场试四书义二篇、五经义一篇……"与三年前的改革措施大致相似，并明确规定："一切考试，凡《四书》《五经》义，均不准用八股文程式。策论均应切实敷陈。"③ 新政出台的同年，著名学者王葆心便应书商之邀编成《经义策论要法》，此书跋语谓："本书坊延请王先生撰辑，初名《科举新章绎语》，继改今名。"④ 书商反应之迅疾、相关文话与科举关系之紧密据此可见一斑。科举文体的变化，使得传统文话的出版有了一定压力。光绪二十八年（1902），张美翊跋其师薛福成《论文集要》时不得不承认："方今朝廷庶政维新，改变科举，经义策论当有所宗。"他感到《论文集要》并非针对策论，出版不合时宜，于改革后的科考应试并无益处，只得勉强解释："是篇虽不为科举而设，然使读者知驳杂猖狂之不可为，以蕲寻文章源流正变之所在。"⑤ 晚清科举以策论取代八股，使得研究策论的文话著作突增，直到民国时期影响犹在。民国五年（1916），

---

① 黄庆枢：《李芳楼〈史论初阶〉序》，李芳楼《史论初阶》卷首，粤东福芸楼版，澳门大学图书馆藏。
② 李芳楼：《史论初阶》，粤东福芸楼版，澳门大学图书馆藏。
③ 王炜：《〈清实录〉科举史料汇编》，武汉大学出版社2009年版，第1077页。
④ 江夏陈氏主人：《经义策论要法跋语》，余祖坤编《历代文话续编》中册，凤凰出版社2013年版，第1159页。
⑤ 张美翊：《薛福成〈论文集要〉跋语》，光绪二十八年（1902）石印本。

郭象升还指出:"近今讲习国文者,所作不过策论一体。"① 即见其影响之一斑。

## 第三节　清文话的经典化与文派理论的传承

　　文话是关于文章理论与批评的批评文体,理论的深度无疑是评判其价值高低的关键指标之一。清代文话中虽然不乏指导时文写作的村夫子言,然总览清代文话,可以发现,因处于古典学术总结期,许多中国文学批评史上的重要理论,在此得到了集中而深入的探讨。加之清代戏曲、小说等通俗文艺样式繁荣以及晚清域外文学思潮的涌入,清代文话的理论多有集成汇总而兼新创之气象。以传统叙事学理论为例,唐宋以后,史书被纳入"古文"范畴,《文选》中摒弃不录的史书叙事之作成为古文家学习的对象,叙事理论遂成为文章学重要内容。清人多认为"文章惟叙事最难"②"文最难于叙记,亦最繁于叙记"③,叙事被列于很高的位置,多种文话对叙事学理论进行了深入探讨,叙事学理论在清代得到了系统总结。李绂作于康熙四十二年(1703)的《秋山论文》将叙事方式分为顺叙、倒叙、分叙、类叙、追叙、暗叙、借叙、补叙、特叙等数种④。章学诚《论课蒙学文法》以《左传》等史传为例,归纳叙述手法为:

---

①　郭象升:《文学研究法》,余祖坤编《历代文话续编》下册,凤凰出版社 2013 年版,第 1942 页。
②　李绂:《秋山论文》,《穆堂别稿》卷四十四,《续修四库全书》第 1422 册,第 615 页。
③　来裕恂:《汉文典·文章典》卷三,高维国、张格注释《汉文典注释》,南开大学出版社 1993 年版,第 293 页。
④　李绂:《秋山论文》,《穆堂别稿》卷四十四,《续修四库全书》第 1422 册,第 615 页。

有以顺叙者,以逆叙者,以类叙者,以次叙者,以牵连而叙者,断续叙者,错综叙者,假议论以叙者,夹议论以叙者,先叙后断,且叙且断,以叙作断,预提于前,补缀于后,两事合一,一事两分,对叙插叙,明叙暗叙,颠倒叙,回环叙,离合变化,奇正相生,如孙、吴用兵,扁、仓用药,神妙不测,几于化工。其法莫备于《左氏》,而参考同异之文,亦莫多于《春秋》时事,是固学文章者宜尽心也①。

刘熙载《艺概·文概》结合古代叙事散文,更将叙事法细分为特叙、类叙、正叙、带叙、实叙、借叙、详叙、约叙、顺叙、倒叙、连叙、截叙、豫叙、补叙、跨叙、插叙、原叙、推叙等数种②。鞠濂《史席闲话》则分为类叙、追叙、预叙、搭上叙、补叙、抽叙、夹叙、侧叙、口中叙、虚叙、以议论叙等十数种,每种叙事法之下,均以《史记》相应叙事作为示范③。

从康熙年间到清末,李绂、章学诚、刘熙载、鞠濂均在所撰文话中对叙事理论作了总结,叙事法分类愈来愈细,很能说明清文话在理论探讨上的集成性特点。上述文话对中国古代叙事理论的总结,主要是基于对《春秋》《左传》《史记》等传统叙事散文的研究而作的理论提炼;值得注意的是,明清以来以小说、戏曲为代表的通俗文学的勃兴,也往往会对传统文章学产生影响。通俗文学中的小说叙事理论也促使学者对文章叙事理论进行关联性思考。清初唐彪《读书作文

---

① 章学诚:《论课蒙学文法》,仓修良《文史通义新编新注》,浙江古籍出版社 2005 年版,第 415—416 页。
② 刘熙载:《艺概·文概》,薛正兴点校《刘熙载文集》,江苏古籍出版社 2001 年版,第 87 页。
③ 鞠濂:《史席闲话》,《清代诗文集汇编》第 235 册《悦轩文钞》附,上海古籍出版社 2010 年版。

谱》卷七论"挨讲穿插"法,以《史记·酷吏列传》为典型,并举"《水浒》《西游》《三国》皆祖其法以为蓝本"①;抄本《樽酒余论》中既录有文章笔法,也有对《三国演义》的叙事评点。通俗文学中的叙事理论与传统古文的叙事理论在这些文话中融为一片。除了明清以来的通俗文学思想带给传统文章学的新变外,晚清外来文学理论著作的输入,也为清文话带来了域外、域内两种视角相互比照的可能。清季王葆心《古文辞通义》中介绍了域外文论总结的叙事法分类观点:"近译《汉文正典》称……叙述之法有十一",即正叙、总叙、间叙、引叙、铺叙、略叙、别叙、直叙、婉叙、意叙、平叙②,王葆心借鉴其说并以中国古代著作比附。

　　清代文话的集成性也表现在对历代文论的筛选和辑录上。对于文学作品而言,选本收录的多寡是反映作品在后世影响大小的一个重要指标;在文论领域也有相应的考察路径,辑录体文论著作收录前代乃至当时的文论材料,收录的多寡也能见出相关文论对后世的影响。清代出现了许多辑录类文话著作,对古代文论材料作了一番整理与挑选的工作。彭元瑞从宋代笔记、书信、诗话、四六话等材料中辑录而出的《宋四六话》十二卷,孙梅辑录历代骈文文论而成的《四六丛话》三十三卷,至今仍是有关四六研究资料的重要材料。选录进入辑录体文话,是对相关文论内容的再次强调,是促成其经典化的重要途径。如孙梅《四六丛话》中大量援引本朝的《四库全书简明目录》,进一步促进了《四库全书简明目录》中文评内容的经典化。姚椿《论文别

---

① 唐彪:《读书作文谱》,王水照编《历代文话》第4册,复旦大学出版社2007年版,第3490页。
② 王葆心:《古文辞通义》卷十八,王水照编《历代文话》第8册,复旦大学出版社2007年版,第7998—7999页。

录》①一书也是辑录之作，值得注意的是，编者作为桐城派晚期重要成员，其书选录内容既显示出编者所应持有的观点与态度——凸显桐城文论的价值，也表现出晚期桐城派通达开明的视域。相较于只为本文派代言的文话而言，该书选录范围是大大拓宽了。《论文别录》自《文心雕龙》起至吴铤《文翼》终，辑选《文心雕龙》《典论·论文》《文赋》《权载之论文》《李文饶文章论》《新唐书艺传序》《古文渊鉴正集总目》及其评骘《左》《国》《国策》西汉《史记》及东汉魏晋六朝理学诸子、三苏、曾、朱子等，《吕成公古文关键卷首》《张文潜陈后山陈同父三家论文》《文章正宗纲目》《潘昂霄论文杂录》《王行墓铭举例叙首》《黄宗羲论文管见》《归熙甫评史记例意》《皇甫持正集目》《顾亭林日知录论文二十条》《胡石庄绎志文章论》《魏善伯论文 魏叔子论文》《焦南浦论文》《袁简斋自撰古文凡例》《惜抱翁古文辞类纂序目》《大云山房文稿通例二集序录》《吴耶溪文翼三卷别载》。书中固然录有归有光、姚鼐、吴铤等桐城谱系中人的文论，但置于书中并不突出，全书更见出编者较为客观的学术研究立场。如上文所述，清末学制改革以后，"古人论文要言"课程的设置，更加推动了辑录体文话的撰制。陈国球以为："'古人论文要言'之设，相当于'文学批评'或者'文学批评史'的诉求。"② 其实，辑录体文话本就是清代文话中的重要部分，"古人论文要言"的课程设置只是进一步促进了其发展。更确切些说，此类文话引导着后世"中国历代文论选"之类教材的编撰，而非"中国文学批评史"。姚椿《论文别录》从《文心雕龙》开始选录，编者不限一家一派之立场，对历代文

---

① 姚椿：《论文别录》，抄本，藏于上海图书馆。
② 陈国球：《文学如何成为知识？文学批评、文学研究与文学教育》，生活·读书·新知三联书店2013年版，第67页。

论多有选录，这与后世的"历代文论选"已有相似之处。这从此类文话的后续发展亦可见出端倪，宣统二年（1910）出版的尚秉和《古文讲授谈》，选录文论"自西汉迄于今，都三十二家，文三百五十三首""上编起自太史公讫于宋代""下编则以本朝为多，而以明之归震川为首"①，既是"古人论文要言"的讲义，也已近于今人所编"古代文论选"。1911年农历十二月（公历1912年1—2月），在由清王朝跨入民国的交替时刻②，唐文治在门人李颂韩协助下编成《古人论文大义》两卷106篇，书名即与"古人论文要言"相近。全书收录的文论从韩愈到吴汝纶，分属三十家，不局限于桐城文论，也预示着清代文话从传统的文章学著作向近代学科视野下的历代文论选的转型。

　　清代文话除了推动了历代文论的经典化进程之外，有些清文话甚至自身在本朝及民初也已开始经典化。张星鉴《仰萧楼文话》大量收录阮元"文言说"相关材料，扩大了阮元骈文理论的影响。刘熙载《艺概·文概》、包世臣《艺舟双楫·论文》在问世不久即被盛赞，逐渐成为清文话经典。晚清宋恕《六字课斋津谈》认为"国朝人论文之精、之通，无出包慎伯右者"③，称"刘融斋名虽微，其所著《艺概》，论文颇多心得"④。尚秉和《古文讲授谈》将包世臣《艺舟双楫》置于《文心雕龙》等六部历代文论名著序列之中，称为"论文美不胜收者"⑤。民国初年刘咸炘《文说林一》认为论文著作精妙者：

---

① 尚秉和：《古文讲授谈叙例》，宣统二年（1910）京华印书局铅印本。
② 陆阳：《唐文治年谱》卷三，上海三联出版社2013年版，第157页。
③ 宋恕：《六字课斋津谈》词章类第十二，胡珠生编《宋恕集》，中华书局1993年版，第94页。
④ 同上书，第96页。
⑤ 尚秉和：《古文讲授谈叙例》，宣统二年（1910）京华印书局官书局本。

"远则彦和《文心》，近则融斋《艺概》。"①他还专门注释包世臣《艺舟双楫·论文》书首《文谱》部分，成《文谱注原》一书。清末、民初学者鉴于清代文论成就，还有辑录清人文论而成文话之举。宋恕于1894年编有《国朝先辈文话举是》163则，选录清代百余家文论。曹振勋辑有《国朝古文辞说》，后改名为《清代文话》②。这些均推动了清文话的经典化进程。

清代文话除了刘熙载《艺概·文概》、包世臣《艺舟双楫·论文》这种经典化较明显的单部文话外，还有不少文话在内容和理论上前后承接、不断强化，从纵向来看，隶属于同一文派。从文派流衍的角度看，无论是原创型文话还是辑录体文话，均成为清代文派理论传承与统绪建立的重要手段。如随着骈文中兴，与古文家异趣的骈文学者不满于古文家把持文统，他们将文话作为重要的理论阵地，与古文家争长。典型者如阮福所编文话《文笔考》，收录阮元《文言说》《书梁昭明太子〈文选序〉后》等重要论文以及阮元弟子的《文笔考》，他将这些骈文理论文献结集成文话，扩大影响，试图论证骈文方为文章正宗。张星鉴撰《仰萧楼文话》，大量引用阮元"文言说"，继续为骈文张目③。嘉道以后，不拘骈散的文体观念逐渐流行，以选本而言，李兆洛《骈体文钞》最为明显，其书以"骈体"之名而收录不少散体文章。这种文学观念在辑录类文话中也有体现，胡念修《四家纂文叙录汇编四卷附录一卷》收录四家选本叙录，即姚鼐《古文辞类纂叙录》、张惠言《七十家赋钞叙录》、李兆洛《骈体文钞叙

---

① 刘咸炘：《文说林一》，《推十书》（增补全本）戊辑第2册，上海科学技术文献出版社2009年版，第983页。
② 曹振勋：《国朝古文辞说》，中国嘉德2004年秋季拍卖会拍品，http://auction.artron.net/paimai-art28372636/，2016年10月2日检索。
③ 张星鉴：《仰萧楼文话》，稿本，上海图书馆藏。

录》、姚燮《骈文类苑叙录》，附以刘开《论骈体书》、屠寄《国朝常州骈体文录叙录》、胡念修《国朝骈体文家小传叙》三种。此书意在从文章流别的角度阐发"骈散一贯之道"①，故而胡氏将重要骈文选本的叙录汇总一处，他将"不废《秋兴》《芜城》之篇"②的姚鼐《古文辞类纂叙录》置于卷首，又收录古文家刘开的骈文文论，均可见出其融通骈散的诉求。

　　清代文坛影响最大、持续时间最长的是以唐宋八家为师的桐城派，被视为"八家派"。桐城派的流衍以及桐城文论的经典化从清文话中可以看出一条清晰的线索。桐城派最为今人熟知的文话是刘大櫆《论文偶记》。此前，方苞在世时虽未著有文话，但其读书笔记《史记评语》中已有不少文论话语，被后人编集时附于方苞集后，随集流传。《史记评语》从文、史两个角度评论《史记》，方苞的古文"义法"说即见于其中："《春秋》之制义法，自太史公发之，而后之深于文者亦具焉。义即《易》之所谓言有物也；法即《易》之所谓言有序也。义以为经，而法纬之，然后为成体之文。"③"义法"一说后来几成桐城文派纲领，也是方苞对桐城派理论的最大贡献之一。另一位"桐城三祖"姚鼐在世时与友朋、弟子间多有尺牍往还，其中谈文论艺者极夥，是姚鼐古文理念的重要载体。姚门弟子陈用光蒐采编成《惜抱轩尺牍》，其中与友朋弟子部分"论学及为文之宗旨为多"④。《惜抱轩尺牍》在桐城派中影响甚大，成为许多后来者的入门读物。

---

　　① 盛开运跋语云："每为开运言骈散一贯之道，辄断断不休。"胡念修《四家纂文叙录汇编四卷附录一卷》，光绪二十五年（1899）刻鹄斋刊本。
　　② 胡念修：《四家纂文叙录汇编四卷附录一卷》自序，光绪二十五年（1899）刻鹄斋刊本。
　　③ 方苞：《史记评语》，《方苞集集外文补遗》卷二《读书笔记》，刘季高校点《方苞集》下册，上海古籍出版社1983年版，第851页。
　　④ 梅曾亮：《惜抱先生尺牍》序，咸丰五年（1855）海源阁版。

"姚仲实谓曾文正问古文法于戴存庄，存庄告以此书，后遂得力。其谓能为文章，由姚先生启之，即指此编。"① 不过《惜抱轩尺牍》毕竟不是论文专书，其中还有不少关乎家事、杂事的内容。金匮（今属江苏无锡市）人廉泉"取其与徒友论学及为文之宗旨散见之尺牍者"② 编成《惜抱轩语》，成为后人所辑姚鼐论文专书。廉泉"喜其与刘氏之说相辅而益明也"，故将其与刘大櫆《论文偶记》汇刻同出，以见源流，这是桐城文话的首次汇刻。刘咸炘《学略》较为细致地梳理了八家一派的文话统绪：

> 八家者流，则《惜抱尺牍》挈其要，刘海峰《论文偶记》、吕月沧璜辑吴仲伦德旋《古文绪论》皆可观。近出吴翊亭曾祺《涵芬楼文谈》、姚仲实永朴《文学研究法》皆平近详实，姚书采《绪论》，尤多精到语③。

刘咸炘还曾指出林纾《韩柳文研究法》"未脱尽桐城家习气"④，他列举的刘大櫆《论文偶记》、姚鼐《惜抱轩尺牍》、吴德旋《初月楼古文绪论》，直至民初吴曾祺《涵芬楼文谈》、姚永朴《文学研究法》、林纾《韩柳文研究法》一线，均是推重八家的文话著作代表。一直到民国十六年（1927）成都存古山房刊行的《姚曾论文合刊》，仍将姚鼐《惜抱轩论文》、曾国藩《求阙斋论文》合刊，可见其影

---

① 刘咸炘：《内景楼检书记·集类》，《推十书》（增补全本）丁辑第 2 册，上海科学技术文献出版社 2009 年版，第 641 页。
② 廉泉：《惜抱轩语跋》，余祖坤编《历代文话续编》上册，凤凰出版社 2013 年版，第 405 页。
③ 刘咸炘：《学略·文词略》，《推十书》（增补全本）己辑，上海科学技术文献出版社 2009 年版，第 57 页。
④ 刘咸炘：《内景楼检书记》，《推十书》（增补全本）丁辑第 2 册，上海科学技术文献出版社 2009 年版，第 637 页。

响。台湾安徽籍学者朱任生（1903—2000）编有《姚曾论文精要类征》①，可谓桐城文话的当代嗣响。

刘咸炘梳理的反映八家文派观念的文话均为原创型文话，而在辑录体文话之中，通过选言以立论的做法，在清代也较常见。清代辑录体文话中同样可以梳理出一条反映八家文派观念的线索。吴铤《文翼》一书性质比较特殊，它介于原创型与辑录体文话二者之间，既有自己的文论创见，也大量吸收了桐城派姚鼐、吴德旋的言论。《文翼》总结桐城文家的理论谓："震川论文以气韵，望溪论文以义法，惜抱论文以妙悟，才甫论文以音节，子居论文以骨力。"② 以精粹的言论将桐城不祧之祖归有光与桐城三祖及桐城偏师恽敬一网打尽，是桐城文论的最为凝练的表述。吴铤《文翼》后为曾国藩、张裕钊等人爱赏，以至于被后人混入《曾文正公论文》和《张廉卿论文语》中③，可见桐城文论之一贯。而薛福成《论文集要》的编纂更能见出编者梳理文派统绪的用心。此书卷一"选录古今大家论文"，选录数篇古今论文书信，其中韩愈三篇、柳宗元一篇、李翱一篇、侯方域一篇、姚鼐一篇、曾国藩五篇；卷二、卷三为"辑录国朝大家论文"，卷二以人系言，汇总本朝数人的论文之语，有方苞文论、刘大櫆《论文偶记》、姚鼐文论、方东树、梅曾亮文论；卷三专列《曾文正公论文》上、下两部分；卷四"评点序例"收录凡例、序跋，有归有光《史记圈识》凡例、姚鼐《古文辞类纂》序目、恽敬《大云山房文稿》通例、曾国藩《经史百家杂钞》叙目四篇。薛福成本人"在曾文正公幕府先后

---

① 朱任生：《姚曾论文精要类征》，台湾商务印书馆1988年版。
② 吴铤：《文翼》，道光十六年（1836）刻本。
③ 参见本书下编第四章。

八年，颇闻古文义法"①。此书的编纂颇能见出薛福成为清代桐城派——湘乡派推源溯流的用心，其书俨然是一部桐城文论大全。卷一将韩、柳的文统接续到姚鼐、曾国藩；卷二为方苞、姚鼐等人设置了文论专辑；卷三则全是曾国藩的文论汇辑；卷四将对桐城派影响甚大的归有光《史记评点》、姚鼐《古文辞类纂》的凡例、序跋收录，以曾国藩《经史百家杂钞》序目作结，多角度突出曾国藩在文派流衍上的地位，意在强调曾国藩在姚鼐之后中兴八家文派的意义。此书与姚鼐的《古文辞类纂》有相似的编排目的，都在于接续文统。姚书作为总集，通过选录作品的方式，将方苞上接归有光，直承唐宋八家；薛书作为辑录体的文话，通过选录文论的方式，将曾国藩上接姚鼐，直承古文运动的发起者——韩、柳，与姚书以选立论的意图一致。这种编排既将八家文派的重要理论再次强调、宣扬，也建立了文派统绪。此外，清季姚永朴在京师法政学堂讲授的《国文学》四卷，收录历代古文文论，其中桐城文论独占一卷，显然也是桐城派在文话理论上的承接，同时也是桐城派影响扩及近代大学课堂的表现。

　　历来提到桐城派的建立，必提姚鼐编纂的总集《古文辞类纂》的意义与价值。其实，从文话的角度，也能找出文派发展的清晰线索，见出清代桐城文派中人构建统绪的苦心孤诣。原创型文话与辑录体文话对桐城文论的发明、继承与发展，前后文话"相辅而益明"，对本派理论的不断经典化，持续不断地对八家统绪进行建构，无疑是研究桐城文派流衍的重要视角。

　　要之，清代文话在量与质上均达到古典文章学的高峰。其成书体

---

① 张美翊：《薛福成〈论文集要〉跋语》，光绪二十八年（1902）石印本。

式多元不乏新创；所论之"文"内涵丰富，与学风、政令、科举的变化也密切相关。清代文话对古代文论命题的探讨表现出集成的特点，集成性也表现在不拘门户的辑录体文话对历代文论的筛选、经典化，成为"历代文论选"之滥觞；而在理论上前后承接、相辅益明的清文话，是文派理论流衍与文派建构的重要平台，是总集之外，研究桐城派建构的另一重要路径。

# 第三章　考据与文话

清代学术的主流是考据之学,包含文字、声韵、训诂、典章、制度、名物等分支。考据学对于当时文章创作与文话编撰皆有很大影响,这在众多清文话中皆有体现。在作家修养论上,文话强调考据根柢对于文章创作的不可或缺;对于考据家与古文家或理学家的论争,清文话也有所记录和反映;而考据对于文话撰写更为明显的影响表现在文话著作与考据学著作的交融,清人不仅在考据学著作中常常自然过渡到文章学,还在文话中径直谈论考据,二者的关系至为密切。

## 第一节　作家修养论中的考据

清代考据学成就既超迈前代,与同时代其他学术分支相比,也占据强势地位,声势之大,罕有不受其影响者,文章学亦不例外。早在《文心雕龙》之中便有《练字》篇,专门探讨写作如何用字的问题。

但将小学对文章的影响，上升到一种社会普遍共识，则是在汉学兴盛的清代。清代文话家多认为，提高作家的考据学修养，是提升作品质量的前提。早在明末清初之际，王夫之即曾提出："字尚不识，何况文理。"① 将文字学与文章学联系起来。晚清薛福成《论文集要》卷三亦援引曾国藩文论云：

> 古文者，韩退之氏厌弃魏晋六朝骈俪之文，而返之于《六经》、两汉，从而名焉者也。名号虽殊，而其积字而为句，积句而为段，积段而为篇，则天下之凡名为文者一也②。

曾国藩依照传统观点，将文章按由小至大的层次分为字、句、段、篇，为使文章古雅，他提出从此四个层次分别入手，其中"欲著字之古，宜研究《尔雅》《说文》小学训诂之书"③，认为研习文字训诂之学，便可使得文章的最小单位——"字"近于古。这种论点在清代有不少赞同者。吴曾祺《涵芬楼文谈·炼字》云："欲知篇，必先知句；欲知句，必先知字。"④ 故于书中专门设有《炼字》篇，探讨炼字之法。除此之外，《涵芬楼文谈》另设《研许》篇，阐述研习文字学对于作文的重要性。吴曾祺称："比入国朝，而段、王、朱、桂诸家，推阐不遗余力，凡好古之士，亦多有能言之者。"⑤ 正因清代《说文》之学名家名著辈出，文字学影响极大，才使文话家普遍关注其对文章创作的功用。赵曾望《笤播樕论文》云："文人用字，不肯

---

① 王夫之：《夕堂永日绪论外编》。王水照编《历代文话》第 4 册，复旦大学出版社 2007 年版，第 3266 页。
② 薛福成：《论文集要》卷三，《曾文正公论文下》，光绪二十八年（1902）石印本。
③ 同上。
④ 吴曾祺：《涵芬楼文谈·炼字》，杨承祖点校，台湾商务印书馆 1998 年第 2 版，第 37 页。
⑤ 同上书，第 13 页。

深考，承讹袭谬，往往不免，甚至最宜明者，宜不能明矣！"① 吴曾祺说："惟讲古文者，苟未尝一践其藩，则于用字之法，毫无所得，一切随人所作，附影应声，亦是一生之憾。"② 指出只有准确掌握文字，创作时才能下字精准。他举例说：

> 文中间用"刑于""友于""贻厥""宴尔""爰立""殆庶""盍各"等字，皆为歇后之词。若以文义求之，不词甚矣。后人以其习用，俱不之察。又以《诗》有"日居月诸"句，遂以"居诸"二字代"日月"用，此由词赋之家，欲叶四声，故有此语。然"居诸"乃语助辞，于"日月"字全无意义，而竟以易之，此何理也③！

他考察"刑于"等词之义，以为"不词甚矣"，后人不察，成为文章习用之词。又举"居诸"乃纯为虚词，后人以之代指"日月"，亦属误用。此类皆为文字训诂之学不精所致。

在吴曾祺看来，若要提高小学修养，研习《说文》，只是一个开始，他说：

> 《说文》之外，如《方言》《广雅》《玉篇》《释名》诸书，皆宜以次涉猎，于其字异而义同、字同而义异者，尤宜留意。果能一一疏通而证明之，则于行文之顷，亦可以取用而不穷矣。昔人有言："读书宜先识字。"余以谓："作文宜先识字。"有通人

---

① 赵曾望：《蔺播櫟论文》上卷，民国八年（1919）石印本。
② 吴曾祺：《涵芬楼文谈·研许》，杨承祖点校，台湾商务印书馆1998年第2版，第13页。
③ 同上书，第102—103页。

出，当不以此言为河汉也①。

他在《说文解字》之外，另提出《方言》《广雅》《玉篇》《释名》等作为提升作家小学修养的读物，也是受清代考据之风的影响。而清代如汪中、孔广森、洪亮吉等著名骈文作家，无一不具有精深的文字学、训诂学的学术背景，这或许也是促使吴曾祺如此看重作家的小学修养的重要原因。

清末著名学者刘师培著有文话《文说》和《论文杂记》。出身于四世传经之家的刘师培于汉学可谓当行，他于《文说·析字篇》开篇即宣称："自古词章，导源小学。"② 将一切文学作品的起源归于小学，散文自然也不例外，凸显其汉学家本色。他也仿效曾国藩的做法，从文章的具体构成入手，认为作文须先解字："盖文章之体，奇偶相参，则俪色揣称，研句炼词，使非析字之精，奚得立言之旨？故训诂名物，乃文字之始基也。……夫作文之法，因字成句，积句成章，欲侈工文，必先解字。""因字成句，积句成章"，确是文章由小到大的构成方向，按此逻辑，刘师培将考究字词的文字学、训诂学与文章之学联系起来。他在另一部文话《论文杂记》之中，以司马相如、扬雄为例，认为精于文字学是善于作文的必备条件："观相如作《凡将篇》，子云作《训纂篇》，皆史篇之体，小学津梁也。足证古代文章家皆明字学。"③

清代考据学以小学为主体，此外还包括考史、名物等诸多内容。

---

① 吴曾祺：《涵芬楼文谈·研许》，杨承祖点校，台湾商务印书馆1998年第2版，第13—14页。
② 刘师培：《文说》，王水照编《历代文话》第10册，复旦大学出版社2007年版，第9524页。
③ 刘师培：《论文杂记》，人民文学出版社1959年与《中国中古文学史》合刊本，第111—112页。

考据学各个分支对文章的影响在文话中大多都有明显体现，如叶元垲《睿吾楼文话》援引钱大昕《十驾斋养新录》云：

> 王介甫《仁宗皇帝挽词》："厌代人间世，收神天上游。""厌代"即厌世，《庄子·天地篇》"千岁厌世，去而上仙"是也。一句之中，"世""代"重出，谓介甫精于小学，吾不信也①。

钱大昕从词语训诂角度，批评王安石诗歌一句之中同义叠出。虽是针对诗歌而言，但叶元垲认为从此例子也能见出小学对于散文的影响，故而选入文话之中。而清末民初章廷华《论文琐言》云："训诂精乃能达意，名物精乃能尽万物之情。"② 同样是将训诂、名物之学看作作家的必备修养。再如田同之《西圃文说》引杨慎之说：

> 《汉书》"白头如新，倾盖如故"，《说苑》作"白头而新，倾盖而故"，"而""如"二字通用。"白头而新"，虽至老而交犹新；"倾盖而故"，谓一见而交已故也。作"而"字解尤有意味③。

此则既是对字词的训诂，也是对文意的赏析，也表明训诂学修养对于从文学角度品析文章的重要性。

晚清陈澹然则在文话《晦堂文钥》中，谈到了校勘学对于文章学的影响：

---

① 叶元垲：《睿吾楼文话》卷八，王水照编《历代文话》第6册，复旦大学出版社2007年版，第5443页。
② 章廷华：《论文琐言》，王水照编《历代文话》第9册，复旦大学出版社2007年版，第8392页。
③ 田同之：《西圃文说》，《续修四库全书》第1714册，第400—401页。

至若古书之存，或多乖误。古《论语》"未若贫而乐道，富而好礼"，今本一遗"道"字，则"乐"字成空。《孟子》"夫志气之帅也，气体之元也"，元者，头首也。今本误"元"为"充"，则精神顿减。"必有事焉而勿止"，今本误"止"为"正"，则解释难通。其颠倒章句者，"孔子曰：'殷有三仁焉'"，置之"微子去之"三句下，则文气既突，"之"字、"而"字，皆苦无根。"高子曰禹之声"一章，置之"山径"一章之下，则孟之斥高，尤为唐突。甚至《大学》《中庸》，篇章凌乱，后人沿袭，莫辨其非。此皆不知章句之过也。明此，而后可与读书，可与言文矣①。

古书流传后世，文字难免有脱、衍、讹、倒之处，若不通过校勘之法还其本来面貌，后人以之作为范文学习，难免以讹传讹。清代校勘学发达，朴学家对众多古籍进行了校勘整理。陈澹然以《论语》《孟子》等经典为例，指出了校勘对于学习模仿经典作品的基础性作用。

又有论名物、职官之学对文章影响者，《睿吾楼文话》卷五云：

赵耘菘《陔余丛考》曰："文章家于官职、舆地之类，好用前代名号，以为典雅，此李沧溟诸公所以贻笑于后人也。孙樵云：'史家纪职官、山川、地理、礼乐、衣服，宜直书一时制度，使后人知某时如此，某时如彼。不当取前代名品，以就简绝。'"②

---

① 陈澹然：《晦堂文钥·炼句章》，王水照编《历代文话》第7册，复旦大学出版社2007年版，第6791—6792页。
② 叶元垲：《睿吾楼文话》卷五，王水照编《历代文话》第6册，复旦大学出版社2007年版，第5417页。

后世文章家喜以前代职官名号、疆理制度入文,以求古雅,这遭到赵翼的批评。他引孙樵之语,认为这种做法反使后人不能明晰当时真实的典章制度。

又有论考史对于作文之重要者,方宗诚《读文杂记》举例云:

> 《顾亭林集》,学人之文也。然其封建论多有不可行者。其《革除辨》谓:"成祖七月壬午朔诏文,一款一年,仍以洪武三十五年为纪。其明年改为永乐元年,并未有革除字样。即云革除,亦革除七月以后之建文,未尝并六月以前及元二三年之建文而革除之也。"窃谓此辨误矣。明明洪武三十一年终,而忽以建文四年为洪武三十五年,则其革除建文一朝可知矣。其革除建文而仍称洪武三十五年者,其意直欲以己接洪武之统,而讳其篡弑之迹也。亭林乃归咎当时儒臣浅陋,不能上窥圣心,不亦谬哉①。

方宗诚将顾炎武所撰之《顾亭林集》称为学人之文,并以此为例,对其文中出现的考辨失误进行再考辨,其意或在于强调学人之文尚不免史实之误,对于一般作家而言,更应加强史学修养。《读文杂记》在对桐城派刘大櫆之文的批评中,便更为明确地指出了此点:

> 刘海峰文虽不及方、姚,而近时如侯、汪、魏、姜诸名家,皆不能及。然议论亦多未精,考证尤疏。如裴行俭,唐名臣也,高宗时为长安令,尝坐私论立武昭仪事贬官,其卒也在高宗永淳元年。海峰谓其依阿女后之朝,诬矣。文士立论,往往骋口锋而

---

① 方宗诚:《读文杂记》,王水照编《历代文话》第6册,复旦大学出版社2007年版,第5731页。

不详察如此①。

方宗诚以唐人裴行俭之事为例，直言刘大櫆文章"考证尤疏"，并进而申发说："文士立论，往往骋口锋而不详察如此。"方宗诚本为桐城派中人，他能对桐城派二祖刘大櫆提出批评，并指出古文家立论多信口而出，缺乏史实依据，这也体现了考据之风的影响之大。乾嘉之时，姚鼐提出文章须"义理""考证""辞章"三者交互为用的主张，"考证"的纳入，也是受汉学风气影响所至。姚门弟子陈用光发挥说："以考证佐义理，义理乃益可据；以考证入词章，词章乃益茂美。"② 方宗诚在《读文杂记》中如此重视考证，亦是对姚鼐文章学思想的继承。

清人将以小学为主的考据学作为作家的必备修养，至清末刘师培时，更在此基础之上，强调论文之书亦即文话同样需要根源于小学：

> 近世巨儒，如高邮王氏，确山刘氏，于小学之中，发明词气学，因字类而兼及文法，则中国古人亦明助词、联词、副词之用矣。昔相如、子云之流，皆以博极字书之故，致为文日益工，此文法原于字类之证也。后世字类、文法，区为二派，而论文之书，大抵不根于小学，此作文所由无秩序也③。

刘师培指出清儒在对古籍校勘整理之时，"因字类而兼及文法"，由考证学而过渡到文章学。而反观专门的"论文之书"，由于多成于文人之手，其书却大多不根于小学，使得由其指导的文章创作"无秩

---

① 方宗诚：《读文杂记》，王水照编《历代文话》第6册，复旦大学出版社2007年版，第5731页。
② 陈用光：《复宾之书》，《太乙舟文集》卷五，道光二十三年（1843）孝友堂刻本。
③ 刘师培：《论文杂记序》，人民文学出版社1959年与《中国中古文学史》合刊本，第108页。

序"。刘师培既已认识到小学对于文章写作的重要作用，则要求论文之书根柢于小学，亦是情理中事。他自己所撰的《文说》《论文杂记》也均是从小学角度论文的代表著作。

清代考据学的兴起，对文话更为直接的影响是促进了清代金石义例类文话的兴盛。自清初黄宗羲《金石要例》始，清代金石义例之学渐兴，著述甚多，清人对于碑版写作的义例作了广泛而深入的探讨。苏州文人张星鉴于吴地文章最为了然，其《仰萧楼文话》上篇说："彭二林先生熟悉一代掌故，长于碑版文字；王惕甫学博亦如之，吴下学者咸以二家为宗。"① 苏州文人彭绍升、王芑孙皆"熟悉一代掌故"，这是其"长于碑版文字"的学术支撑，因而彭、王两人被苏州地区文人奉以为宗。

碑版之作横跨文史二域，从史学角度而言，对其真实性有较高的要求。偶有严重失实的碑志之作，便会受到批评。强调性灵、不受格套束缚的袁枚，在碑版之作中往往有夸张、失实之处，与史有悖，受到了当时诸多学者、文人的集中讨伐，成为当时公认的碑版之作的反面典型。张星鉴《仰萧楼文话》上篇记有其事：

> 袁子才太史《小仓山房文》论议纵横，读之称快无已。然为人作墓志、神道碑，纪事失实，孙星衍已论之。王述庵侍郎云："岂惟失实？并与诸人家状不合。即如朱文端公轼、岳大将军锺琪、李阁学绂、裘文达公曰修，其文皆有声有色，然余与岳、裘两公之后，俱属同年，而穆堂先生为余房师李少司空友棠之祖，且余两到江西，见文端后，询之，云：'未尝请乞。亦未尝读其所作。'盖君游屐所至，闻名公卿可喜可愕之事，著为传志。以

---

① 张星鉴：《仰萧楼文话》，稿本。

惊时人之耳目。初不计信今传后也。"

《仰萧楼文话》所引王昶之说详见《湖海诗传》卷七。袁枚为朱轼、岳钟琪、李绂、裘曰修等清代名臣所作碑传，多与事实有所出入，与清代主流文风有悖，故而遭到多人指责。除了《仰萧楼文话》所引的孙星衍、王昶等有汉学背景的学者予以批评之外，同时代人彭绍升还专门写有《上袁子才先辈论小仓山房文集书》，批评袁枚"徒采道路之传闻、剽缙绅之余论"的"漫然为之"的写作方式。

清代考据学兴盛，考据学者亦有喜文章创作者，有些学者所作文章，常在用字上显现其学术背景，喜用僻字、怪字，遭到时人的批评，袁枚将其视为古文之一弊，说："写《说文》篆隶，教人难识，字古而文不古，又一弊也。"① 吴曾祺虽然十分强调作家研习文字学的重要性，但他的观点又是开通的，他也反对在文章中堆砌僻字以显示古雅：

> 余劝人作文以识字为急，是固然矣。然亦有人多识僻字，而反以为累者，由用之不得其道故也。盖文章境界无穷，其脱去陈因之法亦甚多端。今人或自见其才力之不逮，而思以僻涩之语胜人，而无知者亦易为所震。不知此乃文之恶障，非可语于知道者也。昔韩文公为一代文宗，学者称为泰山北斗，然于《曹成王碑》中间数语，稍涉诡异，识者已不无微词②。

他以韩愈《曹成王碑》为例，指出文涉僻涩难免遭人批评。更指

---

① 袁枚：《覆家实堂》，《小仓山房尺牍》卷三，王英志主编《袁枚全集》第5册，江苏古籍出版社1993年版，第67页。
② 吴曾祺：《涵芬楼文谈·研许》，杨承祖点校，台湾商务印书馆1998年第2版，第14页。

出时人"自见其才力之不逮,而思以僻涩之语胜人"的恶习。刘勰《文心雕龙·练字》篇即称:"缀字属篇,必须练择:一避诡异,二省联边……"也是将避免诡异怪字列为作文忌讳之一。除僻字、怪字外,吴曾祺还反对将已经消逝的词义用之于文章:

  又凡用字必师古训,此是一定之法,然又有古人所用字义,而今不可行者,如反训之例,以乱为治,以落为始,以臭为香,以溃为成,此类甚夥。使吾人亦效而为之,几于不成文理。更如"而如""丕不""由犹""则即"等字,古人或随手用之,无所分别,吾人作文,只可依其本义,不可依附前人,而动有所藉口也①。

他以反训为例,指出此种训释虽于古有据,但施之于今文则不合适。他认为今人作文,仍以使用当时之字义为宜。

## 第二节　文话与考据著作的交融

  清代文话理论家在考据学兴盛的背景下,普遍重视小学考据对于文章创作的重要作用;同时能持通达理性的态度,重古而不泥古,从作家修养论的角度看待考据学,而不以之为终极目标。但因考据家在研究中注重对文本的细读,对先秦两汉文献尤其是经部文献作了精审的校读。而古文家则历来强调"文本于经",将五经及秦汉古文视作

---

① 吴曾祺:《涵芬楼文谈·研许》,杨承祖点校,台湾商务印书馆1998年第2版,第14—15页。

文章楷模，加以学习效法。考据家关注的是文本的校勘与训诂，文学家讲求的是文章的神理与章法，二者目的虽有不同，但都需对秦汉文章的文句、字词加以揣摩，考据与文章之学也就产生了交集。考据家在对文本的整理研究之时，常常过渡到文章学的范畴①。如何焯所撰《义门读书记》，《四库全书》将其列入子部杂家类杂考之属，方宗诚亦称此书为"专考证训诂名物史事者"②，其性质为考证著作无疑。然全书虽以考据为主，亦不乏艺术上的评论，如评《史记·齐太公世家》："其事棼如乱丝，太史叙之条理秩如也。"③ 评韩愈《后十九日复上书》云："文势如奔湍激箭，所谓情隘词蹙也。与第一书气貌迥异，故是神奇。"④ 这是典型的在对文本进行考订之时转向文学或文章学的评论。

而在清代的文话著作中则常常出现完全属于考证学的内容，以黄本骥《读文笔得》中一则为例，其云："昌黎志孔戡墓，称其兄弟为母兄母弟者，本于《公羊传》'母兄称兄，母弟称弟'、《穀梁传》'兄，母兄也'等语。犹言同怀兄弟也。"⑤ 这则文话内容是为后代文章词语寻找语源，已类同于考证学中的笺释。黄承吉《梦陔堂文说》由十篇单篇论文组成，其中《论〈汉书〉中〈扬雄传〉是雄自作第四》《论〈汉书〉中多诬陷司马迁之语第十》《论〈太玄〉自谓合天应历其实所设皆臆数与天历不合第十一》三篇皆是考证之作，与文学

---

① 参见本书上编第六章所举王引之《经义述闻》例。
② 方宗诚：《柏堂读书笔记叙》，《论文章本原》卷首，王水照编《历代文话》第6册，复旦大学出版社2007年版，第5616页。
③ 何焯：《义门读书记》卷十三，中华书局1987年版，第210页。
④ 何焯：《义门读书记》卷三十二，中华书局1987年版，第550页。
⑤ 黄本骥：《读文笔得》，《痴学》卷五，刘范弟校点《黄本骥集》第1册，岳麓书社2009年版，第268页。

无涉①。再如,《睿吾楼文话》是一部辑录式文话,其中收录的一些条目便纯粹是考证学内容,如:

> 《陔余丛考》载颜师古《匡谬正俗》曰:"世俗志铭之文,每云'刻之乐石',盖本《峄山碑文》有'刻之乐石'之语而袭用之,不知引用误也。《禹贡》:'峄阳孤桐,泗滨浮磬。'言泗水之滨,有石可为磬。始皇峄山所刻,即用此磬石,故谓之乐石。他处刻石文不云'乐石'也。文士通用之于碑碣,误矣。"②

此则内容考证"刻之乐石"之原意,原出自颜师古《匡谬正俗》,再见于赵翼《陔余丛考》,皆是考据著作,叶元垲引入《睿吾楼文话》,也表明了文话与考据著作的交融。

文话中也常涉及对古汉语特殊语法现象的研究,如《西圃文说》引杨慎之说:

> 古文多用倒语。《汉书》:"中行说曰:'必我也,为汉患者。'"若今人则曰:"为汉患者,必我也。"《管子》曰:"子邪?言伐莒者。"若今人则云:"言伐莒者,子邪?"③

这是对秦汉古文与今文语序差异的探讨。又曰:

> 《文选》不收《兰亭记》,议者谓"丝竹管弦"四字重复也。殊不知"丝竹管弦"本《汉书》语,古人文词,故自不厌重复。如《易》曰"明辨晳也",《庄子》云"周徧咸",《诗》云"昭

---

① 黄承吉:《梦陔堂文说》,道光二十一年(1841)序刻本。
② 叶元垲:《睿吾楼文话》卷十一,王水照编《历代文话》第6册,复旦大学出版社2007年版,第5474页。
③ 田同之:《西圃文说》,《续修四库全书》第1714册,第400页。

明有融,高朗令终",宋玉赋"旦为朝云",古乐府云"暮不夜归",《左传》云"远哉遥遥",《庄子》云"吾无粮,我无食",《后汉书》"食不充粮",在今人则以为复矣①。

这是借对先秦两汉文章的语言特点的研究,揭示其繁复特点,"在今人则以为复矣",亦是对时人论文过于求简的不满。

文话中又常涉及对文献的辨伪,如李光地《榕村语录》卷二十九《诗文一》中一则云:

> 先君云:《孟子》前文章不曾用"虽然"二字。果然。以前语气厚,至《孟子》则转折分明矣。先儒以《礼记》为汉人文字,恐未必尽然。《礼记》尚无"虽然"字,尚是《大学》《中庸》文体②。

他从转折虚词"虽然"开始使用的时间入手,判断《礼记》的产生年代在先秦而非汉代。而方苞《史记评语》评《龟策列传》云:"此篇文气类班孟坚,非褚少孙所能作。'余至江南'以下,义支辞弱,或少孙增入耳。"③ 从文气的角度判断《龟策列传》出于班固之手,而非褚少孙之作,颇为新颖。只是单从艺术感受角度来判别作品归属,未必准确。

文话中又常涉及对考据学理论的探讨,如方宗诚《读文杂记》便论及校勘学原理:

---

① 田同之:《西圃文说》,《续修四库全书》第1714册,第400页。
② 李光地:《榕村语录》卷二十九《诗文一》,陈祖武点校《榕村语录 榕村续语录》,中华书局1995年版,上册,第513页。
③ 方苞:《史记评语》,刘季高校点《方苞集》下册,上海古籍出版社1983年版,第862页。

朱子《韩文考异序》云："予于此书，姑考诸本之同异而兼存之，以待览者之自择。区区妄意，虽或窃有所疑，而不敢偏有所废也。"又《书韩文考异前》曰："今辄因其书更为校定，悉考众本之同异，而一以文势义理及他书之可验者决之。苟是矣，则虽民间近出小本不敢违；有所未安，则虽官本、古本、石本不敢信。又各详著其所以然者，以为《考异》十卷，庶几去取之未善者，览者得以参伍而笔削焉。"案：此最为校书之善法。阮文达公南昌学刻《十三经注疏》，不欲臆改古书，但加圈于误字之旁，而附《校勘记》于每卷之末，此亦可法①。

朱熹校勘韩集之时，遍参众本、异同兼存，为方宗诚所赞赏。方氏又称赞阮元校刻《十三经注疏》时，另作《校勘记》而不臆改古书之举。这则内容实际上讨论的是关于校勘学的态度与方法的问题。清人广校众书，但有些学者在校勘时过于武断，甚而出现以不误为误的现象，反误后人，以至于著名校勘学家顾千里称："始悟书籍之讹，实由于校。据其所知，改所不知。"② 虽不免夸张，却也在一定程度上揭示了当时校勘学繁荣背后的复杂情形。以顾千里为代表的持审慎态度的校勘学家主张"不校校之"："书必以不校校之：毋改易其本来，不校之谓也；能知其是非得失之所以然，校之之谓也。"③ 对于古籍原貌不轻易改动，另作校记、考异以辨析，这种谨慎的校勘态度得到方宗诚的赞赏。他在文话之中称赞朱熹、阮元的校勘法，也表明了清文

---

① 方宗诚：《读文杂记》，王水照编《历代文话》第 6 册，复旦大学出版社 2007 年版，第 5722 页。
② 顾千里：《文苑英华辩证十卷跋语》，王欣夫辑《顾千里集》卷二十三，中华书局 2007 年版，第 376 页。
③ 顾千里：《礼记考异二卷跋语》，王欣夫辑《顾千里集》卷十七，中华书局 2007 年版，第 265 页。

话与考据学著作在一定程度上的交融。

在文话著作中，还常对清代考据学学术史进行探讨。章廷华《论文琐言》便有多处论及：

> 有清精考据者，以江慎修为最；讲古文者，以方望溪为最①。
> 声音训诂之奥，戴东原启之甚多，段玉裁传其学者也，唯段较纯正②。
> 清代说经之作，能从训诂审定句读、文义者，以高邮王怀祖及子伯申为最③。
> 翁覃溪、李莼客于金石跋尾最擅长④。
> 高邮王氏之小学书，朱竹垞之《经义》，读之可知源流派别⑤。

其结论未必皆属中肯，但在一部论文之作中，如此不吝篇幅地谈论考据学，也正说明在当时人眼中，古文与考据并非截然二途，文话之中也并非不能兼涉考据。这种观念延续至清末民初，彼时新兴的《中国文学史》，皆列入文字、音韵、训诂的内容。林传甲《中国文学史》首篇为《古文籀文小篆八分草书隶书北朝书唐以后正书之变迁》，第二篇为《古今音韵之变迁》。第三篇为《古今名义训诂之变迁》，前三篇分论文字、音韵、训诂学，几乎就是一部简短的语言学史；成书于1905年前后的来裕恂《中国文学史稿》于《总论》之后即设置《文字之起源及构成》一节；初版于1918年的谢无量《中国大文学

---

① 章廷华：《论文琐言》，王水照编《历代文话》第9册，复旦大学出版社2007年版，第8409页。
② 同上。
③ 同上。
④ 同上书，第8403页。
⑤ 同上。

史》第二章则为《文字之起原及变迁》。晚清官方出台的《奏定大学堂章程》中所列"中国文学门"七门主课，首门"文学研究法"之后即是"《说文》学"与"音韵学"，小学课程位居"中国文学门"的第二、第三的显赫位置①。以西方文学观念审视，这些语言文字学的部分与文学史毫无瓜葛，而从文话与考据学之交融的事实而言，这正是中国文学研究的特色所在。在这些文学史的编者看来，不了解考据之学，就根本无法真正把握中国文学。

## 第三节 考据与古文的学术论争

清代学术史上有过多次学术论争。乾嘉以后，汉学家虽占据主流话语地位，仍与古文家、理学家发生论争。文话由于对所"话"之"文"的理解不同，在文话之中便常有学术论争的内容。章廷华《论文琐言》称："攻考据者每轻视古文家，如赵瓯北、蒋苕生诸人之于惜抱，可谓能自树立者矣，何至互非？"② 指出了汉学家与古文家的矛盾。叶元垲则借《睿吾楼文话》提出训诂胜于义理之学的主张：

> 白湖三伯父《细碎集序》云："人有言曰：'汉儒通训诂而不明义理。'嗟乎！训诂通矣，义理复安往乎？世之所患，正在训诂之不通耳。是故义理无由明，而事情亦不切，声律于何谐，

---

① 璩鑫圭、唐良炎编：《中国近代教育史资料汇编：学制演变》，上海教育出版社2007年版，第363页。
② 章廷华：《论文琐言》，王水照编《历代文话》第9册，复旦大学出版社2007年版，第8401页。

议论于何骋哉！"①

他认为只有通训诂，才能明义理，前者占有绝对地位，这是清代汉学家常见的观点。与之相反，章廷华则在文话中盛推义理之学而对汉学有所不满："考据之益，可以补先儒之缺，所患舍躬行而谈考据，但做成一文学之人，东原即不免此。非若义理之学，能百世无弊也。"②"章句训诂之学，自汉至宋，大儒未改家法，但渐由章句训诂而窥大义，不比汉师之斤斤专门耳。"③ 而邓绎也在文话中批评汉学饾饤琐碎：

> 诂考之细，辨正异同如数毛发，数之甚繁，所得甚微，盖大儒之所不屑措意也。闲散之夫，优游卒岁，无意至道，又无精思异才以究天人之奥旨、发帝王之大略，詹詹小言，聊可忘忧耳，斯《汉》《史》之所称竖儒者乎④？

他认为清代考据学为文章学带来了负面影响：

> 国朝文学之道，大患乃在于小，导源在"经学即理学"之一言。而其学于经者，无非舍其大而识其小也。废义理之大学而穷故训之小学，所治愈精，其技愈粗，所治愈密，其用愈疏，经学陋而文章亦衰矣。桐城望溪至于姬传有起废振衰之意，而困于才力之寡弱。……梨洲之学殿于晚明，识力固居亭林之上，而浅陋

---

① 叶元垲：《睿吾楼文话》卷五，王水照编《历代文话》第6册，复旦大学出版社2007年版，第5417页。
② 章廷华：《论文琐言》，王水照编《历代文话》第9册，复旦大学出版社2007年版，第8410页。
③ 同上书，第8408页。
④ 邓绎：《藻川堂谭艺·比兴篇》，王水照编《历代文话》第7册，复旦大学出版社2007年版，第6106页。

者或疑其杂，亦未知其用意之所存耳。近日曾湘乡始为杂家之学，固九流之卑，无高论者哉。然其规模较宏，气象较远，故施于事业者为有用，足以次比汉、唐豪材之恢廓自信而勇于救弊扶衰①。

邓绎认为汉学家只潜心于故训小学，而于义理之学不习，是"舍其大而识其小"，舍本逐末，受其影响，散文作者不习义理，使得"文章亦衰"。这是站在学术史的角度论文，他认为清代义理之学的衰微影响到文章的深度。清人吴曾祺亦有相似观点。如前所述，吴曾祺在作家修养论上，将小学修养提升至重要地位。这其实也是源于传统的宗经思想。《涵芬楼文谈·宗经》云："学文之道，首先宗经。未有经学不明，而能擅文章之胜者。夫文之能事，务在积理；而理之精者，莫经为最。"② 吴氏认为只有通过学习经文，才能积理，只有积理，才能写出好文章。而去古既远，经文之意难通。只有研习小学，读懂经文，才能真正做到宗经、积理。所以在吴曾祺看来，小学只是作家创作的必备修养而非终极目标。章廷华也是在这个意义上，说："反复句读，沈潜义训，而见古人之旨者，以姚惜抱为最。"③ 义理、考据、文章三者是相互交融的关系，均为技的层面，只有兼容义理、考据、辞章之文，才是真正的学术文章。吴曾祺对清代多数考据家不通文章的现实有所反思，《涵芬楼文谈·宗经》云：

或曰："子言治经之要，允矣！然而国朝乾嘉之间，钱、戴、

---

① 邓绎：《藻川堂谭艺·三代篇》，王水照编《历代文话》第7册，复旦大学出版社2007年版，第6196—6197页。
② 吴曾祺：《涵芬楼文谈·宗经》，杨承祖点校，台湾商务印书馆1998年第2版，第1页。
③ 章廷华：《论文琐言》，王水照编《历代文话》第9册，复旦大学出版社2007年版，第8409页。

王、焦诸君子，连袂并起，号曰'汉学'。其治经之精，俨然欲驾马、郑而上，而其文章乃远不及古，何哉？"曰：是不难知也。古人读书之法，贵能得其大意；至于一名一物之疏，不害其为明通之识。今诸君子于一切器数之遗，讲求不遗余力，其辨难之语，动至数千言。然去古既远，固有万不能定其所以然者，而哓哓不已。……夫心以涵而始灵，气以敛而始盛。今胶扰若此，何暇与之言操觚搦管之事哉？百余年来，求如顾亭林、朱竹垞辈，以经生而兼通文事者，寥寥不可多见①。

他所列举的钱、戴、王、焦诸人，未必皆不能文，但清代考据学家普遍不善于作文，确是事实。吴曾祺指出考据学者以考据为终极目标，为学术而学术，终生将精力投于文字、声韵、训诂、名物之事，无暇于文事。而其对经文的研究，只限于考据文献的层面，不能"得其大意"，无从积理，才使得考据家之文往往难以卒读。如顾炎武、朱彝尊般兼通经术与作文的，世所罕见。顺此思路，他将清代桐城文派兴盛之因也归结为不务考据，专心古文：

> 时则桐城姚姬传出，始屏去考据之业不为，而以古文倡示后进。直至今日，学者翕然宗之，递相传习，而桐城之学遍于天下。此岂其聪明才力，独擅其至？抑其能审轻重、别大小、用力专而收效远也？迨湘乡曾文正公起，生平推挹姚氏不遗余力，而于当日考据家，时复有微词焉，即此意也②。

提升小学修养本是为创作出更好的古文作品而服务，但面对清代

---

① 吴曾祺：《涵芬楼文谈·宗经》，杨承祖点校，台湾商务印书馆1998年第2版，第2—3页。
② 同上书，第3页。

诸多学者普遍沉迷于考据学而不拔的现实，吴曾祺退而求其次，转而赞赏以姚鼐为代表的桐城派"屏去考据之业不为"，心无旁骛地从事古文创作，这也是他以古文为本位的表现。吴氏称曾国藩"于当日考据家，时复有微词"，主要指其对考据家烦琐之文的不满。对于考据学和理学二者，曾国藩主张调和汉宋，作为理学家的他也非常重视汉学，自称："尝好观近人王氏、段氏之说。……仆学无师承，冥行臆断，所辛苦而仅得之者，如是而已。"① 他将汉学之长引入古文创作，为重振古文派提供了新的理论。

---

① 曾国藩：《复许振祎（咸丰十一年三月）》，《曾国藩全集·书信三》，岳麓书社1992年版，第1971页。

# 第四章　理学与文话

清代学术虽以考据之学为主流，但理学在清代并非一无影响。相反，由于清廷的积极提倡，程朱理学在清代成为官方哲学。清人入关之后，即注重提拔理学之士，出现了一大批理学名臣。经过宋元明三代的发展，无论是程朱理学还是陆王心学，在入清之前均已在理论上达到顶峰。入清之后，理学在理论上已无多少创建①。其特色乃在于将理学进一步实用化，使之成为维护统治的思想工具。

理学在清代具有官方背景，通过科举等方式影响到众多知识分子。清代以朱熹《四书章句集注》为科考的标准，程朱理学是读书人登科之前所必需的知识储备，对于普通读书人有着深远的影响。具体对文章学而言，清代有多种理学家所撰文话传世。清初理学的复兴得力于康熙帝的大力提倡，康熙本人即撰有文话著作《古文评论》十八卷。康熙朝的重要理学大臣李光地在其《榕村语录》《榕村续语录》中各有一卷专门论文，集中阐述了他对文章的看法。另有理学名臣张

---

① 参见龚书铎《清代理学的特点》，《史学集刊》2005 年第 3 期，第 90—91 页。

伯行著有《学规类编·论文》、夏力恕著有《菜根堂论文》等。可以看出，由于理学在清初受到朝廷重视，当时理学名臣辈出，理学家文话也多由这些人撰写。乾嘉汉学兴起后，理学式微。道咸以后，理学又趋复兴，桐城人方东树既是著名古文家，又有着理学家的身份。深受其影响的方东树从弟方宗诚著有文话二种，即《论文章本原》和《读文杂记》，是清中后期重要的理学家文话。

## 第一节　康熙帝：实用主义理学家的文道观

　　程朱理学能够在清初受到朝廷重视，以康熙帝最为致力。早在康熙十六年，他即颁布圣谕，规定以儒家思想作为政治训条。十九年，又下令编《日讲四书解义》《日讲书经解义》，二十年编《日讲易经解义》等，皆以朱子注解为准。五十一年以朱熹配享孔庙，五十二年，御编《朱子全书》成。清代昭梿《啸亭杂录》称：

　　　　仁皇夙好程、朱，深谈性理，所著《几暇余编》，其穷理尽性处，虽夙儒者学，莫能窥测。所任李文贞光地、汤文正斌等皆理学耆儒。尝出《理学真伪论》以试词林，又刊定《性理大全》《朱子全书》等书，特命朱子配祠十哲之列。故当时宋学昌明，世多醇儒耆学，风俗醇厚，非后所能及也①。

　　清人入关之后，即注重提拔理学之士，出现了一大批理学名臣，

--------
①　昭梿：《啸亭杂录》卷一，中华书局1980年版，第6页。

较著者有魏裔介（1616—1686）、魏象枢（1617—1687）、汤斌（1627—1687）、陆陇其（1630—1692）、熊赐履（1635—1709）、李光地（1642—1718）、张伯行（1651—1725）等。除魏象枢、魏裔介历经顺、康两朝外，余皆登科于康熙朝。正是在康熙统治期间，程朱理学上升为官方哲学，地位无以复加。康熙本人对程朱理学也有深湛研究，其文章学思想亦受到理学思想影响，这在文话《古文评论》中有较集中体现。

《古文评论》是对康熙御选总集《古文渊鉴》中评语的汇集。在《古文渊鉴》之中①，康熙御选了大量宋代理学家的文章：卷四十六收录周敦颐、张载、程颢、程颐、杨时、范育的文章，卷六十二录有张栻、吕祖谦、陆九渊等人的作品，卷六十三收录真德秀、蔡沈文章。而朱熹既是程朱理学的集大成者，本人又长于为文，故其文章尤为康熙所重，于《古文渊鉴》之中，入选有三卷之多，超过了唐宋古文大家韩愈和苏轼，成为全书入选文章最多的一家。

在文道观上，朱熹认为"道者，文之根本；文者，道之枝叶。惟其根本乎道，所以发之于文，皆道也"②。康熙同样认为文章的思想内容是首要的，形式技巧处于次要地位。他提出《古文渊鉴》选文的首条标准便是"可以鼓吹六经者"③。早在康熙十二年，他便说过："文章以发挥义理、关系世道为贵。"④ 对于文道关系，康熙在《古文评论》中也有论述，其评朱熹《与刘共父书》云："若无意为文，而文之敏妙迥非修辞家所能企及，由其理胜故耳。"便是认为作者理胜则文自然敏妙，且非刻意为文者所能企及。北宋古文运动领袖欧阳修也曾有过

---

① 爱新觉罗·玄烨编选：《古文渊鉴》，康熙二十四年（1685）武英殿五色套印本。
② 黎靖德编：《朱子语类》卷一三九《论文上》，中华书局1986年版，第3319页。
③ 爱新觉罗·玄烨编选：《古文渊鉴序》，康熙二十四年（1685）武英殿五色套印本。
④ 中国第一历史档案馆整理：《康熙起居注》，中华书局1984年版，第115页。

相似言论:"圣人之文,虽不可及,然大抵道胜者文不难而自至也。"①欧阳修所说的"道胜",除了指在思想上提升儒学修养外,还指对客观世界规律的认知与把握②。康熙则将欧阳修所说的"道"改为"理",将"道"的内涵确定在理学范畴,其指向更为明确,也更为醇正。

需要说明的是,康熙对理学的推重,完全是为其统治所服务。他较少从哲学层面论说理学,而是更为强调其实际功用。他曾说:"明理最是紧要。朕平日读书穷理,总是要讲求治道,见诸措施。故明理之后,又须实行,不行,徒空谈耳。"③ 康熙朝理学重臣李光地也与之相似,李光地曾说:"吾学大纲有三:一曰存实心,二曰明实理,三曰行实事。"④ 康熙以经世立政为本,凡事强调实用,对一些只尚空谈的理学家,斥之为"伪道学"。他在文道论上强调文章需要醇正,文章思想须符合儒家义理,也是从文章有益教化、稳定统治的功用角度而言。他评朱熹《静江府学记》云:"切要不浮,有资教化。"便是从此处置评。基于此,康熙更为偏爱符合儒家义理规范的《汉书》,而认为"论大道则先黄老而后六经"的《史记》驳杂不醇。司马迁于《史记》中盛赞游侠,以为游侠"救人于厄,振人不赡,仁者有乎;不既信,不倍言,义者有取焉"⑤。而班固则基于儒家大一统的理念,强调游侠违法犯禁的一面。康熙从其统治者的角度看去,自然是欣赏班固的文章,他在《汉书·游侠传序》的评语中说:"立言极其

---

① 欧阳修:《答吴充秀才书》,李逸安点校《欧阳修全集》第 2 册,中华书局 2001 年版,第 664 页。
② 参见祝尚书《重论欧阳修的文道观》,《四川大学学报》1999 年第 6 期。
③ 中国第一历史档案馆整理:《康熙起居注》,中华书局 1984 年版,第 116 页。
④ 李光地:《榕村语录》卷二十三《学一》,陈祖武点校《榕村语录 榕村续语录》,中华书局 1995 年版,上册,第 409 页。
⑤ 司马迁撰、赵生群等点校:《史记》卷一百三十,《太史公自序》,中华书局 2013 年版,第 10 册,第 3997 页。

正大，觉史迁之艳称驳而不纯矣。"他常以"醇正""纯正""典正"论文，如评《虔州学记》："论议却自醇正，文章极其疏古。"评《帝范后序》："意既切至，文复典正纯雅。"评《商论》："识议纯正，文字紧严。"也皆是从道的角度置评。

在唐宋八大家之中，康熙最为推崇的是"文起八代之衰、道济天下之溺"的韩愈。韩愈所论之道虽与后来理学家所说不同，但他排斥佛老异教，对传承发展儒家学说甚为有功，因而也得到了康熙的欣赏。康熙在皮日休《请韩文公配飨书》评语中便称："昌黎卫道之功，得此书推尊，益觉昭揭宇宙而不朽。"他评《原道》曰："奥衍闳深，理纯辞达，荀、扬辈未足方驾也。"对于李汉"序昌黎文"时，"提道字为主"，康熙以为"知言"（李汉《韩愈文集序》评语）。朱熹曾以"醇正"评价韩文①，康熙亦许之以"醇正"，其评《与孟尚书书》云："昌黎文最为古峻，今观集中言理诸篇，皆坦夷直截，盖欲明斯道于天下，故语必归于醇正。"

对于释、老之教与理学之差异，朱熹曾评论曰："吾儒万理皆实，释氏万理皆空。"② 从其经世哲学观出发，康熙推扬理学，批判释、老的虚幻荒诞，认为无益于政治，他说："如释老之书，朕向亦曾浏览，深知其虚幻，无益于政治。"③ "释者之道……虽了彻乎三生，亦奚裨于国政？"④ 对于佛、老的态度，也决定了他对相关文章的评价。他在《古文评论》中，对历史上的排佛文章予以称赞。如称唐武宗《毁佛

---

① 当弟子问"韩、柳二家，文体孰正"时，朱熹答曰："柳文亦自高古，但不甚醇正。"黎靖德编《朱子语类》卷一三九《论文上》，中华书局1986年版，第3303页。
② 黎靖德编：《朱子语类》卷一二四《陆氏》，中华书局1986年版，第2976页。
③ 爱新觉罗·玄烨：《讲筵绪论》，《圣祖仁皇帝御制文集》第一集第二十七卷，《文渊阁四库全书》本。
④ 爱新觉罗·玄烨：《七询》，《圣祖仁皇帝御制文集》第四集第二十五卷，《文渊阁四库全书》本。

寺制》:"明断之举,宏硕之论,洵有裨于风化人心。"评韩愈《论佛骨表》:"义正词直,足以祛世俗之惑,允为有唐一代儒宗。"评皮日休《请孟子为学科书》曰:"斥庄老而尊孟子,此等议论在唐人中不可多见。"这些赞誉之词,皆是从道的角度置评。

值得注意的是,康熙的文道观又与传统理学家有相异之处。南宋理学家程颐在回答"作文害道否"的问题时,明确指出:"害也。凡为文,不专意则不工,若专意则志局于此,又安能与天地同其大也?《书》曰:'玩物丧志。'为文亦玩物也。"① 程颐认为一心作文,便会影响在道学上的精进,故认为作文是玩物丧志之举。他又曾将学问分为三种:"古之学者一,今之学者三,异端不与焉。一曰文章之学,二曰训诂之学,三曰儒者之学。欲学道,舍儒者之学不可。"② 将儒者之学立为学道的唯一正途。到南宋朱熹之时,也认为文从道流出,文是末事,但朱熹已较为开明,能够对作为末事的文章进行品评欣赏,《朱子语类》中有专门的《论文》部分,保留了朱熹对历代文章的精彩意见,他本人在文学创作上也有相当的成就。而康熙的文章观更为通达,他既要求从事文章之学者须熟谙理学,以充实文章。同时,他也要求理学家能够作文。他在康熙二十四年说:"从来道德、文章原非二事,能文之士必须能明理,而学道之人亦贵能文章。朕观周、程、张、朱诸子之书,虽主于明道,不尚词华,而其著作体裁简要,晰理精深,何尝不文质灿然,令人神解意释。至近世则空疏不学之人,借理学以自文其陋。"③ 他对理学家也提出学文的要求,在文与道的关系中,无疑极大提高了文章的地位。

---

① 程颢、程颐:《河南程氏遗书》卷十八,王孝鱼点校《二程集》,中华书局1981年版第1册,第239页。
② 同上书,第187页。
③ 中国第一历史档案馆整理:《康熙起居注》,中华书局1984年版,第1313页。

康熙之前，顺治帝作为清朝入关之后的第一位皇帝，已经开始注意文章的教化之功①，但"无论是个人的'儒雅'修养，还是修举文教的力度，顺治帝尚不如康熙帝"②。康熙之时，平定三藩，统一台湾，统治更趋稳定，得以将更多精力投向文治③。他以理学作为官方哲学，强调作文须要符合儒家义理，有益教化，为其后的官方文章政策奠定了基调。雍正、乾隆时期提出文必"清真雅正"的圣谕，即是从康熙文论发展而来。他在要求士子学习程朱理学之时，也对他们提出勤习文章的要求，曾说："道学者，圣贤相传之理，读书人固当加意；然诗文亦不可废；或有务取道学之名，竟不留心于诗文者，此皆欺人耳。"④后来桐城派方苞倡言"义法"，"少时自言其祈向有曰：'学行继程朱之后，文章在韩欧之间。'"⑤将韩欧文统与程朱道统结合起来，追根溯源，其与康熙文道观的承袭关系也甚为明显。

## 第二节　李光地：清初理学重臣的文章观

李光地（1642—1718），字晋卿，号厚庵，又号榕村，福建泉州安溪人。李光地是康熙朝理学重臣，康熙九年（1670）进士，入翰

---

① 顺治十二年三月壬子谕礼部："今天下渐定，朕将兴文教，崇经术，以开太平。"王炜：《〈清实录〉科举史料汇编》，武汉大学出版社2009年版，第31页。
② 曹虹师：《帝王训饬与文统理念——清代文学生态研究之一》，载于《古典文献研究》第十辑。
③ 康熙十六年圣谕云："治道首崇儒雅。前有旨令翰林官将所作诗赋词章及真行草书不时进呈，后因吴逆反叛，军事倥偬，遂未进呈。今四方渐定，正宜振兴文教，翰林官有长于词赋及书法佳者，令缮写陆续进呈。"见《圣祖仁皇帝圣训》卷十二，乾隆六年（1741）武英殿刻本。康熙令翰林词臣不时进呈诗赋词章，其中自然包括文章作品。
④ 爱新觉罗·玄烨撰：《圣祖仁皇帝圣训》卷四十六，乾隆六年（1741）武英殿刻本。
⑤ 方东树：《方望溪先生年谱序》，《考槃集文录》卷四，《续修四库全书》第1497册，第315页。

林,累官至文渊阁大学士兼吏部尚书。光地门人徐用锡及从孙李清植将其学术言论汇编成书,称《榕村语录》,其中有光地自记者,有子弟门人记者,而以光地自记及清植所记为多。《榕村语录》中第二十九、第三十卷为文论,称为《诗文》,其一论文,其二论诗,可分别视作文话与诗话。《榕村续语录》则由李光地之孙清馥辑录①,其中卷十九、卷二十皆为《诗文》,前者论文,后者论诗。即《榕村语录》与《榕村续语录》中各有一卷专门论文的文话,集中反映了李光地的文章学思想。

古人论文,常将文章与气运相连。元代杨维桢说:"文章非一人技也,大而缘乎世运之隆污,次而关乎家德之醇疵。当世运之隆,文从而隆;家德之醇,文从而醇。"②戴良说:"世道有升降,风气有盛衰,而文运随之。"③皆认为文随世运之兴衰而有升降,李光地继承了这种观点,《榕村语录》云:

> 文章与气运相关,一毫不爽。唐宪宗有几年太平,便有韩、柳、李习之诸人;宋真、仁间,便生欧、曾、王、苏;明代之治,只推成、弘,而时文之好,无过此时者。至万历壬辰后,便气调促急。又其后,则鬼怪百出矣。某尝有一譬:春夏秋冬,气候之小者也;治乱兴亡,气运之大者也。虫鸟草木,至微细矣,然春气一到,禽鸟便能怀我好音,声皆和悦;秋气一到,蛩吟虫响,凄凉哀厉,至草木之荣落,尤显而易见者,况人为万物之

---

① 关于《榕村续语录》的辑者,此处取陈祖武的意见,见陈祖武点校《榕村语录 榕村续语录》,中华书局1995年版,上册,《点校说明》第1—2页。
② 杨维桢:《杨文举文集序》,李修生主编《全元文》第41册,凤凰出版社2004年版,第230页。
③ 戴良:《夷白斋稿序》,李修生主编《全元文》第53册,凤凰出版社2004年版,第245页。

灵,岂反不与气运相关?所以一番太平,文章天然自变,如战国文字,都是一团诈伪,不知何以至汉,便出贾、董、马、班。至唐诗之变六朝,宋文之变五代,皆然。若周程之道学、韩柳之文、李杜之诗,皆是中兴时起,力量甚大。总之,其人在庙堂者,即关气运,至孤另的便不相干,如晚秋之菊,寒冬之松柏,不关气候,是其物性。如大乱之时,忽然生一圣贤,乃天以此度下一个种子,恐怕断了的意思①。

李光地将文章与气运相连,又以人作为其间桥梁:"人为万物之灵,岂反不与气运相关?"气运盛时,文运亦盛,气运衰时,文运便衰。不受气运影响者,是为圣贤,生于衰世,为文章继一线之传。他将气作为高高在上的客观存在,而气又通过人影响文章。与先前的文章气运论比较,李光地突出了人的作用,在气运、人、文章三者之中,起决定作用的虽是气运,但人作为中间一环不可或缺。而圣人甚至可以不受气运影响,能够发挥自身的主观能动性。李光地的气运论,对于提升作家地位,有着积极意义。

理学家对古文向来不太热衷,程颐直言"作文害道";朱熹则有较多论文言论,录于《朱子语类》,朱子本人文章在理学家中也是较突出的,但显然为文也只是其"余事"。在对待古文的态度上,李光地较近于朱熹,即不以为文为主要事业,却也不废文章。他称赞朱熹:"古文亦有工夫。其论古人文章,一丝不走。"②他认为:"做古

---

① 李光地:《榕村语录》卷二十九《诗文一》,陈祖武点校《榕村语录 榕村续语录》,中华书局1995年版,上册,第511—512页。
② 李光地:《榕村续语录》卷十六《学》,陈祖武点校《榕村语录 榕村续语录》,中华书局1995年版,下册,第782页。

文这件事,想是与学道相近。自欧、曾、王、苏后,亦断了六七百年。"① 当学生询问"先生何不继续此事"时,李光地回答说:"见得到那里,只是须要工夫。心里觉得于经书上明白一点,是一点受用,比文章又要紧些。"②"古文近颇知其作法,但不暇做工夫。"③ 终究是认为学道重于为文。

综观《榕村语录》,李光地的文论思想突出地表现在以意为主。他非常重视文章中道理的阐发,强调文章中精彩议论的表达。他在衡量古今文家时,也多是以此为准则。他评韩愈《平淮西事宜》《与柳中丞论兵》《佛骨表》等文:"洗刷得一个闲字没有,事理直说个透。"④ 他认为:"欧、苏之文,何尝不好?然见解不甚透,自是本领差,说事说理皆不透。韩、柳便透。"⑤ 在李光地看来,与韩、柳相比,"说事说理皆不透"的欧、苏要差一等级。单从文法角度看,他认为柳文已近极致:"柳州文字,莫要论其道理意思如何,只就其文论,虽千余言,要删他一个虚字不得。"⑥ 而一旦衡之以"道理意思",柳文便非完美了,与具有"识见议论"的《汉书》相比,柳文则下一层:"柳文精金美玉,独识见议论,未若《汉书》之精当。"⑦ 韩愈文章受到李光地的推崇,也在于"醇而后肆":

  问:"韩文公云'醇而后肆'。'肆'是工夫?是天分?"曰:"自是工夫。理明白了,然后能放笔言之。如东坡,便是肆而不

---

① 李光地:《榕村语录》卷二十九《诗文一》,陈祖武点校《榕村语录 榕村续语录》,中华书局1995年版,上册,第524页。
② 同上书,第524页。
③ 同上书,第516页。
④ 同上书,第518页。
⑤ 同上书,第521页。
⑥ 同上书,第520—521页。
⑦ 同上书,第520页。

醇。就他的话，亦说得一片，只是推敲起来，不胜病痛。"①

李光地说的"工夫"，当是儒家的涵养工夫。"工夫"到了，"理明白了，然后能放笔言之"，即成"醇而后肆"之境，这非纯粹的文章练习所能达到。要做到明理，在程朱理学而言，需要格物致知，多读书。他推崇诸葛亮之文："武侯不知所读何书，识见作用，规模气象，都是三代圣贤光景，即其文字，绝不似东汉。《出师表》《正议》《谏绝孙权书》，才几句，说事理是如何透！曹子建气魄甚大，但比之武侯，便是文人之文，不脱华藻。"②将徒具文采的曹植之文贬称为"文人之文"。李光地认为第一流人决定第一流文："凡诗文、书翰之类，若务为名家，积累工夫，自然可到。若要登峰造极，直须第一流人。"第一流人即是圣贤进境，他称有"三代圣贤光景"的诸葛亮："因他人品高，胸中有许多真意思，真见解，气又完全直写出来，便自不同。"③

以理衡文，李光地据此便拔高了理学家之文："朱子文字，何尝能到马、班、韩、柳？但理足，便觉得任他才学笔力，驰骋藻耀，都压他不下。"他甚至还提及了程颐之文："伊川不以文名，今看来，两汉之文也。所上诸子、《春秋序》，道理既足，字字确实，有斤两，比朱子文字更古。"④进而向上追溯到孔、孟："朱、程文字拖长，不简净。昌黎理未透至十分，所以文字不能如《语》《孟》。"⑤从"理

---

① 李光地：《榕村语录》卷二十九《诗文一》，陈祖武点校《榕村语录　榕村续语录》，中华书局1995年版，上册，第519页。
② 同上书，第515页。
③ 同上书，第518页。
④ 同上书，第521页。
⑤ 李光地：《榕村续语录》卷十九《诗文》，陈祖武点校《榕村语录　榕村续语录》，中华书局1995年版，下册，第872页。

透"的角度评文,他自然认为《论语》《孟子》要高于朱子、韩愈之文。他认为"明朝古文,王阳明、方正学为首,次则宋景濂,再次归震川、唐荆川、王遵岩"①,作为兼收陆王心学之长的程朱理学家,李光地所开列的明代古文家名单,也体现了其兼采陆王、程朱的学术背景。

值得注意的是,李光地虽然反复强调文章说理的重要性,推崇能够阐明儒家义理的文章,但他没有将"理"局限于儒家之理,折射出他作为理学家而具有的开明的一面。

> 文有本有末,所谓本,非必定是圣贤道理,本人所见透处便是本。苏明允所说,多非正道,却有透处,便是他的本。次公文字,铺张似有得说,收紧来却无实际,所以不如东坡②。

对于颇有战国子家气息的苏洵之文,李光地虽认为其所论"多非正道",但承认其在理上"却有透处"。他指出"文有本有末,所谓本,非必定是圣贤道理,本人所见透处便是本",这为正面评价儒家之外的文章留下了口子。

作为师生对话的记录,《榕村语录》中关于文章的讨论并非只有形而上的论述,也有具体细致的学文法则和技巧上的指导,可谓有"本"也有"末"。

> 古文近颇知其作法,但不暇做工夫。问:"如何?"曰:"其本自然,要以经书道理为主。文字却不要规摹那一家,教人看得

---

① 李光地:《榕村续语录》卷十九《诗文》,陈祖武点校《榕村语录 榕村续语录》,中华书局1995年版,下册,第873页。
② 李光地:《榕村语录》卷二十九《诗文一》,陈祖武点校《榕村语录 榕村续语录》,中华书局1995年版,上册,第522页。

似那一家,便非其至。短者要有意思,长者要有裁剪。柳州《与杨诲之说车书》,凡数千言,字字琢炼,又是一气流出,连虚字要换他一个亦不得,即寒温语皆妙。大都韩、柳动笔,即一两行都是留意,无苟作者。到后信笔写来,无不入妙。又字眼亦要紧,当取材于两汉,若字眼不古雅,文字便减色。古文内著不得工丽对句。古诗对句太多,亦六朝始然,唐初尚袭其余习,至工部始洗脱。"①

在这段语录中,面对学生追问如何作文,李光地全面地论述了自己对于古文写作的具体看法,首要的是"以经书道理为主",这与其理学家身份相称。以下则对文法有细致的论述:在模仿、文眼等行文法则上皆有深入探讨。这段内容是李光地对文法较为集中的论述,书中尚有对此处的照应。如关于文章的模仿与创作,《榕村语录》又云:"柳子叙事学《史》《汉》,便是《史》《汉》。韩子不肯学《史》《汉》,高于《史》《汉》。《张中丞传后叙》亦仿《伯夷》等传体,而词调风格,毫不步趋。《段太尉逸事状》,居然是孟坚极得意文字。"② 这便是"文字却不要规摹那一家,教人看得似那一家,便非其至"一句所述之意。

李光地对文法的看法,是作时无意于文法,而文成后又合乎法度,这与唐顺之所谓先秦文章"文成法立"相合,他说:

> 作文章熟后,虽无意写出,必有结构、有呼应。如韩子《读仪礼》一篇,首两句是反起一篇意,中间说"无用于今,而圣人

---

① 李光地:《榕村语录》卷二十九《诗文一》,陈祖武点校《榕村语录　榕村续语录》,中华书局1995年版,上册,第516页。
② 同上。

之制度不可泯没"是照应第二句意,而结完之。后言"掇其大要,奇辞奥旨,以备览观而已",是照应第一句意,而结完之。末叹"恨不得生及其时",则两意俱结也①。

他对《读仪礼》一文,在结构上的分析可谓鞭辟入里。他对文章结构较为重视,认为:"作文要一意到底,有结构,说到后来还与起处相照。"这是对文章结构总括性的探讨。他一方面认为文法并不重要,另一方面又不时显示自己的文法修养。这似乎是一种言说策略,意在表明他在文章创作技巧上,非不能也,乃不为也,以此来加强他的文法无足轻重论的说服力。而从上文所引"古文近颇知其作法,但不暇做工夫"一句,似乎也可以看出他这种心理。

在师法对象上,与当时主张师范秦汉古文或唐宋古文的古文家意见不同,他认为理学家朱熹的文章是理想的入门途径。《榕村语录》云:"记得某人说,学古文须从朱子起。此言却好。看朱子后来文字,不似其少作有古文气调,朱子正不欲其似古文也。只是一句有一句事理,即叠下数语,皆有叠下数语着落,一字不肯落空,入手作文,须得如此。"② 他反对的是关注文章法则的"古文气调",赞赏朱熹晚年文字的意明理达却自然而不做作。

在初学者所习文体上,李光地则强调应先学论体:

> 作古文要曲折。学古文须先学作论。盖判断事理,如审官司,必四面八方都折倒他,方可定案。如此,则周周折折都要想到,有一处不到,便成罅漏。久之,不知不觉,意思层叠,不求

---

① 李光地:《榕村语录》卷二十九《诗文一》,陈祖武点校《榕村语录 榕村续语录》,中华书局1995年版,上册,第518页。
② 同上书,第523页。

深厚，自然深厚。今做古文者，多从传、志学起，却不是①。

因为他特别重视文章道理的阐发，故而在初学文体上，建议先学论体文，这与整个清代重视叙事文的风气明显不合②。作论体文章需要"周周折折都要想到"，对于理论思维的训练大有益处，有助于学文者将道理说透，把意思阐明，因而受到李光地的推崇，认为是理想的初学文体。传统的传、志文体，长于写人叙事，更关注于文章的叙事技巧，较少用到议论说理，故李光地认为不宜施于初学：

> 某友看古文，不从议论文字入手，先读碑板文字，亦是一病。所为文亦长于碑板，若叙事文便不出色。学文自当先教议论畅达，逐渐缩敛方佳。如今看小学生文，其下笔论头汩汩不休者，便有成。若短短粗通，虽有些笔意思路，到底有限③。

他认为从碑志等传记类文体入手，不能做到"议论畅达"，使得行文"到底有限"，因而是学文"一病"。

理学家强调个体心性的修养，不作伪语。移之于古文创作，李光地也强调文章的真实不虚：

> 做古文只要不说谎，圣贤虽于父母，亦不虚加一语，加以虚誉，人必指而笑之，是贻父母羞辱也。且称人曷必全备？如孝，

---

① 李光地：《榕村语录》卷二十九《诗文一》，陈祖武点校《榕村语录　榕村续语录》，中华书局1995年版，上册，第525页。

② 清人在叙事、议论二体中，普遍重视叙事而轻视议论。详参本书上编第五章第二节。

③ 李光地：《榕村语录》卷二十九《诗文一》，陈祖武点校《榕村语录　榕村续语录》，中华书局1995年版，上册，第525页。

德之本也。孔子未尝以称颜子，岂颜子未孝耶？舜称"大孝"，他圣不闻，岂他圣都未孝耶①？

文章固然需要真情实感，因情生文，但若要求"做古文只要不说谎"，也是对作文的一种束缚，是对古文艺术性的严重制约，必将古文推向实录一路。而且从《榕村语录》全书来看，李光地对古文真实性的要求，也不是从文章的真情实感的角度出发，而是从对儒家义理的真心信仰的角度而言：

> 作古文要归于真实，不尔，心先不古，文何能古！东坡作《韩文公庙碑》，便称其挥斥佛、老之功，张皇夸大。及作大悲阁、诸浮图记，又称佛之妙，穷天极地，却是一口两舌。其归谈儒，儒亦不精；谈禅，禅亦不精。只落得要做好文章，卒至文章亦不好。所以圣人说："修辞立其诚。"②

"诚"是理学的重要范畴，被视为"天人合一"的最高境界。他对苏轼文章评价不高，认为没有做到"真实"，是因为苏轼本人兼涉儒释道三教，对儒家学说不能专心。苏轼将创作置于第一位，"只落得要做好文章"，这也与理学家文学观念不符。可以看出，李光地文论思想中对真实性的强调，最终仍落脚在对儒家义理的阐发上。

---

① 李光地：《榕村语录》卷二十九《诗文一》，陈祖武点校《榕村语录　榕村续语录》，中华书局1995年版，上册，第525页。
② 同上书，第522页。

## 第三节　方宗诚：晚清理学复兴下的桐城文章观

清代理学在经历康熙之盛后，声势渐弱，到乾嘉汉学如日中天之时，理学影响更是微弱。嘉道以后，理学出现复兴势头，尤其是咸同时期发生了太平天国战争和第二次鸦片战争，使得清王朝内外交困，需要借助理学挽救颓势①。桐城人方东树、方宗诚皆是晚清出现的理学学者。

方宗诚（1818—1888），字存之，号柏堂，又号毛溪居士、西眉山人，安徽桐城人。他曾以从兄方东树（1772—1851）为师，习古文法。东树本为姚鼐高足，桐城派古文名家，他面对汉学家对桐城文家的排斥，著有《汉学商兑》，重申"宋学"而攻击"汉学"。方宗诚既以东树为师，亦复研习程朱理学与桐城古文，是整个桐城派中，理学气息最浓的理论家。其《柏堂文集自叙》云："余少承家学，喜研穷义理，攻词章。质薄才庸，不足以缵先绪。而师友之见之者，咸谓：'于斯理颇有发明，文事虽未工，抑其末也。'"②《清史稿》卷四八六称："宗诚能古文，熟于儒家性理之言，欲合文与道为一"③。他著有《论文章本原》与《读文杂记》两种文话，《论文章本原》凡三卷，《读文杂记》不分卷，凡七十条，二书均出自《柏堂读书笔记》，且均从理学角度论文，是清代中晚期理学家文话的代表著作。另著有《桐城文录义例》，为《桐城文录》的凡例，评论了清代桐城本地的

---

① 参见史革新《理学与晚清社会》，《北京师范大学学报》1998年第4期，收入氏著《清代以来的学术与思想论集》，社会科学文献出版社2011年版，第117—122页。
② 方宗诚：《柏堂文集自叙》，《柏堂集次编》卷一，《清代诗文集汇编》第672册，第134页。
③ 赵尔巽等撰、"国史馆"校注：《清史稿校注》卷四九三《文苑三》，台湾商务印书馆1999年版，第11216页。

重要文家，实亦有文话性质。

方宗诚虽以方东树为师，但因年岁晚其近半个世纪，二人所处时代有所差异。方东树撰《汉学商兑》时，汉学"其风尤炽"，故东树攻之不遗余力。而道咸以后，汉学末流之弊已显，汉学逐渐失去了主控学界的话语权。咸同以后，调和汉宋已成为学界新的潮流。方宗诚对汉学的态度不再像其师方东树那样激烈，姚鼐曾列"义理、考证、辞章"三种为文之事，方宗诚在调和汉宋的背景下，也大方地将"考证"作为衡文的重要标准，他在与人合编的《桐城文录》中，指出选文标准是："大约以有关于义理、经济、事实、考证者为主，而皆必归于雅驯。"① 他甚至在文话中还多处提及考证之学②，显示了新的学风下理学家对汉学态度的变化。方宗诚以"经济"论文也能见出新的时代风气，他将其归于桐城本地文学传统："桐城之文，自植之先生，后学者多务为穷理之学。自石甫先生，后学者多务为经济之学。"③ 他认为，桐城乡贤方东树、姚莹分别引导了桐城人为文对义理、经济的重视。当然，这是在《桐城文录序》中的论述，自然全部归因于桐城先贤。实际上，咸同以后，论文重视"经济"，强调经世致用是普遍风气，曾国藩对此也有很大影响。方宗诚曾在曾国藩幕府中治文书，也应受到曾国藩的一定影响。

在晚清汉学衰颓、理学复兴的背景下，方宗诚论文时，对其理学家的态度便不再遮遮掩掩。《古文简要序》说："文之事本一，而其用

---

① 方宗诚：《桐城文录序》，《柏堂集次编》卷一，《清代诗文集汇编》第 672 册，第 141 页。
② 详参本书上编第三章《考据与文话》。
③ 方宗诚：《桐城文录序》，《柏堂集次编》卷一，《清代诗文集汇编》第 672 册，第 143 页。

三：曰晰理、曰纪事、曰抒情。"① 所谓的"本"，即是指"道"。"道之显者，谓之文。"② 方宗诚编有两部古文选集《斯文正脉》和《古文简要》。《斯文正脉》选录"周、程、张、朱以来大儒之文十余篇，可以上配《六经》者"，是一部纯粹的理学家文选，编选目的在于"学者反求其本，而不可溺于文"。《古文简要》是方宗诚应人之邀编选的韩、欧八家选本，目的在于示初学以法。选录标准是"晰理之明辨而不支者，纪事之详简而有体者，抒情之笃厚而不欺者"。《斯文正脉》是其"本"，《古文简要》是"法"，是"末"。方宗诚反复强调，"本明则所以为文之法具载于书，而不必更言之，以失于赘""不溺其心于文焉，而文将不可胜用矣"③。

桐城文家自方苞起，便一直尊奉程朱理学。早期的桐城派作家，无论是真诚信仰程朱理学者，还是仅将其作为门面语者，均对文章本身有足够的重视。相比于方苞、刘大櫆、姚鼐等人来说，方宗诚对古文的态度应该说是一种倒退。他更看重的，是自己理学卫道者的身份而非古文作家。正如上文所引，他在《柏堂文集自叙》中借旁人之口，已经表明"文事虽未工，抑其末也"的文学态度。他认为对文章艺术性的追求，是"好文之弊"的表现。这是对"二程"文道观的回归。他刻意区分道学家之文与文章家之文，分别称其为"化工之文"与"画工之文"，《读文杂记》云：

> 有化工之文，有画工之文。化工之文，义理充足于胸中，触处洞然，随感而见。未尝有意为文，自然不蔓不支。如天地之元

---

① 方宗诚：《桐城文录序》，《柏堂集次编》卷一，《清代诗文集汇编》第 672 册，第 137 页。
② 同上书，第 136 页。
③ 以上引文均出自方宗诚《古文简要序》，《柏堂集次编》卷一，《清代诗文集汇编》第 672 册，第 138 页。

> 气充周,四时行,百物生,曷尝有意安排?自然物各肖物,无不得所。四子、《六经》之文是也。画工之文,义理未能充积于中,惟于古人之文,摹其意,会其神,纵能自成一家,终非从义理源头上流出。如画家之山水花卉,纵能神似,终不免以人为之功。古今所谓文士之文是也①。

方宗诚所说的"化工之文",是作者义理充沛于胸间,发之于文,皆能自然,为文时随意而发,不须着意于此。这与清初理学家李光地文章观相似。"文士之文"被方宗诚称为"画工之文",意指此种文章只注重追求艺术,而于义理无关。他以义理醇正无疵为衡文准则,对历代及本朝文章进行权衡。他所欣赏的历代文章名家,也是有"儒者气象"之文:"汉人之文,自以董子、贾生、刘子政、诸葛武侯诸文为有儒者气象。"② 对于八家文,他认为"惟韩、欧、曾有儒者气象"③,对于其他诸家皆有微词:"宋贤之文,惟欧公有儒者气象;其次则曾子固。至王介甫、三苏,皆非儒者气象。"④ "于八家外最爱董子、贾生、刘子政、诸葛武侯、陶靖节、陆宣公、司马温公、范文正公、李忠定公、方正学先生,诸家文读之令人兴起"⑤。即使是他认为有儒者气象的韩愈,方宗诚也认为其文章有未醇之处:

> 昌黎文高古,陆宣公不及也。若义理之醇正无疵,毫无支蔓,则韩公不及宣公矣。汉、唐两朝,议论大醇之文,惟董子及陆宣公⑥。

---

① 方宗诚:《读文杂记》,王水照编《历代文话》第6册,复旦大学出版社2007年版,第5716页。
② 同上书,第5720页。
③ 同上书,第5727页。
④ 同上书,第5722页。
⑤ 同上书,第5727页。
⑥ 同上书,第5722页。

于汉、唐两代,方宗诚最为崇推董仲舒与陆贽,对于本朝文家,桐城派出身的方宗诚承认本派所标示的文统,即从唐宋八家传至归有光,再传至方、刘、姚。但从理学角度出发,仍对方苞、姚鼐等桐城大师有所不满:"文家自唐宋八家后,惟归震川、方望溪、姚惜抱为得文家之正宗,唐荆川、王遵岩皆不如其醇雅,惟议论亦有未是者。"① 他对方苞、姚鼐的批评,也是因他认为方、姚古文有不合于理学标准之处。

受理学家语录体影响,宋以后有些片面追求文以载道者,将古文作品写得类似理学语录,清人对此进行了严厉的批判。清初王夫之批评明代后期文风说:"隆、万之际,一变而愈之于弱靡,以语录代古文,以填词为实讲,以杜撰为清新,以俚语为调度,以挑撮为工巧。"② 而对于桐城派来说,要求散文语言做到纯净,则是自方苞以来便形成的共识。方苞说:"南宋、元、明以来,古文义法久不讲。吴越间遗老尤放恣,或杂小说家,或沿翰林旧体,无一雅洁者。古文中不可入语录中语、魏晋六朝人藻丽俳语、汉赋中板重字法、诗歌中隽语、南北史佻巧语。"③ 吴德旋也说:"古文之体,忌小说,忌语录,忌诗话,忌时文,忌尺牍。"④ 而方宗诚则对桐城派先贤批评语录体古文有所不满,《读文杂记》云:

　　惜抱《述庵文钞序》有曰:"世有言义理之过者,其辞芜杂

---

① 方宗诚:《读文杂记》,王水照编《历代文话》第 6 册,复旦大学出版社 2007 年版,第 5728 页。
② 王夫之:《夕堂永日绪论外编》,王水照编《历代文话》第 4 册,复旦大学出版社 2007 年版,第 3271 页。
③ 沈廷芳:《〈方望溪先生传〉书后》引,《隐拙斋集》卷四十一,《四库全书存目丛书补编》第 10 册,第 517 页。
④ 吴德旋:《初月楼古文绪论》,人民文学出版社 1959 年与《论文偶记》《春觉斋论文》合刊本,第 19 页。

俚近，如语录而不文。由于自喜之太过，而智昧于所当择。"窃谓著书拟语录为体，原近于不雅驯，至读书者但当观其义理之纯驳，辞气之真伪，择而识之，以为身心之助可也。若以其为语录而病之，则陷于好文之弊矣。况如宋程、朱之语录，岂亦可以为芜杂俚近乎？①

姚鼐认为文章过于宣扬义理、言辞俚俗者，便近于语录，这也是桐城派的普遍观点。方宗诚尽管承认以语录为体，文则不雅驯。但他以为"义理之纯驳，辞气之真伪"才是文章之关键，对于语录入文，并不以为意。方宗诚的态度实际是对自方苞以来强调文章雅洁的反动，是桐城派文论受理学影响的极致。

方宗诚所撰的《论文章本原》，是将《尚书》《论语》《孟子》三种儒家经典作为"文章本原"，进行逐篇逐章的分析，是对"文本于经"这一传统观念的推演。由于在儒家学说中拥有经书的地位，一般文章选家和评点家对《尚书》《论语》《孟子》等儒家经典都不予置论，不敢将其作为普通文章看待。身为理学家的方宗诚更是极力强调"六经是明体达用之书，岂可当文字求哉"②？坚决反对将经书与普通文章同等看待。他析论《尚书》《论语》《孟子》的本意也在于将其悬为正鹄，作为行文典范。然而他将儒家圣经进行解剖式的分析，逐一揭示其文法、章法、句法，无论其初衷为何，行为本身却已消解了经典的神圣性。这与曾国藩编《经史百家杂钞》，将经部视作普通文章收录进去，效果是一样的。

---

① 方宗诚：《读文杂记》，王水照编《历代文话》第 6 册，复旦大学出版社 2007 年版，第 5731 页。
② 方宗诚：《论文章本原》卷一，王水照编《历代文话》第 6 册，复旦大学出版社 2007 年版，第 5618 页。

# 第五章　清文话中的文体分类观

中国传统的文体分类学，主要是以文论和总集作为载体。总集的编撰是文体分类学的具体实践，文论著作则收录了古人对于文体分类的具体看法，是文体分类的理论陈述。产生于同一时代的《文选》与《文心雕龙》便可作为二者的代表。自文论著作中产生文话这一新的品类之后，文体分类也就成为文话的重要内容。由于对"文"的内涵理解有异，文话家或在文话中只论述散文、骈文的分类，或是综论各体。清代文话著述种类夥繁，其中关于文体分类学的讨论甚多。清人的分类理论既集历代之大成，又受到西学思潮影响而加以创新变革，极富研究价值。文话本身具有较强的开放性与包容性，可以将总集、别集中的分体理论径直加以援引，如在文体学史上占据重要地位的姚鼐《古文辞类纂》的分类序言，就被薛福成《论文集要》、胡念修《四家纂文叙录汇编》、王葆心《古文辞通义》等多种文话征引；而总集中的文体分类实践，同样可以被文话用文字加以表述而吸收。因此，通过文话来考察清人的文体分类理念，当是一个较为理想的视角。

## 第一节  演绎式与归纳式的文体分类

中国古代的文体分类,一直未有统一标准。理论上来说,构成文体的任一要素,诸如形式、题材、功用、风格、表达方式等,都可以成为文体划分的准则。由于切入角度不一,使得文体分类标准各异。清末民初学者姚永朴在《文学研究法》中总结历代总集的分类标准时说:"或有以时代分者,或有以家数分者,或有以作用分者,或有以文法分者,众说纷纭,莫衷一是。"① 文体分类虽不能完全等同于总集分类,但二者关系密切,姚氏所云,均可看作文体分类。自《文心雕龙》《文选》行世以来,随着对各种文体认识的不断深化和新文体的逐渐衍生②,文体分类始终有着一个总的趋势,便是逐步细化,以致文体划分趋于琐碎繁杂。后世文体分类多以《文选》为据,按体分类。来裕恂说:"自《昭明文选》分类三十七,宋元以来,总集、别集,虽稍更其列目,要以《文选》为主。"③ 在《文选》分类基础之上,后人踵事增华,北宋李昉《文苑英华》分三十八类、姚铉《唐文粹》分二十二类三百一十六小类、南宋吕祖谦《皇朝文鉴》(《宋文

---

① 姚永朴:《文学研究法》卷一,许结讲评本,凤凰出版社2009年版,第35—36页。吴承学先生将宋代综合性文章总集的编纂体例分为以下四种:以体叙次、以类叙次、以人叙次和以技叙次。(吴承学《宋代文章总集的文体学意义》,《中国社会科学》2009年第2期。)其中的"以类叙次"便是姚永朴所说的"以作用分者",亦即按照文章的功能作用进行分类。

② 王葆心《古文辞通义》卷十三云:"文之体制有后起而愈复愈备之观。简略而趋繁杂,文例本如是也。"王水照编《历代文话》第8册,复旦大学出版社2007年版,第7705页。

③ 来裕恂:《汉文典·文章典》卷三,高维国、张格注释《汉文典注释》,南开大学出版社1993年版,第292页。

鉴》）分五十九类、明代吴讷《文章辨体》分五十九类、徐师曾《文体明辨》分一百三十六类，贺复征《文章辨体汇选》分一百三十二类、清初王之绩《铁立文起》分一百零九类，分类之细，已近于琐碎。值得注意的是，从北宋中后期开始，便有文人开始从文体功能的角度尝试着进行分类。不同的文体，其体制特征会有差异，其具有的功能用途却可能相同，这就为文体的归类提供了可能。秦观是较早做此尝试者，他在《韩愈论》中将散文归并为五类，与传统的文体分类形成鲜明对比：

> 夫所谓文者，有论理之文，有论事之文，有叙事之文，有托词之文，有成体之文。探道德之理，述性命之情，发天人之奥，明死生之变，此论理之文，如列御寇、庄周之所作是也；别白黑阴阳，要其归宿，决其嫌疑，此论事之文，如苏秦、张仪之所作是也；考同异，次旧闻，不虚美，不隐恶，人以为实录，此叙事之文，如司马迁、班固之作是也；原本山川，极命草木，比物属事，骇耳目，变心意，此托词之文，如屈原、宋玉之作是也；钩列、庄之微，挟苏、张之辩，撼班、马之实，猎屈、宋之英，本之以《诗》《书》，折之以孔氏，此成体之文，韩愈之所作是也①。

秦观将文体划分为论理之文、论事之文、叙事之文、托词之文、成体之文五类，其中的成体之文是对前四种的融汇升华，五类文体尚不在同一逻辑层面上。但可以看出，秦观文体分类的思路已明显有别于传统分类法。大约与秦观同时的著名文人吴则礼将诸种文体划分为四类：

---

① 秦观：《韩愈论》，徐培均《淮海集笺注》卷二十二，上海古籍出版社 1994 年版中册，第 751 页。

所谓文者，有曰叙事，有曰述志，有曰析理，有曰阐道。叙事之文难于反复而不乱，述志之文难于驰骋而不乏，析理之文难于雄辨而委曲，阐道之文难于高妙而深远。……然工于叙事者，或屈于析理；长于述志者，或昧于阐道。……①

吴则礼将文章分为叙事、述志、析理、阐道四类，已大致类似当代文章学所说的记叙文、抒情文、议论文、解说文。与之同时代的慕容彦逢，同样从文章功用的角度，进一步将文章归并为两大类："古之人无意于文，或以明道，或以叙事。"② 他以明道、叙事二类赅括散文诸体，精简已至其极。

南宋著名学者真德秀，承袭北宋以来的文体归类趋势，在其所编文章总集《文章正宗》之中，提出了新的四分法："曰辞命，曰议论，曰叙事，曰诗赋。"③ 对于这种文体分类的新方向，秦观、吴则礼、慕容彦逢尚只停留在理论的设想，真德秀则首次将之运用于分体实践。结合真德秀所撰《文章正宗·纲目》④ 与《文章正宗》实际分类来看，《文章正宗》的分类标准，同样是"以类叙次，即从文章功能着眼，把各体文章加以归类，按类加以编排"⑤。据《文章正宗·纲目》，"辞命"类选文为"《春秋》内、外《传》所载周天子谕告诸侯之辞、列国往来应对之辞，下至两汉诏册而止"，所选皆为用之于朝政的"王言之体"。"议论"类"独取《春秋》内、外《传》所载谏

---

① 吴则礼：《〈六一居士集〉跋》，《北湖集》卷五，"涵芬楼秘笈"本。
② 慕容彦逢：《论文书》，《摛文堂集》卷十三，《文渊阁四库全书》本。
③ 见真德秀《文章正宗·纲目》，《文渊阁四库全书》本。
④ 真德秀《文章正宗·纲目》云："故今所辑，以明义理、切世用为主。"《文渊阁四库全书》本。
⑤ 吴承学：《宋代文章总集的文体学意义》，《中国社会科学》2009年第2期，第201页。

争论说之辞，先汉以后诸臣所上书、疏、封事之属，以为议论之首。他所纂述，或发明义理，或敷析治道，或褒贬人物，以次而列焉"。"叙事"类"独取《左氏》《史》《汉》叙事之尤可喜者，与后世记、序、传、志之典则简严者，以为作文之式"。而功用较狭的"诗赋类"则被置于四类之末①。真德秀的四分法是基于全部文体的分类，故而后人有"古今文辞，固无出此四类之外者"的赞誉②。

这种对文体进行归类的分法，经过真德秀《文章正宗》的编选实践之后，影响更大，得到后世多数学者的接受。其后专论散文者，摒弃"诗赋"类，分文体为叙事、议论二体，将"辞命"类文章根据其功用的不同，散入"议论"类与"叙事"类中。此后将散文分为"议论"与"叙事"二体，似成为"人人能言"之共识。明人王维桢便说："文章之体有二，序事、议论，各不相淆，盖人人能言矣。然此乃宋人创为之，宋真德秀读古人之文，自列所见，歧为二途。"③ 此外，明人又有将文体分为"载道""纪事"二类者，如宋濂《文原》曰："世之论文者有二：曰载道，曰纪事。"④ 这与"议论""叙事"之说名异而实近。

从北宋兴起的这种归纳式文体分类法，有别于以《文选》为代表的演绎式分类法。吴承学先生指出："分体与归类，是中国古代文体分类学的两种不同路向，前者尽可能详尽地把握所有文体的个性，故

---

① 清代王之绩《铁立文起》云："西山《正宗》亦列诗赋于叙事、议论后，诚以诗赋虽可喜，而其为用则狭矣。"《铁立文起》前编卷一，《续修四库全书》第1714册，第285页。
② 语出明代吴讷《文章辨体·凡例》，于北山校点《文章辨体序说》，人民文学出版社1962年版，第10页。
③ 王维桢：《驳乔三石论文书》，《槐野先生存笥稿》卷二十三，《续修四库全书》第1344册，第248页。
④ 宋濂：《文原》，王水照编《历代文话》第2册，复旦大学出版社2007年版，第1530页。

重在精细化；而后者尽可能归纳出相近文体的共性，故其所长在概括性。……《文选》是分体学的代表，而《文章正宗》则开创了归类学的总集传统。"① 目光甚为敏锐。以奏议体文章为例，《文心雕龙·章表》中论及章、表、奏、议四体，其云："汉定礼仪，则有四品：一曰章，二曰奏，三曰表，四曰议。章以谢恩，奏以按劾，表以陈情，议以执异。"刘勰根据文体的不同功用，将汉代臣子给帝王的上书分为四种②。而姚鼐《古文辞类纂》则云："汉以来有表、奏、疏、议、上书、对事之异名，其实一类。"③ 将其统归于奏议类之中。可见即使分类标准相同，却也有演绎与归纳两种相反的分类路向。以文论著作而言，与《文选》同一时代的《文心雕龙》可说是分体学的代表，而秦观《韩愈论》、吴则礼《〈六一居士集〉跋》和慕容彦逢《论文书》等则是归类学理论的代表。自两宋至明代的文体分类，一方面继续沿着《文选》《文心雕龙》的旧途，对文体继续细分，不厌其烦，至明代《文章辨体》《文体明辨》《文章辨体汇选》达其极；另一方面，则是承袭秦观、吴则礼、慕容彦逢、真德秀以来的新法，即以文体功能为标准进行文体归类。前者的长处是可以对文体进行细致的辨析，其劣势也是明显的，文体愈分愈细，过于琐碎。后者的分类简单明了，一反以往分类的烦琐之弊，可以对文体有直观而本质的认识，故自两宋以来渐为人所接受。然而这种分类，徒有大类，"子

---

① 吴承学：《宋代文章总集的文体学意义》，《中国社会科学》2009 年第 2 期，第 203 页。

② 东汉蔡邕《独断》已作此分类，《独断》云："凡群臣尚书于天子者，有四名：一曰章，二曰奏，三曰表，四曰驳议。"（《四部丛刊三编》本）刘勰在蔡邕分类基础之上，揭示了四种文体的各自功用。

③ 薛福成《论文集要》卷四引《姚姬传古文辞类纂序目》，光绪二十八年（1902）石印本。

目不具"①，无法窥见单个文体的特征，仍不能说是较为完善的分类法。

## 第二节 "以至简之门类隐括文家之体制"

对于分体与归类这两种截然相反的文体分类路数，清人皆有继承。清初王之绩《铁立文起》分文体一百零九类、清中晚期李兆洛《骈体文钞》分骈体三十一类、庄仲方《南宋文苑》分文体五十五类、清末王兆芳《文体通释》分文体一百四十三类，皆属《文选》分体一路。而从归类角度进行分体，"以至简之门类隐括文家之体制"②，在清人则尤多新创。姚鼐所编《古文辞类纂》的分类法在清代影响较大，他借《古文辞类纂》对名异实同和名同实异之文体，一一加以辨析，进而将文体归并为十三类，即论辩类、序跋类、奏议类、书说类、赠序类、诏令类、传状类、碑志类、杂记类、箴铭类、颂赞类、辞赋类、哀祭类。其分类标准便是"为用"，亦即文章的作用和功能③。这十三类是综合前人分类成果得出，篇幅适中，影响较大。清人称："自姚惜抱《古文辞类纂》分部十三，于是古文之门径，可于文体求之。"④ 姚氏弟子梅曾亮编选有总集《古文词略》，除增加

---

① 王葆心：《古文辞通义》卷十三，王水照编《历代文话》第8册，复旦大学出版社2007年版，第7705页。
② 同上。
③ 关于《古文辞类纂》的分类标准，高黛英《〈古文辞类纂〉的文体学贡献》等文已有分析，此不赘述。高文载于《文学评论》2005年第5期。
④ 来裕恂：《汉文典·文章典》卷三，高维国、张格注释《汉文典注释》，南开大学出版社1993年版，第292页。

诗歌一类外,其他类别一依其师。

而前人将散文文体归并为叙事、议论二类的简分法,亦得到清人广泛认同,并将其升格到"定体"的高度。王葆心《古文辞通义》引清初著名古文家邵长蘅说:"文体有二,曰叙事,曰议论,是谓定体。"① 清末文论家邵作舟也在文话《论文八则》中认为"夫文章之体,虽有纪、传、志、状、碑、颂、铭、诔、诏、告、表、疏、序、论、杂体之殊",但"总其大要,不外纪事、议论两端"②。陈澹然《文宪例言》亦云:"古之为文,不外纪事、论事。"③ 三人所处时代,从清初到清末,其言论可以代表清人普遍态度。不仅在中国,域外学者亦持此论,日本江户时代学问僧大典禅师云:"作文之体,其目虽多,不出于叙事与议论之二。"④ 他编选的古文总集《初学文轨》即按叙事、议论分为二类。方宗诚《论文章本原》亦从文章功用角度分类说:"文章之用,不外纪事、纂言二者。"⑤ 清人对这种二分法从学术史的角度作了分析。清代以章学诚为代表的学者对中国典籍的源流作了宏观的梳理溯源,受其学术思想影响,民国章廷华《论文琐言》说:"为学最贵先辨别源流,无论经、史、子、集皆然,泛览无归最有害。"⑥ 章学诚《文史通义·文集篇》、恽敬《大云山房文稿通例》《大云山房文稿二集叙录》、张惠言《七十家赋钞序》等皆关注于对

---

① 王葆心:《古文辞通义》引,王水照编《历代文话》第8册,复旦大学出版社2007年版,第7171页。
② 邵作舟:《论文八则·十四法第五》,徐子超点校本,收入《绩溪文史》1996年第四辑(总第五辑),第277页。
③ 陈澹然:《文宪例言·选例章》,王水照编《历代文话》第7册,复旦大学出版社2007年版,第6806页。
④ [日]大典禅师:《初学文轨·序说》,江户书肆青藜阁梓行本。
⑤ 方宗诚:《文章本原》卷一,王水照编《历代文话》第6册,复旦大学出版社2007年版,第5617页。
⑥ 章廷华:《论文琐言》,王水照编《历代文话》第9册,复旦大学出版社2007年版,第8403页。

"集部源流"问题的探讨,这对叙事、议论二分法是理论上的支持。顾云《钵山谈艺录》谓:"文虽百变,亦曰序曰议而已。大都从子入者,长于议;从史入者,长于序。"① 他将议论(议)之体追溯于子部,叙事(序)之体追溯于史部,已有学术史眼光。晚清朱一新的论析更为透彻:"集部之作萌芽于《楚骚》,而屈、宋亦在战国诸子之列,后世诗文集皆子而兼史者也。大约古来文字,只有二体:叙事纪言者,为史体;自写性真者,为子体。圣人之言,足为世法,尊之为经,经固兼子、史二体也。文事日兴,变态百出,歧而为集,集亦子、史之绪余也。"② 朱一新纵论四部发展变化的大势,以为古来只有史、子二体,集部是史、子余绪。经部因其地位特殊而独立,但"经固兼子、史二体也"。无论是集部文章还是经、史、子三部,均可以子、史二体辨之。因此,作为史部的叙事、子部的议论,二体自然可以囊括诸体。这种观点对文体二分法做了辨章学术、考镜源流的工作,为叙事、议论二分法寻找到了理论支撑,明显受到章学诚文史校雠之学的影响,显得深刻而富有意味。

在叙事、议论二者之中,清人又普遍认为叙事难于议论,这是古文创作重视向史书学习的结果。顾云《钵山谈艺录》谓:"而序为尤难。议主乎识,苟读书明义理,人人可为,序非老于文事者莫办。一人一事,惟妙惟肖,又动合文章体制,率尔操觚能乎?此传志之文难于论说,而世率弗知。"③ 其认为议论文贵在识见,叙事文贵在技巧,

---

① 顾云:《钵山谈艺录》,王水照编《历代文话》第6册,复旦大学出版社2007年版,第5861页。
② 朱一新:《无邪堂答问》,中华书局2000年版,第158页。
③ 顾云:《钵山谈艺录》,王水照编《历代文话》第6册,复旦大学出版社2007年版,第5861页。

而后者要难于前者。来裕恂亦称："文最难于叙记。"① 日本大典禅师则谓："议论虚而叙事实，实者难入，虚者易及。"② 日本斋藤谦《拙堂文话》云："凡作文，议论易，而叙事难。"③ 章学诚也认为叙事艺术难于议论："文章以叙事为最难，文章至叙事而能事始尽。"④ 可见"叙事难于议论"是当时中、日学者较普遍的共识。但也有持异议者，如清初李光地认为学文当从"论"入手："作古文要曲折。学古文须先学作论。盖判断事理，如审官司，必四面八方都折倒他，方可定案。如此，则周周折折都要想到，有一处不到，便成罅漏。久之，不知不觉，意思层叠，不求深厚，自然深厚。今做古文者，多从传志学起，却不是。"⑤ 李光地认为学文从议论入手，可以锻炼作者思辨能力。久之，文章可以逻辑清晰、论证有力、滴水不漏、笔力深厚，他认为这是从传、志等叙事入手者所欠缺的。他所强调的从"议论"入手，并非是要求在思想义理上有所突破、新变，而只是强调论证、辨析能力，仍是从技法层面而言，本质上与强调"叙事"之重要性的论者并无差别。李绂在认同"文章惟叙事最难，非具史法者不能穷其奥窔也"⑥ 的同时，提出二者的交融互补："论事之文以说理出之，则根柢深厚而无小非大矣；说理之文以论事出之，则精神刻露而无微不

---

① 来裕恂：《汉文典·文章典》卷三，高维国、张格注释《汉文典注释》，南开大学出版社1993年版，第293页。
② ［日］大典禅师：《初学文轨·序说》，江户书肆青藜阁梓行本。
③ ［日］斋藤谦：《拙堂文话》卷八，台湾文津出版社1985年影印日本古香书屋版。
④ 章学诚：《论课蒙学文法》，仓修良编注《文史通义新编新注》，浙江古籍出版社2005年版，第415页。
⑤ 李光地：《榕村语录》卷二十九《诗文一》，陈祖武点校《榕村语录　榕村续语录》，中华书局1995年版，上册，第525页。
⑥ 李绂：《秋山论文》，《穆堂别稿》卷四十四，《续修四库全书》第1422册，第615页。

著矣。"①

　　同样是以文章功用为标准，除传统的"叙事""议论"二分法外，清人又有将文体分为"说理""述情"（抒情）、"记事"三类者。清初，魏际瑞《伯子论文》已有"诗文不外情、事、景，而三者情为本"之论②。《古文辞通义》引谢应芝《蒙泉子》云："子家，言理之文也……史家，言事之文也……诗赋家，言情之文也。"③谢氏以理、事、情三者涵盖各种文体，而其"言情"类专指诗赋，尚未涉及散文。《古文辞通义》引清人恽敬语云："言理之词如火之明，上下无不灼然，而迹不可求也；言情之词如水之曲行旁至，灌渠入穴，远来而不知所往也；言事之词如土之坟壤咸泄，而无不用也。"④亦是将文体分为言理、言情、言事三类。邓绎则以西汉之文为例，在《藻川堂谭艺》中将文章分为三类："是贾、马为叙事、纪事之文，董、刘为说理之文，马、枚为述情之文。"⑤曾国藩《经史百家杂钞》分为著述、告语、记载三门，王葆心《古文辞通义》分析说："告语门者，述情之汇；记载门者，记事之汇；著述门者，说理之汇也。三门之中对于情、事、理三者，有时亦各有自相参互之用，而其注重之地与区别之方，要可略以情、事、理三者画归而隶属之。"⑥其将著述、告语、记载三门，分别转述成"说理""述情""记事"三体。而杭永年《古

---

①　李绂：《秋山论文》，《穆堂别稿》卷四十四，《续修四库全书》第1422册，第615页。
②　魏际瑞：《伯子论文》，王水照编《历代文话》第4册，复旦大学出版社2007年版，第3594页。
③　王葆心：《古文辞通义》，王水照编《历代文话》第8册，复旦大学出版社2007年版，第7726页。
④　同上书，第7719页。
⑤　王葆心：《古文辞通义》引，王水照编《历代文话》第8册，复旦大学出版社2007年版，第7726页。
⑥　王葆心：《古文辞通义》，王水照编《历代文话》第8册，复旦大学出版社2007年版，第7715—7716页。

文快笔贯通解序》则分散文为情、理、事、词四类，与之稍异，其曰："文体多端，有情焉，有理焉，有事焉，有词焉，每错综以出而呈其机趣。"① 方宗诚《古文简要序》说："文之事本一，而其用三：曰晰理、曰纪事、曰抒情。"② 王葆心《古文辞通义》广引诸家之说，论证以抒情、叙事、议论三体总赅文体之合理性。因其身处清末民初，得以接触域外文学理论，故于《古文辞通义》中又援引国外分体理论，以证其说：

> 今人《法兰西文学说例》谓法兰西之散文分五种，其中有三种：曰记事，即表中之记载门所属也；曰辩论，即表中著述门所属也；曰书牍，即表中告语门所属也。日本人曾合选记事、论说文为《文范》，其分类有三门中之二门。其《国民作文轨范》一书于记事、论说外增祝贺吊祭文，又有告语门之意，体尤全备矣。此中外文家之同轨者③。

他以法国和日本文体分类学说为例，指出抒情、叙事、说理三分法具有合理性，为"中外文家之同轨"④，认为"三者可隱括文家体制"。针对叙事、议论二分法与抒情、叙事、说理三分法的区别，王葆心分析说："李次青谓：'文之用有二，曰议论，曰叙事。议论以理胜，经与子之流也；叙事以情胜，史之流也。'并三门而两之，合抒

---

① 杭永年：《古文快笔贯通解》自序，《四库禁毁书丛刊》集部第34册，第3页。
② 方宗诚：《古文简要序》，《柏堂集次编》卷一，《清代诗文集汇编》第672册，第137页。
③ 王葆心：《古文辞通义》，王水照编《历代文话》第8册，复旦大学出版社2007年版，第7718—7719页。
④ 程千帆先生《文论十笺》云："近人乃多有主依西人之法，以用代体为标准，而区文为说理、记事、抒情之三类者。"（《程千帆全集》第六卷，河北教育出版社2000年版，第183页。）王葆心即为个中代表。

情于叙事，亦足见近世抒情之文未能畅于坛苑之由也。"① 他认为传统的二分法中没有抒情的位置，是轻视抒情之文所致，确为有识之见。传统文论赋予诗或骈文以抒情功能，而散文则因与道相关，与抒情无缘。至清代，情形发生变化，清人开始较为普遍地重视散文的抒情性。清初，傅山《文训》即云："文者，情之动也；情者，文之机也。文乃性情之华，情动中而发于外，是故情深而文精，气盛而化神，才挚而气盈，气取盛而才见奇。"② 将文章看作情感的产物，情成为高于文的存在。针对明人摹拟抄袭而致文无真情之弊，黄宗羲于《明文案序上》中说："凡情之至者，其文未有不至者也。"③ 清代后期，学者同样重视情之于文的作用。刘熙载《艺概·文概》云："使情不称文，岂惟人之难感，在己先'不诚无物'矣。"④ 亦是针对散文而言。何一碧《五桥说诗》云："诗与文各别而亦相通，文言理，理生情；诗言情，情准理。但文多畅达，诗多含蓄耳。"⑤ 将情感表达视为诗、文之共性。清代桐城文人多取法归有光，而归氏散文即以真挚感人著称，桐城派文家如方苞、姚鼐等亦多有抒情之文传世。与传统实用散文相比，在重视抒情这一点上，桐城散文更具文艺散文特质。散文创作与理论对于抒情的重视，也使得抒情在文体分类学中占据一席之地。传统的叙事、议论二分法演变为抒情、叙事、说理三分法，正是"抒情"地位得以上升的体现。现代文章学通行以功能为标准，将文

---

① 王葆心：《古文辞通义》，王水照编《历代文话》第 8 册，复旦大学出版社 2007 年版，第 7717 页。
② 傅山：《文训》，《霜红龛集》卷二十五，山西人民出版社 1985 年据宣统三年（1911）山阳丁宝铨刊本影印，第 673 页。
③ 黄宗羲：《明文案序上》，吴光主编《黄宗羲全集》第 10 册，浙江古籍出版社 2012 年版，第 19 页。
④ 刘熙载：《艺概》卷一《文概》，薛正兴点校《刘熙载文集》，江苏古籍出版社 2001 年版，第 84 页。
⑤ 何一碧：《五桥说诗》，清抄本，藏于上海图书馆。

体划分为抒情、记叙、说明、议论等类，清代散文创作与散文理论对于"抒情"的重视，也暗示着传统文章学向现代文章学的演进。

除以文章功用为标准外，清文话又有从其他角度划分文体的。邵作舟《论文八则·六体第四》提出结合文章功用与风格来划分文体：

> 学者欲有所作，贵先辨体。一曰肃穆典雅之文，二曰雄骏英锐之文，三曰曲折奥衍之文，四曰灵娇秀逸之文，五曰缠绵委婉之文，六曰洁净精微之文。肃穆典雅之文，以《周易》《尚书》《仪礼》《周官》《春秋》《左传》《国语》为宗，其体用之以纪事、铭颂、勒典、刊碑，则庄严厚重，博大昌明，而无佻滑鄙俗之病。雄骏英锐之文，以《国策》、先秦、汉初为宗，其体用之以辨驳论难、发明利害，则驰骋豪爽，惊心动魄，而无颓弱艰涩之病。曲折奥衍之文，以《管子》《墨子》《荀子》《韩非》为宗，其体用之以指陈事理，抉摘幽隐，则推阐至深、洞见症结，而无蒙翳肤廓之病。灵娇秀逸之文，以《易传》《考工记》《檀弓》《孟子》《庄子》《史记》及《国策》短篇为宗，其体用之以说理、纪物、传神、写生，则飘忽敏妙，俯仰淋漓，而无平拙板滞之病。缠绵委婉之文，以"三百篇"及《左传》之词令为宗，其体用之以讽谏酬对，摅写性情，则敦厚温柔，低徊宛转，而无蠢直粗戾之病。洁净精微之文，以《公》《穀》《礼记》《夏小正传》为宗，其体用之以笺注经传、解释事物，则言近指远，简短韵长，而无冗累浅率之病。……①

他以风格为标准，将文体分为六类，而这六类文体每一类都对应

---

① 邵作舟：《论文八则》，徐子超点校本，收入《绩溪文史》1996年第四辑（总第五辑），第277页。

着若干种用途。

刘师培《论文杂记》则另辟蹊径，仿效印度佛教著述经、论、律三分法，将文体分为三类，"一曰文言，藻绘成文，复杂以骈语韵文，以便记诵"，以《易经》六十四卦及《书》《诗》为代表，对应于"经"；"一曰语，或为记事之文，或为论难之文，用单行之语，而不杂以骈俪之词"，以《春秋》《论语》诸子为代表，对应于"论"；"一曰例，明法布令，语简事赅，以便民庶之遵行"，以三《礼》为代表，对应于"律"。刘氏总结道："后世以降，排偶之文，皆经类也；单行之文，皆论类也；会典、律例诸书，皆律类也。故经、论、律三类，可以该古今文体之全。"[①] 他以经、律、论三分法囊赅古今所有文体，并在分类中标示文体地位之差异，将骈文称为"经"，散文称为"论"，二者地位之高下已不言而喻。

来裕恂《汉文典·文章典》可说是清代采用文体分类方式最多的文话。该书卷四《文论》种类篇，从六个角度，对文体作了六种分法。其一，按"属于体裁之种类"，将文体分为"撰著之文"与"集录之文"两种，以为"撰著之文，篇只一义，原于《易》《春秋》者也"，"集录者，篇各为义。原于《诗》《书》者也"。其二，按"属于格律之种类"，分为韵文、骈文、四六文、散文四种。其三，按"学术之种类"分为儒家之文（董仲舒、韩愈、欧阳修）、道家之文（《淮南子》）、阴阳家之文（刘向）、法家之文（晁错、王安石）、名家之文（柳宗元）、纵横家之文（司马相如、东方朔、苏洵、苏轼）、杂家之文（贾谊、陆贽）七类。来氏云："古人于文，必有得力之处。治古文者不可不知。但非如后世文家言，某氏之文出于某氏也。盖家

---

① 刘师培：《论文杂记》，人民文学出版社1959年与《中国中古文学史》合刊本，第109页。

数之不同者,先儒所谓习焉而各得性之近者是也。"此亦即姚永朴所谓按"家数"分者。其四,按"属于世用之种类"分名世之文、寿世之文、经世之文、酬世之文。其五,按"属于性质之种类",仿谢枋得分"放胆""小心"二体,分为"理胜之文"(濂溪《通书》、横渠《正蒙》等)、"情胜之文"(《出师表》《陈情表》《寄十二郎文》)、"才胜之文"(贾谊、苏轼之文)、"辞胜之文"(《北山移文》《进学解》《岳阳楼记》《阅江楼记》)。其六,按"属于通俗之种类",分为"公移之文""柬牍之文""语录之文""小说之文"四类。

根据"学术之种类"而分类,刘师培亦有论述,其《论文杂记》云:

> 韩、李之文,正谊明道,排斥异端,欧、曾继之,以文载道,儒家之文也;子厚之文,善言事物之情,出以形容之词,而知人论世,复能探原立论,核覆刻深,名家之文也;明允之文,最喜论兵,谋深虑远,排兀雄奇,兵家之文也;子瞻之文,以粲花之舌,运捭阖之词,往复卷舒,一如意中所欲出,而属词比事,翻空易奇,纵横家之文也;介甫之文,侈言法制,因时制宜,而文辞奇峭,推阐入深,法家之文也。立言不朽,此之谓与[①]?

他分文章为儒家、名家、兵家、纵横家、法家五类,与来裕恂所分七类稍有异同。刘师培又进而将清代著名文家,分门别类归入诸类之中:

---

① 刘师培:《论文杂记》,人民文学出版社 1959 年与《中国中古文学史》合刊本,第 121—122 页。

## 第五章　清文话中的文体分类观

望溪、姬传，文祖韩、欧，阐明义理，趋步宋儒，此儒家之支派也。慎修、辅之，综核礼制，章疑别微；若膺、伯申，考订六书，正名辨物，皆名家之支派也。叔子、昆绳，洞明兵法，推论古今之成败，叠陈九土之险夷，落笔千言，纵横奔肆，此兵家之支派也。子居之文，取法半山；安吴之文，洞陈时弊，兵农刑政，酌古准今，不讳功利之谈，爰立后王之法，此法家之支派也。朝宗之文，词源横溢；简斋之作，逞博矜奇，若决江河，一泻千里，此纵横家之支派也。雍斋、于庭之文，杂糅谶纬，靡丽瑰奇，此阴阳家之支派也。大绅、台山之文，妙善玄言，析理精微，此道家之支派也。维崧、瓯北之文，体杂俳优，涉笔成趣，此小说家之支派也。旨归既别，夫岂强同？即古人所谓文章流别也①。

此处分类，又比上文所论多出阴阳家、道家、小说家三类。他根据作品的内容与风格特色，将其归入相应的学术流派之中，亦有其道理。如将清代勃兴的礼学与考据学家之文归入名家类，便是因为名家亦注重正名辨物、语言分析，与清代礼学和考据学有相通之处。又如将关心时务政事、主张文以经世的包世臣之文归于法家，也有一定道理。不过，他将出入儒佛的汪缙、罗有高之文归于道家，则似在先秦学术流派尚无佛家的情况下采取的变通之举。

---

① 刘师培：《论文杂记》，人民文学出版社1959年与《中国中古文学史》合刊本，第122—123页。

## 第三节　归类与分体并行的两层结构法

除了继承和发展单一的归纳式或演绎式文体分类之外，清人在文体分类学上的新贡献在于：与传统的单一层次不同，清人采用两层甚至三层的方式，对文体进行层次性的建构，极富智慧地将归类与分体两种分类法结合起来，既以门系类，提纲挈领，又做到条分缕析、细论文体，在归纳与演绎这两种相反的路向上并行，显示出总结期的集成气象。

储欣（1631—1706）是最早运用以门系类法的清代学者①，在其所编总集《唐宋十大家类选》中，他将文体分为六门三十类：奏疏（书、疏、札子、状、表、四六表）、论著（原、论、议、辩、解、说、题、策）、书状（启、状、书）、序记（序、引、记）、传志（传、碑、志、铭、墓表）、词章（箴、铭、哀辞、祭文、赋）。六门即奏疏、论著、书状、序记、传志、词章是对文体的归类，其下三十小类则是演绎式的分体，实际上是将归类与分体这两种相反的文体分类路向结合起来。储欣以门系类的做法，下启曾国藩《经史百家杂钞》。《经史百家杂钞》将文体分为三门十一类：一、著述门：论著类（著作之无韵者）；词赋类（著作之有韵者）；序跋类（他人之著作，序述其意者）。二、告语门：诏令类（上告下者）；奏议类（下告上

---

① 褚斌杰先生说："从清代开始，文体论者则注意到文体的归纳问题。其一般做法即将文体首先分门，然后系类，以克服列类繁琐，而取得纲举目张的效果。"见褚斌杰《中国古代文体概论》（增订本），北京大学出版社1990年版，第32页。如前文所述，文体的归纳始于北宋而非清代，但以门系类之法则为清人首先使用。

者);书牍类(同辈相告者);哀祭类(人告于鬼神者)。三、记载门:传志(所以记人者);叙记(所以记事者);典志(所以记故典者);杂记(所以记杂事者)①。晚清王葆心在《古文辞通义》中指出,储欣《类选》:"其奏疏、书状即曾之告语门,其序记、传志即曾之记载门,论著、词章即曾之著述门。"② 已指出《经史百家杂钞》的大类是从储欣《唐宋十大家类选》发展而来。而其十一小类,是以文章功用为标准进行分类,从《古文辞类纂》而来,略有变动,差别不大③。不过,与储欣做法不同的是,《经史百家杂钞》的大类与小类都是归类,即十一小类是对诸种文体的归类,而著述、告语、记载三门则又是对这十一小类的归类。如果说,储欣的大类是归纳式、小类是演绎式的话,则曾国藩的大、小类均是归纳式的。

对于清代采用"纲目"式分类法的总集,后人一致盛推《经史百家杂钞》。其实,若论对于诸种文体的同类归并,曾国藩的三门十一类的分法,自然非常精到。若从分体的思维方式角度而言,储欣合归纳与演绎于一体的做法,似尤为精彩。这种分类法既可在大类上提纲挈领,又可在小类上广罗细目,将大类之简与小类之繁有机统一起来。而曾国藩的大类与小类均是归纳式的,无法窥探具体文体的细目。除以告语、记载、著述三门统领十一小类外,曾国藩还在日记中尝试以姚鼐所分阳刚、阴柔两种风格来赅举十一小类:

  吾尝取姚姬传先生之说,文章之道,分阳刚之美、阴柔之美

---

 ① 见薛福成《论文集要》卷四引《求阙斋经史百家杂钞序目》,光绪二十八年(1902)石印本。
 ② 王葆心:《古文辞通义》卷十三,王水照编《历代文话》第8册,复旦大学出版社2007年版,第7705页。
 ③ 曾国藩《求阙斋经史百家杂钞序目》比较其与《古文辞类纂》的分类,云:"论次微有异同,大体不甚相远。"《论文集要》卷四,光绪二十八年(1902)石印本。

二种。大抵阳刚者，气势浩瀚；阴柔者，韵味深美。浩瀚者，喷薄出之；深美者，吞吐而出之。就吾所分十一类言之，论著类、词赋类宜喷薄；序跋类宜吞吐；奏议类、哀祭类宜喷薄；诏令类、书牍类宜吞吐；传志类、叙记类宜喷薄；典志类、杂记类宜吞吐。其一类中微有区别者，如哀祭虽宜喷薄，而祭郊社祖宗则宜吞吐，诏令类虽宜吞吐，而檄文则宜喷薄；书牍类虽宜吞吐，而论事则宜喷薄。此外各类，皆可以是意推之①。

这种分法与《经史百家杂钞》的分类略同。

姚永朴《文学研究法》称："欲学文章，必先辨门类。门者，其纲也；类者，其目也。"② 储欣《唐宋十大家类选》便是这种纲举目张式分类法的代表。这种分类法似可追溯到《文心雕龙》。刘勰在《文心雕龙》中分文、笔二体，然后在文、笔之下再细分文体，也是将归纳与演绎相结合。储欣在《文心雕龙》分类法基础之上，提出了六门三十类的分法，专论散文文体，对后人影响较大。其后文体分类便多采用储欣的两层结构法，在归纳式的大类上，力求其简明扼要，而在演绎式的小类上，则不惮其烦，力求精细。来裕恂《汉文典·文章典》卷三《文体》部分，首分叙记篇、议论篇、辞令篇三大类，每篇之下各设三章，每章之下又有若干节，每节即一种文体，按照由粗至细的层次，编织出了一张文体网，凡三篇九章一百零三节。如其叙记篇下分序跋、传记、表志三章，序跋章下收录序、引、跋、题、书、读六节，在这里，叙记篇是第一层次，序跋、传记、表志三章是第二层次，序、引、跋、题、书、读六节是第三层次。来裕恂在储欣

---

① 《曾国藩日记（咸丰十年三月十七日）》，《曾国藩全集·日记一》，岳麓书社1987年版，第475页。

② 姚永朴：《文学研究法》卷一，许结讲评本，凤凰出版社2009年版，第35页。

两层分类法基础上将其改为三层，但本质未变。第一层次、第二层次属于归纳法，较为简洁，第三层次是演绎式，文体较为繁多。然纲举目张，并不凌乱。而其叙记、议论、辞令三大类则是源于真德秀《文章正宗》。刊于光绪二十九年（1903）的王兆芳《文章释》，虽然是采用传统的《文选》式分法，将文体分为一百四十三类，但在卷末跋语中，他以解释、考据、记叙、告语、讽赋、议论六体总领诸种文体①，实则是文体的两层分类法。晚清另一文话家吴曾祺于《文体刍言》中亦采用了储欣的两层分类法。他的大类径直采用姚鼐《古文辞类纂》所分的十三类文体，唯将"书说"改称"书牍"。在此十三类文体之下，再分细目，其中论辨类分二十四目、序跋类分十七目、奏议类分二十八目、书牍类分十四目、赠序类分五目、诏令类分三十六目、传状类分十二目、碑志类分十六目、杂记类分十二目、箴铭类分八目、颂赞类分五目、辞赋类分八目、哀祭类分二十八目，总计十三类二百一十三目。至民国四年（1915），张相编成《古今文综》，凡六部十二类四百余体。六部为论著序录、书牍赠序、碑文墓铭、传状志记、诏令表奏、辞赋杂文。每部再分为两类，如论著序录类下分论著、序录两类，书牍赠序部下分书牍、赠序两类，共计十二类。六部与十二类属于归纳式，而四百余体属于演绎式，其对文体的划分数目，超越古今。而追根溯源，诸多文话和总集的归纳、演绎两层分类法，均是源于清初储欣的《唐宋十大家类选》。晚清宋恕著有《六字课斋文话初编》，他自认为其中文体分类"体例尤创"，其书分宗目五："曰散体，曰无韵骈体，曰有韵骈体，曰散体兼无韵骈体，曰散

---

① 王兆芳云："其躯骨有解释、考据、记叙、告语、讽赋、议论六体，象貌有散行、骈偶两体。"《文章释》，王水照编《历代文话》第7册，复旦大学出版社2007年版，第6320页。

体兼有韵骈体。每宗目下细分支目,亦与前人所分大异。如经解为散体之一支目,楹联为无韵骈体之一支目,诗为有韵骈体之一支目,制义为散体兼无韵骈体之一支目,传奇为散体兼有韵骈体之一支目是也。"① 宋恕以五体包纳诸体,同样做到了归类与分体并行。他将经解、诗歌等文体纳入"文"的名目之下,说明其"文"概念的宽泛性;而收录楹联、传奇等文体,则又体现了晚清时代思潮对于文体分类观念的影响。

## 第四节　时代思潮与文体分类

　　文体分类除受传统文论思想影响外,亦与当时社会思潮、文化氛围等时代背景息息相关。从学术角度而言,考据学的兴盛无疑是清代文化的最大特色。考据学的勃兴带动相应考据文体的发展,曾国藩《湖南文征序》云:"乾隆以来,鸿生硕彦,稍厌旧闻,别启涂轨,远搜汉儒之学,因有所谓考据之文。"② 如书信一体,在清代便常常成为讨论学问的载体,林纾《春觉斋论文》云:"清初大老,崇尚朴学,则以与书一门,为辨析学问之用,洒洒千言,多半考订为多。"③ 又如乾嘉汉学的代表人物段玉裁,后人称其"为人作序跋,多参小学家

---

① 宋恕:《六字课斋津谈》词章类第十二,胡珠生编《宋恕集》,中华书局1993年版,第91页。
② 曾国藩:《湖南文征序》,王澧华校点《曾国藩诗文集·文集》卷四,上海古籍出版社2005年版,第412页。
③ 林纾:《春觉斋论文》,人民文学出版社1959年与《论文偶记》《初月楼古文绪论》合刊本,第67页。

言，故序考据文最宜"①。段氏在为人所作序跋之中也多参小学家言，从而使用于言事、抒情的书信体裁也融入了考据色彩。考据之文大量问世，以至于催生出如王昶《湖海文传》一类专收考据文章的总集。而考据文体的发展在清代文体分类中又有着直接的体现，朱琦《研六室文钞序》曰："文之体不一，散体本与骈体殊科。而散体又各别，有议论之文，揣摩理势，近乎子；有叙述之文，网罗事迹，近乎史。二者每分道扬镳。惟订证之文，名物训诂近乎经，则尤足尚。"② 朱琦在传统的议论、叙事二分法基础上，增入订证即考据一类，将散体文分为议论、叙事、考订三类，并称考订文"尤足尚"，即是考据思潮对文体分类的明显影响。

清代中晚期以后，列强对中国国家利益的逐步侵占，给予国人前所未有的耻辱感和危机感。面对此三千年未有之变局，救亡图存、保国保教的思想也应运而生，这对当时的文体分类学亦有显著的影响。

在国家危急存亡之秋，晚清文话家来裕恂将文之盛衰与国之存亡联系起来，《汉文典·文章典》云：

> 地球各国学校，皆列国文一科。始也，借以启普通知识，继则进而为专门之学。果何为郑重若斯哉？以文之盛衰，系乎国之存亡，故知保存其文，即能保存其国。野蛮无文，非洲土人，求个人之生活，而无文以开明之，故不知立国；亡国之民无文，波兰是也。俄禁波兰用固有之文字，是不惟灭其国，并其国之文而灭之。故有文斯有国，有国斯有文。要知国文为何种原质，有何

---

① 章廷华：《论文琐言》，王水照编《历代文话》第9册，复旦大学出版社2007年版，第8403页。
② 王葆心：《古文辞通义》引，王水照编《历代文话》第8册，复旦大学出版社2007年版，第7718页。

等关系,昧者不察,弁髦之,敝屣之,殆未之思耳①。

他以非洲落后无文、波兰亡国亦无文为例,强调"文之盛衰系乎国之存亡"。与之相似,文话家陈澹然同样强调振兴文教,并从此入手,批判传统文体分类学的繁复:"近世文家,断断文体,议、辨、解、说、传、志、碑、铭、叙、记诸体,剖及毫芒,体愈多则文愈剧,文教所由衰也。实则传、志、碑、铭、叙、记,不逾纪述;议、辨、解、说,不出论策之中。故此数者,各取以从其类,而不敢纷。即此,而经世之道得矣。"② 陈氏反对演绎式分类的繁复,而欣赏归纳式分类的简要,他认为文体分类的过度膨胀,使人难以掌握,不易于普及文教。他在《晦堂文钥》中提出"天下事,简则易从,繁则难久,此定理也"③。又称:"《易·系辞》曰:'易则易知,简则易从。''易简而天下之理得'。"④ 也是从简则文教易行的角度,主张文体分类应趋简避繁。

晚清的民族危机带动经世致用思潮的复兴。经世思潮除催生大量《经世文编》外,对于文体分类亦有影响。陈澹然在《文宪例言·选例章》中点评清代诸多古文选本,以为"近世古文所宗,惟《古文渊鉴》,及姚选《古文词类纂》、曾选《经史百家杂钞》三者而已",但他对三种选本皆不满意,认为"《渊鉴》义归经世,而文或未精;《类纂》一主于文,而义或未广。分途既众,究其所极,亦不过为文人"。姚鼐《古文辞类纂》自问世后,影响极大,陈澹然却认为"究

---

① 来裕恂:《汉文典·文章典》卷三,高维国、张格注释《汉文典注释》,南开大学出版社1993年版,第374—375页。
② 陈澹然:《文宪例言》,王水照编《历代文话》第7册,复旦大学出版社2007年版,第6807页。
③ 同上书,第6783页。
④ 同上。

其所极，亦不过为文人"，表达了对纯粹文人之文的不满。他赞赏《经史百家杂钞》"并姚书为八类，独创'典志'、'叙纪'二端"之举，认为"义使治文者，讲求典章治乱，其识可谓卓矣"，亦是从"讲求典章治乱"，即有功于经世角度而言。但他接着便批评曾选"独尊词赋，居全编四一之繁，极其所归，则亦文人而已"。陈氏本人曾编有文章选本《文宪》，他称其所选"义归经世，文必雅驯，屏词赋一门"，他本着经世致用之旨，在《文宪》中将无经世之用的"词赋"一门摒弃。《文宪》分为纪述、典制、策论、书疏四目，"而以诏令、箴歌广其术"。"纪述者，古今治乱大原。典志，则典章所在。斯二者，其体也。论策者，推阐古今治乱典章，以明其义，使人达古而措诸今。书疏为论策所推，各即其事以为之说。必精论策，而后可为。诏令原出书疏，而制益简。箴歌义兼书令，而法益严。斯四者，其用也"①。在此基础之上，陈氏再将所有文体统归于叙事、议论二端，便显得水到渠成："古之为文，不外纪事、论事。先通记事之法，论事方有持循。纪述、典制，皆记事也。论策、书疏，皆论事也。诏令、箴歌，则出入四者之间，体殊而用则一，大旨归诸经世而已。……"② 陈氏的文体分类，是以纪事、论事统摄纪述、典制、策论、书疏四体，非常简洁。

在重经世致用的时代，往往更加注重从功用角度划分文体，清末陈澹然摒弃无经世之用的诗赋类不选，便是一例。与之相似，明末清初的经世思潮亦对文体学有明显影响。徐枋《居易堂集凡例》云：

> 文籍重编次。编次者，前后是也。集之居前者，大约须观其

---

① 陈澹然：《文宪例言》，王水照编《历代文话》第 7 册，复旦大学出版社 2007 年版，第 6806 页。
② 同上。

全集之次，惟其所重，以其文之多而有关系者为首列，斯为得体。今人文集动以赋与诗居首，此遵《文选》例也，不知《文选》固辞家之书，其所重在辞赋耳，未可概论①。

他从经世致用角度出发，批评时人文集效法《文选》的分类，"动以赋与诗居首"。徐枋认为《文选》"固辞家之书"，以赋、诗居首，无可厚非。若是经世之文，则不当置诗赋于文集之首，他以自己文集为例说：

今拙集以书居首，盖此集中惟书为最多，以吾四十年土室，四方知交问讯辨论一寓于书。且吾自二十四岁而遘世变，与今之当事者谢绝往还诸书，及答一二钜公论出处之宜诸书，似一生之微尚系焉。伏读往册，如叔向《贻子产书》，于古文中亦惟书为早出，故吾集以书冠之。"②

徐枋为清初著名遗民，明亡后隐居不出。他常在书信之中袒露心扉，告以不仕之决心，故他将书信类置于文集之首，以示其志。而他将诗歌置于集末，以诗为一集之附庸，则与陈澹然对诗赋的态度相似。清初王之绩亦有此论，王氏《铁立文起》称："概论诗文，当先文而后诗。专以文论，又当先序而后及他文。今人多首称赋，此梁萧文孝《文选》陋例，不足法也。予最喜李弘度五经为甲部、史记为乙部、诸子为丙部、诗赋为丁部之说。"③ 他以赋体置于卷末，也是因"其与诗词相近"。他将序类置于诸体之首，则是因其认为"自古迄

---

① 徐枋：《居易堂集》，《凡例十一则》，黄曙辉、邱晓峰点校，华东师范大学出版社2009年版，第3页。
② 同上书，第3—4页。
③ 王之绩：《铁立文起》前编卷一，《续修四库全书》第1714册，第285页。

今，文章用世，惟序为大，更无先于此者"①。其实，早在真德秀《文章正宗》之中，诗赋便被置于四体之末。王之绩评论说："西山《正宗》亦列诗赋于叙事、议论后，诚以诗赋虽可喜，而其为用则狭矣。"② 可谓中的之论。真德秀于《文章正宗·纲目》中便曾明言其编选目的是"以明义理、切世用为主"，徐枋、王之绩分别将诗、赋置于诸体之末，亦是对真德秀《文章正宗》的效法。

晚清国门洞开，西潮涌入，在中国传统文论中地位极低的小说亦得以翻身，进入文体分类的视野，这也是前所未有之事。光绪二十八年（1902），梁启超发表《小说与群治之关系》，极言小说于社会改造之功用：

> 欲新一国之民，不可不先新一国之小说。故欲新道德，必新小说；欲新宗教，必新小说；欲新政治，必新小说；欲新风俗，必新小说；欲新学艺，必新小说；乃至欲新人心，欲新人格，必新小说。何以故？小说有不可思议之力支配人道故③。

梁启超将小说视为启人心、正风俗、兴道德的灵丹妙药，将小说之文体功用提升至无以复加的高度，引发整个社会对小说的重视。龙志泽《文字发凡》在叙事文下收入小说类④，而来裕恂《汉文典·文章典》文体部分同样收入小说，并称：

> 中国之小说，自昔之作，大约事杂鬼神，情钟男女者为多，故往往为世间之戏具，不流行于上流社会。而移风易俗之道，外

---

① 王之绩：《铁立文起》前编卷一，《续修四库全书》第 1714 册，第 285 页。
② 同上。
③ 梁启超：《小说与群治之关系》，舒芜等选编《近代文论选》上册，人民文学出版社 1999 年版，第 157 页。
④ 龙志泽：《文字发凡》卷三，广智书局光绪三十一年（1905）刊本。

国泰半得力于小说者,中国反以此而沮风气。推其原因,则由于读小说者,不知小说之功用,作小说者,不知小说之关系也①。

来氏以外国小说为例,认为小说有"移风易俗"之效。《汉文典》著于光绪三十年(1904),历时两年完成。此时正是梁启超所倡文体革命如火如荼之际,小说、戏曲等通俗文学的文体地位得到上升。《汉文典》在文体分类中收入小说,亦是受当时社会思潮的影响。此前如《四库全书》等的文体分类,所收小说只限于传统笔记、文言小说。而《汉文典》所设的小说类则将明清以来的白话小说包含入内。其"小说"类目下又分传奇、演义二体,传奇类论述如汤显祖"临川四梦"、阮大铖《燕子笺》、洪昇《长生殿》、孔尚任《桃花扇》之类戏曲作品;演义类论述如《三国志演义》《水浒》《西游》等小说。来氏称:"近世有曹雪芹之《红楼梦》、蒲留仙之《聊斋志》,皆表著于世者也。"②他将小说类置于"辞令篇"之末,而辞令篇的功用在于"或君命臣,或上令下,或用于会、盟、聘、享、征、伐,或士大夫面相告语及为书相遗赠,或文人学士言情达志"③。将小说置于此类,显然并不适宜,这也是清末文体学家面对新兴文体进入文体分类视野,并无经验可以借鉴下的权宜之策。在《汉文典·文章典》卷四"文论"部分,来裕恂还为当时流行的通俗文体作了划分:"世有一种文体,鄙俚亵秽,不足以与于古作者之林,而颇流行于社会,且其势力范围甚大,外此而独立,反不适用。此等文体,谓为通俗,庶

---

① 来裕恂:《汉文典·文章典》卷三,高维国、张格注释《汉文典注释》,南开大学出版社1993年版,第353页。
② 同上书,第352页。
③ 同上书,第324页。

乎可也。"① 他将通俗文体分为公移之文、柬牍之文、语录之文、小说之文四类，小说同样入选。"公移之文"即公牍文章，他列举的"近时通用"之公文体有："上逮下曰谕、曰札、曰告示、曰批，平行曰咨文、曰移文、曰照会，下达上曰申文、曰详文、曰禀、曰呈，外交曰约章、曰条约。"② 这些均为清末通用的公牍文体，但并无文学性可言。"语录之文"云："自唐代僧徒，不通文章，以俚语俗谚，书记师说，宋儒效之，创为语录。推原其意，取乎质言，然自宋来，文人学士，每效其体，支蔓荒芜，遂不可治。"③ 语录所记为通俗口语，后人有效其体著为古文者，遭到桐城派的批评。此处来氏亦反对以语录入文。"小说之文，每演白话，所记多杂事琐语。其体则章回、传奇，叙事之法，多本传记，惟词曲则注意于音节，辞采雕琢，不遗余力。"④ 来氏对小说文体注重情感描写、易于深入人心的特点大为赞誉："自屠钀贩卒，妪娃童稚，上至大人先生，文人学士，无不为之歆动。其感人之深，有如此者，盖别具一种笔墨者也。"⑤ 这即是从小说对于改造社会的功用角度而言。

随着西洋与东洋文学观念的引进、清末文学革命的到来，小说、戏曲等本不入流的通俗文学，也登入大雅之堂，进入文体划分的视野，来裕恂的《文章典》便是典型代表，这也透露着传统文体分类学向现代转变的消息。

---

① 来裕恂：《汉文典·文章典》卷三，高维国、张格注释《汉文典注释》，南开大学出版社1993年版，第397页。
② 同上书，第398页。
③ 同上。
④ 同上。
⑤ 同上。

# 第六章　清文话中的繁简论

繁与简，是中国古代文学批评史中重要的对待性范畴。不同的文体、不同的时代，对于繁、简有着不同的要求。历代繁简观并不固定，唐宋古文运动以后，散体古文代替了骈文的流行，史籍进入散文家学习效法的视野，简洁渐成古文的审美标准。清人基于文章学内在理路，借助汉学、骈文学勃兴的外在机缘，对繁简理论进行了新的阐发，重新发掘出"繁复"的价值，古典文章学中的繁简观再次变异。

## 第一节　唐宋古文运动与繁简观的变异

以时代言，上古因书写工具、文献载体的受限，文字偏于简约。如刘师培所云："上古之书，印刷未明，竹帛繁重，故力求简质，崇用文言。降及东周，文字渐繁。"① 以文体言，"铺采摛文，体物写志"的赋与运单为复、化纵为横的骈文多以繁复为美；而以凝练、韵味著称之抒情诗则以简约为优。《文心雕龙·物色》所谓"诗人丽则而约言，辞人丽淫而繁句"②。后人已经发现："唐人选唐诗，以简为贵。"③ 同样是欧阳修，既因数次删改《醉翁亭记》篇首并最终提炼为"环滁皆山也"五字而受人赞誉，成为文学史佳话，也因《秋声赋》的繁复而受人批评④。欧阳修两篇作品有繁有简，当是出于其对不同文体有不同要求的认识。以上仅大略言之，文学批评史上关于繁、简的问题复杂异常。同一文体，其繁、简之风或有变化，同一时代，其繁、简观念亦有异同。前者可以赋由"苞括宇宙、总览人物"走向抒情小赋为典型；后者可以东汉繁、简观的冲突为例证：曹丕《典论·论文》记载了班固嘲讽傅毅"下笔不能自休"⑤。王充《论衡·自纪》中记录了时人对于《论衡》繁复之风的责难："或曰：文贵约而指通，言尚省而趋明。辩士之言要而达，文人之辞寡而章。今所作新书，出万言，繁不省，则读者不能尽；篇非一，则传者不能领。被躁人之名，以多为不善。语约易言，文重难得。"他借《韩非子》为例进行反驳："韩非之书，一条无异，篇以十第，文以万数。"⑥ 王充指出，韩非写书宗旨只有一条，却写了几十篇、数万言，

---

① 刘师培：《论文杂记》，人民文学出版社1959年与《中国中古文学史》合刊本，第109页。
② 范文澜：《文心雕龙注》卷十，人民文学出版社1958年版，第694页。
③ 熊文举：《书愚山乙巳诗》跋语，《侣鸥阁近集》卷二，《四库禁毁书丛刊》第120册，第100页。
④ 王若虚云："欧公《秋声赋》云：'……丰草绿缛而争茂，佳木葱茏而可悦；草拂之而色变，木遭之而叶脱。'多却上二句。或云：'草正茂而色变，木方荣而叶脱。'亦可也。"见《文辨》卷三，王水照编《历代文话》第2册，复旦大学出版社2007年版，第1142页。
⑤ 张少康：《中国文学理论批评史资料选注》，北京大学出版社2013年版，第65页。
⑥ 杨宝忠校笺：《论衡校笺》，河北教育出版社1999年版，第928页。

其作《论衡》亦可效之。

自东汉以后，文章学家对于用事、骈俪、声律、辞藻的追求和揣摩，使得繁复的骈偶样式逐渐演进成为文章的常态，繁复成为众多文章家共同的追求。刘勰《文心雕龙·体性》以汉魏晋代作家创作实绩为基础，归纳出文学"八体"，"繁缛"即为其中之一。陆机虽在《文赋》里称为文"要辞达而理举，故无取乎冗长"①，却也只是门面语而已。他对文章形式美的过度在意，使其创作不可能做到清通简约，刘勰在《文心雕龙·镕裁》中已指出陆机"缀辞尤繁"的特点。刘勰还根据秉性特长，把作家分为两类："思赡者善敷，才覈者善删。善删者字去而意留，善敷者辞殊而意显。字删而意阙，则短乏而非覈；辞敷而言重，则芜秽而非赡。"在他看来，一类作家思绪丰富、长于铺陈；一类作家才思谨严、长于删削。两者并无高下之分，"谓繁与略，随分所好"，但二者应各自注意需要规避的问题。只是针对偏于极端而繁冗无骨之作，刘勰才如其《风骨》中所言，宁可"无务繁采"，对于一般的繁复文章，他并不持批判态度②。

唐宋以降，韩、柳、欧、苏等人反思了自汉魏六朝以来文章的骈俪形态，提出效法秦汉不拘骈散的文章样式，并称其为"古文"。"古文"的推广盛行，带动了繁简观的变异。六朝骈文时代，只有《文选序》所谓"事出于沉思，义归乎翰藻"者才可归属文学；普通的史书除了"综辑辞采""错比文华"的赞论、序述，一般不被看作文学作品。唐宋古文运动以秦汉文章反六朝骈文，经、史、子三部典籍逐渐成为散文作家汲取营养的母体，如清人张星鉴所云："自昌黎出，而

---

① 张少康：《中国文学理论批评史资料选注》，北京大学出版社2013年版，第71页。
② 本段引述刘勰观点，分见范文澜《文心雕龙注》，第505、544、543—544、543、513页。

世之为文者，非经即史，非史即子，昭明所不选者，反为文家所习。"①章学诚亦强调："古文辞而不由史出，是饮食不本于稼穑也。"②古文以史籍为师法对象，则史学批评中的理念必然会移植到文学批评之中。刘知几的《史通》是唐代也是中国古代最为著名的史学理论著作之一，该书对后来的古文运动产生了重要影响。古代史学奉《春秋》为圣经，"微而显，志而晦，婉而成章，尽而不污，惩恶而劝善"的"春秋体例"对后世著述影响至深。对于其中"微"这一特点，刘知几在《史通》中有详细阐述："夫国史之美者，以叙事为工，而叙事之工者，以简要为主，简之时义大矣哉！历观自古，作者权舆，《尚书》发踪，所载务于寡事；《春秋》变体，其言贵于省文。……又叙事之省，其流有二焉：一曰省句，二曰省字。……反于是者，若公羊（按：当为《穀梁》）称郤克眇，季孙行甫秃，孙良夫跛，齐使跛者逆跛者，秃者逆秃者，眇者逆眇者。盖宜除'跛者'以下句，但云'各以其类逆'。必事加再述，则于文殊费，此为烦句也。《汉书·张苍传》云：'年老，口中无齿。'盖于此一句之内去'年'及'口中'可矣。夫此六文成句，而三字妄加，此为烦字也。然则省句为易，省字为难。洞识此心，始可言史矣。苟句尽余剩，字皆重复，史之烦芜，职由于此。"③刘知几以具体的"简""省"解释抽象的《春秋》之"微"，据《春秋》总结出作史"文约事丰"的目标以及"省句省字"的技巧。然其以《穀梁传》文例为烦句，以《汉书》文例为烦字，则在后世引起很大争论。如程千帆先生所云：

---

① 张星鉴：《书裴晋公〈与李习之论文书〉后》，《仰萧楼文集》，《清代诗文集汇编》第 676 册，上海古籍出版社 2010 年版，第 333 页。
② 章学诚：《文史通义·文德》，叶瑛《文史通义校注》，中华书局 1985 年版，第 279 页。
③ 刘知几：《史通·叙事》，浦起龙《史通通释》，上海古籍出版社 2009 年版，第 156—158 页。

"子玄尚简之论,乃以六代史籍行文浮冗,有激而言。矫枉过正,固不得视为恒规也。"① 此论颇为中肯,揭示出刘知几推行唯简说的历史背景。

唐宋古文运动之后,史、集二部的界限被打通,《左传》《战国策》《国语》《史记》等史籍逐渐进入古文选本,成为古文家重要的操觚范本。明代杨慎盛赞《春秋》文字的简要,称:"古今文章,《春秋》无以加矣。"② 清初王之绩《铁立文起》指出古文应"宗经而参以史氏之精华"③。晚清王葆心《古文辞通义》列举大量"文之资于史者":"柳子厚文自史中来。吕东莱《古文关键》谓'柳州文出于《国语》',王伯厚谓:'子厚《非国语》,其文多以《国语》为法。'……老泉文类《战国策》。后山碎语自《史记》来。……近人彭绍升于《左氏》《史记》《三国志》皆能举其词,故《二林居集》长于叙事。是皆文家得力于史之证。《吕氏蒙训》称班固叙事有学《左传》处,《林下偶谈》称韩、柳文有法《史记》处,此文家间学史书之证。苏栾城谓班固诸叙可为作文法式,方望溪谓马、班表志序须全读,此示学文于史之证。"④ 清代纳兰常安视"史"为"文"之评价准则:"舍史以论文,若空中捕影;据史以论文,若掌上数纹。"⑤ 史有记事与记言,他将二十二史中的记言文章,挑选编辑而成《二十二史文钞》,是在学习史书叙事之外,又强调学习史书的记言部分。

---

① 程千帆:《史通笺记》,《程千帆全集》第5卷,河北教育出版社2000年版,第116页。
② 杨慎:《升庵集·论文》,王水照编《历代文话》第2册,复旦大学出版社2007年版,第1671页。
③ 王之绩:《铁立文起》卷首,《续修四库全书》第1714册,第281页。
④ 王葆心:《古文辞通义》,王水照编《历代文话》第8册,复旦大学出版社2007年版,第7870—7871页。
⑤ 纳兰常安:《二十二史文钞序》,乾隆十二年(1747)刻本。

《春秋》等史学经典成为文章经典,唯简论这一史学叙事理论也就顺理成章地演进成为文章学理论。以简为贵的史学蕲向对唐宋以后古文家产生了重要影响。宋代陈骙《文则》强调:"事以简为上,言以简为当。言以载事,文以著言,则文贵其简也。文简而理周,斯得其简也。"① 这也是宋以后较普遍的观念。明人冯梦龙《古今谭概》载有一则著名的故事:"欧阳公在翰林时,常与同院出游。有奔马毙犬,公曰:'试书其一事。'一曰:'有犬卧于通衢,逸马蹄而杀之。'一曰:'有马逸于街衢,卧犬遭之而毙。'公曰:'使子修史,万卷未已也。'曰:'内翰云何?'公曰:'逸马杀犬于道。'相与一笑。"② 这则故事注意到了欧阳修身兼史学家与古文家两重身份及其在史学叙事中的唯简倾向。还可引以为例的是,欧阳修为其好友、古文家尹洙所撰墓志,于其古文成就,仅以"简而有法"一句赞之。尹洙后人颇怨其吝于赞词,欧阳修便解释称是以《春秋》之特色来对其褒奖③,是为最高赞誉。不唯欧阳修如此,《朱子语类》中记录的曾巩授予陈师道的古文法,也正是求其"简洁":"后山文思亦涩,穷日之力方成,仅数百言。明日,以呈南丰。南丰云:'大略也好,只是冗字多,不知可为略删动否?'后山因请改窜,但见南丰就坐,取笔抹数处,每抹处连一两行,便以授后山。凡削去一二百字。后山读之,则其意尤完,因叹服,遂以为法。所以后山文字简洁如此。"曾巩传授陈师道的,正是刘知几《史通》中所谓的"省字""省句"法。朱熹将其视作宋代古文家的传灯之技,他本人也说:"凡人做文字,不可太长,

---

① 陈骙:《文则》,王水照编《历代文话》第 1 册,复旦大学出版社 2007 年版,第 138 页。
② 冯梦龙:《古今谭概》"书犬马事"条,中华书局 2007 年版,第 93 页。
③ 见欧阳修《论尹师鲁墓志》,李逸安点校《欧阳修全集》第 3 册,中华书局 2001 年版,第 1045 页。

照管不到，宁可说不尽。"①

这种以简为贵的文章学传统绵延至清，清初古文家储大文（1665—1743）专门作有《尚简》篇，认为："词日益多而道日以丧，文日以敝。"②可相比照的是，彼时朝鲜半岛的风气也大抵如此，朝鲜文臣李宜显（1669—1745）指出："近来称文者，辄以简之一字为言，句、字务为短涩。"③桐城派更将唯简论推扬至极，使得繁简论片面绝对化。清代文坛，桐城派影响时间之长、范围之广，非他派所能望其项背，而桐城文论正是以"简"为行文蕲向的。方苞"雅洁"说的含义之一，"便是谨严朴质刊落浮辞之谓"④。他甚至认为"文未有繁而能工者"⑤，将繁之价值贬至其极。刘大櫆《论文偶记》也宣称"文贵简""简为文章尽境"⑥。姚鼐之文被认为"其简直处得之望溪侍郎"⑦，他在授徒时也强调"叙事之文，为繁冗所累，则气不能流行自在"，并将删改学生文章与曾巩传陈师道文术相比："文已阅过，但加芟削尔，然似意足而味长矣。陈无己以曾子固删其文，得古文法，不知鼐可差比子固乎？"⑧桐城派晚期代表人物张裕钊，从繁、简角度衡文，认为"简括"的韩愈之文胜于"繁芜"的东汉之文⑨。

---

① 引文见黎靖德编《朱子语类》卷一三九《论文上》，中华书局1986年版，第3309、3322页。
② 储大文：《尚简》，《存研楼文集》卷十六，《清代诗文集汇编》第216册，第289页。
③ [韩]李宜显：《陶峡丛说》，《陶谷集》卷二十八，韩国民族文化推进会1996年编印《影印标点韩国文集丛刊》第181册，第453页。
④ 郭绍虞：《中国文学批评史》，百花文艺出版社2008年第2版，第491页。
⑤ 方苞：《与程若韩书》，刘季高校点《方苞集》卷六，上海古籍出版社1983年版，上册，第181页。
⑥ 刘大櫆：《论文偶记》，人民文学出版社1959年与《初月楼古文绪论》《春觉斋论文》合刊本，第8页。
⑦ 秦瀛：《致陈硕士书》，《小岘山人文集》卷二，道光三年（1823）刻本。
⑧ 姚鼐：《与陈硕士》，《姚惜抱先生尺牍》，小万柳堂刊本。
⑨ 张裕钊：《张裕钊论文》，王达敏校点《张裕钊诗文集》附录二，上海古籍出版社2007年版，第507页。

## 第六章 清文话中的繁简论

桐城派不仅在理论上抑繁扬简,方苞更以自己的衡文准则删改古人作品。刘青芝记载其事云:"顷在都下,灵皋先生过访寓斋,偶谈及欧公《泷冈阡表》,因持表,手批口吟其所删削者。尔时固心疑之,大抵古人文字,可议论不可笔削。然议论亦须慎重,盖古人制文,皆惨澹经营而成者,'不畏先生畏后生',想欧公早已句斟字酌矣,灵皋何唐突乃尔!"①方苞的武断为刘青芝所不满,然而清人对于古人文章的裁剪实不罕见。李祖陶《国朝文录》多选清初全祖望文,推崇备至,即便如此,仍于全氏文章"篇幅太长者,略加删节,以便持诵"②;王芑孙有《故明二杨将军传》,自记于文后云:"彭作《双忠传》,几六千言,余今删取为二千余字,而文气转若有余。"③鞠濂有《臧烈妇墓碑》,文后自记云:"六年冬,景行曾作碑文,为删易之,计四百七十字,时烈妇尚未旌表也。今春建坊讫,而张翁谓碑石质粗而小,极多止可三百字,又欲用逊行之衔,遂于首尾添一百四十余字,止摘用原文一百五十字,以与原文对看,颇具简法,故录存之。"④王、鞠二人均以对原作的删改而扬扬自得,并特意记于文后。时风如此,也就难怪李祖陶删改全祖望文后还敢于自信宣称"谅先生(全祖望)或不以为妄云"。此外,吴铤《文翼》从创作论角度分析了作文求简的缘由:"叙事之法,在于删略繁芜。……宋鹤泉云:'当构思命意,每不啻有数千言,或十数万言,撑肠挂腹于其内,及伸纸搦管,则又悉空其胸之所有,数万言不过如数百言,数百言不过如数十言、一二言

---

① 刘青芝:《与桑弢甫工部书》,《江村山人闻余稿》卷二,《清代诗文集汇编》第236册,第822页。
② 李祖陶:《国朝文录》,《续修四库全书》第1670册,第218页。
③ 王芑孙:《故明二杨将军传》,《惕甫未定稿》卷九,《清代诗文集汇编》第442册,第394页。
④ 鞠濂:《臧烈妇墓碑》,《悦轩文钞》卷下,《清代诗文集汇编》第235册,第471—472页。

而止。义如是，而始胜耳。'"① 清末民初学者陈澹然的文章观，深受时代经世思潮影响，已经跳出桐城家法的束缚。然而在繁简观上，与桐城派相比，其对简洁的追捧却有过之而无不及。在陈氏看来，"汉、唐、宋、明，文词日繁，即贾、董、韩、柳、欧、曾、苏、王诸家，亦多冗累，而不能不删节以归简严"。为了追求"整洁"，纠正"繁累"，他在文章总集《文宪》中对先秦两汉、唐宋八家的文字无不加以删削，"甚至《荀子·论兵》，删削至八百余字。唐、宋、明诸纪、传，刊削多者乃逾千言，尤难枚举"。他所秉持的理念即在于"文求体要，事取劝惩。芜冗过多，精华终阂"，其对简洁的迷信已然臻于极致②。

## 第二节 文章学内部的繁简重估

清人之于繁简理论，一方面，如桐城派等守器承祧，严守唐宋以来的唯简之说，并登峰造极；另一方面，也是更具文章学史意义者，清人以故为新，跳过唐宋，从源头梳理，论证出唯简论的片面与偏颇，为"繁复"争得了地位。

如前所述，唐宋以后古文家多以秦汉史籍为师，重视叙事，强调简洁。而以实按之，秦汉文章以达意为目的，本不刻意追求繁、简。唐宋以后，散文作家和理论家渐以"简"为文章至境，以"繁"为

---

① 吴铤：《文翼》卷三，道光十六年（1836）刻本。
② 三处引文见陈澹然《文宪例言》，王水照编《历代文话》第7册，复旦大学出版社2007年版，第6817—6818页。

文章弊病，不仅在创作上趋简，为了推尊其说，还于秦汉古文中发掘其简洁的一面，推扬阐绎，或有意或无意地忽略了秦汉文章中繁复的一面。这种"选择性失明"的极致后果，是将"简洁"当作秦汉古文的唯一面貌，以致唐宋以后的文人常对明显繁复的秦汉文章进行删减，以期符合他们的审美理念。典型者如苏辙作《古史》以改写《史记》繁复之处。司马光主编《资治通鉴》，同样有变繁为简的考虑①。明人冯时可以"古之文简，今之文繁"主张"君子之文，宁损无益，宁慎无滥"②。清初文人亦作如是观，所谓"古之文也简而质，今之文也繁而无当"③"欲复古，莫先趋简"④。明清时人多认为秦汉散文的主流是简洁的，当代散文是繁复的，今不如古。这种观念既与有明一代以至清初复古主义思潮泛滥有关，也是唐宋以后片面强调"古文"简洁的文体特性的结果。因为唐宋"古文"师法秦汉，于是想当然地以为秦汉文章皆简。正是有鉴于此，清初一些文论家开始有意从秦汉古文入手，揭示其不拘繁、简之处，以之论证繁复亦本为文章所不可缺。

顾炎武是清代较早提出不拘繁简论的学者之一。他在《日知录》中特别强调了作文不能以求简为能事，明确指出："辞主乎达，不论其繁与简也。繁简之论兴而文亡矣。"他援引宋代黄震的言论，批评苏辙妄改《史记》，又在所引"辞达而已矣"下自注说："胡缵宗修《安庆府志》，书正德中刘七事，大书曰：'七年闰五月，贼七来寇江

---

① 姚鼐《乾隆戊子科山东乡试策问》云："宋司马文正公，以迁、固以来文字繁多，删削冗长，举其大要，作《资治通鉴》。"见《惜抱轩文集》卷九，《惜抱轩诗文集》，上海古籍出版社1992年版，第131页。
② 谈迁：《枣林杂俎》圣集"冯元成论文"条，中华书局2006年版，第252页。
③ 王之绩：《铁立文起》卷首《文体统论》引曹石仓语，《续修四库全书》第1714册，第278页。
④ 王弘撰：《制义选序》，《砥斋集》卷一上，《续修四库全书》第1404册，第362页。

境。'而分注于'贼七'之下曰:'姓刘氏。'举以示人,无不笑之。不知近日之学为秦汉文者,皆'贼七'之类也。"① 此处顾炎武讥讽明末清初复古者学习秦汉古文,为求文字简洁,反使文意不明,以致需要另外作注方能说清事件,并非真"简"。

无独有偶,清初著名文人魏禧也强调:"不待注释解说而后明,如此,乃谓真简,真化工之笔矣。"又云:"须解句者,不足为简也。"② 此论可与顾炎武说相呼应。魏禧认为"古人文法之简,须在极明白处,方见其妙",也是要求文字虽简,却需意思"极明白"。魏禧之兄魏际瑞则从古人文章不刻意求简谈起,认为繁简应服从于整篇文章的需要:"古人文字,有累句、涩句、不成句处而不改者,非不能改也,改之或伤气格,故宁存其自然,名帖之存败笔,古琴之仍焦尾是也。昔人论《史记·张苍传》有"年老口中无齿"句,宜删曰:'老无齿。'《公羊传》:'齐使跛者逆跛者,秃者逆秃者,眇者逆眇者。'宜删云:'各以类逆。'简则简矣,而非《公羊》、史迁之文;又于神情,特不生动。知此说者,可悟存瑕之故矣。"刘知几在《史通》中对《穀梁传》《汉书》中的文字进行删改,魏际瑞于此并不认同,他认为:"文章烦简非因字句多寡、篇幅短长,若庸絮懈蔓,一句亦谓之烦;切到精详。连篇亦谓之简。"③ 从源头反驳了刘知几的省字、省句之说,与顾炎武所倡"辞达而已矣"一致。而清末学者吴曾祺云:"善用笔者,或纵之数千言而不厌其详,或约之数十言而不见其简。详之至而使人不见其有可删,简之至而使人不见有可益,斯为

---

① 顾炎武:《日知录》卷十九"文章繁简"条,黄汝成《日知录集解》,上海古籍出版社1985年版,第1465页。
② 魏禧:《日录》卷二《杂说》,胡守仁等校点《魏叔子文集》,中华书局2003年版,第1130页。
③ 魏际瑞:《伯子论文》,王水照编《历代文话》第4册,复旦大学出版社2007年版,第3595、3601页。

妙矣。"① 这也是对顾炎武、魏际瑞观点的呼应。

道光年间文论家黄本骥则以秦汉古文为例,力证秦汉之时繁复之法已有普遍的运用:"史家叙事,类以减少字句为洁,所以有'文损于前,事增于旧'之说。惟太史公往往于愈繁愈复处,愈见其洁,所以独绝千古,其何故也?叙事不详曲,当时情景不能宛然在目,且无一二虚字贯于其中,文义虽明,味止于此,全无开阖抑扬、风神跌宕之致矣。此法不自史公创之,《左》《国》《檀弓》类皆如此,而公、穀二氏用之最精。"② 黄本骥将"繁""复"与"洁"联系起来,认为繁复运用得当,同样能达到"洁"的境界,这是对传统的"以简为洁"论的突破。黄本骥实际上是将文章的评判标准由"简"改为"洁",并打破了传统文论中"简"即等于"洁"的认识,指出"繁复"亦可实现"洁",无疑提高了繁复的地位。他以《史记》为基点,进而上溯至"春秋三传"、《国语》《檀弓》等先秦文献,从古代文献中论证出繁复之风也同样源远流长。清末桐城文家姚永朴在《史学研究法》中认为史文原有"繁与简"之分,对《史通》一味强调的"省句""省字"法也有质疑③。他对史书以简为优的原则予以否定,从根本上推翻了古文求简的理论之本,可谓桐城末期理论的变异。

---

① 吴曾祺:《涵芬楼文谈·运笔》,杨承祖点校,台湾商务印书馆1998年第2版,第40页。
② 黄本骥:《读文笔得》,《痴学》卷五,刘范弟校点《黄本骥集》第1册,岳麓书社2009年版,第264页。
③ 姚永朴:《史学研究法》,见《姚永朴文史讲义》,凤凰出版社2008年版,第155—156页。

## 第三节　汉学视域下的"古人文法"

　　清代"不以繁简论文"说的兴起，既有文章学繁简理论内在演进的原因，也与外在特殊的学术风会有关。在言必称郑、许的汉学大背景下，文章学也受到浸染。汉学家的研究对象主要是先秦两汉经史文献，"尽管他们预设了'通经明道'的目标，也常常不自觉地以圣贤思想为诠释的边界和旨归，但是这种追求真实性和确凿性的方式，一旦成为至高无上的原则，它将使经学指向另一种方向，即把经学的意义从追求真理（gospel），转向追求真实（reality）"①。以极负盛名的高邮王氏父子为例，王念孙所撰《读书杂志》，所论除《文选》外，余皆为先秦两汉典籍。王引之所撰《经义述闻》，所论则无一为汉以后书。汉学家从文字、声韵、训诂等角度，对上古文献进行语言学、文献学的研究。在他们眼中，经传首先是学术研究的文献材料，神圣性已然消解，故他们能以客观平和的眼光看待研究对象，而较少受传统观念的影响。

　　汉学家从秦汉古文的实际出发，揭示其繁复的一面，这对当时一味追求雅洁的桐城文章是一种冲击。针对方苞"文未有繁而能工者"的论调，著名考据学者钱大昕批评说："文有繁有简。繁者不可减之使少，犹之简者不可增之使多。《左氏》之繁胜于《公》《穀》之简，

---

①　葛兆光：《应对变局的经学——晚清对中国古典的重新诠释（一）》，《中华文史论丛》第64辑，上海古籍出版社2000年版，第7页。

《史记》《汉书》互有繁简。谓'文未有繁而能工者',非通论也。"① 他以"三传"、《史》《汉》为例,指出繁、简各有所胜。崔述云:"《尧典》《禹贡》之文简矣,而《商》《周书》则繁。《论语》之文简矣,而《孟子》书则繁。《左传》之记事简矣,而《史记》则繁。古之人岂好为其繁哉?夫亦世变所趋,不得已而然耳!"② 因其熟悉上古文献,故能对古书各有繁简的现象如数家珍。

更有汉学家在考据学著作中,对古文家不明上古文章原貌进行了批评,以王引之《经义述闻》为例,其书卷十八《春秋左传》部分有"缮完葺墙"条,移录如下:

"以敝邑之为盟主,缮完葺墙,以待宾客。若皆毁之,其何以共命?"唐李涪《刊误》曰:"'缮完葺墙',文理不达,所疑字误,遂有繁文。予辄究其义,是'缮宇葺墙、以待宾客',此则本书'字'误为'完'。……'"段氏若膺曰:"古三字重叠者时有,安可以后人文法绳之。……"引之谨案:段说是也。……其上三字平列而下一字总承之者,内、外《传》中亦往往有之。桓六年《传》云:"嘉栗旨酒。"《正义》曰:"所祭之酒,栗善味美。"文十六年《传》云:"赋敛积实。"③《注》:"实,财也。"《齐语》云:"论比协材。"《晋语》云:"假贷居贿。"《楚语》云:"蓄聚积实。"《注》:"实,财也。"文义并与此同,而李以为繁复,自未晓古人属文之例耳④。

王引之由对《左传》的文字校勘,谈到古人的"属文之例",亦

---

① 钱大昕:《与友人书》,《潜研堂集》卷三十三,上海古籍出版社1989年版,第607页。
② 崔述:《考信录提要》卷下,《丛书集成初编》本,中华书局1985年新1版,第36页。
③ 此例出自文公十八年《传》文,原文作:"聚敛积实。"王氏记忆有误。
④ 王引之:《经义述闻》卷十八,江苏古籍出版社2000年影印版,第447页。

即对古文的行文特点进行归纳,实则已由朴学转入了文章学。关于《左传》中"缮完葺墙"一句,唐人李涪从唐时普遍观念出发,认为先秦文章皆以简为能事,不可能出现"缮""完""葺"三个意义相近之词连用这样的"繁文",故而想当然地认为此版《左传》文字出现讹误。王引之援引段玉裁之说并证之以《左传》《国语》,指出古人连用义同或义近的三字实属平常。段玉裁认为李涪此举是"以后人文法绳之",王引之批评李涪不知同义连文现象,是"未晓古人属文之例",均注意到了唐以后人对秦汉文章的片面认识,亦如俞樾所云:"夫周、秦、两汉,至于今远矣。执今人寻行数墨之文法,而以读周、秦、两汉之书,譬犹执山野之夫,而与言甘泉、建章之巨丽也。"① 皆是对时人以今度古的批评。清代汉学家在对先秦两汉文献深入研究之后,认识到简洁并非秦汉文章的唯一面貌,他们从自身阅读感受出发,揭示出上古文章不拘繁简的原貌。在此学术背景之下,若有汉学家兼事文话写作,必然会将考据学的成果引入文话,这以晚清学者于鬯最为典型。

于鬯为清末著名校勘学家,广校众书,著有《香草校书》《香草续校书》《尚书读异》《仪礼读异》等。同时,他以校勘名家的身份著有文话《香草谈文》,对上古散文的繁简特点作了较为全面的考察,特别是指出了为当时古文家所遮蔽的秦汉古文繁复的一面,尤具意义。如他以《史记》为例云:"《史记·曹相国世家》云:'来者皆欲有言,至者参辄饮以醇酒。''至者'即是'来者'。古人文法不避复叠如是。"② 又以《战国策》等典籍为例,指出古人为文,常常"故

---

① 俞樾:《古书疑义举例序》,《古书疑义举例五种》,中华书局1956年版。
② 于鬯:《香草谈文》,王水照编《历代文话》第6册,复旦大学出版社2007年版,第6080页。

为重累"。针对当时文坛以繁为病、以复为弊的风气,他以实例予以了批驳,如:"《国语·鲁语》云:'若弃鲁而苟固诸侯。'案:既言'若',又言'苟',此惟古法有之,在今人必病其复。"① 明确指出今人以复为病的观点并不合古法;又如:"《史记·黥布传》云:'往年杀彭越,前年杀韩信。'裴骃《集解》云:'"往年""前年"同耳,使文相避也。'案:似此文相避,汉文有之,若出后人,几为复犯之诮哉。"② 于邺于此所批判的"今人""后人",当是指清代以简洁为宗的桐城派文人以及众多派外的唯简论者。他多次言及"古人语辞有故为重累者""文有不省复举法""古人语辞不病其复",其反拨文坛风气的用意也非常明显。晚清康有为也曾发现"汉、魏多用重复字,宋后无"③。以乾隆时学者、文论家王元启为例,他在文话《惺斋论文》中说:"文之大病,曰复、曰倒,而尤忌者复,故必使前后相承,触手生变,无一语之或同。"④ 他论文忌"复"到了"无一语之或同"的程度。道光以后,桐城派影响已趋式微,一些学者跳出了桐城派藩篱,对桐城派一味求简的理论和创作提出批判。道光年间学者朱琦在论述清代前中期散文史时就说:"顷又宗汪尧峰、方望溪,专贵简削。金必炼而后能精,玉必磨而后能润,理固宜然。然欲芟繁猥而无盘折流动之气,贯注于中,丰骨不振,弊亦差埒。"⑤ 朱琦指出,被时人尊奉的汪琬、方苞之文,"专贵简削",以致文章"无盘折流动之气",

---

① 于邺:《香草谈文》,王水照编《历代文话》第6册,复旦大学出版社2007年版,第6079页。
② 同上书,第6080页。
③ 康有为:《万木草堂口说》,姜义华、张荣华编校《康有为全集》,中国人民大学出版社2007年版,第2集,第198页。
④ 王元启:《惺斋论文》卷一,王水照编《历代文话》第4册,复旦大学出版社2007年版,第4156—4157页。
⑤ 朱琦:《小万卷斋文稿自序》,道光二十六年(1846)刊本。

"丰骨不振"。如果说汉学家还主要是从恢复秦汉古文原貌的角度,来论证文章本不拘繁、简,校正唐宋以来古文家的"选择性失明",那么文论家则已经能深入创作本身,揭示求简趋于极端在艺术效果上的弊病了。蒋士铨在《又答随园先生书》中批评以"简洁"自负的方苞云:"若灵皋乃枯骨槁木,不足言简洁。"① 袁枚亦认为桐城文章"窘于边幅,有文无章,如枯木寒鸦,淡而可厌,且受不住一个大题目"②。二人都对桐城散文因追求简洁而反成枯淡之病予以了批判。

## 第四节　骈文中兴与"繁复"价值的再认识

　　清人能对繁简论进行反思,还有另一重要背景,即骈文的中兴。骈文在六朝极盛,后世难以为继,至清代始得中兴,名家名作层出不穷。关于骈文的文体特点,钱锺书曾总结说:"自辞赋之排事比实,至骈体之偶青妃白,此中步骤,固有可寻。错落者渐变而为整齐,诘屈者渐变而为和谐。句则散长为短,意则化单为复。指事类情,必偶其徒。突兀拳曲,夷为平厂。"③ 指出了骈文强调对偶、叠词、句式齐整等形式特点。由于骈文创作的繁盛,在清代尤其是嘉道以后,骈、散合一观念已成大部分文人的共识④。骈文学以偶复为美,也影响到

---

① 蒋士铨:《又答随园先生书》,收入袁枚《续同人集·文类》卷二,王英志主编《袁枚全集》第6册,江苏古籍出版社1993年版,第293页。
② 袁枚:《覆家实堂》,《小仓山房尺牍》卷三,王英志主编《袁枚全集》第5册,江苏古籍出版社1993年版,第67页。
③ 钱锺书:《上家大人论骈文流变书》,《光华半月刊》第1卷第7期,1933年,第12页。
④ 曹虹师:《清嘉道以来不拘骈散论的文学史意义》,《文学评论》1997年第3期。

散文中的繁简观。这可以从宋人与清人对待同义连文这一上古常见语法现象的不同态度加以说明。南宋孙奕在其《履斋示儿编·文说》中这样说道:"书有意异而言同者,有意同而言异者。……良史之才,古今莫不以迁、固为称首。《史记·孟尝君传》言'冯公形容状貌',乃四字而一意。西汉《张禹传》言'后堂理丝竹管弦',乃四字而二物。《昭帝赞》言周成有'管蔡四国流言之变',夫举四国则管蔡已在其中矣,乃四字而骈文。……不亦重复乎?"① 尽管此处的"骈文"并非后来作为文体之名的"骈文",但其所指同意复用却正是骈文中常见的句法、字法。南宋的孙奕赞同史籍中"意异而言同者",反对"意同而言异者",即是对散体文奇句单行的欣赏,对同意复出的叠词、偶句的不满,然而如上文所述,对于古代经典中的这种语体现象,在清代中期以后已被许多人所认可,这应该说是嘉道以后骈、散文体观念互动的结果。

受骈文学的观念影响,清人开始论证"繁复"本身的文章学价值。晚清蒋励常谓:"凡作文,先于参差中求整齐,而后能以整齐为参差。整齐之中有参差,文也;参差之中见整齐,章也。"② 推崇整齐与参差的互补,应是受骈、散合一说的影响。清代对于文章繁复理论阐发最为深入的,当数嘉道间学者包世臣和清末民初学者胡朴安。包世臣《文谱》将"繁复"与奇偶、疾徐、垫拽、顺逆、集散并列,作为行文六法之一。与李兆洛在《骈体文钞》中收录大量秦汉散文以显示骈、散同源相似。包世臣指出,在先秦典籍之中,繁与复是普遍现象:"《荀子》之《议兵》《礼论》《乐论》《性恶》篇,《吕览》之

---

① 孙奕:《履斋示儿编·文说》"史重复"条,王水照编《历代文话》第1册,复旦大学出版社2007年版,第426页。
② 蒋励常:《十室遗语》卷九《论文》,同治五年(1866)刻本。

《开春》《慎行》《贵直》《不苟》《似顺》《士容》论，《韩非》之《说难》《孤愤》《五蠹》《显学》篇，无不繁以助澜，复以邑趣。"他以《孙子·兵势篇》为例，对繁与复的差异进行了细致的辨析。《孙子》文曰："凡战者，以正合，以奇胜。故善出奇者，无穷如天地，不竭如江河，终而复始，日月是也；死而复生，四时是也。声不过五，五声之变，不可胜听也。色不过五，五色之变，不可胜观也。味不过五，五味之变，不可胜尝也。战势不过奇正，奇正之变，不可胜穷也。奇正相生，如循环之无端，孰能穷之哉！"对于这段文字，包世臣指出，从"声不过五"至"不可胜穷也"为"繁"，末句"奇正相生，如循环之无端，孰能穷之哉"为"复"。他的意思大概是，用于反复说明论点的文字属于"繁"的用法，为了使文意明确，可以不厌其烦地反复论证，文中从声、色、味等角度举证，意在说明事物在一定条件下可以变化无穷；而"复"则指再次点题的手法，段首已谓"故善出奇者，无穷如天地，不竭如江河"，段末再云"奇正相生，如循环之无端，孰能穷之哉"，已属重复，故称此种手法为"复"，这其实也是后来骈文常见的技法。他进而还对繁与复的功用做了说明，如："至于繁复者，与垫拽相需而成，而为用尤广。比之诗人，则长言咏叹之流也。文家之所以极情尽意，茂豫发越也。"这里，他以诗歌中的咏叹作比，亦即"言之不足，故长言之，长言之不足，故嗟叹之"之意，最终目的乃在于"极情尽意"。又如："复如鼓风之浪，繁如卷风之云。浪厚而荡，万石比一叶之轻；云深而酿，零雨有千里之远。斯诚文阵之雄师，词囿之家法矣。"①不过，这种意象化的评论尚未明确指出繁、复的具体功用，包氏同乡胡朴安随后在其基础上进

---

① 以上引文见包世臣《文谱》，《艺舟双楫·论文》，中国书店 1983 年影印版，第 3—4 页。

行了申说。

胡朴安为清末学者,他对包世臣这位安徽泾县乡贤甚为推崇,自谓"尝以慎伯(包世臣)之法教人"。他在《论文杂记》中推演包世臣之说云:"故文不复则意不显,适形薄弱;文不繁则机不畅,殊觉枯寂。善用复者有再接再厉之精,善用繁者有如蓬如勃之气。"明确指出繁与复的优势,认为"繁"可助长文势,"复"可明确主题。他说的"文不繁则机不畅,殊觉枯寂",也是针对桐城派弊端而言。桐城文家作文求简,易有枯寂之弊,善于用"繁",正是对症之药石。同时,胡朴安还指出:"繁之弊在于杂,复之弊在于重。能去杂与重,而于繁复致力焉,此古来文家之所以情茂美而发越也。"① 繁、复本身是利弊共生的双刃剑,运用不当,易使文章冗沓,胡朴安既针对文坛通弊申论了繁复的优势,同时也指出繁复运用不当会带来的弊病,没有一味夸大其优长,观点较为通达全面。清末唐恩溥《文章学》云:"繁而得中,不可谓繁;简而失要,不可谓简。故善为文者,加以一字则太详,减其一字则太略。"② 观念已经公允。可以说,繁复价值的发掘,是嘉道以后文体不拘骈散观的一个关联性的收获。

榷而论之,繁简论是中国古代文论中的重要论题。汉魏六朝盛行赋与骈文,故总体而言,较推崇繁复之作。唐宋古文运动以后,新兴的散体古文代替骈文成为文章主流。古文以秦汉史籍等为师法对象,史学批评中的繁简理论渗入文章学中。文人习文以简为优,繁复作品受到批判,实现了繁简观的一次变异。清人一方面继承了唐宋以来的唯简论,这可以唐宋古文后传自居的桐城文人为代表;另一方面,又

---

① 胡朴安:《论文杂记》,王水照编《历代文话》第9册,复旦大学出版社2007年版,第9109—9111页。
② 唐恩溥:《文章学》下篇,王水照编《历代文话》第9册,复旦大学出版社2007年版,第8743页。

出现了对繁简论的重新审视，这主要基于三种视角，其一：从文章学内部学理出发，分析秦汉散文繁复的一面；其二：从汉学视域出发，考察秦汉文章中存在的大量繁复的"烦字""烦句"等语法现象；其三，从骈散合一的文体观出发，吸收骈文学文体观念，重新审视繁复的艺术价值。经过清初以来诸多学者的共同努力，通过对文章学内在理路的梳理，借助清代特有的汉学与骈文勃兴的外在机缘，破除了对秦汉古文唯简不繁的迷信，重新发掘出"繁""复"本身的文章学价值，使得唐宋以后不入主流话语的繁复理论，在文章学中再次引起了人们的注意，实现了继唐宋之后又一次繁简观的变异。繁、简理论由二元对立嬗变为二元相容乃至相融，较上次的唐宋变异而言，也显得更为持平。

# 第七章 "骈散合一"观与清代骈文话编撰的冷清

中国文学史上的骈文,在历经元、明两代的衰颓之后,于清代忽然中兴。名家层出不穷,至有骈文前后"八家""十家"之称;创作蔚然成风,有多部骈文总集编纂问世;风格多样不一,有六朝派、三唐派、两宋派之别。民国学者谢无量总结清代骈文的繁荣景象称:"清初乃有以四六名家者。……自乾嘉来,以骈文传者不啻数十百家,极一时之盛。于是清之骈文,其高者率驾唐宋而追齐梁,远为元明所不能逮。"① 从逻辑层面而言,创作的繁荣一般也会推动理论的发展,故民国间学者刘麟生在其《中国骈文史》中论述清代部分时说:"骈文中兴,则骈文话之著作亦多,此亦理所固然。"② 然而,结合清代骈文话的编撰实际来看,刘氏此论却属想当然耳,并不符合清代文论史原貌。

---

① 谢无量:《骈文指南》,上海中华书局1925年版,第79页。
② 刘麟生:《中国骈文史》,东方出版社1996年版,第118页。

## 第一节　骈文话的稀见

中国古代的文学批评样式，一般有选本、评点、序跋、书信、单篇论文、"话体"专著等几种。对于清代骈文研究而言，选本、书信、单篇论文等几种批评形式较多，而刘麟生所言的"骈文话"却并不多见。据笔者初步辑考，清代文话总数当在两百种以上，其中绝大多数为古文话和时文话，骈文话只在十种左右，这与清代骈文创作上的繁荣极不相称。因尚无学者对清代骈文话做过系统考察梳理，故将书目列之于下：

1. 《四六金针》一卷，（旧题）陈维崧撰。

2. 《宋四六话》不分卷，周之麟、柴升编。

3. 《宋四六话》十二卷，彭元瑞编。

4. 《四六丛话》三十三卷，孙梅撰。

5. 《骈体源流》，吴蔚光撰。

6. 《文笔考》一卷，阮福编。

7. 《仰萧楼文话》上下编，张星鉴编撰。

8. 《四家纂文叙录汇编》四卷《附录》一卷，胡念修编。

9. 《国朝骈体文家小传》六卷，胡念修撰。

10. 《酌雅堂骈体文评语》不分卷，龚橒襟、卜贞甫等评。

## 第二节　稀见缘由探究

　　一般而言，王朝的兴替对文学思想的演变有着重要影响，然而二者并非有着严丝合缝的对应关系。民国初年的一些骈文话虽撰于清亡之后，但其反映的文学观念、编撰的体制特征仍属于清代文章学范畴。若不以王朝起讫而刻意自缚，将此类骈文话列入清代骈文话范畴，又可得到郑好事《骈文丛话》、孙德谦《六朝丽指》①、杨嘉兴《骈文答问》三种。《骈文丛话》以辑录为主兼有编者言论，藏于上海图书馆。《骈文答问》通过问答的形式阐述骈文理论，为民国九年（1920）蓝格抄本，藏于广东省立中山图书馆。三种骈文话中以孙德谦《六朝丽指》理论价值最高、影响最大。总体看来，清代骈文话总数应在十余种左右，而古文话和时文话的总数在两百种左右。清代文献宏富，笔者统计应有疏漏不及之处，但骈文话与古文话、时文话之间数量差距过于悬殊这一结论，当符合历史事实。另外，清代骈文选本数量众多，虽然目前尚未有具体统计数字，但其数量远超清代骈文话也是不争的事实，出现了李兆洛《骈体文钞》、彭元瑞等《宋四六选》、王先谦《骈文类纂》等著名通代骈文选本；而面对创作繁兴的局面，骈文选家更为关注当下的作品，较之通代选本，当代骈文选本数量更巨，较著者便有李渔《四六初征》、曾燠《国朝骈体正宗》、

---

① 《六朝丽指》现存最早版本为民国十二年（1923）元和孙氏四益宧刊本。此书提及清朝常称"我朝""国朝"。而全书最后一则"骈文之名始于清"条又有"逮至国朝"之语，"清朝""国朝"混用。据此推测，则此书或作于清朝、民国交接之际，只是迟至民国十二年方才出版。

张鸣珂《国朝骈体正宗续编》、吴鼒《八家四六文钞》、王寿荣《后八家四六文钞》、王先谦《国朝十家四六文钞》、屠寄《国朝常州骈体文录》、曹允源《吴郡骈体文征》、姚燮《皇朝骈文类苑》等。与选本的兴盛相比，骈文话的撰写无疑显得过于冷清。且在仅有的十余种著作之中，题名陈维崧的《四六金针》真伪尚有疑问，阮福《文笔考》是辑录阮元等人单篇文论而成，胡念修《四家纂文叙录汇编》是辑录选本序言而成，张星鉴《仰萧楼文话》则多是对阮元"文言"理论的复述，周之麟、柴升《宋四六话》和彭元瑞《宋四六话》又都是辑而不作式的辑录体文话，并无编者自己的评论在内。真正在理论上和批评上具有原创价值的骈文话只有孙梅《四六丛话》等一二种而已。在骈文创作一度中兴的背景下，骈文选本与讨论骈文的单篇论文也都随之大量涌现，为何独独研究骈文的理论专著——骈文话的撰写却受到冷落？其中缘由值得我们思考。

清代很少有学者从事骈文话撰写，探其缘由，一方面是因为许多讨论骈文的文论之语，被收入学术笔记之中，没有形成独立的骈文话著作。典型者如朱一新《无邪堂答问》，此书为朱一新任教广雅书院之时，对学生所提疑问的答录，其中收录了一些关乎骈文的内容，如对骈文重要创作技巧"潜气内转"的阐释，便深化了对骈文艺术特质的理解，使"潜气内转"成为后来骈文批评家常用的一个概念[①]。而清代骈文话编撰不盛，更为主要的原因则在于清人对骈文的认识上。经过唐、宋两次古文运动的打击，到元、明两代，骈文的创作与影响已经极其微弱。至明末清初之时，骈文创作始有复兴之势，然而此时在一般作家的眼中，多认为骈文空浮繁缛、不能"载道"，属于华而

---

① 奚彤云：《中国古代骈文批评史稿》，华东师范大学出版社2006年版，第145页。

不实的文体,对骈文价值的贬低在清初是较为普遍的现象。对于骈文作家和骈文理论家来说,只有提高骈文的文体地位才能为骈文创作提供良好的环境。在散体古文处于强势地位的背景下,对骈文的尊体,一般多从寻找其与散体文的共性着手,亦即多从骈、散同源入手。袁枚《胡稚威骈体文序》称:

> 文之骈,即数之偶也。而独不近取诸身乎?头,奇数也;而眉目,而手足,则偶矣。而独不远取诸物乎?草木,奇数也;而由蘖而瓣萼,则偶矣。山峙而双峰,水分而交流;禽飞而并翼,星缀而连珠,此岂人为之哉①!

陈广宁跋《四六丛话》曰:"夫文章之道,有散行即有排比,天地自然之数也。"② 由人体、自然界奇偶并存的现象,来说明骈体存在的合理性,这也是当时论者常用的路数。故而清人论述骈文的策略,一般不是撰写专门的骈文话,以凸显其有别于散文的特性;而多是在古文话之中兼论骈文,以古文话、骈文话共存于一体的姿态出现,以此来暗示骈散同源,从而为骈文谋得文体地位。如清初张谦宜撰有古文话《絸斋论文》,其书卷四"四六文以骨能载肉,气足充窍为上"一条下自注曰:"以下骈文。"③ 此条以下八则研讨的对象都是骈文,是典型的置于古文话之中的骈文话。同时期的康熙帝也较重视骈文,他著有文话《古文评论》一书。既题名"古文",按照传统观念,则应只对散体古文进行论述,而此书评论的对象实则包含大量骈文。将骈文纳入"古文"的名义之下进行评论,并且多予正面褒扬,这在客

---

① 王镇远、邬国平:《清代文论选》,人民文学出版社 1999 年版,第 509 页。
② 陈广宁:《跋孙梅〈四六丛话〉》,李金松校点《四六丛话》,人民文学出版社 2010 年版,第 714 页。
③ 张谦宜:《絸斋论文》,《续修四库全书》第 1714 册,第 450 页。

观上也促进了骈文文体地位的上升①。又如晚清学者平步青所撰文话《国朝文概题辞》六卷，是平氏在阅读多种清代文集之后，精心撰写的作者小传及对文集的评骘，评论对象既有散文作品，也有众多骈文作品。卷三评纪昀《献县纪昀文达公遗集》称："骈体、散行类皆精赡，格意俱高，志表铭传极有古人规矩，所谓学富者文无不工也，《进呈四库全书表》为集中第一大文字。"②对于纪昀的骈文创作成就，同时代及后代批评家鲜有论及。平步青别具慧眼，将纪昀的骈文成就与其散文成就相提并论，并在集中拈出最佳的骈文作品予以褒扬。综合来看，《国朝文概题辞》也是一部骈散兼论的文话。清代骈文话常寄生于古文话内以生存的事实，也说明虽然清代骈文创作兴盛，与前代相比，骈文的生存环境也大为改观。但在主流的批评意识里，仍存在着对骈文的轻视，对骈文持欣赏态度的批评家们只得借助古文话的门面以自张其说。即便是专论四六的孙梅《四六丛话》，也在处处强调骈散同源，其书卷二十八《总论》部分云："夫一画开先，有奇必有偶；三统递嬗，尚质亦尚文。"③将奇与偶、质与文看作宇宙万物本来之理，文章写作自然也不例外。而此书卷三更是直接发出了"古文、四六有二源乎"的反问。孙梅不仅将骈文与散文定性为同源共生，甚至将诗、赋也纳入其中，称："屈子之词，其殆诗之流、赋之祖，古文之极致，俪体之先声乎？"④将诗、赋、古文、骈文均看作屈骚之苗裔。骈文既有了高贵的出身，又能与诗、赋、古文三大文体并列，自然也就改变了之前低人一等的文体地位。《四六丛话》

---

① 参见本书下编第一章。
② 平步青：《国朝文概题辞》卷三，同治六年（1867）石印本。
③ 孙梅：《四六丛话》卷二十八，李金松校点本，人民文学出版社2010年版，第532页。
④ 孙梅：《四六丛话》卷三，李金松校点本，人民文学出版社2010年版，第45页。

对骈文家的评骘，也是以能打通骈散为优，如称赞柳宗元云：

> 独子厚以古文之笔，而炉鞲于对仗、声偶间。天生斯人，使骈体、古文合为一家，明源流之无二致。呜呼，其可及也哉①！

对于在创作上由散入骈的作家，《四六丛话》也是赞之不遗余力。如评李商隐云："李玉溪少能古文，不喜声偶。及事令狐，授以章奏，一变而为今体，卒以四六名家。"② 贯穿《四六丛话》全书的骈散同源、由散入骈的思想，也是此书时时保持着对散体古文敬意的表现。而像阮福《文笔考》、张星鉴《仰萧楼文话》那种专门通过批驳古文以揭示骈文特性的骈文话，可以说是清代文学批评史上较少的特例了。

## 第三节　骈散合一的大势

综合而言，清人"骈散同源""骈散合一"的文论主张限制了清代骈文话的发展。

清初，骈文处于刚刚复兴之时，无论是创作还是理论皆未臻成熟之境，骈文维持着宋代以来低下的文体地位。此时的骈文理论家和对骈文持欣赏态度的古文理论家，力倡"骈散同源"，一般采取将骈文话寄生于古文话的方式来宣扬骈体文价值；乾嘉之时，汉学家掌握学

---

① 孙梅：《四六丛话》卷三十二，李金松校点本，人民文学出版社2010年版，第653页。

② 同上书，第663页。

术话语权,在此背景下,注重用典、讲求博学的骈文终于迎来中兴的契机。此时的一些骈文理论家不再满足于在"骈散同源"的旗帜下讨生活,开始公开与古文家相争。这以阮元为典型,阮元所撰《文言说》《文韵说》《书梁昭明太子〈文选序〉后》等文,发挥传统的"文笔"之说,认为当时笼罩文坛的桐城古文并不符合传统的"文"的概念,而属于"笔"的范畴,只有讲求文辞、声律的骈文才是文章正宗。阮元并无专门的骈文话著述,其子阮福将其数篇重要文论及其若干弟子的文论结集为骈文话《文笔考》。其后张星鉴撰有骈文话《仰萧楼文话》,论文多以阮说为依归,同时又对阮说有所突破。《文笔考》与《仰萧楼文话》是目前所知清代少有的两种以和古文争文统为目的的骈文话;嘉道以后,以李兆洛所编选本《骈体文钞》为标志,打通骈散、骈散合一的文学思想成为主流①,朱景昭《论文刍说》即云:"古文排偶整比藏于错综欹侧之中,《左》《国》以来,从无通体散行、意单势孤亦能成文之理。但观古人所传,虽短章寥寥,皆具有奇偶相生、杀活互用之妙,乃至单词间见亦有阴阳向背之势,不细心则不见耳。"②曾燠《国朝骈体正宗序》亦云:"古文丧真,反逊骈体;骈体脱俗,即是古文。迹似两歧,道当一贯。"③持骈散合一观的论者在撰写文话时也是融古文话与骈文话为一体,极少出现专论骈文的骈文话。即使是骈文话,往往也融入了论述古文的内容。如胡念修所编《四家骈文叙录汇编》为此时为数不多的骈文话之一,此书辑录诸家骈文选本序言和单篇骈文文论而成,却以姚鼐《〈古文辞类纂〉叙录》置于篇首,其意即在昭示骈散合一、融通骈散的主张。盛

---

① 曹虹师:《清嘉道以来不拘骈散论的文学史意义》,《文学评论》1997 年第 3 期。
② 朱景昭:《论文刍说》,王水照编《历代文话》第 6 册,复旦大学出版社 2007 年版,第 5742—5743 页。
③ 曾燠:《国朝骈体正宗序》,《续修四库全书》第 1668 册,第 2 页。

开运跋语云:"(胡念修)每为开运言骈散一贯之道,辄断断不休。"①即见一斑。更为常见的撰述形式,仍是延续清初以来将骈、散文置于一书而共论的做法,而非撰写独立的骈文话著作。这最终造成了清代骈文作品、骈文选本繁荣而骈文话却稀少的批评史现象。

---

① 胡念修:《四家纂文叙录汇编四卷附录一卷》,光绪二十五年(1899)刻鹄斋刊本。

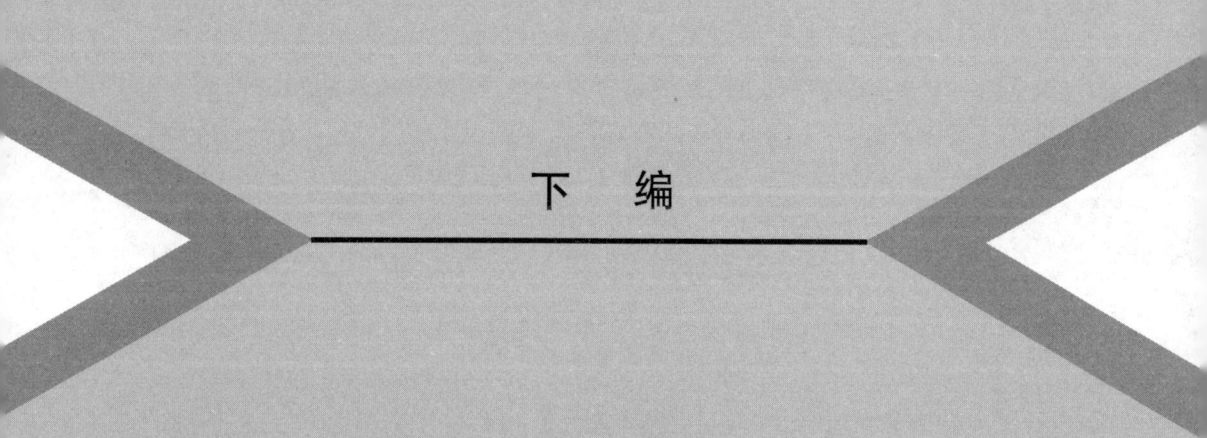

下 编

# 第一章 康熙《古文评论》与清代文章学的指向

清圣祖爱新觉罗·玄烨（1654—1722）即康熙帝，作为清代有雄才大略的一代帝王，除了在政治上有杰出作为之外，他本人亦学识渊博，对传统文章学有着相当的造诣。康熙二十四年，他御选古文总集《古文渊鉴》，并率领徐乾学等臣僚对所选文章逐篇评议。其后大学士张玉书编辑康熙文集《圣祖仁皇帝御制文集》时，将《古文渊鉴》中的圣祖御评汇集一处，称《古文评论》，置于《圣祖仁皇帝御制文集》第三集杂著类中。康熙《古文评论》凡十八卷①，1391条，始自《左传》，终于南宋谢枋得《交信录序》。康熙的评论视角虽不一致，间有史论、政论等，但以文论为主，因而这十八卷《古文评论》实为非常重要的清代文话著作，直接反映了康熙的文章学思想。清代是一个极端重视文治的封建王朝，统治者非常关注文风建设，常通过帝王训饬与御选总集等方式来引导文坛创作方向。这部文话因系康熙御

---

① 本书所用《古文评论》为《圣祖仁皇帝御制文集》本，收入《文渊阁四库全书》。

制,它所反映的文章思想与理念,无疑会对当时臣僚及文人起到直接的影响。对《古文评论》进行研究,不仅可以直接窥探康熙本人的文章学思想,更能为贯彻清代的诸多文章理念寻到源头。

## 第一节 文法论

明代以来,以师法对象为中心,传统散体文章被分成秦汉古文和唐宋古文两个系统。前、后七子主张取法秦汉,认为"秦汉以后无文"①;以王慎中、唐顺之、茅坤等为代表的唐宋派虽然推崇秦汉古文,但认为秦汉文高古不可学,学习古文需从唐宋入手。这种派分延至清代,康熙八年(1669),南廷铉为王弘撰《砥斋集》作序称:"今之为文章者,盖有二途焉:曰秦汉,曰唐宋。而各适其途者,则每自持一说,互相讥诋,即素称同学者,曾无恕词。"②揭示了康熙年间,文坛上两个古文传统的对峙。在《古文渊鉴》之中,康熙选录的先秦两汉文章有二十卷,唐宋文则达三十六卷之多,远超秦汉古文。即便如此,也并不能说明面对秦汉古文和唐宋古文,康熙更为推崇后者。恰恰相反,他更为欣赏的是古质的秦汉散文。据《康熙起居注》记载,二十四年二月,康熙谕大学士明珠语云:"朕观古今文章风气与时递迁,《六经》而外,秦、汉最为古茂,唐、宋诸大家已不能及。"③此处对秦汉、唐宋有明确轩轾。《古文渊鉴》即成于此年,此

---

① 李攀龙:《答冯通府》,包敬第标校《沧溟先生集》卷二十八,上海古籍出版社1992年版,第647页。
② 南廷铉:《砥斋集序》,《续修四库全书》第1404册,第338页。
③ 中国第一历史档案馆整理:《康熙起居注》,中华书局1984年版,第1292页。

论或许便是康熙选评《古文渊鉴》之后，在对历代文章广泛阅读基础之上的有感而发。《古文渊鉴》《古文评论》将更多的选评篇目给予唐宋古文，可能也是为了方便士子学文之故。深受康熙文章学思想影响的桐城初祖方苞，亦对《左传》《史记》等先秦两汉古文推崇备至，而在其编选的《古文约选》之中，却未选先秦文章，入选的汉代文章也远少于唐宋古文。对此，方苞解释说："三《传》《国语》《国策》《史记》为古文正宗，然皆自成一体，学者必熟复全书，而后能辨其门径，入其窔突。"① 他认为秦汉古文多源自专书，古文单篇在唐宋以后才兴起。学者若学习秦汉古文，须对全书皆有钻研，才能明白其文法线索之所在，这种篇幅过大的专书显然不方便初学者。与之相比，唐宋的古文单篇更便于初学者模拟仿效，康熙的编选原意或即在此。不过，无论康熙出于何种考虑，他在《古文渊鉴》《古文评论》中更多地选评唐宋古文这一事实本身，已为当时争论不休的秦汉、唐宋之争做了裁决。作为御选总集和御制文话，《古文渊鉴》《古文评论》影响巨大。其后唐宋古文选本即大量涌现，较著者如吕留良《晚邨精选八大家古文》（康熙四十三年）、储欣《唐宋十大家全集录》（康熙四十四年）、《唐宋十大家类选》、张伯行《唐宋八大家文钞》（康熙四十八年）等。民国学者郭象升跋吕留良《晚邨精选八大家古文》称："世间八家文选本，以余所见，不下三四十种。"② 数量之多，可见一斑。其后，乾隆御选《唐宋文醇》，收录韩愈、柳宗元、李翱、孙樵、欧阳修、苏洵、苏轼、苏辙、王安石、曾巩十家古文作品，已将秦汉古文完全置于选目之外，唐宋古文至此声势盛极。而桐

---

① 方苞：《古文约选·序例》，王水照编《历代文话》第4册，复旦大学出版社2007年版，第3952页。
② 郭象升：《〈晚邨精选八大家古文〉跋》，康熙四十三年（1704）刊本后跋语。

城派以方苞上接归有光,以归有光上接八家,名尊秦汉,所学者仍为唐宋古文。清人朱琦说:"散体复分二派:曰秦汉,曰唐宋。自前明王、李倡兴文主秦汉,但摹拟未化,徒苦诘诎。震川归氏嗤之,近人奉其说若蓍蔡。"① "奉其说若蓍蔡",实际也是对唐宋古文传统在清代复兴的写照。

康熙的文章学思想中特别强调文章义理,但他也深悉"言之无文,行而不远"之理,因之能在相当程度上重视文章的艺术品格。在《古文渊鉴》序言中,他明言其编选标准是"帝王之道,质文互用",既将"词义精纯、可以鼓吹六经者"视作正统,也能对"绮章秀制"酌情收录,体现了较为通达的文学观。他既在文道论上对文章提出弘扬义理的大的要求,也能从文章写作的具体文法入手。他在《古文评论》中便常常从层次、布局等文法角读对文章进行细论,表现出对"文之能事"的特别关注②,袁枚所谓"古圣人以文明道,而不讳修词"③,似可移用于评论康熙。

康熙对文法的关心,在《古文评论》中有多处体现,可以其提倡的"立骨"法为例。他在文章的宏观主旨上,要求立意须醇,符合儒家义理规范。为了更好地达到宣扬教化之功,将文章主旨更为明确表达出来,他要求文章主旨单纯毋杂,以免使人无所适从。具体而言,便是在行文之先,作者依据材料进行炼意,提炼主题。对于论说文而言,康熙赞赏在文中以一字标示主旨的做法,即从材料中提炼出某字作为全文之眼,文章也围绕着文眼组织材料,展开结构。全文因此字

---

① 朱琦:《小万卷斋文稿自序》,道光二十六年(1846)刊本。
② 《古文评论》评苏洵《用间》云:"通篇皆说间不足恃,而始终不脱却'间'字,开阖纵横,文之能事备矣。"
③ 袁枚:《胡稚威骈体文序》,《小仓山房文集》卷十一,王英志主编《袁枚全集》第2册,江苏古籍出版社1993年版,第198页。

而牢笼，行文框架不致涣散，后人称此法为"一字立骨"。晚清文章学家李扶九编选古文选集《古文笔法百篇》，按照古文笔法分类，即列有"一字立骨"之目。而刘熙载亦云："凡作一篇文，其用意俱要可以一言蔽之。扩之则为千万言，约之则为一言，所谓主脑者是也。"① 康熙《古文评论》评李清臣《势原》云："以'势'字为主，而错综参互以畅之，文气酣适，读此使人怡神。"评王吉《上言得失疏》："以'礼'字为骨，自是经术谠言。"便是分别拈出"势"字、"礼"字作为全文之骨。他评苏轼《留侯论》云："以忍字作骨。"通观《留侯论》全文，即在论证能忍是留侯张良成就大事的根本，其先气盛不能忍，故聘请力士伏击秦皇，并险因之丧命。圯上老人故意屈辱之，折其刚强之气，见其能忍，故称赞说："孺子可教。"并赠以兵法。其后，张良果然建立不世功勋。苏轼围绕"忍"字，展开论述，并以郑伯、项籍、刘邦是否能忍作为例证，反复说明，行文紧凑，皆系由"忍"字申论，"忍"字成为贯彻主题的线索。当然，康熙所谓"立骨"之字，大都与儒家义理相关，他评韩愈《师说》："提一道字为主，识解最高，而用笔尤极其古峭。"评胡宏《曾子论》："以敬字立论，是圣贤彻始彻终之学。"追根溯源，能够提炼出立骨之字，需要思想学术上的修养作为根基，故他称赞欧阳修《本论》："揭出礼义二字，见欧阳为学有本领处。"

而《古文评论》中又多次赞赏文章"有法"，如称苏洵《管仲论》"行文极有法度"，评何尚之《陈庾炳之得失》"叙事磊落有法"，皆是从"有法"的角度进行评论。结合《古文评论》的其他评语来看，康熙所谓的"有法"，主要是针对文章的结构布局而言。如称谷

---

① 刘熙载：《艺概》卷一《经艺概》，薛正兴点校《刘熙载文集》，江苏古籍出版社2001年版，第189页。

永《讼陈汤疏》"结构最胜",评韩愈《送齐皞下第序》为"文之最有机局者"。康熙对于文章的转折、开阖、宾主等文法技巧的运用非常重视,他评曾巩《寄欧阳舍人书》云:"读此等文,当细观其转折脱卸之法。"认为此文的转折之处值得重视。评严安《上言世务书》:"此书特为穷兵而发,前言禁奢侈,是引端;后言郡守权重,是余波。文家宾主之法也。"评孙樵《书褒城驿壁》:"前幅似主而实宾,后幅似宾而实主,此文家变化错综之法。"皆对文章的宾主虚实之法有深入发掘。晚清桐城派中兴功臣曾国藩说:"思古文之道,谋篇布势,是一段最大工夫。"[①] 康熙以九五之尊,在清初提倡文法,改变了谈文法多限于村夫子言的传统看法,提高了文法的地位。其后方苞将"言有序"作为其古文"义法说"的两翼之一,也应是受到重视文法的大环境的鼓舞。

## 第二节 文体论

### 一 得体论

康熙论文,强调"得体",即认为每一种文体,皆有其自身的特征,行文应当把握文体特征,做到"得体"。而王言臣语,因其涉及朝政,尤重得体。刘勰《文心雕龙·诏策》曾对不同诏令,提出了不

---

[①]《曾国藩日记(咸丰九年八月初九日)》,《曾国藩全集·日记一》,岳麓书社1987年版,第408页。

## 第一章　康熙《古文评论》与清代文章学的指向

同的要求：

> 故授官选贤，则义炳重离之辉；优文封策，则气含风雨之润；敕戒恒诰，则笔吐星汉之华；治戎燮伐，则声有洊雷之威；眚灾肆赦，则文有春露之滋；明罚敕法，则辞有秋霜之烈。此诏策之大略也。

康熙时人张谦宜在《絸斋论文》中也认为诏令之体，"总以得体切当为宜"①。身为帝王，康熙对于诏令等朝政文体的得体与否自然非常重视。他在《古文评论》中通过对文章的具体评点，申发了《文心雕龙》的相关论说。康熙认为，文章得体，首在简洁。他评宋太祖《治河诏》："简要极有体裁。"有体裁即是"得体"之谓。康熙时人王之绩在文话著作《铁立文起》中云："人臣进言，自有定体。昔韩文氏云：'毋文，文弗省也；毋多，多弗竟也。'最为要语。"② 王氏也是将简洁作为臣工上书的定体，符合便为得体。简洁之外，作为朝廷应用文章，典雅庄重亦是文章"得体"的必备条件，康熙评《王伯恭转官制》曰："庄重得体制。"便是从此着眼。康熙深谙于治道，他将治理国家、处理政事时的思维、理论移之于对诏令制表的评论，使文章学与政治学水乳交融。针对诏令的不同内容，康熙提出不同的"得体"要求。他评邹浩《王资深等并除监察御史制》云："申勉得体，斯为纶言。"此篇制文是关于人事任命的，文章对即将赴任的官员提出了殷切期望，故而康熙以"得体"赞之。又如其评《蝗灾罪己诏》："遇灾引咎，深自谦抑，得诏令之体。"他站在帝王的角度，深悉在大灾之后，罪己诏对于安抚民心之作用，故而赞其得体。民族问

---

① 张谦宜：《絸斋论文》卷三，《续修四库全书》第1714册，第437页。
② 王之绩：《铁立文起》后编卷三，《续修四库全书》第1714册，第352页。

题是清代重要的政治问题，康熙时期，清政府要处理对漠南、漠北蒙古以及西藏、新疆等众多少数民族地区的管理问题①，故而康熙于《古文评论》中特别重视对少数民族政权诏书的"得体"问题，无疑也是与其政治经验相关。在康熙看来，对于周边及藩属政权的诏令，文辞不可过于苛严，做到"恩义兼至"，才能"得诏谕之体"②。他评王珪《戒谕夏国主诏》云："辞不过严而简洁有体。"评《赐回鹘可汗书》云："温言抚慰，而开谕晓晰，深得布告诸蕃之体。"评《乞优答北匈奴奏》："示以坦白，得驾驭外藩之体。""温言抚慰""示以坦白"，这既是他"驾驭外藩"的帝王之术，也是对相关文体做到"得体"的具体要求。

## 二 辨体论

自元代以来，文论家对各种文体的辨析愈来愈细致，辨体之风越元、明两代，至清而不衰。康熙身处清初，对前朝辨体理论自不陌生。在二十四年《谕吏部》的圣旨中，他要求翰林院诸官"谙练体裁，洞晰今古"，并将"文理荒疏，未娴体式，难胜厥任"的周之麟等人，予以处分③。康熙对各种文体特征的把握可谓细致入微，在《古文评论》之中，多有从辨体角度所作的评语。他评《国策·楚策·庄辛论幸臣》曰："文近于赋，瑰丽可观。"纵横家言铺张扬厉，与后世赋作有相似之处。作为文体的赋未必便是径由纵横家言发展而来，但在文体发生演变过程中，多少应受到纵横家言影响。《庄辛论

---

① 漠北蒙古与清朝起初只是朝贡关系，康熙三十年（1691），清廷对漠北蒙古正式实施管辖。
② 《古文评论》评苏轼《赐阿里骨诏》语。
③ 康熙二十四年二月初七日《谕吏部》，《圣祖仁皇帝御制文集》第二集卷一。

幸臣》一文铺陈排比、气势恢宏，多用隐语，文辞华丽，与汉赋颇多类似之处。康熙谓其文体近赋，可谓卓识。受康熙评论的影响，其后桐城派古文大师姚鼐在所编古文总集《古文辞类纂》中，便将此文以"庄辛说襄王"之名，收入"辞赋类"之中。又如康熙评秦观《集策序》云："此仿佛叙传体，而措词甚有古奥之致。"秦观此文仿《史记·太史公自序》的写法，备述创作之意。康熙称其"仿佛叙传体"，当是指其效法《太史公自序》而来，实为有识之见。

在古典文章的发展史上，历代文章大都有其明显异于他代的文体风格，是为此一阶段的主体文风①。康熙善于把握文体风格变化的大势，对历代文风多有精到的点评。总体来说，汉文浑厚渊懿，质朴无华，尤以贾谊、董仲舒之策对为典型，康熙对此有深刻把握。但除了历来称颂的贾、董之文，他还注意到与贾谊同时的贾山，高度评价其《至言》曰："文气排荡，思致遥深，既脱战国策士捭阖之习，已开西京贾、董浑茂之风。"贾山为汉文帝时人，与贾谊大致同时，具体孰先孰后，难以确考，但康熙注意到在西汉文风由战国策士遗风转向敦朴浑厚之际，贾山所处的独特地位，实为有识。这也是他基于对秦汉文章风格大势的整体把握之上，所得出的结论。

康熙《古文评论》除了能准确提炼出历代的主体文风，也能注意到主流之外的异调，如评元稹《献事表》云："机理淹畅，不事雕缋，唐文之又一格也。"唐代公文一直采用传统的骈体进行写作，讲究声律、辞藻、对偶、用事，元稹此文虽也是骈体形式，但并不以辞藻等形式之美为意，文章清新，说理透彻，是异于当时主流风格的别调，故康熙称之为"唐文之又一格也"。再如他对东汉皇甫规《举贤良方

---

① 朝代的兴亡虽与文体风貌的变化不能完全对应，但其对文风演变无疑具有相当的影响。

正对策》评曰："披沥直陈，于对策中尤为奇特。"对策作为与帝王直接交流的文体，一般须委婉上陈，以防触逆帝王龙鳞。此文则是"披沥直陈"，见出作者的耿耿忠心，故也深得康熙赞赏。

康熙《古文评论》对作家的整体风貌亦能准确把握，他指出韩愈文章"所以迥出诸家之上"，重要的一点便是"于论事之中畅发闳议"（《论今年权停举选状》评语）。《论今年权停举选状》一文本是论贞元十九年暂停选举之事，韩愈借机向朝廷提出了任选人才的标准：对"纯信之士，骨鲠之臣，忧国如家，忘身奉上者"，朝廷应"超其爵位，置在左右，如殷高宗之用傅说，周文王之举太公，齐桓公之拔宁戚，汉武帝之取公孙弘"①，其所论述已超出事件本身，康熙正是看出了这种借事申说手法的独特之处，才将其作为韩文成功的重要原因。他评价欧阳修文章说："振宕中却寓舂容之概，自是欧阳本色。"（《唐书·艺文志论》评语），"伟论出之闲淡，是欧文独胜处。"（《五代史·周臣传论》评语）他评论苏轼文风说："雄辞博辨而有超逸之风，萦纡飘发，此是东坡独绝。"（《策略五》评语）将闲淡、舂容作为欧阳修文章的本色，雄辩而超逸作为苏轼文风特色，均是中肯之论。

历代的文体风格演变，前后代之间往往有着千丝万缕的联系。康熙长于探析文章流别，注重对文体风格的渊源进行辨析。他既善于从前代不被看重的文章中发现其对后代文风的实际影响，也能为后世某种文风找到前代的开风气者。如他对汉元帝《罢初陵县邑诏》的评语为："汉文最为沉郁，此独以华赡出之，已开唐人风气。"这里他既将汉代文章的整体风格断为沉郁，又认为此文华丽富赡，已经开启唐文

---

① 韩愈：《论今年权停举选状》，马其昶校注、马茂元整理《韩昌黎文集校注》，上海古籍出版社 2014 年第 2 版，下册，第 654 页。

之风。又如他评《乐毅去燕适赵》云:"毅《报惠王书》,虽急于自明,其情志悱恻,文辞深婉,固书牍之祖也。"书牍一体在春秋战国时已经萌芽,《左传》中便收录了《郑子家与赵宣子书》《郑子产与范宣子书》等①,但这些书牍所记多关乎国事,褚斌杰先生便指出:"从这些书牍的内容和写作目的看来,与后世一般所称的书牍文有很大不同;从传递信息的角度看,它们有书信的性质,但从内容和功用上说,它们实际上是外交辞令的书面化,或略等于列国之间交往的'国书'。"② 由于这些书牍只是变相的奏议,所以与后世的书牍不同。后世尺牍主要是用于个人情感、信息的交流。乐毅《报惠王书》虽然也是上报君王之书,但因其中融入乐毅个人情感,并叙个人命运,已与后世书牍有相通之处。康熙称之"情志悱恻,文辞深婉,固书牍之祖也",正是看到了它拥有了作者主观情感,在从公牍向书信发展的进程中,前进了一大步,故称之为"书牍之祖",这样的识见,是需要有对书牍文体特征的精准把握作为基础的。

## 三 骈文观

唐宋古文运动以后,文章家均以古文为载道之器,而认为骈文华而不实,流于形式,与道无关,故多对骈文评价极低,以骈体为文章之弊。比至清初,姜宸英尚认为:"下逮魏晋六朝,而文章之弊极焉。"③ 这种态度在当时有相当的代表性。在骈散观上,康熙同样奉古文为正宗,以为道在于斯。但他对骈文文体本身并无特别的反感,与前人相比,他能破除陈见,对优秀的骈文作品予以称赞。康熙从实用

---

① 分别见于《左传》文公十七年、襄公二十四年。
② 褚斌杰:《中国古代文体概论》(增订本),北京大学出版社1990年版,第401页。
③ 姜宸英:《王阮亭〈五七言诗选〉序》,《湛园集》卷一,《文渊阁四库全书》本。

文章观出发,特别重视章表奏议等应用文体,而这种"王言""臣语"的文体在两汉以后直至唐宋,主要采用便于宣读的骈文形式,因而从文体的实用角度而言,骈文并不亚于、甚至超过散体文。康熙论文并不拘泥于形式上的骈散,而是以能否起到经世作用作为评判文章价值的标准,这实际上已经打破了骈文卑于古文的传统观点,客观上促进了清初骈文文体地位的上升。在《古文评论》之中,康熙所反对的只是骈文浮靡之习,并为骈文空浮繁缛之弊开出药方:为了避免骈文创作只专注于形式技巧,空洞无物,康熙认为文章应充之以经史,先质而后文,亦即扬雄"诗人之赋丽以则"之谓,在内容上做到言之有物。他评徐陵《奉使邺都上梁元帝表》云:"骈偶之文,纬以经史,故丽而有则。"当文章内容充实之后,富丽的文辞反成为添锦之花;六朝后期,骈文渐有宫体之风,显得柔弱无骨,趋于华而不实。对此,康熙提出将骈文形式之美与两汉风骨健硕之美相结合,在文章风格上指出了提升骈文层次的路向。如其评柳宗元《南府君睢阳庙碑》"以两汉之健骨,运六代之腴辞",便是主张将风骨与辞藻结合起来;无论骈散,创作均贵在内容丰实,富于真情实感。但历史上的骈文作品常常是内容空泛、缺乏感情,骈文家多将精力用于对仗、辞藻、隶事之上,此类骈文,即使在形式技巧上已有很高造诣,终究无法打动人心。针对骈文此弊,康熙提出创作时运之以情,因情生文,不作无病之呻吟。他评常衮《减征京畿夏麦制》云:"制词莹净,诵之犹能感人。"评唐太宗《赐孝义高年粟帛诏》云:"叙意属辞,婉切畅悉,殊觉情文生动。"皆是从情感角度而论。他认为"文生于情,不须贲饰,自然雅健"①,只要感情充沛,不必在形式技巧上过于用力,骈文

---

① 《古文评论》评任昉《上萧太傅固辞夺礼启》语。

便能自然雅健。当然，能够做到"深情内蕴，丽藻外敷"① 自然也是成功之作。

康熙对骈文的重视，从《古文渊鉴》《古文评论》的选文篇目即可见出。他所选定的《古文渊鉴》篇目，并不局限于传统意义上的秦汉古文和唐宋古文，对于骈文盛行的八代之文并不排斥，选录有八卷之多，对于八代之后的优秀骈文同样予以关注。在以"古文"为名的总集《古文渊鉴》和文话《古文评论》之中，收录、评论了数量如此之多的骈文，这是康熙古文观的通达之处，也说明他眼中的"古文"，是个广义的概念，是可以包含优秀骈文在内的，这对当时的古文观念产生了明显影响。成书于康熙三十四年（1695），在后来影响极大的选本《古文观止》，便适量收录了《北山移文》《滕王阁序》等骈文作品。其后乾隆帝认为："骈句固属文体之病，然若唐之魏郑公、陆宣公，其文亦多骈句，而辞达理诣，足为世用，则骈又奚病？日月丽乎天，天之文也。百谷草木丽乎土，地之文也。化工之所为，有定形乎哉？化工形形而不形于形，而谓文可有定形乎哉？顾其言之所立者何如耳。"② 乾隆认为文无定形，骈与散皆只是文章的形式而已，只要"足为世用"，骈体便无所谓弊病之称。这种以文体实用与否作为衡文准则，对于骈文持较为通达的文体观，实袭自乃祖康熙。

清代骈文创作成就巨大，名家名作纷呈，在骈文史上有中兴之誉。其繁荣的成因或有多种，但自清初以来，帝王对骈文的通达态度，无疑为骈文的复兴创造了机缘。康熙在《古文评论》中选评文质双美的骈文作品，本身也有引导骈体创作走向的意图。他在柳宗元《剑门铭》的评语中说："不作萦纡之势，而自然矫拔，录此以式轻靡

---

① 《古文评论》评唐太宗《诫厚葬及赐功臣陪茔地诏》语。
② 爱新觉罗·弘历：《御选唐宋文醇序》，乾隆三年（1738）武英殿三色套印本。

之习。"明确指出选评目的即在矫治骈体末流的"轻靡之习"。通过《古文评论》对众多优秀骈文的点评，康熙也为当时的骈文创作指出了声情并茂、雅健清新的向上一路。

## 第三节　雅论

康熙文章学思想中，还非常推崇"雅"的境界。四十一年正月，他在《训饬士子文》中要求诸生"文章归于醇雅，毋事浮华"①，便是以圣谕的形式，将"醇雅"规定为作文目标。在《古文评论》中，也有多处关于"雅"的评语。如《评选寺监官诏》评语云："古雅有则，不类浮靡之音。"《郭逵自致仕起知潞州》评语云："雅驯逼古。"康熙所谓的"雅"，有几个层面的含义，或指文章内容之雅，如评《选高才生受学诏》"尊经之言，蔚然雅正"，便是从内容符合儒家义理的角度而言；或指文章风格之雅，如评《授郑覃给事中制》"娴雅犹存典则"；或指文章词令之雅，如评《赐魏王恺诏》"辞甚雅令"。在《古文评论》中，对文章许之以"雅"，一般都是综合以上三个方面而言。即便是从文辞角度论"雅"，康熙也往往特意强调其文章内容的醇正，以避免单纯地以文辞论文，如评《答萧景先诏》曰："命意弘长，词亦近雅。"评《帝范后序》："意既切至，文复典正纯雅。"康熙均是在先肯定文章命意主旨之后，再行评论文辞之雅。这种多层面的"雅"论对同时代人有明显影响，康熙年间进士张谦宜在其所撰

---

① 爱新觉罗·玄烨：《训饬士子文》，《圣祖仁皇帝御制文集》第三集卷二十五。

文话《絸斋论文》中说道:"文家意雅为上,调雅次之,声响雅次之,字句雅又次之。"① 观点便与康熙的文章雅论殊有契合。

康熙所论的文章之雅又是与文章的繁简论密切关联的,在他看来,简洁是"雅"的先决条件,繁冗之文是不可能做到"雅"的。命意之雅便意味着命意之简,文辞之雅也意味着文辞之简。他评北周武帝《毁露寝诸殿诏》云:"文既庄雅,气亦渊茂,不事雕琢而浑噩之致见乎尺幅中。"评语从立意与文辞两个方面,指出做到"简"才可能产生"雅"。在立意与文辞上均求简洁,既是当时官方的文章政策,也是文坛的自觉追求。古文名家魏际瑞在《伯子论文》中云:"文主于意,而意多乱文。"② 翰林院编修黄与坚《论学三说·文说》云:"文之病不洁也,不独以字句,若义理丛烦而沓复,不洁之尤也。"③ 皆是对文章简洁的强调。关于《古文评论》对文章简洁的推崇,潘务正先生《方苞古文理论与清代翰林院之关系》一文已有很好的论述④,此处不用赘言。不过仍可补充的是,康熙的繁简论是以意为主的,若文章契合儒家思想,切于情理,即使文章篇幅较长,他也同样予以赞赏,如评《上时事书》曰:"切于事理,言虽多而不觉其长。"评《汉书·诸侯王表序》:"援引周秦,论列汉世,或详或略,极错综变化之致,洒洒千言,读之惟恐其尽。"

康熙作为最高统治者,他的文章学思想无疑会对当代产生很大的实际影响。除了上述《训饬士子文》中对诸生文章"醇雅"的训饬

---

① 张谦宜:《絸斋论文》卷二,《续修四库全书》第 1714 册,第 433 页。
② 魏际瑞:《伯子论文》,王水照编《历代文话》第 4 册,复旦大学出版社 2007 年版,第 3599 页。
③ 黄与坚:《论学三说·文说》,王水照编《历代文话》第 4 册,复旦大学出版社 2007 年版,第 3377 页。
④ 潘务正:《方苞古文理论与清代翰林院之关系》,《文学评论丛刊》第 11 卷第 1 期,南京大学出版社 2008 年版。

之外，他还将"雅"作为权衡翰林院人才的一个基本标准。二十四年，圣祖对翰林院各官进行考评，测试结果是"徐乾学、韩菼、孙岳颁、归允肃、乔莱学问优长，文章古雅，宜加赏赉，以示奖励"①，"文章古雅"便是徐乾学等胜出的重要原因。二十九年五月初一日，他在赐三朝国史馆总裁大学士伊桑阿等《谕》中，对修撰太祖、太宗、世祖三朝国史的史臣所作总的要求是："荟萃琅函，博搜掌故，折衷至当，裁订成书，毋尚浮夸而乖情实，毋徇偏见而失公平，毋过质略而意不周该，毋务铺张而词多繁缛，务期事归确核，文极雅驯。"② 其在文章角度的要求也是"雅驯"。

康熙所推重的"雅"文，以西汉文章为典型，他评《史记·儒林列传序》为"诠次井然详雅"，称刘向《条灾异封事》"辨而裁，雅而赡，渊然经术之气，不徒以侃正见长"。对于后世具有"雅"之品质的文章，康熙常以汉文许之，如称曾巩《王制（天子支子）》："典雅可以方轨西汉。"他评晋武帝《籍田诏》："温润古雅，有汉代遗风。"西汉文章多本经史，纯朴典雅，少俳偶雕琢，故被康熙看作雅之典范。康熙对西汉文章的总体评价，也影响到同时代学者。康熙四十五年进士张谦宜云："文必以西汉为宗。其去古未远，风气尚厚，无后来纤巧缭绕之态，琱镂浓艳之习，追大雅而存太素，于是焉在。"③ 康熙进士、翰林院编修杨绳武也说："史本于经。子长、孟坚，史家开山，实为千古文章大宗，故古人论文以西汉为最。"④ 张、杨二人与康熙同时，又皆曾及第，其观点在一定程度上应受到康熙影

---

① 康熙二十四年二月初七日《谕吏部》，《圣祖仁皇帝御制文集》第二集卷一。
② 康熙二十九年五月初一日《谕》，《圣祖仁皇帝御制文集》第二集卷九。
③ 张谦宜：《絸斋论文》卷五，《续修四库全书》第1714册，第451页。
④ 杨绳武：《论文四则》，王水照编《历代文话》第4册，复旦大学出版社2007年版，第4055页。

响。而当时理学重臣李光地称"选文惟从汉起最干净"①，他以西汉文为准则称道韩愈文章云："（韩愈）真是文宗！其气极古雅，如西汉人。"② 同样将西汉文章作为雅文典范。

　　康熙的"雅"论对清代文章学更为重要的影响在于，使得"雅"开始成为贯穿清代的持续稳定的衡文准则，逐渐成为清代文章学的一个关键词。在康熙之前，著名学者方以智曾于文话著作《文章薪火》中提出"雅驯"之说。方以智在分析唐宋八大家诸家特点之后，得出结论："八家大同小异，要归雅驯。"③ 但其说过简，实际影响不大。至康熙时，开始在御选古文总集和文话中大力宣扬"雅"论，同时利用圣谕的形式强制推广，极大地促进了"雅"论思想在当时士子中的流播。康熙之后，"雍正十年，始奉特旨晓谕考官，所拔之文，务令清真雅正，理法兼备。乾隆三年，复经礼部议奏，应再饬考试各官，凡岁科两试以及乡会，衡文务取清真雅正，以为多士程式"④。雍正在其父文章"雅论"的基础之上，首次对行文明确提出"清真雅正"的要求，其后乾隆又多次重申，遂使"清真雅正"成为清廷稳定的衡文标准。

　　清初诸帝，皆重视对文风的引导与规范。自康熙开始尊雅，至雍正、乾隆，最终确定"清真雅正"的钦定文章风貌的地位。"清真雅正"因是雍正以后科举衡文的标准，故对士子影响尤大。桐城文派亦高举此旗，其影响之大，可见一斑。细究"清真雅正"的理论源头，

---

① 李光地：《榕村语录》卷二十九《诗文一》，陈祖武点校《榕村语录　榕村续语录》，中华书局1995年版，上册，第514页。
② 同上书，第520页。
③ 方以智：《文章薪火》，王水照编《历代文话》第4册，复旦大学出版社2007年版，第3210页。
④ 梁章钜：《制义丛话》卷一，陈居渊校点《制义丛话　试律丛话》，上海书店出版社2001年版，第13页。

不能不回到康熙。

概而言之，由于帝王的特殊身份，康熙的文章学思想以实用的文章观为主，强调文章的经世用途①。据《康熙起居注》记载，康熙于二十四年二月二十一日云："朕每披览载籍，非徒寻章摘句，采取枝叶而已，以探索源流，考镜得失，期于措诸行事，有裨实用。其为治道之助，良非小补也。"②《古文渊鉴》即成书于二十四年，康熙"披览载籍"之论，应当也包含他对《古文渊鉴》的选目和评论在内，其出于实用的文章观念非常明确。在此总的文章观主导之下，他所关注的文体，主要是在朝政中实用的诏书、奏议类应用文体，并能准确把握诸种文体的特质。他强调文章必须醇雅，符合儒家义理，下启雍、乾以后"清真雅正"的钦定文章风貌。他注重文法技巧的运用，提高了文法学的地位。他以文章的实用与否作为衡文准则，认为骈文也可起到经世之用，为清代骈文的复兴创造了必要的环境。总之，作为清初一位非常重视文风建设的帝王，康熙为整个清代文章朝质实、雅洁的道路上发展奠定了基调。

---

① 康熙《渊鉴类函序》云："尝谓古人政事、文章虽出于二，然文章以言理，政事则理之发迩而见远者也。"《文渊阁四库全书》本。
② 中国第一历史档案馆整理：《康熙起居注》，中华书局1984年版，第1292页。

# 第二章 田同之《西圃文说》与明代文章学的回响

明清易代是中国历史上的重要事件,而对于文学思想的演变而言,由明转至清,进度显然慢于朝代之更迭。清初文话反映的往往还是明代文章学思想,这以田同之《西圃文说》为典型。田同之(1677—?),字彦威,号砚思,又号西圃,亦称小山薑,山东德州人,康熙五十九年(1720)举人,官国子监助教。他精通多体,著有《西圃诗说》《西圃文说》《西圃词说》,分论诗、文、词三大文体,在文学批评史上比较少见。不过,三书内容多非田氏原创,已有论者指出《西圃词说》多为辑录他人之语①,几近无一条无出处。《西圃文说》同样存在大量征引成说而不注明的情况,易使后人误认作田氏文章学创见。今人所编《西圃文说》整理本,便有因混淆文献来源而产生的标点错误,以《历代文话》本《西圃文说》第38则为例:

王元美云:"吾于文虽不好六朝,然六朝文亦那可言。"皇甫

---

① 李康化:《田同之〈西圃词说〉考信》,《文献》2002年第2期。

子循谓:"藻艳之中,有抑扬顿挫,语虽合璧,意若贯珠,非书穷五车,笔含万化,未足云也。"此固为六朝人张价,然如潘、左诸赋,王文秀之《灵光》、王简栖之《头陀》,令韩、柳受觚,必至夺色,此亦公平之论①。

此则内容源自王世贞《艺苑卮言》卷三,点校者将"此固为六朝人张价"之后的内容,均当作田同之的评语。而属于田同之的语言实则只有段末"此亦公平之论"一句,点校者误将王世贞的大段言论当作田同之语,也就无法关注到明代文章学对于清初的影响。由此看来,对于《西圃文说》的内容,甚需一一考辨其源。现以乾隆年间《德州田氏丛书》本《西圃文说》(《续修四库全书》集部第1714册影印本)为据,对其条目试做甄析如下。

## 第一节 《西圃文说》引文考辨

卷一

1. 六经、四子,理而文者也;两汉,事而文者也,错以理而已;六朝,文而文者也,错以事而已。

按:此则引自明王世贞《艺苑卮言》卷一。

2. 精一执中,无俟《皇极》之烦言;钦恤两字,何至《吕刑》

---

① 田同之:《西圃文说》卷二,王水照编《历代文话》第4册,复旦大学出版社2007年版,第4086页。

之滕口。盖古今世变不同，而文字之繁简因之。孔子曰："夏道未渎词。"推而言之，则殷周之词已渎矣。韩退之云："周公而下其说长。"

按：此则见于明杨慎《升庵集》卷五十二《论文》"古今文字繁简"条，原文于段首有"程去华云"四字。

3.《檀弓》简，《考工记》繁；《檀弓》明，《考工记》奥。各极其妙！虽非圣笔，未是汉武以后人语。

按：此则引自王世贞《艺苑卮言》卷三。

4. 诸文之外，《山海经》《尔雅》《穆天子传》亦自古健有法。

按：此则引自王世贞《艺苑卮言》卷三，原文无"《尔雅》"二字。

5. 孔子曰："辞达而已矣。"又曰："修辞立其诚。"盖辞无所不修，而意则主于达。后扬雄氏避其达而故晦之，作《法言》，太史公恐其晦而故达之，作《本纪》，俱非圣人之意也。

按：此则摘自王世贞《艺苑卮言》卷一。

6.《孟子》，理之辩而经者；《庄子》，理之辩而不经者；公孙乔，理之辩而经者；苏秦，理之辩而不经者。

按：此则引自王世贞《艺苑卮言》卷三，后两"理"字，原文均作"事"。

7. & 8.《吕氏春秋》文有绝佳者，有绝不佳者，以非出一手故也。《淮南鸿烈》虽似错杂，而气法如一。

按：这两则摘自王世贞《艺苑卮言》卷三，原为一则内容，被田同之分为二则，且原文末有"当由刘安手裁"一句。

9. 贾太傅有经国之才，言之蓍龟也。其词核而开，健而饫。

按：此则摘自王世贞《艺苑卮言》卷三。

10. 古今文章，大家数正不多见。战国之文反复善辩，孟子、庄周、屈原为大家。西汉之文浑厚典雅，贾谊、司马为大家。三国之文，孔明之二表、建安诸子之数书而已。西晋之文，渊明之《归去来词》、李令伯之《陈情表》、王逸少之《兰亭序》而已。

按：此则见于陶宗仪《南村辍耕录》所引卢疏斋《文章宗旨》。

11. 汉兴，文章有数等，亦各有宗主：蒯通、隋何、陆贾、郦生，游说之文，宗《战国》；贾山、贾谊，政事之文，宗《管》《晏》《申》《韩》；司马相如、东方朔，谲谏之文，宗《楚辞》；董仲舒、匡衡、刘向、扬雄，说理之文，宗经传；李寻、京房，术数之文，宗谶纬；司马迁，纪事之文，宗《春秋》。呜呼盛矣！

按：此则摘自杨慎《升庵集》卷四十七《汉文》条。

12. 太史公之文，有数端焉。帝王纪，以己释《尚书》者也，又多引图纬子家言，其文衍而虚；春秋诸世家，以己损益诸史者也，其文畅而杂；仪、秦、鞅、雎诸传，以己损益《战国策》者也，其文雄而肆；刘、项纪，信、越诸传，志所闻也，其文宏而壮；《河渠》《平准》诸书，志所见也，其文核而详，婉而风；《刺客》《游侠》《货殖》诸传，发所寄也，其言精严而工笃，磊落而多感慨。

按：此则摘自王世贞《艺苑卮言》卷三。

13. 王凤洲曰："西京之文实。东京之文弱，犹未离实也。六朝之文浮，离实矣。唐之文庸，犹未离浮也。宋之文陋，离浮矣，愈下矣。元无文。"此论虽自有见，然未免无所区别耳。

按：此则原出王世贞《艺苑卮言》卷三，引文之后的评论为田同之原创。

14. 秦以前为子家，人一体也，语有方言，而字多假借，是故难而易晦也。左、马而至西京，洗之矣。相如，骚家流也。子云，子家流也。故不尽然也。六朝而前，材不能高而厌其常，故易字，易字是以赘也，材不高故其格下也。六朝而后，学不能博而苦其变，故去字，去字是以率也。学不博，故其直贱也。

按：此则摘自王世贞《艺苑卮言》卷一。"难"，原作"杂"。"六朝"，原作"五季"。

15. "古文有三等，周为上，七国次之，汉为下。"古今之所不易也。第说有高远而难行者，听其言则善从而学之，如适乎广漠之野，泛乎涧瀍之津，而不知所归宿，奚有当哉？故论文者，近取唐、宋而已。唐之古文，始于富嘉谟、吴少微而不传，李华、萧颖士继之，亦不甚传，故唐之文断自退之。宋之古文，始于柳开、穆修、郑条。条无传，柳、穆之集具在，虽传矣，而不足以传。故宋之文断自永叔。唐、宋之文遂继西京而上，佐佑六经。总而论之，唐之文气劲而节短，其失也蔇琐而诡僻；宋之文气舒而节长，其失也啴缓而俗下。元、明作者，大抵祖宋祧唐，万吻雷同，卒归率易而已。

按：此则引自王士禛《带经堂集》卷六十五《半部集序》。原文于"古今之所不易也"之前有一句"是说也"，表明前为引文；"古今之所不易也"之后有一句"而吾不敢以为学者之檃括何也"。

16. 屈宋以来，浑浑噩噩，如长川大谷，搜之不穷、揽之不竭，蕴藉百家、包括万代者，司马迁之文也；闳深典雅、西京之中独冠儒宗者，刘向之文也。斟酌经纬，上摹子长，下采向、歆，勒成一家之言者，班固也；吞吐骋顿，若千里之驹，而走赤电、鞭疾风，常者山立、怪者霆击，韩愈之文也；巉岩崛峍，若游峻壑削壁，而谷风凄雨四至者，柳宗元之文也；遒丽逸宕，如携美人游东山，而风流文物照耀江左者，欧阳修之文也；行乎其所当行，止乎其所不得不止，浩浩洋洋，赴千里之河而注之海者，苏轼也。呜呼！七君子者，可谓圣于文矣！其余若贾、董、相如、扬雄诸君子，可谓才问炳然西京矣，而非其至者。曾巩、王安石、苏洵、苏辙至矣，巩尤为折衷于大道而不失其正！然其才或疲薾而不能副焉。迨及有明二百余年，独王守仁论学诸书及《记学》《记尊经阁》等文，程、朱所欲为而不能者，《江西辞爵》及《抚田州》等疏，唐陆宣公、宋李忠公所不逮也，真可谓一代之人豪矣！外此，归有光力大体正，自堪并传。至明末，则有河南侯方域，奉马迁为高曾，而实宗乎昌黎、柳州、庐陵、眉山诸子，一气磅礴，百折不移，虽作者纷纷，未有以尚之也。

按：此则摘自茅坤《唐宋八大家文钞·论例》，原文为两则，田同之并为一则。

17. 明代之文，拟马迁，拟班固，进而拟《庄》《列》，拟《管》《韩》，拟《左》《国》《公》《穀》，拟《石鼓文》《穆天子传》，卒以为唐宋无文，是溺于李梦阳、何景明之说者。夫孔子之时，去古已远,而删《书》断于唐,叙《诗》缀以商,盖以世远言湮,但法其近古者而已矣。且史传诸子之法,莫具于马迁,前此之文,马迁不遗,后此之文,不能遗马迁。然马迁之文法虽具,而体裁犹未备也。备之者,其八家乎!八家之于马迁,犹颜、曾、思、孟之于孔子也。道必学孔子,然善学者学四子;文必学马迁,然善学者学八家。进而上之,如《庄》《列》,如《管》《韩》,如《左》《国》,如《公》《榖》,如《石鼓文》《穆天子传》,犹羲农之制作、皇娥之歌谣,高而不可为仪者也。何、李为文,本于马迁是已,然志铭书记诸作,信阳犹稍稍自好,而北地则支蔓无章。降而弇州、白雪诸子,尤而效之,明三百年,所以有诗而无古文词也。夫诗之所以越宋元而直追于唐者,何、李之功,而文之所以三百年支蔓无章者,又宁非何、李之过欤?

按:此则引自徐邻唐为侯方域《壮悔堂文集》所撰序言。

18. 秦以前之文主骨,汉以后之文主气。主骨者,若《六经》之文,非可以文论者。其他若《老》《韩》《左》《国》,皆敛气于骨者也。若《史》《汉》、八家,皆运骨于气者也。敛气于骨者,如泰、华二峰,直与天接,层岚危磴,非仙变化,未易攀陟,寻步计里,必躐其趾。明李梦阳,即所谓躐其趾者也。运骨于气者,纵舟长江大海间,其中烟屿星岛,往往可自成一都会,即飓风忽起,波涛万状,东泊西注,未知所底。苟能操柁瞻星,立意不乱,亦自可免漂溺之患。此韩、欧诸子所以独嵯峨于中流也。

按:此则引自侯方域《与任王谷论文书》。

19. 论韩文者,无不首称碑志。第韩公碑志,多奇崛险谲,不得《史》《汉》序事法,故于风神处,或少遒逸。至欧阳碑志之文,可谓独得史迁之髓矣。王荆公则又别出一调，当细绎之。

按：此则摘自茅坤《唐宋八大家文钞·论例》，原文在"故于风神处或少遒逸"之后有"予间亦镌记其旁"一句。

20. 序、记、书，则韩公崛起门户矣；而论、策以下，当属之苏氏父子兄弟。

按：此则摘自茅坤《唐宋八大家文钞·论例》。

21. 柳州文，其议论处多镌画，其纪山水处，多幽邃夷旷。至于墓志碑碣，其为御史及礼部员外时，所作多沿六朝之遗，及贬永州司马以后，则又复隽永矣。

按：此则摘自茅坤《唐宋八大家文钞·论例》，"柳州文"，原作"予览子厚之文"。

22. 宋代序事文，当以庐陵为最，以其调自史迁出，一切结构剪裁有法，而中多感慨俊逸处。曾之大旨近刘向，然逸调少矣。王之结构剪裁，极多镌洗苦心处，往往矜而严、洁而则，然较之曾，特属伯仲，须让欧一格。至于苏氏兄弟，文才疏爽，豪荡处多，而结构剪裁四字，非其所长。神道碑多者八九千言，少者亦不下四五千言，所当详略敛散处，殊不得史体。何者？鹤颈不得不长，兔颈不得不短。两公于策论，千年以来绝调矣，故于此或杀一格，亦天限之也。

按：此则摘自茅坤《唐宋八大家文钞·论例》，原文"中多感慨俊逸处"句后，尚有"予故往往心醉"。

23. 欧、苏二家论不同。盖欧次情事甚曲，故其论多确而不嫌于复；苏氏兄弟则本战国纵横以来之旨，故其论直而岂，而多疏逸道宕之势。欧则譬引江河之水而穿林麓、灌畎浍；若苏氏兄弟，则譬之引江河之水而一泻千里，湍者萦，逝者注，杳不知其所止者已。语曰："同工而异曲。"学者须自得之。

按：此则摘自茅坤《唐宋八大家文钞·论例》，原文于段首有"予览"二字。

24. 明允《易》《诗》《书》《礼》《乐》诸论，未免杂之以曲见，特其文遒劲，非他所能。

按：此则摘自茅坤《唐宋八大家文钞·论例》。

25. 南丰之文，原本经术，祖刘向。其湛深之思，严密之法，自足与古作者相雄长，而其光焰或不外铄也。故当时稍为苏氏兄弟所掩，独朱晦翁亟称之，历数百年而王道思始知，读而酷好之，如渴者之饮金茎露也。

按：此则摘自茅坤《唐宋八大家文钞·论例》。

26. 韩出于《左》，柳出于《国》，永叔出于西汉，明允父子出于《战国》，介甫出于注疏诸文，子固出于东汉诸书疏。当其合处，无一笔相似，故韩无一笔似《左》，欧无一笔似史迁。书家所谓"书通即变"，如李北海不似右军，颜鲁公不似张旭也。当其牵尔，时露熟态，往往望而知为某家文章，亦如米元章所谓"如撑急水滩船，用尽气力不离故处"；若董元（玄）宰之不能离米，米元章之不能离褚也。

按：此则摘自徐世溥《答钱牧斋先生论古文书》。

29. 欧阳公之文，粹如金玉；苏公之文，浩若江河。欧之摹写事情，使人宛然如见；苏之开陈治道，使人恻然动心，皆前无古人矣。至于老泉之文，侈能尽之约，远能见之近，大能使之小，微能使之著，烦能不乱，肆能不流。其雄壮俊伟，若决江河而下也；其辉光明著，若引星辰而上也。若求其侣，在荀、孟之间，《史》《汉》之上，不可徒以文人论也。

按：此则录自杨慎《升庵集》卷六十五《璅语》。

30. 王荆公为文，字字不苟，读者不知其用事。

按：此则摘自王应麟《困学纪闻》卷十七。

31. 东坡得文法于《檀弓》，后山得文法于《伯夷传》。

按：此则摘自王应麟《困学纪闻》卷十七。

32. 秦少游、张文潜学于东坡，东坡以为"秦得吾工，张得吾易"。

按：此则摘自王应麟《困学纪闻》卷十七。

33. 剖析性理之精微，则日精月明；穷诘邪说之隐遁，则神搜霆击；其感激忠义，发明《离骚》，则苦雨凄风之变态；其泛应人事，游戏翰墨，则行云流水之自然：其紫阳朱公之文乎！或谓文与道为二，学道不屑文，专守一艺而不复旁通他处，掇拾腐语而不能自遣一词，反使记诵者嗤其陋，词华者笑其拙，此则嘉定以后朱门末学之弊，未有能救之者。

按：此则引自杨慎《升庵集》卷六十五。

35. 韩、柳之文，何有不从古人来？彼学而成，为韩为柳，吾却又从韩、柳学，便落一尘矣。人笑韩、柳非古，与夫一字一语必步趋二家者，皆非也。

按：此则摘自明王世懋《王奉常集》卷五十三。"古人"，原文作"左史"。

## 卷二

36. 《书》曰："词尚体要。"荀子曰："乱世之征，文章匿采。"扬子所云"说铃书肆"，正谓其无体要也。吾观在昔，文弊于宋，奏疏至万余言，同列书生，尚厌观之，人主一日万几，岂能阅之终乎？其为当时行状、墓铭，如将相诸碑，皆数万字，至今盖无人能览一过者，繁冗故也。元人修《史》，亦不能删节，如反贼李全一传，凡二卷，亦万余字。虽览之数过，亦不知首尾何说，起没何地，宿学尚迷，焉能晓童稺乎？古今文章，宋之欧、苏、曾、王，皆有此病，视韩、柳远不及矣。韩、柳视班、马又不及，班、马比三《传》又不及，三《传》比《春秋》又不及。予读《左氏》书赵朔、赵同、赵括事，茫然如堕蒙瞆，既书字，又书名，又书官，不啻谜语。读《春秋》之书，则天开日明矣。然则古今文章，《春秋》无以加矣。《公》《穀》之明白，其亚也。至《左氏》浮夸繁冗，其文弊之始乎？

按：此则摘自杨慎《升庵集》卷五十二《论文》"辞尚体要"条。略有改动。

37. 李空同每劝人勿读唐以后文，王凤洲因以为："记问既杂，下笔之际，自然于笔端搅扰，驱斥为难。若模拟一篇，又觉局促，痕迹宛露，非斫轮手。自今而后，拟以纯灰三斛，细涤其肠，日取六经、《周礼》《孟子》《老》《庄》《列》《荀》《左》《国》《韩非》《离骚》《吕氏春秋》《史记》《汉书》，自西京以还，至六朝及韩、柳，便须铨择佳者，熟读涵泳之，令其潮渍汪洋。遇有操觚，一师匠心，气从意畅，神与境合，分途策驭，默受指挥，台阁山林，绝迹大漠，岂不快哉！世亦有知是古非今者，然使招之而后来、麾之而后却，已落第二义矣。"

按：此则引自王世贞《艺苑卮言》卷一。

38. 王元美云："吾于文虽不好六朝，然六朝文亦那可言。皇甫子循谓：'藻艳之中，有抑扬顿挫，语虽合璧，意若贯珠，非书穷五车，笔含万化，未足云也。'此固为六朝人张价，然如潘、左诸赋，王文秀之《灵光》、王简栖之《头陀》，令韩、柳受觚，必至夺色。"此亦公平之论。

按：此则引自王世贞《艺苑卮言》卷三，"此亦公平之论"为田同之语。

39. 自古博学之士兼长文章者，如子产之别台骀，卜氏之辨三豕，子政之记贰负，终军之识鼮鼠，方朔之名藻廉，文通之识科斗，茂先、景纯种种该浃，固无待言。自此以外，虽凿壁恒勤，而操觚多谬，以至陆澄书厨，李善书簏，傅昭学府，房晖经库，往往来艺苑之讥，乃至使儒林别传，其故何也？毋乃天授有限，考索偏工，徒务夸多，不能割爱，心以目移，词为事使耶？孙搴谓邢邵"我精兵三千，足敌君赢（羸）卒数万"，又"韩信将兵，多多益办"，此是化工造物之妙，与文同用。

按：此则原出王世贞《艺苑卮言》卷三。

40. 文章贵错综，如《楚辞》以"日吉"对"良辰"，以"蕙殽燕"对"奠桂酒"。沈存中云："此是古人欲错综其语，以为矫健故耳。"然《春秋》已有此法矣。《春秋》书"陨石于宋五，是日六鹢退飞过宋都"。说者皆以"石""鹢""五""六"先后为义，不知圣人文字之法，正当如此，既曰"陨石于宋五"，又曰"退飞鹢于宋六"，岂成文理？故不得不错综其语，《楚词》正用此法。韩退之作《罗池碑》云"春与猿吟兮，秋鹤与飞"，以"与"字上下言之，盖亦欲语反而词从耳。以此知古人文字，始终开辟，有宗有趣，其不苟如此。

按：此则摘自宋陈善《扪虱新话》上集卷四"文章贵错综"条。"然《春秋》已有此法矣"，原作"予谓此法本自《春秋》"，"以此知古人文字，始终开辟"，原作"予乃今知古人文字始终开阖"。

41. 古文之奥，不说尽而文益蕴藉者，如《庄子》九渊而止说其三，又"夔怜蚿，蚿怜风，风怜目，目怜心"，止解夔、蚿、风三句，而怜目、怜心之义缺焉。盖悟者自能知之，若说尽则无味，知此者得古文之奥矣。

按：此则摘自杨慎《升庵集》卷五十二《论文》"古文之奥"条。

43. 《唐文粹》"日而月之，星而辰之"，本《庄子》"尸而祝之，社而稷之"，然"日月星辰"语若出今人之口，其不见笑也几希。

按：此则录自杨慎《升庵集》卷五十二《论文》"日而月之"条。

44. 《水经注》所载事，多他书传未有者，其叙山水奇胜，文藻骈丽，比之宋人《卧游录》、今之《玉壶冰》，岂不天渊？至记僰道谣云："楢溪赤木，盘蛇七曲。盘羊乌拢，势与天通。"又可以备诗文之材。

按：此则摘自杨慎《升庵集》卷七十七"水经注"条。

45.《选》体之文，最不可恃。盖士虽多而将嚚，或进或止，不按部伍，譬如用兵者遣调，旗帜声援，但须知此中尚有小小行阵，遥相照应，未必全无益。至于摧锋陷敌，必更有牙队健儿，衔枚而前。若徒恃此，鲜有不败。

按：此则摘自侯方域《与任王谷论文书》。

46. 文无定规，巧运规外。《过秦》，论也，叙事若传；《夷》《平》，传也，折辨若论。至于序、记、志、述、章、令、书、移，眉目小别，大致固同。故法合者必穷力而自运，法离者必凝神而并归。合而离，离而合，有悟存焉。

按：此则摘自王世贞《艺苑卮言》卷一。

48.《焦氏易林》，西京文词也。词皆古韵，与《毛诗》《楚词》叶音相合，且其中多有裨于经史者，又岂但为修词之助而已哉？观者仅以占卜书视之，过矣。

按：此则撮引自杨慎《升庵集》卷五十三《易林》条。

49.《文选》不收《兰亭记》，议者谓"丝竹管弦"四字重复也。殊不知"丝竹管弦"本《汉书》语，古人文词，故自不厌重复。如《易》曰"明辨晳也"，《庄子》云"周徧咸"，《诗》云"昭明有融，高朗令终",宋玉赋"旦为朝云",古乐府云"暮不夜归",《左传》云"远哉遥遥",《庄子》云"吾无粮,我无食",《后汉书》"食不充粮",在今人则以为复矣。

按:此则引自杨慎《升庵集》卷五十三"兰亭记"条。

50. 古文多用倒语。《汉书》中行说曰"必我也,为汉患者",若今人则曰"为汉患者,必我也"。《管子》曰"子邪?言伐莒者",若今人则云:"言伐莒者,子邪?"

按:此则摘自杨慎《升庵集》卷五十二《论文》"古文倒语"条。

51. 古文用"之"字甚奇,如《庄子》"厉之人夜半生其子",又以"骊姬"作"骊之姬",地名"南沛"作"南之沛"。《吕览》楚"丹姬"作"丹之姬",《家语》"江津"作"江之津",乐府"桂树"作"桂之树",文法皆异。

按:此则摘自杨慎《升庵集》卷五十二《论文》"古文用之字"条。

52. 《汉书》"白头如新,倾盖如故",《说苑》作"白头而新,倾盖而故","而""如"二字通用。"白头而新",虽至老而交犹新,"倾盖而故",谓一见而交已故也。作"而"字解尤有意味。

按:此则摘自杨慎《升庵集》卷七十一"白头而新"条。

53. 吕本中云:"《檀弓》与《左氏》纪太子申生事,详略不同,读《左氏》然后知《檀弓》之高远也。"又曰:"《檀弓》云'南宫綌之妻之姑之丧',三'之'字不能去其一,'进使者而问故',夫子之所以问使者,使者之所以答夫子,一'进'字足矣。丰不余一言,约不失一词。"此真善读书者,善为文章者,学者不可不知。

按:吕本中语转引自明徐师曾《文体明辨·文章纲领·论文》,其后评论为田同之原创。

54.《晋·司马彪传》云:"《春秋》不修,则仲尼理之;《关雎》之乱,则师挚修之。"此以乱为错乱之乱,其说亦异。

按:此则摘自《升庵集》卷四十八"关雎之乱"条。

55. 郭象《庄子注》曰:"工人无为于刻木,而有为于运矩;主上无为于亲事,而有为于用臣。"柳子厚演之为《梓人传》一篇,凡数百言,得夺胎换骨之三昧矣。

按:此则摘自杨慎《升庵集》卷五十二《论文》卷三"柳文苏文"条。

56.《孔丛子》载孔子之言曰:"古之听讼者,恶其意,不恶其人,求其所以生之,不得其所以生,乃刑之。"欧阳公作《泷冈阡表》云:"求其生而不得,则死者与我皆无憾也。"世莫有知其言之出于《孔丛子》也。

按:此则摘自杨慎《升庵集》卷四十六"孔丛子"条。

57. 杨诚斋文有云:"风与水相遭也,为卷为舒,为疾为徐,为织文,为立雪,为涌山,细则激激焉,大则汹汹鞠鞠焉,不制于水而制于风,惟风之听而水无拒焉。"本于苏老泉文云……凡二百四十四字,变化奇伟类《庄子》,其实本于毛苌《诗传》云"涟,风行水成文"一句。汉人一句便可演为后人数百言,古注疏良不可轻也。

按:此则摘自杨慎《丹铅总录》卷一《天文类》"风行水上"条。

59. 陶渊明《桃花源记》"不知有汉,无论魏晋",可谓造语简妙。晋人工造语,而渊明其尤也。

按:此则摘自《唐子西文录》,或系从《说郛》转引。

60. 陆机《文赋》云:"谢朝华于已披,启夕秀于未振。"韩昌黎云:"惟陈言之务去,戛戛乎其难哉!"李文饶云:"文章如日月,终古常见而光景常新。"此古人论文之要。

按:此则摘自杨慎《升庵集》卷五十二《论文》"陆韩论文"条。

61. 《文赋》文云:"立片言以居要,乃一篇之警策。"盖以马喻文也,言马因警策而称骏,以喻文资片言益明也。夫驾之法,以策驾乘,今以言聚于众词,若策驱驰,故云"警策"。在文谓之警策,在诗谓之佳句也。若水之有波澜,若兵之有先锋也。六经亦有警策,《诗》之"思无邪",《礼》之"毋不敬"也。

按:此则摘自杨慎《丹铅总录》卷十二"警策"条。"以马喻文",原作"以文喻马"。

62. 帝王之言,出法度以制人者,谓之制;丝纶之语,均日月以照临者,谓之诏;制与诏同,诏亦制也。……青黄黼黻,经纬以相成，总谓之文也。此文之异名也。

按：此则原出自宋张表臣《珊瑚钩诗话》卷三，田同之转引自杨慎《丹铅总录》。

63. 论说辞序，原于《易》；诏策章奏，原于《书》；赋颂歌赞，原于《诗》；铭诔箴祝，原于《礼》；纪传铭檄，原于《春秋》。

按：此则原出自《文心雕龙》，文字略有出入。田同之转引自《文体明辨·文章纲领·总论》。

## 卷三

66. 文章家绳墨布置，奇正转折，自有专门师法。至于中间一段，精神、命脉、骨髓，则非洗涤心源、独立物表者，不足以与此。观秦汉以前之文，每家各有本色，且莫不各有一段千古不可磨灭之见。是以老家必不肯剿儒家之说，纵横家必不肯借墨家之谈。各自其本色而鸣之为言，虽为术杂驳，要皆本色也。故精光所注，历久而不泯于世。两汉而下之文，之所以不如者，此也。迨唐宋而下，文人莫不语性命、谈治道，自托于儒家之言。然究无一段千古不可磨灭之见，不过影响剿说，盖头藏尾，如唐荆川所谓"贫人借富人之衣，庄农作大贾之饰"者，虽欲不朽，乌可得耶？

按：原文出自唐顺之《荆川集》卷四《答茅鹿门知县二》一文，此系撮引自《文体明辨·文章纲领·论文》。

67. 文以意为主，主立则气胜，气胜则锵洋精采从之而生。

按：此则原为《吟窗杂录》援引的北宋田锡之语。《吟窗杂录》

为宋人陈应行编著的诗格、句图、诗论类总集，传世只有明抄本和明刻本，流传极少。此则内容为徐师曾《文体明辨·文章纲领·论文》所收，田同之应是从《文体明辨》过录而来，且删去段首"宋田锡曰"四字，又将原文的"主明"改作"主立"。

68. 柳州云："吾每为文章，抑之欲其奥，扬之欲其明，疏之欲其通，廉之欲其节，激而发之欲其清，固而存之欲其重，此吾所以羽翼夫道也。本之《书》以求其质，本之《诗》以求其恒，本之《礼》以求其宜，本之《春秋》以求其断，本之《易》以求其动，此吾所以取道之源也。参之《穀梁氏》以厉其气，参之《孟》《荀》以畅其支，参之《庄》《老》以肆其端，参之《国语》以博其趣，参之《离骚》以致其幽，参之《太史公》以著其洁，此吾所以旁推交通而以之为文也。"呜呼！如是而为文，亦安有不工者哉！而今之为文者，曾有一于是哉？

按：柳宗元语系从《文体明辨·文章纲领·论文》转引，"呜呼"以后一段，为田同之原创语。

69. 苏长公云"吾为文惟行乎其当行，止乎所不得不止"二语，论文家无不以为口实矣。然究其所以之故，吾得一言以蔽之，曰"辞达而已矣"。

按：苏轼语转引自《文体明辨·文章纲领·论文》，其后评论为田同之原创。

70. 欧阳公云："作文无他术，惟读书多，则为之自工。"又曰："为文之法，唯在熟耳，变化之态，皆从熟处生也。"今人读书不多而又疏于为文，一题到手，无非剽窃声响，铺排牵引而已，亦乌得所谓工,又乌得所谓变化哉?

按:欧阳修语转引自《文体明辨·文章纲领·论文》,其后评论为田同之原创。

71. 朱子曰:"文字奇而稳方好,不奇而稳,只是阘茸。"此语要当领会。奇而稳者,非奇也;不奇而稳者,非稳也。奇与稳,惟视工拙,不分离合。

按:朱熹语转引自《文体明辨·文章纲领·论文》,其后评论为田同之原创。

72. 谢枋[得]云:"凡学文,初要胆大,终要心小。"愚谓初学固须胆大,然学之初亦不虑其不大,终要小心,然学之久亦不虑其不小。

按:谢枋得语转引自《文体明辨·文章纲领·论文》,其后评论为田同之原创。

73. 姜白石曰:"雕刻伤气,敷衍伤骨。若鄙而不精,不雕刻之过也;拙而无委曲,不敷衍之过也。"余谓"雕刻""敷衍"二义,正须善会。

按:姜夔语转引自《文体明辨·文章纲领·论文》,其后评论为田同之原创。

74. 唐荆川云:"汉以前之文,未尝无法,而未尝有法,法寓于无法之中,故其为法也,密而不可窥。唐以后之文,不能无法,而能毫厘不失乎法,以有法为法,故其为法也,严而不可犯。密则疑于无所为法,严则疑于有法而可窥。然而文之必有法,出乎自然而不可易者,则不容异也。"

按:此则转引自《文体明辨·文章纲领·论文》。

75. "立言之道有六难:学难乎渊该,事难乎综核,词难乎雅健,气难乎冲和,识难乎通融,志难乎沉澹。"袁衮之论文如此。予谓"渊该""综核""雅健""冲和""通融"五者固属难兼,犹不绝响。至"志难沉澹"一语,则几于道矣。卧龙、靖节而外,宁复有几?

按:袁衮语转引自《文体明辨·文章纲领·论文》,其后评论为田同之原创。

76. 张横渠云:"发明道理,唯命字难。"此真得文家三昧者。

按:张载语转引自《文体明辨·文章纲领·论文》,其后评论为田同之原创。

77. "文字须有数行整齐处,须有数行不整齐处。意对处,文却不必对;意不必对处,文却著对。为文之法,固当如是。"而用笔之妙,正视乎其人。

按:引文出自《文章精义》,转引自《文体明辨·文章纲领·论文》,且删去段首"元李涂曰"数字。其后评论为田同之原创。

78. 王文恪云:"为文必法古,使人读之不知所师,善师古者也。若拘拘规仿,如邯郸之学步、东施之效颦,则陋矣。所谓'师其意,不师其词'者,此最得为文之妙诀。"

按:此则原出自王鏊《震泽长语》卷下《文章》,田同之从《文体明辨·文章纲领·论文》转引。

79. 作文要婉转回复，首尾相映，乃为尽善。山谷论诗文亦云："每作一篇，先立大意。长篇须曲折三致意，乃成章耳。"此常山蛇势也。

按：此则摘自宋陈善《扪虱新话》下集卷二"文章要宛转回复，首尾俱应，如常山蛇势"条。

80. 文章虽不要蹈袭古人一言一句，然古人自有夺胎换骨法，载在篇章，历可指数。此实不传之秘，学者即此便可三隅反矣。

按：此则摘自宋陈善《扪虱新话》上集卷二"文章有夺胎换骨法"条。

81. 文章传远，贵于精工。世传欧阳公平昔为文，每脱稿净讫，即粘斋壁，卧兴看之，屡思屡改，至有终篇，不留原稿一字者，盖其精如此。大抵文以精故工，以工故传远，三折肱始为良医，百步穿杨始名善射。真可传者，皆不苟者也。

按：此则摘自宋陈善《扪虱新话》上集卷三"文贵精工"条。

82. 文章以体制为先，精工次之。失其体制，虽浮声切响，抽对白黄，极其精工，不可谓之文。

按：此则转引自《文体明辨·文章纲领·总论》，删去段首"宋倪思曰"数字。

83. 文章不使事最难，使事多亦最难。不使事难于立意，使事多难于遣辞。能立言者未必能造语，能遣词者未必能免俗，此又其最难者。大抵为文者多，知难者少。

按：此则摘自宋陈善《扪虱新话》下集卷一"文章知难者

少"条。

84. 工文难，而观人文章亦不易。知梵志"翻著袜"法则可以行文，知九方皋相马法则可以观人文章。

按：此则摘自宋陈善《扪虱新话》下集卷一"作文观文之法"条。

85. 山谷云："文章好奇，自是一病。若学议论文字，须取明允文观之，并熟读董、贾诸文。欲作楚词，进配古人，直须熟读《楚词》，观其用意曲折处讲学之，然后下笔，所谓'若欲作锦，必得锦机，乃可作锦'。"观其所论，则知其不苟作，不似今之学者，但率意为之，便以为工也。

按：此则摘自宋陈善《扪虱新话》上集卷三"论苏黄文字"条。

86. 文章以气韵为上乘。气韵不足，虽有词藻，岂称佳作。

按：此则摘自宋陈善《扪虱新话》上集卷一"文章以气韵为主"条。"文章以气韵为上乘"，原作"文章以气韵为主"。

87. 文章家华美不乏，而古作甚不多见。盖清庙茅屋谓之古，朱门大厦谓之华屋可，谓之古不可。太羹元酒谓之古，八珍谓之美味可，谓之古不可。知此者可与言古文矣。

按：原文见于《南村辍耕录》卷九所引卢疏斋先生《文章宗旨》。

88. 为文须自出机杼，方能成一家言，而徒与古人同生活者，终无把柄。

按：魏收《魏书·祖莹传》："莹以文学见重，常语人云：'文章须自出机杼，成一家风骨，何能共人同生活也。'"《文体明辨·文章纲领·总论》录有此言，《西圃文说》应系从《文体明辨》转引，且删去段首"后魏祖莹曰"数字。

89. 文莫先于辨体，体正而后意以经之，气以贯之，词以饰之。体者，文之干也；意者，文之帅也；气者，文之翼也；词者，文之华也。体弗慎则文庞，意弗立则文舛，气弗昌则文萎，词弗修则文芜，四者，文之病也。

按：此段转引自徐师曾《文体明辨·文章纲领·总论》，删去段首"大明陈洪谟曰"数字。

90. 东坡论文谓"意尽而言止者，天下之至文也"，然言止而意不尽，尤为极至。

按：此段转引自《文体明辨·文章纲领·总论》，删去段首"宋吕本中曰"数字。

91. "首尾开阖，繁简奇正，各极其度，篇法也。抑扬顿挫，长短节奏，各极其致，句法也。点缀关键，金石绮采，各极其造，字法也。篇有百尺之锦，句有千钧之弩，字有百炼之金。"弇州之论如此，可谓要言不烦，备极文家之能事矣。

按：王世贞语转引自《文体明辨·文章纲领·总论》，其后评论为田同之原创。

92. 文章须有逸气，然终当以衔勒制之，如乘马者勿使流乱轨躅，放意填坑岸也。

按：此则转引自《文体明辨·文章纲领·论文》，且删去段首"北齐颜之推曰"数字。

93. 文有神来、气来、情来，有雅体、野体、鄙体、俗体，能审鉴诸体，委详所来，方可定其优劣。

按：此则原为唐代殷璠《河岳英灵集》自序，田同之转引自王世贞《艺苑卮言》卷一，且删去原文"殷璠曰"三字。

95. 弇州云："才有工而速者，如淮南王、祢正平、陈思王、王子安、李太白之流是也。然《鹦鹉》一挥，《子虚》百日，'煮豆'七步，《三都》十年，不妨兼美。"亦犹皇甫汸所云"拙若枚皋，何取于速；工若长卿，奚论于迟"之谓也。

按：此则引自王世贞《艺苑卮言》卷八，文字略有出入，《西圃文说》文字同于《文体明辨·文章纲领·总论》，应系从中转引。

96. 颜之推曰："学为文章，先谋师友，得其评论，然后出手。慎勿师心自任，取笑旁人也。"然今之不谋师友者多矣，宜乎其不能工也。

按：颜之推语转引自《文体明辨·文章纲领·总论》，其后评论为田同之原创。

97. 欧阳公云："文章疵病，不必待人指摘，多作自能见之。"余谓不多作者固不能自见，即有旁人指摘，恐亦未必为然。盖为之不多，知亦不至也。

· 215 ·

按：欧阳修语转引自《文体明辨·文章纲领·总论》，其后评论为田同之原创。

98. 陈师道云："善为文者，因事以出奇。江河之行，顺下而已。至其触山赴谷，风搏物击，然后尽天下之变。扬子云惟好奇，故不能奇也。"

按：原文为陈师道《后山诗话》语，田同之转录自王世贞《艺苑卮言》卷一。

99. 才生思，思生调，调生格。思即才之用，调即思之境，格即调之界。

按：此则录自王世贞《艺苑卮言》卷一，原为论诗。

100. 善为文者，使五采并用而气行乎其中，故文家以养气为主。

按：此则改自王世贞《艺苑卮言》卷一，原文为：柳冕曰："善为文者，发而为声，鼓而为气。直与气雄，精则气生，使五采并用，而气行于其中。"

101. 论文者或尚繁，或尚简。然繁非也，简非也，不繁不简亦非也。或为难，或为易，然难非也，易非也，不难不易亦非也。盖繁有美恶，简有美恶，难有美恶，易有美恶，惟求其美而已。故博者能繁，命之曰"该赡"，左氏、相如是也，而请客者顷刻能千言。精者能简，命之曰"要约"，《公羊》《穀梁》是也，而曳白者终日无一字。奇者工于难，命之曰"复奥"，庄周、御寇是也，而郘模、刘煇亦诡而晦。辩者工于易，张仪、苏秦是也，而张打油、胡钉铰亦浅而露。论文者当辨其美恶，不当以繁简难易也。

按：此则摘自杨慎《升庵集》卷五十二《论文》，原文"或尚简"后有"予曰"二字。

102. 古文词能澹然而平，盎然而和，雍容纡裕而不迫，庶几可入古人之域。视世之镂琢字句以骇人耳目者，远矣。

按：此则录自朱彝尊《曝书亭集》卷三十七《秋水集序》，原为朱彝尊对严荪友所作古文的评价。

103. 文章无尽境。譬之登山然，其入必有径，虽悬崖绝壁，亦必有磴道可寻，绠縻可挽。苟力不足以相赴，非困则踬矣。譬之华岳，不知几千仞，游者必极于三峰而后已也。

按：此则录自朱彝尊《曝书亭集》卷三十七《王学士西征草序》，原为王琐龄语。

104. 庄周、李白，神于文者也，非工于文者所及也。文非至工则不可为神，然神非工之所可至也。

按：此则录自杨慎《升庵集》卷六十五《璅语》。

105. 古文一道，近代多黄茅白苇者，其故有二：宋儒失之专，后人失之陋。失之专者，一骋意见，扫灭前贤；失之陋者，惟从宋人，不知有汉唐前说也。其高者谈性命，祖宋人之语录；卑者习举业，抄宋人之策论，皆宋人"以《左》《国》为衰世之文"一语误之也。

按：此则撮抄自杨慎《升庵集》卷五十二《论文》"文字之衰"条。

107. "古文以辨而不华、质而不俚为高,无排句,无陈言,无赘词"一段。

按:此则见于陶宗仪《南村辍耕录》所引卢疏斋《文章宗旨》。

108. 行文之旨全在裁制,无论细大,皆可驱遣。当其闲漫纤碎处,反宜动色而陈,凿凿娓娓,使读者见其关系,寻绎不倦。至大议论人人能解者,不过数语发挥,便须控驭,归于含蓄。若当快意时,听其纵横,必一泻无复余地矣。譬若渴虹饮水,霜隼搏空,瞥然一见,瞬息灭没,神力变态,转更夭矫。

按:此则摘自侯方域《与任王谷论文书》。

110. 秦、汉、唐、宋,虽代有升降,要文之流委而非其源也。颜之推曰:"文章者原出五经。"王禹偁亦曰:"为文而舍六经,又何法焉?"李涂曰:"经虽非为作文设,而千万代文章从此出。"是则六经者,文之源也。足以尽天下之情之辞之政之心,不入于虚伪而归于有用,欲以古文名家者,则取法莫若经焉尔。经之为教不一,六艺异科,众说之郭,大道之管,得其机神而阐明之,则为秦、为汉、为六朝、为唐宋、为元明,靡所不有,亦靡所不合,此谓取之而左右逢其源也。

按:此则录自朱彝尊《曝书亭集》卷三十三《答胡司臬书》,"欲以古文名家者"前原有"执事诚"三字。

## 第二节　融汇诗学异彩的文章观

《西圃文说》凡一百一十一则论文条目，除了十二则暂未考出来源之外，其余九十九则皆可指明其出处。《历代文话》整理者已经发现《西圃文说》的成书问题，陈飞雪所撰解题云："作者多引前人作文心得及评论加以评骘，阐发己见。但其中有不少见解文字，系承袭侯方域《与任王谷论文书》、王世贞《艺苑卮言》之论。"① 从前文的考辨来看，《西圃文说》引述侯方域《与任王谷论文书》的条目有三则，尚不属被征引较多者。全书引自徐师曾《文体明辨》二十四则，引自杨慎著作二十三则（《升庵集》二十则、《丹铅总录》两则），引自王世贞《艺苑卮言》十九则，另外援引较多的有宋代陈善《扪虱新话》八则，明代茅坤《唐宋八大家文钞·论例》八则，且几乎将《唐宋八大家文钞·论例》全部录入。可以看出，征引最多的是明人著述，占全书引文的67%左右，可谓明代文章学观念在清初的回响。

田同之对于选用的文论材料，又有不同的处理方式。或是直接引用，不注明出处，此类占大多数；或是在所引材料的基础之上加以评论，如有十六则引自《文体明辨》的条目，皆是在引文之后置评，而这些原材料在《文体明辨》中的排列次序也与《西圃文说》大体相同。可以推想，田同之在编纂是书之初，从《文体明辨》中裁取大量材料，连材料次序亦未加变动，随即在其基础之上作出评论。这种编

---

① 陈飞雪：《〈西圃文说〉解题》，王水照编《历代文话》第4册，复旦大学出版社2007年版，第4075页。

纂方式也为清代许多文话著作所承袭,高嶙编《论文集钞》、尚秉和编《古文讲授谈》,皆是在辑录前人文论基础之上,进行评论。而李元春更是在现有文话张秉直《文谈》基础之上,添加自己的评语,又是对《西圃文说》论文方式的发展。

田同之此书辑录众说而未注明出处,却也并非故意伪为己见,他甚至特别注意那些能使人误会是其创见的字眼。如第十九则,茅坤原文为"故于风神处,或少遒逸,予间亦镌记其旁……"田同之引文删去"予间亦镌记其旁"一句;第四十则,陈善原文为"予谓此法本自《春秋》",田同之改为"然《春秋》已有此法矣"。原文"予乃今知古人文字始终开阖",田同之改为"以此知古人文字,始终开辟";第一百零一则,杨慎原文为:"论文者或尚繁,或尚简。予曰,然繁非也,简非也……"田同之引文删去"予曰"二字。类似细节的改动似乎都在暗示他并无意贪前人之功①。在与《文说》编纂情况相似的《诗说》《词说》自序之中,田同之对于编纂体例有所揭示。《西圃词说》自序云:"追述所闻,证诸所见,而诸家词话之切要微妙者,又复采择之,参酌之。"② 已经明确指出其书系汇编诸说而成。《西圃文说》虽多引成说,但并非没有编者的文论思想在内,《西圃诗说》自序云:"因他人之说以立吾之说,即以吾之说而印他人之说也。"③ 此论同样可以移用于《文说》。在《西圃文说》之中,田同之借对前人观点的征引和申说,提出自己的文章学思想,而其中最有特色的一点,便是在文论之中援入诗论。

田同之出身于山左诗学世家,祖父是与王士禛、施润章齐名的清

---

① 此亦就大略言之,第三十六则引自杨慎语,田同之没有删除"吾""予"二字。
② 田同之:《西圃词说自序》,唐圭璋《词话丛编》,中华书局 1986 年版,第 1443 页。
③ 田同之:《西圃诗说自序》,郭绍虞编选、富寿荪校点《清诗话续编》,上海古籍出版社 1983 年版,第 747 页。

初著名诗人田雯。叔祖田霡著有《鬲津草堂诗集》，其人"擅风雅者三十年"①。父亲田肇丽亦能诗，著有《有怀堂诗文集》。在这样一个诗学氛围浓厚的家庭，田同之自幼便受到严格的训练，有着深湛的诗学修养，且对延续家族诗学门风有着强烈的自觉意识。他在《西圃诗说》自序中，称诗学是"吾家事也"，说："念我先公寻源创启，主骚坛者数十年，垂之家法，其不绝仅如线耳。门风不继，谁之咎耶？"② 他的诗学修养也使他在论文时，具备了会通诗学与文章学的条件。

《西圃文说》第八十六则云："文章以气韵为上乘。气韵不足，虽有词藻，岂称佳作。"此则摘自宋代陈善《扪虱新话》"文章以气韵为主"条。不过，陈善所说的"文章"专指诗歌，他以蕴含"气韵"来评价陶渊明等人的诗作。在《扪虱新话》中，"气韵"即指陶渊明之"天成"、李白之"神气"、杜甫之"意度"、韩愈之"风韵"、苏轼之"海上风涛之气"，要皆诗人"逸思妙想所寓"，而"非绳墨度数所能束缚"。这些蕴含气韵的诗作，皆能"题外立意"，显得含蓄隽永。诗歌之外，"气韵"也常作为评价骈文艺术水准的重要标尺。钱基博称，骈文"主气韵，勿尚才气，则安雅而不流于驰骋，与散行殊科"③，他认为"气韵"归于骈文而与散文无缘。蒋伯潜、蒋祖怡也认为"散文主文气旺盛，则言无不达；骈文主气韵曼妙，则情致婉约"④，同样把"气韵"作为骈、散异体的表征之一。田同之将《扪虱新话》中的这则诗论移于《西圃文说》之中，将原本用于评诗与骈

---

① 成瓘：《（道光）济南府志》卷五十六，道光二十年（1840）刻本。
② 田同之：《西圃诗说自序》，郭绍虞编选、富寿荪校点《清诗话续编》，上海古籍出版社1983年版，第747页。
③ 钱基博：《现代中国文学史》，上海书店出版社2004年版，第120页。
④ 蒋伯潜、蒋祖怡：《骈文与散文》，上海书店出版社1997年版，第117页。

文的"气韵"一词,改用于评散体文章,其实也是他对散文写作提出的破体为文的要求。

在散文创作中强调"气韵",这与田同之的诗学背景相关。田同之是清初山左诗学大家王士禛的忠实信徒,沈德潜《清诗别裁集》称:"彦威为山姜之孙,而笃信谨守,乃在新城王公。有攻新城学术者,几欲拼命与争。"① 对于"新城学术"的崇拜,使得田同之在著述之中,对王士禛的诗学、词学思想进行了不遗余力的宣传鼓吹。《西圃词说》凡九十三则,其中征引以王士禛为代表的广陵词人词论即达五十余则。他在《西圃诗说》中说:"前人论诗主格者、主气者、主声调者,而渔洋先生独主神韵。'神韵'二字,可谓放出三昧,直足千古。"② 极力盛赞渔洋诗学的核心——"神韵说"。由于王士禛本人并不长于散文,与诗、词相比,较少对古文直接论述,故田同之在《西圃文说》中只引用了王士禛《带经堂集》中的一则材料。然而王士禛的诗学"神韵说",实可与文章学相通。吴孟复先生说:"姚鼐讲的'平淡',就是方苞讲的'清真',而方苞的'清真雅正',就是王士禛讲的'神韵'。"③ 指出了清代桐城文派散文理论与渔洋诗学的相通之处。田同之极力踵武王士禛神韵说,并将其说移之于散文,为渔洋诗学与清代文章学的会通起到了重要作用。当然,"神韵"与"气韵",并非是完全相等的两个概念。然二者的最终指向都是"韵",都强调作品需有冲和淡远、蕴藉有味的境界,是两个相近且密切相关的概念④。田同之以渔洋"神韵"说的诗学背景,借助陈善的"气韵"

---

① 沈德潜:《清诗别裁集》卷二十四,乾隆二十五年(1760)教忠堂序刻本。
② 田同之:《西圃诗说》,《清诗话续编二》,上海古籍出版社1983年版,第765页。
③ 吴孟复:《桐城文派述论》,安徽教育出版社2001年版,第104页。
④ 钱锺书先生指出,神韵说源于谢赫论画时所说的气韵,由气韵到神韵,从评画到评诗。"曰'气'、曰'神',所以示别于形体;曰'韵',所以示别于声响。"(《管锥编》第4册,中华书局1979年版,第1346—1366页。)可见气韵与神韵二者密切相关。

## 第二章　田同之《西圃文说》与明代文章学的回响

表达，在《西圃文说》中强调了散文的"韵"的问题。传统的散文质实不虚，罕有诗歌、骈文中的气韵之美，唯北宋古文家欧阳修的作品以韵味称于后世。至明代时，归有光文则独以气韵胜。清代桐城派奉归有光为圭臬，极力推扬古文之韵味。姚鼐本人的作品便以韵味见长，吴德旋评论说："叙事文，恽子居亦能简，然不如惜抱之韵矣。"① 刘师培亦称"姬传之丰韵"是"近今之绝作也"②。清末林纾也强调古文之韵，《清史稿》本传称"其论文，主意境、识度、气势、神韵"③。综而观之，整个清代文章学，始终强调将"韵"——这一原属于诗学、骈文学的范畴，引入散文创作与评价之中。而田同之于清初编撰的《西圃文说》，在一定程度上起到了导夫先路的作用。

"气韵"之外，尚有其他一些诗学范畴和概念被田同之引入文章学之中，如《西圃文说》第九十三则云："文有神来、气来、情来，有雅体、野体、鄙体、俗体，能审鉴诸体，委详所来，方可定其优劣。"此则内容原出自唐代殷璠所编唐诗选本《河岳英灵集》自序，田同之转引自王世贞《艺苑卮言》而用于评文。又如第九十九则："才生思，思生调，调生格。思即才之用，调即思之境，格即调之界。"此则引自王世贞《艺苑卮言》卷一，原为诗论，徐师曾《文体明辨》即将其置于《文章纲领·论诗》之中，田同之移录于《西圃文说》之中。这两则均是借用诗学视角而论文，别具手眼。

总之，田同之自幼受到家族诗学熏陶，又深受康熙朝诗学领袖王

---

① 吴德旋：《初月楼古文绪论》，人民文学出版社1959年与《论文偶记》《春觉斋论文》合刊本，第31页。
② 刘师培：《论近世文学之变迁》，陈引驰编校《刘师培中古文学论集》，中国社会科学出版社1997年版，第272页。
③ 赵尔巽等撰、"国史馆"校注：《清史稿校注》卷四九三《文苑三》，台湾商务印书馆1999年版，第11229页。

士禛的影响。当他编撰文话《西圃文说》之时，便能有意识地利用其诗学修养，以诗观文，破体论文，使其文章学主张散发出诗学的异彩。这也为偏于载道的传统文章观向更为注重艺术特质的文艺散文观迈进，做出了理论上的贡献。

# 第三章　张星鉴《仰萧楼文话》与骈文"文言说"的接受

《仰萧楼文话》为晚清文人张星鉴编撰的一部文话著作。新近出版的《历代文话》《历代文话续编》未收，清、民以来公私书目也未见著录。自张星鉴殁后，此书便下落不明。张氏同门陈倬为其文集作序称："《文话》若干卷，未之见，归里后当再访而梓之。"[①] 张氏表弟朱以增也称"《文话》已不可复得"[②]。笔者于上海图书馆发现的藏本为咸丰九年（1859）稿本，书于蓝格册子上，一册（如图3-1）。分上、下两篇，上篇综论骈散，下篇主要谈碑志体例，每篇若干则。今据各种数据库和目录检索，未见其他馆藏，上图所藏应为孤本，弥足珍贵。

---

[①] 陈倬：《仰萧楼文集序》，载张星鉴《仰萧楼文集》，《清代诗文集汇编》第676册，上海古籍出版社2010年版，第300页。
[②] 朱以增：《国朝经学名儒记跋》，光绪九年（1883）刻本。

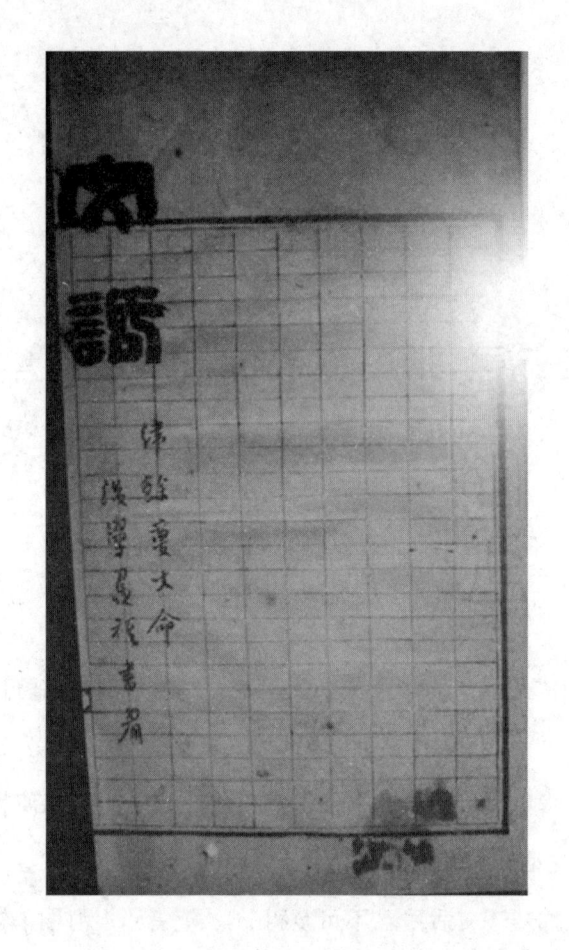

图 3-1 《仰萧楼文话》书影

## 第一节 张星鉴生平与著述

张星鉴,字纬余,别字问月,号南鸿,江苏新阳(今属昆山)人。其生年,有明文可查。据《仰萧楼文集自序》,张氏作此自序在同治六年(1867),"时年四十九",知其生于嘉庆二十四年(1819)。

## 第三章 张星鉴《仰萧楼文话》与骈文"文言说"的接受

关于张氏卒年,《清代人物生卒年表》云:"张星鉴卒年,《文献家通考》作光绪三年(1877)。考张星鉴文集光绪六年(1880)陈倬序,仅称光绪三年张星鉴'倦游返吴,老而贫,贫而病',未几卒,并未明言卒于何时。故本书未著录其卒年。"① 今考李慈铭《荀学斋日记》,其中有星鉴卒年的记录:

> 再得绂丈书,以陈培之新刻张问月《仰萧楼文集》一册送阅。问月名星鉴,昆山诸生,余都中旧交也。以丁丑岁卒于家,年六十余矣。无子。培之与问月皆陈硕甫弟子,故为之刻遗集。未及竣而培之去岁以户部郎中告归,今年遽卒。近日刻始成②。

此则日记不仅记录了张星鉴文集的刊刻情况,还提及其卒年在丁丑岁即光绪三年,唯言张氏"年六十余"则不确。张星鉴生于嘉庆二十四年(1819),卒于光绪三年(1877),享寿五十九。《(光绪)昆新两县续修合志》有张星鉴小传一则,谓其"光绪三年知昆山县金吴澜兴修邑志,延司协修,未逾月而病,中风,寻卒,年五十九"③。卒年与李慈铭说合。

张星鉴祖辈多庞学杂收、不精举业。《(光绪)昆新两县续修合志》小传称其为"序均子",结合星鉴《九华浜先茔表》一文④,知其曾祖张乔栋、祖父张景煦、父张序均。张乔栋为乾嘉时著名国手,

---

① 江庆柏:《清代人物生卒年表》,人民文学出版社2005年版,第406页。
② 李慈铭:《荀学斋日记》丁集上,《越缦堂日记》,广陵书社2004年版,第1211页。
③ 金吴澜:《(光绪)昆新两县续修合志》卷三十一《文苑二》,《中国地方志集成》之《江苏府县志辑》第16册,江苏古籍出版社1991年版,第537页。
④ 张星鉴:《九华浜先茔表》,《仰萧楼文集》,《清代诗文集汇编》第676册,上海古籍出版社2010年版,第352—353页。

自称:"家嗜象棋已三世,网罗旧谱至百余种。"① 张乔栋、张景煦父子合力完成的《竹香斋象戏谱》,"是我国古谱中水平最高的一部大型排局谱"②。张序均则精于医术、算学,"著算书十余种"③。小传称:"(星鉴)不屑习制艺,肆力于古文、考据、经儒训诂之学。……心折汉儒河间献王及许叔重,《拟请从祀孔庙疏》④,乞吴江费太史延厘、钱塘汪少成鸣,銮奏于朝,得允旨。"⑤ 因不专注于举业,故而"南北秋闱,屡摈于有司,以诸生终"。星鉴一生漂泊,曾应四川学政李德仪、安徽学政殷兆镛、湖北学政洪钧、河南学政费延厘襄校之邀,客游四方,家徒四壁。其子先殁,星鉴卒后,赖亲友助得以下葬。生前曾编有手稿二卷,其表弟朱以增搜求遗文,刻为《仰萧楼文集》。张星鉴本无意于文,《仰萧楼文集自序》称"余年二十四始学为文,二十年来约计所作二百余首"⑥,李慈铭称:"其文集虽不佳于学问,亦无所发明。然多言义行节烈事。"⑦ 其成就主要在学术史研究上。他师从著名学者陈奂,论学以汉儒为宗,仿江藩《汉学师承记》,为清代经学家立传,编成《国朝经学名儒记》,收录清代学者一百一十四人,人数超过《汉学师承记》。他与同乡何顾绚齐名⑧,与李慈铭、

---

① 张乔栋:《竹香斋象戏谱自序》,嘉庆九年(1804)刻本。
② 张安如:《中国象棋史》,团结出版社1998年版,第355页。
③ 金吴澜:《(光绪)昆新两县续修合志》卷三十一《文苑二》,《中国地方志集成》之《江苏府县志辑》第16册,江苏古籍出版社1991年版,第535页。
④ 张星鉴撰有《拟请汉儒河间献王从祀孔庙疏》《拟请汉儒许慎从祀孔庙疏》二文,列于《仰萧楼文集》卷首。
⑤ 金吴澜:《(光绪)昆新两县续修合志》卷三十一《文苑二》,《中国地方志集成》之《江苏府县志辑》第16册,江苏古籍出版社1991年版,第536—537页。
⑥ 张星鉴:《仰萧楼文集自序》,《清代诗文集汇编》第676册,上海古籍出版社2010年版,第300页。
⑦ 李慈铭:《荀学斋日记》丁集上,《越缦堂日记》,广陵书社2004年版,第1211页。
⑧ 金吴澜《(光绪)昆新两县续补合志》卷十二《文苑传附》云:"(何顾绚)工诗、古文,与徐家畴、张星鉴齐名"。《中国地方志集成》之《江苏府县志辑》第16册,江苏古籍出版社1991年版,第444页。

顾瑞清等交好。李慈铭《与顾河之孝廉书》云:"贵邑有张秀才星鉴者,佣书都中,专意汉学,近与之往复,亦一时之隽也。"① 可知星鉴在当时是有一定影响的学者、文人。

## 第二节 《仰萧楼文话》的成书与命名

中国古代的文话类著作,多命名为论文、文说、文法、文则之类,直接以"文话"为名的著述非常罕见,这与诗话、词话著述差异很大。原因在于诗话创体之初,便多有闲谈、闲"话"的内容,文话则在创体伊始便与科举相关,有实用目的,文风板正,不具备"话"体文风,故古代文学批评史上,少有以"文话"为名者。目前所知,以"文话"命名的著作有十三部:北宋王铚《文话》、明人闵文振《文话》、李云《文话》及清代十部《文话》②,《仰萧楼文话》即为其中之一。星鉴以"文话"名书,受到同郡许赓飏影响。他在跋语中说:

> 余好读古人文集,见其论文之旨,有与敝意合者,录其词句以为吾论文之证据。积之既久,得百有余条,同郡许虞臣茂才见而爱之,以为可作"文话",为余序之。

而书名的取名更直接的源头在于叶元垲《睿吾楼文话》,《仰萧楼

---

① 李慈铭:《与顾河之孝廉书》,《越缦堂文集》卷四,台湾华文书局1971年版,第104页。
② 详参本书上编第一章。

文话》跋语云：

> 戊午入都，得叶元垲《睿吾楼文话》。读之，其中引证极博，与余所摘取者颇有符合，可谓先得吾心矣。惟叶氏全录古人书，前后所引，略有异同之说。余则参以己意。

可知《仰萧楼文话》的成书，源于星鉴平日读书所积累，又因读到叶元垲《睿吾楼文话》以及许赓飚的建议，故以"文话"为名，成为古代文学批评史上少有的以"文话"命名的著作之一。

## 第三节　与阮元"文言说"的离合

《仰萧楼文话》既称"文话"，则当是"话文"的理论著述。全书的理论与阮元"文言说"有紧密的关联，却又并非简单的承袭，呈现出既"复述"又"背离"的态势。

### 一　阮元"文言说"的复述

清代中叶，阮元撰《文言说》《名说》《文韵说》《书梁昭明太子〈文选序〉后》等文，从文字训诂入手，以《易》之《文言》为文之典范，推扬用韵、对偶、有文采的骈文。又以萧统《文选》明确区分经史子文为例，力证散体单行之文章不属于"文"的范畴。阮元为扬州学派领袖，又是学界中仕途通达者，其"文言说"影响广泛。他曾在学海堂中以"文笔之辨"考诸学海堂诸生，诸生答卷结集为《文笔考》。可以认为，阮元是清代最为推尊骈文的学者之一。张星鉴论文，推重阮元"文言说"，以骈文为文章正宗。他的文集、文话皆以"仰萧楼"为名，陈倬称："仰萧楼者，纬余里中读书地也。"① 阮元曾建隋文选楼纪念文选学学者曹宪，张星鉴以"仰萧楼"名书，亦不无效法阮元仰慕萧《选》之义。他在《仰萧楼文话》跋语中直接道出自己的文学观："以孔子《文言》为论文之祖，以《昭明文选序》为论文之极轨，不使寡学之士高语起衰。此则区区负山之志，所愿与世之论文者共证之。"其《仰萧楼文集自序》也强调："文无定法，以渊雅为宗；学昧尚家，惟《昭明》是尚。"② 立论几为阮说的翻版。

而为《仰萧楼文集》《仰萧楼文话》作序者，也多为与其持相同观念的志同道合者。陈倬序《仰萧楼文集》曰：

> 余少爱萧《选》，手校数过，遭乱失之。自来京师，分辑选注三十卷，正汪氏《理学权舆》之失。别有《读选笔记》，尚未成书。纬余以"仰萧"名楼，则由汉魏六朝以上溯周秦，与余有同志焉③。

**潘祖荫序《仰萧楼文话》云：**

> 昔尝得见阮文达与先文恭《论文书》，其言亦以桐城派"忽起一波，忽作一折，有类时文家"。今读纬余文话，大约以《文言》为文章之祖，以《昭明文选序》为论文极轨，其言允当，是不易之论。选楼、仰萧楼，后先同揆，夫何间然！

---

① 陈倬：《仰萧楼文集序》，《清代诗文集汇编》第676册，第299页。
② 张星鉴：《仰萧楼文集自序》，《清代诗文集汇编》第676册，第300页。
③ 陈倬：《仰萧楼文集序》，《清代诗文集汇编》第676册，第299—300页。

许赓飏序《仰萧楼文话》云:

> 少时即有志于骈体文……客岁索观旧著,为余论骈体并通其说于古文,语极抑扬,义归正则,余心是之,以未畅厥旨为憾。今观所著《仰萧楼文话》,上篇发挥本原,下篇区别体例。上自汉魏,次及国朝诸家,无论散骈,一本《昭明文选》之恉。

张星鉴"以《文言》为文章之祖,以《昭明文选序》为论文极轨",完全承袭阮元"文言说"理论,而潘、许等人"少时即有志于骈体文",皆是推重骈文之人,在推扬骈文这一点上志同道合,许赓飏便称:"为张君序不啻余自序,故乐而书之。"这与出于人情应酬目的而作的序文不同,星鉴此书可以看成拥有相同文学观念者的代言之作。

## 二 阮元"文言说"的背离

《仰萧楼文话》中多次提及其文论思想源自阮元,然而通观《文集》《文话》,则会发现其文学观并非完全是对阮元文论的承袭,甚至有自相矛盾处。《文话》第十则末称"以上俱本阮文达公说",即前十则全部直接援引自阮元"文言说"理论,是对阮说的集中复述和强调(如图3-2)。而全书从第十一则即开始与阮说立异,第十一则云:"《左氏》文章,于三代典章、制度、名物、象数、训诂、声音、文字,搜罗极富,而复以丰神跌宕之笔出之,古今之至文也。《公羊》《穀梁》之于《春秋》,皆口耳之功,故假为问答之词,说经而已,与文不相涉也。"他认为《公羊》《穀梁》为纯粹的解经之书,与文无涉,但他同时承认《左传》是"古今之至文",这显然与阮元文学

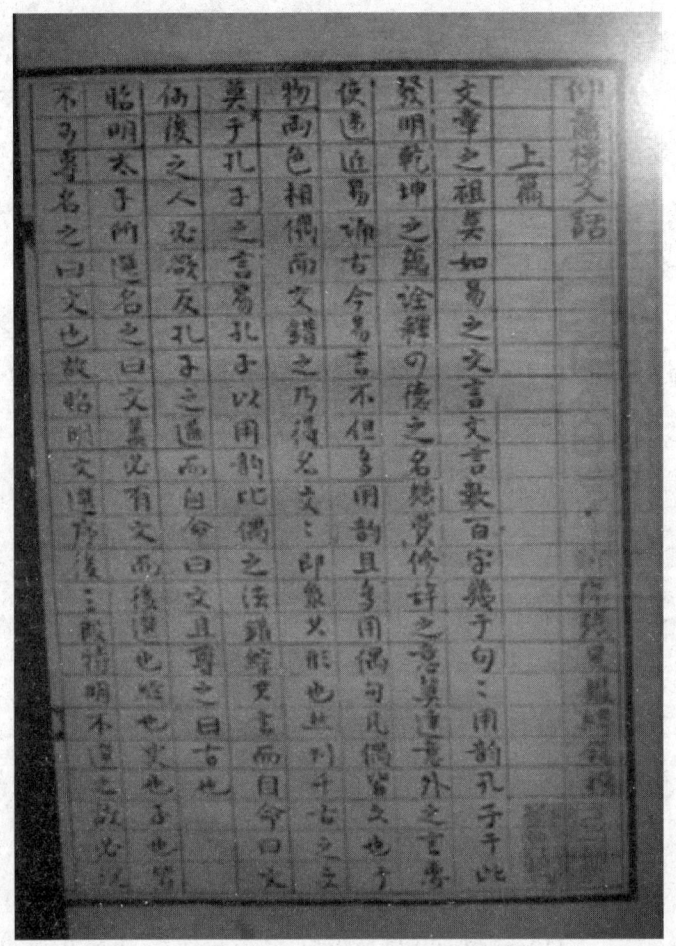

第三章 张星鉴《仰萧楼文话》与骈文"文言说"的接受

图 3-2 《仰萧楼文话》书影

观相去甚远。《文话》第二则云:"昭明太子所选,名之曰'文',盖必有文而后选也。经也、史也、子也,皆不可专名之曰'文'也。"此则是阮元《书梁昭明太子〈文选序〉后》开篇的撮引。无论是隶属于经部还是史部,《左传》皆非阮元所谓的"文"。《文话》既于前文援引阮元理论,严格限定"文"的内涵和外延,又于后文自乱其说,前后抵牾如此。阮元本人尚能严格遵循自身理论,其《研经室集》《续集》均严格按经、史、子、集分类,编为四集。反观张星鉴《仰萧楼文集》,其中并无一篇骈文,而以散体游记、序跋、传记文字为多，这些文字在阮元文言理论视域下，均不属于文的范畴。从其交游来看，也未显现对骈文家、散文家有特别的好恶。星鉴的友人中，既有骈文的推崇者，又有持桐城派立场者。他在安徽学使殷兆镛幕府中，曾与杨鉴泉"共襄校之役"，其人"论文不喜桐城，以为此近日风会所趋，非古法也"①。星鉴《怀旧记》中记录的故交十人，"皆文章学行有益于余"者，既有为文"出入震川、尧峰之间"的季锡畴、"晚好桐城书"的王振声，也有"骈体文力追玉芝堂、卷葹阁"的李可玖②，他的交游并不以对方的骈散观而表现亲疏之别。

  张星鉴的文章观，综合来看，应是在调和骈散的基础上而推重骈文。星鉴在学术上本就有折中调停的倾向。身处"汉学、宋学之互相攻击也，已数十年于兹矣"③ 的时代，他师承汉学名家陈奂，却并未刻意突出汉学门户之别，有着调停汉宋的倾向，这与刑部主事、地理学家何秋涛的影响有关。祁寯藻曾以续编江藩《汉学师承记》之事相托，时何秋涛在座，劝告星鉴说："特立一汉学之名，宋学家群起而攻之矣，《汉学商兑》所由作也。是编当依阮文达《畴人传》之例，改为《学人传》可也。"④ 何秋涛有鉴于江藩《汉学师承记》凸显"汉学"二字，刺激了宋学家，使得方东树撰《汉学商兑》，争议愈炽，建议《续编》改用一中性名称。星鉴认为"斯言也，祛门户之见，存学术之真。彼讲学者纷纷聚讼，从此而息，可谓先得我心矣"，并特意将其言记于文中，"书此以为天下学人劝"⑤。虽然他后来改用了"国朝经学名儒记"，未用何氏提议的"学人传"之名，但舍"汉

---

① 张星鉴：《杨鉴泉传》，《仰萧楼文集》，《清代诗文集汇编》第 676 册，第 341 页。
② 张星鉴：《怀旧记》，《仰萧楼文集》，《清代诗文集汇编》第 676 册，第 328 页。
③ 张星鉴：《赠何愿船序》，《仰萧楼文集》，《清代诗文集汇编》第 676 册，第 310 页。
④ 同上书，第 311 页。
⑤ 同上。

## 第三章　张星鉴《仰萧楼文话》与骈文"文言说"的接受

学"二字而不用,也可见出其祛门户之见的用心。阮元"文言说"的推阐,本身便有扬州朴学作为依托①。张星鉴既有调停汉宋的折中思想,那他在文学观念上的表现,便是对针锋相对的阮元与桐城文派的论争有所调停。阮元"文言说"将骈文独尊为文,将散体文章踢出文学界外,这极富挑战意味,自然引发古文家的不满。客观来说,完全无视唐宋迄清的散文史,以"笔"视之,不称为"文",未免偏颇。张星鉴虽多引阮说,但在《文话》中并不排斥散文,明显有调停骈散的倾向。《仰萧楼文集自序》说:"文章之道一,奇偶相生之义也。自昌黎有起衰之说,而散骈之体分。"② 他认为恰是古文运动的发起者挑起了骈、散之别的话题,原来的文章应是"奇偶相生"的,并无刻意的骈散之分。《文话》第三十三则引孔广森语:"六朝文无非骈体,但纵横开阖一与散体文同。"这是强调骈文与散文的相通而非相异之处。星鉴《书〈南北朝文钞〉后》云:"文字者,奇偶相生之义也。有韵者谓文,无韵者谓笔。试观《尧典》一篇,散骈兼行。宣尼《十翼》,偶体居多。散也骈也,莫得而难易之也。"③ 他虽然仍在坚持"有韵者谓文、无韵者谓笔",但举《尧典》散骈兼行为例,却说明了骈、散同源。孔子《易传》以偶体居多,也不排斥奇句。其着眼点还是在骈散同源,与阮元理论有异。其折中的骈散观,使其既不能全盘接受阮元之说,也非常不满古文运动否定骈文的做法。其《赠许鹤巢序》批评古文家说:"读昌黎文未遍,自谓起衰,土苴八代。以是言文,过矣。"④ 在为骈文正名之时,他才接起文笔之分的大旗:"自

---

① 曹虹师:《学术与文学的共生——论仪征派"文言说"的推阐与实践》,《文史哲》2012年第2期。
② 张星鉴:《仰萧楼文集自序》,《清代诗文集汇编》第676册,第300页。
③ 张星鉴:《书〈南北朝文钞〉后》,《仰萧楼文集》,《清代诗文集汇编》第676册,第332页。
④ 张星鉴:《赠许鹤巢序》,《仰萧楼文集》,《清代诗文集汇编》第676册,第312页。

昌黎有起衰之说，而后之学者不于文是求而于笔是求。清言质说，议论纵横，遂使两汉元音，荡然无存。呜呼！亦知昌黎之文曾学六朝耶！特自命为文中之雄，不得不变格以视后人耳。虽曰起衰，其实八代曷尝衰哉。"①他指出被古文家誉为"起衰"者的韩愈，同样受到六朝文学的润泽。类似观点，刘开亦曾道及："夫退之起八代之衰，非尽扫八代而去之也，但取其精而汰其粗，化其腐而出其奇。其实八代之美，退之未尝不备有者也。"② 均是强调了历史上骈散互融的一面而非对立的一面。张星鉴论及学术思想史的"纷纷聚讼，从此而息"一语，或许也是他在面对骈散争长的文坛现状时的理想。在强调骈散同源这一观点的基础上，张星鉴更为推重骈文。《文话》第三十五则云："洪稚存太史骈体文以古气行之，令读者忘其为骈体文，其散体文亦不落唐以后，可见作文不从骈体文入手，其文终不古。"洪亮吉骈文的成功之处，在张星鉴看来，便是打通骈散，他推崇的骈文是"以古气行之"者。"作文不从骈体文入手，其文终不古"，表明其在化解了骈散对立的基础上，对骈散二体还是有所轩轾的。

张星鉴在文道观上特别强调"道"的根基地位，而这恰是桐城派一直用力之处。张星鉴与清代校勘学大家顾广圻之孙顾瑞清（河之）交好，《赠顾河之序》云："文者，载道之器，非肆力于传笺注疏者不能。"③ 他认为考据家之文更能载道，这既与自己的汉学背景有关，也可能出于赠序这种应用文体中的人情因素。而其《赠许鹤巢序》中就更为明确地表明自己的文道观："夫文以载道，道非空谈性命之谓。

---

① 张星鉴：《书〈南北朝文钞〉后》，《仰萧楼文集》，《清代诗文集汇编》第 676 册，第 332—333 页。
② 刘开：《与阮芸台宫保论文书》，郭绍虞《中国历代文论选》第 3 册，上海古籍出版社 2001 年版，第 595 页。
③ 张星鉴：《赠顾河之序》，《仰萧楼文集》，《清代诗文集汇编》第 676 册，312 页。

一名一物皆道也。笔足以达之，词足以充之，道无不明矣。所谓贤者识其大者，不贤者识其小者也。何世之为文者，徒事空言，不本实学。"① 他所反对的是"徒事空言、不本实学"之文，并非专门针对桐城古文。《文话》第三十八则便称赞姚鼐云："姚姬传礼部生望溪之乡，其文精粹。震川遗风，《惜抱轩集》有焉。"第三十九则云：

> 近日文家，咸以桐城为宗，其取法真矣。然桐城恃宋学而尊，尊桐城所以尊朱子也。文家既知尊朱子，何不以朱子之文为文？若《大学序》《山陵议状诸篇》，尤为朱子身心得力之言。是说也，余尝与闽人何秋涛刑部言之。何笑曰："世人以朱子之文不脱曾氏范围，况茅氏所选八家中不列朱子，故置之不论。其实朱子之文的是两汉元音，刘向、扬雄之亚也。今之号称文家，不过袭取桐城之皮毛，一闻此种议论，莫不掩耳。余蓄疑而不敢言者多矣。"

张星鉴在推崇文以载道方面，与桐城派并无二致。他只是在如何更好地载道上与桐城派意见不一致。他推崇的是南宋朱熹的文章，认为朱熹很好地做到了文与道的结合。并在《文话》第十七则引朱彝尊说："南宋之文，惟朱元晦以穷理尽性之学出之，故其文在诸家中为最醇。学者于此可以得其概矣。"第二十一则从具体句式上分析朱文，"朱子《四书集注》最多长句，今人文理大抵从《四书注》得来"。他援引何秋涛之论，认为朱子之文是"两汉元音""刘向、扬雄之亚"，与当时文坛流行的文统谱系，也有区别。

---

① 张星鉴：《赠许鹤巢序》，《仰萧楼文集》，《清代诗文集汇编》第676册，上海古籍出版社2010年版，第312页。

# 第四节 《仰萧楼文话》中的骈散文作家作品论

张星鉴在《仰萧楼文话》中既已打破骈散，突破了阮元"文言说"理论，则其对作家作品的评论，也是不拘于骈散，骈文、散文皆属其论述对象。

## 一 吴地散文的表彰

明清以来，唐宋八家几乎成了散体文的代言者。张星鉴不满明代兴起的八家之选，他推崇古文家欧阳修，却不喜诸多八家文选必选的《醉翁亭记》。《文话》第十五则云："欧阳文忠公文得力于太史公，跌宕顿挫是其所长，而《醉翁亭记》通篇用'也'字，调虽属《易经·说卦传》，然终属变格。"在《文集》的《醉翁亭题壁记》中，他借此批评世俗八家选本："自明人倡为八家之说，斯文无不入选，而后之摹仿斯文者，以为公之真面目在是，岂知斯文乃公一时戏笔，偶留一格，非得意文字也。"① 星鉴不满明代以降以八家为唐宋散文史的代表，以为各种八家文选收录《醉翁亭记》，反而遮蔽了欧阳修文章的真面目。这与何秋涛不满八家文选的态度相同，二人均认为明代兴起的八家文选，刻意突出古文一派，泯灭骈文，遮蔽了完整的文章史。而就《仰萧楼文话》全书而言，张氏的散文观，体现出明显的地域文学色彩。

张星鉴有着强烈的地域认同意识，他对于地域文学传统能够主动

---

① 张星鉴：《醉翁亭题壁记》，《仰萧楼文集》，《清代诗文集汇编》第676册，上海古籍出版社2010年版，第324页。

第三章 张星鉴《仰萧楼文话》与骈文"文言说"的接受

地接受延续。身为吴地人，星鉴对于人文渊薮的家乡非常自豪，在《文话》中，对于清代吴地文章特别推崇。表3-1统计了他评论的吴地散文家。

表3-1 《仰萧楼文话》所论吴地散文家

| 散文家 | 籍贯 | 条　数 | 评　论 |
|---|---|---|---|
| 归有光 | 昆山 | 第二十二则 | 李于鳞、王弇州皆诗人也，以诗法为文法，其文不可读矣。有明一代文章，前有宋学士、后有归太仆，足概诸家矣 |
| 钱谦益 | 常熟 | 第二十四则 | 钱牧斋……同时吴梅村诗名与翁相抗，而文则不可读矣 |
| 汪琬 | 苏州 | 第二十五则 | 世人有讥汪尧峰文为台阁气者，余曰：文之妙处不在台阁与山林，况文章系一代掌故，于台阁尤宜。试观《昭明文选》，半是台阁中人，半是台阁体裁。作是说者，村学究之言也 |
| | | 第二十六则 | 尧峰、愚山皆是欧曾一派。尝见坊间有《国朝三家文》，三家者，汪尧峰、侯朝宗、魏叔子也。侯、魏两家文非不明快，然与尧峰并列，终属不伦。余谓尧峰、愚山、潜庵谓"三大家" |
| 徐秉义（徐乾学弟） | 昆山 | 第二十七则 | 吾乡徐果亭少宰穷经志古，肆力于汉唐注疏，著《经学识余》一百卷，其稿本藏于家。又著《培林堂集》，余读之，的是国初文字，其《送巡抚汤公序》纯是汉音，尤为集中之冠，惜未经刊板，读者苦之 |

续表

| 散文家 | 籍贯 | 条　数 | 评　论 |
|---|---|---|---|
| 杨绳武 | 苏州 | 第二十九则 | 长洲杨文叔编修少游汪氏尧峰之门，与其仲兄各以文相雄长。李客山述其论文之言曰："《尚书》，经之祖；《左》《国》，传之祖；《史》《汉》，史之祖；诸子皆外篇，八家犹苗裔。"① |
| 李果 | 苏州 | 第三十则 | 长洲李客山布衣安贫乐道，乾隆元年，荐博学鸿词，未赴。所著《在亭丛稿》，"简而有法" |
| 彭绍升、王芑孙 | 苏州 | 第三十一则 | 彭二林先生熟悉一代掌故，长于碑版文字，王惕甫学博亦如之。吴下学者咸以二家为宗 |

张星鉴在《文话》第二十三则到第三十一则共九则的篇幅里，集中论述了清代散文，其中有七则是论述清代吴地文人的，在《仰萧楼文话》中，清代散文几乎被等同于吴地散文。吴地自古人文荟萃、文脉不断，明代王锜谓吴地"人才辈出，岁夺魁首。近来尤尚古文，非他郡可及"②，吴地文人的自信与荣耀感在张星鉴《文话》中得到了充分体现。在第二十二则，他还强调了对明代乡贤归有光的推崇，这与桐城派一致。不同的是，桐城派是由归有光上接唐代韩愈文统，张星鉴则主要是将其作为吴地地域文学传统的重要一环看待。对于吴地的散文传统，清初杨宾总结说："吴自嘉隆以来，言古文者，莫不宗欧阳公。归太仆学欧者也，则亦宗之。汪遁翁学欧与归者也，则又宗之。"③ 欧阳修、归有光、汪琬是吴地文人的传统师法对象，这在

---

① 文见李果《杨编修古柏轩集序》，《在亭丛稿》卷一，《四库全书存目丛书补编》第9册，齐鲁书社2001年版，第155页。
② 王锜：《寓圃杂记》卷五"苏学之盛"条，中华书局1984年版，第42页。
③ 杨宾：《友人文集序》，柯愈春主编《杨宾集》，浙江古籍出版社2012年版，第108页。

《仰萧楼文话》中得到了印证。张星鉴对欧阳修非常推崇,他在客安徽学政殷兆镛幕府时,还曾专门寻访滁州丰乐亭、醉翁亭遗址,作《寻丰乐亭遗址记》《醉翁亭题壁记》,称欧阳修是"太史公下,一人而已"①。对于本为乡贤的归有光,《文话》更是称其可与明初宋濂笼罩明代文坛;星鉴还以《昭明文选》为据,为汪琬台阁体散文正名。其他予以表彰的钱谦益、徐秉义、杨绳武、李果、彭绍升、王芑孙情况则各不相同。钱谦益声名不佳且以诗称,《文话》特意强调其散文;徐秉义以经学闻名;杨绳武为馆阁文人;李果以布衣终老,声名不彰;彭绍升、王芑孙的影响主要在吴地。张星鉴在《文话》中既继承吴地的欧文传统,推崇欧阳修、归有光、汪琬,又表彰了一些名不见经传或影响不在于文的吴地文人,体现出浓厚的地域文学情结。

## 二 以清代为主的骈文史论

《仰萧楼文话》骈散兼论,在散文上以表彰吴地作家为主,在骈文评论上,视野则更为开阔。《文话》对历代骈文家与骈文作品作了有选择的评论,从上古多用偶体的《易·文言》到清代,时间跨度很长,唯不论元代,这与元代骈文成就不高有关。在诸条论述中,论及他代往往三言两语且多转引,论述清代骈文的条目最多,原创性也最强,其意当在于凸显清代在骈文史上的地位。在作品论上,张星鉴喜欢拈出骈文家最有特色之作。他欣赏说经的骈体文,《文话》第十八则论及经学与骈体的关系云:"古人说经每用骈体,郦道元《水经注序》,陆元朗《经典释文序》、唐明王(皇)《孝经序》、孔冲远《五

---

① 张星鉴:《醉翁亭题壁记》,《仰萧楼文集》,《清代诗文集汇编》第676册,上海古籍出版社2010年版,第324页。

经正义序》皆骈体也。"清代的骈文中兴与汉学繁兴密切相关,骈文名家多具汉学背景,对他们来说,以骈体说经,更属当行。他以清人为例:"近人则洪稚存、凌次仲有此手笔。"星鉴拈出的洪亮吉、凌廷堪正是典型。第三十六则评论凌廷堪《校礼堂文集》云:"《复礼》三篇尤为集中之冠。"凌廷堪《校礼堂文集》中的三篇《复礼》文章,正是作为经学家所撰骈文中的翘楚。第三十二则论彭兆荪骈文云:"太仓彭甘亭上舍,敦品励行,不求闻达……道光元年,荐举孝廉方正,先生作书辞之,其文传颂一时。"此外,张星鉴还留意作品的代笔问题。第三十四则云:"元和李尚之先生,精算术,与湖北李侍郎潢称南北二李,其文集不传。阮文达公《畴人传序》古四六一首,即先生作也。是言也,文达为先生之子可玖言之,可玖为余述者。"李锐(1769—1817),字尚之,号四香,清代著名数学家。李锐之子可玖与张星鉴有过交集,星鉴《怀旧记》中记有其人。张星鉴据李可玖转述的阮元之语,知署名阮元的《畴人传序》一文实为李锐代笔,故特于《文话》中予以披露。《畴人传序》不仅是一篇骈文名作,也是古代天文学史、数学史上的重要文献,一直被视作阮元的重要著作之一。张星鉴《文话》记录的代笔之说,此前从未经人提及。李锐曾以阮元幕僚的身份主持了《畴人传》的编纂工作,对于其书更为了然于胸,序文由其代笔也在情理之中;且此说由李锐之子、张星鉴友人李可玖直接转述,源流清晰。细绎其说,应为可信。

张星鉴对于清代骈文家的师法源流也较重视,他指出凌廷堪"其文取法六朝"。第三十三则谓孔广森《仪郑堂文》,"是初唐一派"。第三十二则称彭兆荪"骈体文上追汉魏"。彭兆荪编选的《南北朝文钞》,为清代著名骈文选本。张星鉴于友人处读到抄录本后大为惊喜,誉为"实选楼之一助",称其选文"骈体正轨,粲然大备",并视其为彭兆荪本人骈文风格的来源:"彭先生胎息六朝,所著《小谟觞馆集》,阳开阴阖,叠规重矩。今读是篇,渊源具在。"① 他对清代骈文重师古这一总体特征的把握,于各家源流的分析都大致符实。

嘉道以来,不拘骈散之论渐多,孔广森、袁枚、曾燠、彭兆荪、李兆洛、刘开等人皆有打破骈散壁垒之言,或指出骈散同源,或强调骈散结合,为骈体之文争地位。唯有阮元的"文言说"更进一步,将散体文完全排斥在"文"之外,理论最为激进。《仰萧楼文话》虽声称是阮元"文言说"的支持者,但实际上其综论骈文、散文,并没有接受阮元只许骈体称"文"的观点,更多的是对清代中叶骈散同源、不拘骈散说的回归。阮元将散体古文排除在文学范畴之外,观点毕竟过于偏颇。他在诂经精舍、学海堂内,尚可通过策问等方式影响学生、幕僚,甚至可以通过地域文学传统影响"仪征派"后劲刘师培,而在走出特定的地域与学术圈之后,其实际影响便要打个折扣。研究一种学说的实际影响,既要看其理论所达到的高度,也要看其理论影响的广度,前者主要是由持此说的代表性学者来提出、充实、定型,而后者主要是通过观察当时及后世普通学者的接受程度而来判断。张星鉴与阮元没有特定的学缘、地缘关系,他在《仰萧楼文话》中一方面集中展示了阮元"文言说"的理论,表示接受;另一方面,他在实际接受时,又颇有出入。作为普通学者的张星鉴,他对阮元文言理论的接受情况,也可以反映出阮说在更大范围内的实际影响,这也是《仰萧楼文话》在骈文学上特有的意义。

---

① 张星鉴:《书〈南北朝文钞〉后》,《仰萧楼文集》,《清代诗文集汇编》第 676 册,上海古籍出版社 2010 年版,第 333 页。

# 第四章　吴铤《文翼》与曾门文论的纠杂传播

在清代古文发展史上，曾国藩地位显赫，被视为"桐城派中兴的明主"和"湘乡派"开山的祖师①。他的古文理论源于桐城，又不拘于桐城，对晚清古文创作和文章学的发展产生了重大影响。曾国藩的古文理论散见于日记、书信、评点、读书笔记、文章选本等批评形式之中，却未有对自身文论作系统总结的文话著作②。曾氏门下弟子薛福成氏编有文话《论文集要》四卷，收录自韩、柳至方苞、姚鼐、曾国藩论文之语，其中曾氏文论所占篇幅尤重，占全书四分之一强，故此书实可视为曾国藩文论小结，向来受人重视。书中有些论断甚为精

---

① 周作人《中国新文学的源流》称："假如说姚鼐是桐城派定鼎的皇帝，那么曾国藩可说是桐城派中兴的明主。"（华东师范大学出版社1995年版，第48页。）李详《论桐城派》云："文正之文，虽从姬传入手，后益探源扬、马，专宗退之。奇偶错综，而偶多于奇。复字单义，杂厕相间。厚集其气，使声采炳焕，而戛焉有声。此又文正自为一派，可名为湘乡派，而桐城久在挑列。"（《国粹学报》第49期，广陵书社2006年影印版，第9册，第5146页。）

② 曾国藩《致刘蓉（咸丰八年正月初三日）》云："《论文臆说》当录出以污尊册，然决无百叶之多，得四十叶为幸耳。"（《曾国藩全集·书信一》，岳麓书社1990年版，第612页。）《论文臆说》当是曾氏所作之文话，惜未见传世。

辟新颖，如"退之以杨子云化《史记》，子厚以老、庄、《国语》化六朝"一段、"望溪规模极大而未能妙远不测，风韵绝少，然文体自正"一段等①。长久以来，这些论文之语被视为曾国藩的独创，成为其清代文论名家身份的添锦之花。而事又有大谬不然者，据晚清刘声木氏考察，曾国藩所论亦多有所本，原非自创。刘声木《苌楚斋四笔》称："《论文集要》四卷，石印写字袖珍本，其卷三一卷共廿二页，即为文正论文之语。……惟其中颇多钞录阳湖吴耶溪茂才铤《文翼》三卷中语。"② 此论揭橥曾国藩文论与吴铤《文翼》之承袭关系，颇令人惊异，惜未引起后人注意。今据上海图书馆所藏清刻本《文翼》，对此公案，试作考辨如下。

## 第一节 《文翼》与《曾文正公论文》

吴铤（1800—1832）③，字耶溪，江苏阳湖人，祖父吴琦，江西鄱阳知县，父吴应庚，国子监生。吴铤曾从族父吴士模（晋望）问学，"年十八补县学生"，因机缘巧合，次年偶遇阳湖文派名家李兆洛，得

---

① 薛福成：《论文集要》卷三《曾文正公论文上》，光绪二十八年（1902）石印本。
② 刘声木：《苌楚斋四笔》卷六，见《苌楚斋随笔续笔三笔四笔五笔》，中华书局1998年版，第791页。
③ 有关吴铤生卒年的几种说法略有小异。吴德旋《吴耶溪墓志铭》："道光癸未，耶溪年二十四。"（缪荃孙《续碑传集》卷七十六《文学一》）。道光癸未为1823年，清人仍以计算虚龄为主，则吴铤生于1800年。李兆洛《吴耶溪遗文序》言其嘉庆己卯（1819）与吴铤相识，铤时年十九，则吴铤生于1799年，二说相差一年。谢应芝《吴耶溪墓表》称："耶溪卒于道光十二年，年三十四。"（缪荃孙《续碑传集》卷七十六《文学一》）。王国栋《〈文翼〉跋》、吴德旋《吴耶溪墓志铭》皆称吴铤年仅三十有三，谢应芝所记实际年岁应有误，但去世年份应不会错，今以卒于道光十二年（1832）计，享年三十三，应生于1800年，与吴德旋《吴耶溪墓志铭》合。

以请益文章之事①。年二十四，从吴德旋"问古文法"②，"道光某年至京师应乡试，不获第，愤郁成疾，卒于旅社，年甫三十有三耳"③。其著述可考者有《绍韩书屋文抄》《诗钞》《毛诗笺注》《吴耶溪遗文》《文翼》《因时论》④。其中《因时论》因关注清代土地兼并和流民问题，而使吴铤获得了与包世臣、龚自珍、魏源等经世派学者并列的声誉⑤。他在古文创作上的成就，亦为人称道，吴德旋称："极耶溪之才与其所志，必能远追汉、唐作者于数千载之上，以自成一家之言。"⑥ 刘声木亦云："其文淡泊淳闷，堪与其师争烈，或且过之。"⑦ 吴铤殁后，《文翼》遗稿为同里刘莲舫、歙人王守静所得，传写至吴德旋手中，后得吴德旋友人之助于道光十六年刊刻行世。刘声木所见三卷本《文翼》与上海图书馆藏本均为此版。此外，《文翼》的手稿本亦曾行世，民国间，罗继祖为《续修四库全书总目提要》集部诗文评类撰稿时，即列有"《文翼》四卷，手稿本"一目，其云："清吴

---

① 李兆洛《吴耶溪遗文序》云："道光己卯岁（按，道光无己卯岁，此处'道光'系'嘉庆'之误），予客授维扬鲍氏，耶溪亦从其尊人读书康山，暇时过从，始相识也。……问所业，述之甚有条理。为制艺文，高雅得正嘉遗法，年才十有九，耸然异之。阅月，其尊人先归，予因招之同住鲍氏馆，凡旬余。……已而，知尝从其族父晋望先生问业，先生故高行，以古文、时文式后学者也。因易以益治古文词，欣然愿之。未几，予亦遂归，遍语所识，谓吾乡晋望先生之业，继之者将在耶溪。……已而闻仲伦得佳弟子，能古文。问之，则耶溪也。"（《养一斋集》文集卷四，道光二十三年活字印四年增修本。）

② 吴德旋：《吴耶溪墓志铭》，缪荃孙《续碑传集》卷七十六《文学一》，《清碑传合集》第3册，上海书店1988年版，第2914页。

③ 王国栋：《文翼跋》，道光十六年（1836）刻本。

④ 此据王国栋《文翼跋》、刘声木《桐城文学渊源考》、张维骧《清代毗陵书目》综合而成。其中《绍韩书屋文抄》，《清代毗陵书目》作《绍韩书屋文集》，应是同一著述。

⑤ 徐世昌《晚晴簃诗汇》卷一一八"周济"下《诗话》曰："乾隆以来，士人好言经济，陈和叔、吴耶溪、包慎伯、龚定庵、魏默深诸子为尤著。"中华书局1990年版，第5076页。

⑥ 吴德旋：《吴耶溪墓志铭》，缪荃孙《续碑传集》卷七十六《文学一》，《清碑传合集》第3册，上海书店1988年版，第2914页。

⑦ 刘声木：《桐城文学渊源考补遗》，王水照《历代文话》将其与《桐城文学渊源考》合刊，见王水照编《历代文话》第10册，复旦大学出版社2007年版，第9320页。

## 第四章　吴铤《文翼》与曾门文论的纠杂传播

铤撰，铤字耶溪，自署闾里为阳湖人。书四卷，皆以小行楷写之。无序无跋，亦无凡例、题识。……第四卷纯为论诗之语。"① 道光刻本删去稿本第四卷的诗论，只保留了前三卷文论。而薛福成《论文集要》所收曾国藩文论，主要集中于卷三《曾文正公论文（上、下）》之中，将其与《文翼》比照之后，即可知刘声木所言非虚。兹不避繁复，征引数例以见一斑：

1. 韩退之以杨子云化《史记》，柳子厚以庄周、屈左徒、《史记》《国语》化六朝，欧阳永叔以《史记》化退之，王介甫以周秦诸子化退之，曾子固以三礼化西汉，苏明允以贾长沙、晁家令化《孟子》《战国策》，苏子瞻以《庄子》化《战国纵横家言》，于此可以求脱胎之法，于此即可以求变化之法。若拘于一家之文，而步趋绳尺，纵能与之并，不能自成一家言也。南宋朱子文虽杰出，尚不免为曾子固所掩，况其他乎？（吴铤《文翼》卷一）

退之以杨子云化《史记》，子厚以老、庄、《国语》化六朝，介甫以周秦诸子化退之，子固以三礼化西汉，老苏以贾长沙、晁家令化《孟子》《国策》，东坡以《庄子》《孟子》化《国策》，于此可求脱胎之法，即可求变化之法。若拘步一家之文，即能与之并，不能成一家言。朱子之文杰出，尚不免为子固所掩，况其他乎？（薛福成《论文集要》卷三《曾文正公论文上》）

2. 八家中惟退之、永叔、子瞻门径最大，故变化处多。明允

---

① 中国科学院图书馆整理：《续修四库全书总目提要（稿本）》第 36 册，齐鲁书社 1996 年版，第 574 页。

惟《权书》能化，介甫惟《三经义序》能化，子固惟目录序能化，子厚惟辨诸子、记山水能化，以其与生平所为文格不相似，而实能深入古人妙处也。（吴铤《文翼》卷一）

八家惟韩、欧、东坡门径最大，故变化处多。老苏惟《权书》能化，子厚惟辨诸子、记山水能化，子固惟目录序能化，以其与生平文格不相似而实能深入古人妙处。（薛福成《论文集要》卷三《曾文正公论文上》）

3. 方望溪堂庑甚大，而于妙远不测处，概乎其未有闻，故风韵绝少，然文体极正。自望溪前皆不能识得"质而不俚"四字，自不得不推为开山巨手。震川文妙远不测，然转有质而近俚，与夫略拈花朵而反入于嗲俗者，此种最难识。望溪修词最雅洁，无一俚语俚字，然其行文不敢用一华丽非常字，此其文体之正而才亦不及古人也。北宋惟王介甫、曾子固质而不入于俚，永叔、子瞻便时不免，然所得于古者既多，便小小出入正是不妨。柳州文以庄周、屈左徒化六朝，然浓丽处间或近于俚，此当于神气意趣间辨之。（吴铤《文翼》卷一）

望溪规模极大，而未能妙远不测，风韵绝少，然文体自正。望溪以前皆不失"质而不俚"四字，自不能不推为巨手。归文妙远不测，然转有质而近俚者。望溪修辞极雅洁，无一俚语俚字，然其行文不敢用一华丽非常字，此其文体之正，而才不及古人也。北宋惟曾、王不入于俚，永叔、东坡便时不免，然所得于古者既多，即小有出入，正是不妨。柳文秾恶处间或近俚，此当于神气意趣间辨之。（薛福成《论文集要》卷三《曾文正公论文上》）

4."太史公之洁,全在捭落千端万绪,至字句则不无可议者。海峰字句都洁而意不免芜近,非真洁也。"恽子居之言云尔。予谓子居字句极洁而气不免矜躁,非真洁也。子居以海峰笔锐于望溪而疏朴不及,自是知言;而以为才则有余于惜抱,则非也。惜抱之雅洁古藻远逾于海峰,而文章之妙,洵有如所谓木鸡者,此境正难到。惜抱非才不足也,正以力避矜气,固而存之,不欲自骋其才,而其才之包蕴正可于言外见之。子居论文能见有形,不能见无形,故于惜抱多微词,而不知惜抱之道欝雄骏,正不为古人所掩也。子居以海峰论理未得其正,论事论人未得其平,此言最确。而子居之文强词夺理,病正坐此,要其文之坚峻峭实,绝似晁家令、赵营平,固胜于海峰也。(《文翼》卷二)

史公之洁在捭落千端,才甫字句都洁而意不免芜近,非真洁也。(薛福成《论文集要》卷三《曾文正公论文上》)

毋庸多举,已可见出二书关系实非一般。上述八则文论,除最后一则外,内容基本两两一致,只有个别字句略有出入①。刘声木也据此判定,曾国藩文论多有袭自《文翼》而未注明者。但是否存有另一种可能,即吴铤的《文翼》抄录了曾国藩的言论呢?从时间上看,吴铤卒于道光十二年(1832),此年曾国藩二十二岁,业已成年,尚难以排除这种可能。但以著述体例而言,《文翼》不会摘录曾氏言论而不言明。《文翼》虽广泛征引诸家言论,但皆一一标明出处,并不掠美,且常在前人立论基础之上加以申说,而非简单的过录,正如王国栋为《文翼》所作跋语云:"虽系纂述前人语言,然颇附己见,且有

---

① 如第六则"望溪以前皆不失'质而不俚'四字"一句,对照《文翼》相关文字可知,《曾文正公论文》中的"失"字显系"识"字之误。

折中。"如上引"太史公之洁,全在捭落千端万绪"一段,原本出自恽敬《大云山房文稿》言事卷一《与章澧南》,吴铤不但指出是"恽子居之言云尔",且接过恽敬话端,进而对方苞、刘大櫆、姚鼐、恽敬之文皆有评议。反观《曾文正公论文》则是径直引用,并未注明出处,易使人误以为是曾国藩原创。

  吴铤文论思想深受其师吴德旋(仲伦)影响,二人平日经常"往复论辨"①,而吴德旋曾请益于姚鼐,论文亦以姚氏为依归,因此,吴铤《文翼》常以姚鼐、吴德旋文论为基础而进一步申说。上引"韩退之以杨子云化《史记》"一段,论述古文创作中"因"与"变"之关系,即脱胎于姚鼐、吴德旋文论,吴铤对此并不讳言,《文翼》卷一云:"惜抱云:'韩退之不可到也,能寻求退之未竟之长引而伸之,以益吾短,则可矣。'夫雄奇固退之已竟之长也,孰能当之哉?永叔则以妙远化退之之面貌而尽易之,介甫则以瘦劲化退之之面貌而尽易之,此皆从退之门径入而能脱化者也。子固学西汉变而为渊雅,明允学《战国策》、周秦诸子变而为坚峻,子瞻学纵横家言变而为逍遥震动。此则不从退之门径入而自能脱化者也。"卷二曰:"仲伦先生云:'退之叙事以子云熔铸《史记》,惜抱以归熙甫熔铸韩、欧,故无模仿之迹,是所谓辟新境也,故其境不穷而佳处不为古人所掩。'"古文创作既需要师法古人,更需要开辟"新境",入乎其内而出乎其外,方可摆脱古人模样,拥有自家面貌。吴铤以姚鼐、吴德旋论文之语为基础而加以深化,渊源有自来,自然不可能是袭自曾国藩文论。

---

  ① 吴德旋《文翼序》云:"耶溪从予学为文,其于文也,所见极深,与予往复论辨,每能匡予之不逮。"道光十六年(1836)刻本。

## 第二节　曾门文人与《文翼》传抄

由上节分析，可以确定是《曾文正公论文》抄录了《文翼》而未注明，但若据此便认定曾国藩为文抄公，亦属仓促。薛福成《论文集要》卷三《曾文正公论文》专录曾国藩文论，部分条目标明出处，如前三则分别注明出自曾国藩《复邓孝廉寅阶书》《复易芝生书》《复吴子序书》。有些条目则未言出处，抄录《文翼》的条目全部未注出处。通过查考，发现这些条目的内容亦不见于曾国藩传世著作之中。可以推想，这些抄录《文翼》的条目本与曾国藩无关，应是薛福成编辑《曾文正公论文》时，有误收情况。《论文集要》卷三《曾文正公论文上》标题下有小字云："据张廉卿手钞本摘录。"则《曾文正公论文》问世之前，已有张裕钊（廉卿）辑抄的雏形本，薛福成据之摘录而成。张裕钊手抄本之存亡，今已不复可知，难晓其原貌如何。今传吴汝纶《古文辞类纂评点》后附有《张廉卿论文语》[①]，其内容基本不是张裕钊本人的自创，多有所本，类似辑录式著作，其中见于吴德旋《初月楼古文绪论》的就有五则，分别是：

　　前人谓古人不可有古文气，其说非也。前明多误于此言，故

---

① 吴汝纶：《古文辞类纂评点》附录《张廉卿论文语》，民国三年（1914）京师国群铸一社铅印本。

自震川而外，罕有成者①。

不受八家牢笼，安有此才分？但如八家范围中有所表异之处，如惜抱所云"寻求昌黎未竟之绪而引申之"，则途辙自正，各就其才，可几于成。

唐人以五律为四十贤人，不可有一字带屠沽气，古文亦然。然而知此者鲜矣，能辨其是否屠沽亦不易。所以少作家也。

文章不可不放胆做。

昔人谓文忌爽，非也。《孟子》乃文之至爽者，《史记》《国策》亦然。西汉之初，文章之高犹有周秦气，亦正以其爽耳。武帝以后，则文太做作矣。（此则在《初月楼古文绪论》和《张廉卿论文语》中皆为独立条目，《论文集要》卷三《曾文正公论文上》将其与上则"文章不可不放胆做"误合为一条。）

以上五则内容亦见于《曾文正公论文上》。将《张廉卿论文语》与《曾文正公论文上》对勘，发现后者自第七则"退之以杨子云化《史记》"至最后一则"退之学《孟子》"，皆见于《张廉卿论文语》，连条目排列次序也大致相同。而《张廉卿论文语》中有些本为一则的条目，被《曾文正公论文上》误分为两则甚至多则；有些各自独立的两内容，又被误合为一则。误合之例如上文所举"文章不可不放胆做"两段。误分之例如：

---

① 按，"前人谓古人不可有古文气"一句，《张廉卿论文语》后所附《正误表》云："此句可疑，检元稿即如此。"南京图书馆所藏佚名批本《古文辞类纂评点·张廉卿论文语》，批注者径用朱笔将"古人"与"古文"互易。吴德旋《初月楼古文绪论》作："戚鹤泉谓古文不可有古文气。"《曾文正公论文》作："前人谓古文不可有古人气。"李光地《榕村语录》卷二十九也有相关论述："记得某人说，学古文须从朱子起，此言却甚好。看朱子后来文字，不似其少作有古文气调，朱子正不欲其似古文也。"李光地：《榕村语录》卷二十九《诗文一》，陈祖武点校《榕村语录　榕村续语录》，中华书局1995年版，上册，第523页。

谋篇层见叠出，不使人一览而尽，而自首至尾义绪一线。造言雕琢复朴。陈言务去。命意言人所未尝言。运笔、接笔、转笔，最要须令人不测，须转换变化不穷，须出入生杀，老健简明。精悍如纯钩百炼，宝光湛然，出入劗截，当者立碎①。

《曾文正公论文上》中这段文论分为六层，内容颇为凌乱，核之《张廉卿论文语》可知，这六个层次原为一则内容，薛福成《曾文正公论文上》误将其拆散，且将双行小注与正文相混，以致难以卒读。《张廉卿论文语》中原文为："精悍<sub>如纯钩百炼，宝光湛然，</sub>创意<sub>言人所</sub>造言<sub>琢雕复璞，</sub>谋篇<sub>层见叠出，不使人一览而尽，</sub>运笔<sub>接笔、转笔最要，令人不测，须转换</sub>"可以推测，今本《张廉卿论文语》与薛福成编辑《曾文正公论文》时所见张裕钊手抄本的内容有相当程度的重合。当日张裕钊或将吴德旋、吴铤、曾国藩等人论文之语抄于一册，薛福成未加甄别便全部作为曾国藩之语而收入《曾文正公论文》之中，《曾文正公论文》中同于《文翼》的内容便是转抄于此，以致曾国藩逝后多年还被蒙上抄袭的嫌疑②。其实，除了《曾文正公论文》所转抄的《文翼》内容之外，《张廉卿论文语》中还有一些抄自《文翼》的条目，如《文翼》卷一云："震川之疏在虚处，以妙远出之；望溪之疏在实处，以朴质见之。疏字之妙，有此二种。"此条亦见于《张廉卿论文语》。

刘声木在认定曾国藩抄录吴铤《文翼》之后，深有感慨："然文正亦非盗取他人书者，当是文正当时实见《文翼》刊本，爱其论文之

---

① 此处标点依《历代文话》本《论文集要》，见王水照编《历代文话》第6册，复旦大学出版社2007年版，第5811页。
② 薛福成《论文集要》于光绪二十八年（1902）出版时，曾国藩已去世三十年。

语，录于《论文臆说》①中，然未尝书明名氏及书名于卷中，仍未脱明季山人撰述不注出典之恶习，亦不必曲为之讳。"② 颇具了解之同情。今日看来，若将此论变更主语似更为恰当，应是张裕钊雅好《文翼》，故于手抄本中多所摘录而未注明，后被薛福成误认作曾国藩语而收入《曾文正公论文》。《文翼》中诸多精彩论断，因被收入《论文集要·曾文正公论文》和《张廉卿论文语》，而被后人当作曾、张之文章学创见予以褒奖③，二人实受吴铤之恩惠不少。吴铤本人则享年不永，《文翼》亦流传不广，其人其书皆渐至湮没不闻，未免遗憾。《文翼》一书识见甚高、立论亦精，对历代文章家尤其是本朝方苞、姚鼐、吴德旋、恽敬等人作品，皆有精到评骘。在古文风格论上，尤有新创。曾门文士雅好《文翼》，也说明吴铤古文识见颇有精卓之处，其名不该湮没无传。作为文话著述，其理论价值应得到今人重视。

---

① 曾国藩所作《论文臆说》并未传世，刘声木认为薛福成《论文集要》卷三《曾文正公论文》内容应与失传的《论文臆说》大同小异，故有时以《论文臆说》代指《曾文正公论文》，此处即是如此。

② 刘声木：《苌楚斋四笔》卷六，见《苌楚斋随笔续笔三笔四笔五笔》，中华书局1998年版，第791页。

③ 如黄霖先生《近代文学批评史》（上海古籍出版社1993年版，第178页）、叶易先生《中国近代文艺思潮》（高等教育出版社1990年版，第131页）即将《文翼》中语作为曾国藩语而赞赏；周启庚先生《桐城派文论》（收入陈国球主编《香港地区中国文学批评研究》，台湾学生书局1991年版，第657、658页）则把《文翼》中语作为张裕钊文章学思想进行评价。

# 第五章　蒋励常《十室遗语·论文》与文话、评点的结合

文话作为批评文体的一种，因其成书方式的多元化，使得有些文话兼备其他批评文体的特点。蒋励常《十室遗语·论文》因系后人编纂而成，兼备了文话与评点两种批评样式的特点。

## 第一节　"先躬行而后文辞"

蒋励常（1751—1838），字道之，号岳麓，广西全州人。蒋氏家族为明清两代广西著名的文学世家，其远祖可追溯至明代内阁首辅蒋冕。而励常曾祖尚翊、祖父颀秀、父振闾皆为举人，励常本人亦为乾隆丙午（1786）科举人。四世中举，殊为不易。自明以来的家族文学传统、世代相承的科场荣耀，为蒋氏家族积累了丰厚的文化底蕴。同时，自蒋冕始，蒋氏家族便开始了绵延的从政传统，励常曾祖、祖

父、父三代皆为地方知县,其父后曾升任四川龙安府知府。励常自幼随父左右,很早便显示出了经世才能。梅曾亮《蒋岳麓先生家传》称"及金川南路、西路粮站,其禀食皆手自表",又曾遇"千余人夜劫粮车,先生不告新乐公,伏兵役邀击于噶喇穆,杀百余人,后遂不敢犯"①。传统的"三不朽"中,蒋励常重视事功,较为轻视"立言",这也与清代中后期国势日衰、经世思潮渐兴相关。当"门人请刻平日所为古文",并提出"读书人非是无以自见"之时,蒋励常大不以为然,回答说:

> 圣贤诗书,修己治人而外无他事也。吾侪束发读书,孜孜矻矻迄于既壮,幸而有成,又幸而遇主,知克行所学,泽遍于当时,声施于后世,诚为至快。即不然,一邑一官虽所及无己,诚能使一方之民敬若神明,爱如父母,亦足验所学之不虚。即又不得,则广其教于四方,衍其传于来世,焉往而不可以自见?志不及此,而亟亟于诗文。夫诗文,小道也,圣贤之绪余也。虽有时亦不可废,而故沾沾焉舍其大而徇其小,乃谓正所以自见,亦浅之乎为丈夫矣②。

蒋励常中举后任融县教谕,颇有政声,《清史列传》卷七五《循吏列传》有传。后辞官返乡,主全州清湘书院十年,"士皆怀恩服教"③。从政与从教的经历,实现了他为自己提出的"泽遍于当时,声施于后世""广其教于四方,衍其传于来世"的人生目标。蒋励常反对专做纯粹的文人:"无品而能文,其在小人犹蛇虎之有翼。何也?

---

① 梅曾亮:《蒋岳麓先生家传》,收入蒋励常《岳麓文集》,广西人民出版社2001年版,第37页。
② 蒋励常:《岳麓先生十室遗语》卷五《经世》,同治五年(1866)刻本。
③ 王钟翰点校:《清史列传》第19册,中华书局1987年版,第6229页。

利口足以覆邦家，谓其能变乱是非也。文之足以变乱是非，盖甚于利口。"① 他无意于文，其孙蒋琦龄称："先大父之学，先躬行而后文辞。"② 由于他"生平所为诗文未尝留稿"，使其作品多有遗失，后经其子启敹、孙琦龄的蒐集，方得"古文百有十篇，诗九首，词一阕"，凡八卷，称《岳麓文集》。文学作品外，又有《岳麓先生十室遗语》《养正编》《医学纂要》等多种著述。

## 第二节 《十室遗语·论文》的成书

《岳麓先生十室遗语》是颇值得关注的一部书。此书为蒋琦龄编注，凡十二卷，无鱼尾，黑口，四周单边，九行十九字，同治五年（1866）四月既望刻本，国家图书馆、上海图书馆皆有藏。是书内容颇杂，卷一《性理》、卷二《说经》、卷三《评史》（上）、卷四《评史》（下）、卷五《经世》、卷六《善俗》、卷七《砥行》、卷八《劝学》、卷九《论文》、卷十《谈兵》、卷十一《述艺》、卷十二《杂记》。举凡理学、史学、考据、医学、兵法等不同门类，励常皆有论述，且不乏新见，可见其学问之广博，非"白发死章句"者可比。卷九《论文》部分，实具文话性质。古代广西文学一直较为落后，到蒋励常所处的清代时，广西文学较之前代已有较大发展，在全国的地位，也有一定的提升。但在清代文话著述普遍繁盛的背景下，广西士

---

① 蒋励常：《岳麓先生十室遗语》卷七《砥行》，同治五年（1866）刻本。
② 蒋琦龄：《岳麓文集·前言》，广西人民出版社2001年版，第38页。

人却鲜有跟进。蒋励常此书似是目前所仅见的清代广西文话①,因而在广西文学批评史上,其书也就别具意义。

《十室遗语·论文》之意义,不仅在于其为清代广西唯一的文话著述,单从内容来看,此书也有着重要的理论价值。蒋励常虽不以文人自居,但生于文风鼎盛的文学世家,自然会受到相应的文学教育与熏陶。而他本人也非常重视对后代的古文教育,子启敩、孙琦龄皆以古文创作称于时。《十室遗语·论文》便是蒋励常古文创作理论的总结。

《十室遗语·论文》分为《论文》《读〈孟〉》《读〈韩〉》《论举业时文》四部分,每部分相对独立。《论举业时文》为制义话,可以暂不置评;《论文》凡二十一则,采用了传统的札记体的批评方式,是典型的文话,集中体现了蒋励常的古文创作观;《读〈孟〉》《读〈韩〉》部分是蒋琦龄于乃祖遗著中搜罗而得,蒋琦龄于《论文》之末所作注释云:

> 先大父肆力于古文,尝自谓于《孟子》文有心得,于唐、宋大家尤嗜昌黎、老泉,谓皆得力于《孟子》者也。坊肆间有苏评《孟子》,伪托眉山,至为弇陋。因欲仿其书自抒积年所得。适主讲清湘书院,因命门人日抄孟、韩文各一首置案头,暇则为加评论。后缘事其业未竟。其已加墨者,亦为门人传抄散佚,同志惜之。此数则为姑丈谢竹庄所藏,戊戌之冬始求得之,存其什一,想见大概而已。然吉光片羽,读而爱且惜者,未始不可因一脔以测全鼎也。

---

① 清代文献汗牛充栋,此就笔者经眼文献及目录而言。不过即使今后会有新的广西文话被发现,但总量与其他省份相比,应该也会有一些差距。又,清代广西象州籍学者郑献甫撰有《制义杂话》,属制义话(时文话),于兹不论。

由此可知，蒋励常因不满于坊间的古文评点，便着手于《孟子》与韩愈古文之上施以评点，其业未竟而卒。后蒋琦龄将搜罗到的部分评点置于《论文》之后，与《论文》汇成一书，这就使得《十室遗语·论文》一书兼具文话与评点两种批评文体的特点。文话的文体优势，在于高屋建瓴地提出文章写作理论；评点的文体优势则在于依附于作品原文，结合具体文章进行文法分析。二者的区别，或者可以称为：一为归纳式的理论总结，一为演绎式的具体分析。《十室遗语·论文》的一个鲜明特色便是对创作技法的理论总结与对古文名篇的具体评点相结合。此书原作者虽为蒋励常，但蒋琦龄对该书的重新编辑，使其异于普通的文话，兼具文话与评点两种性质，则蒋琦龄对于此书实有再造之功。

## 第三节　辩证的古文艺术思维

蒋励常《十室遗语·论文》对古文创作进行了多角度的思考，其中所表现出的古文艺术的辩证思维尤为引人侧目。

蒋励常认为，文章创作的奥秘之一，便是对诸多对待性艺术范畴的观照，创作时不可只强调某一范畴而忽视了其对待性范畴的运用。他从"文"字展开论述说：

> 文之为言，交也。五声交而乐文成，五色交而锦文成。未有不交而能成文者。故行文之道，或以宾主交，或以反正交，或借彼喻此，或引古证今，或以缓承急，或以浓形淡。

蒋氏列举的宾与主、反与正、彼与此、古与今、缓与急、浓与淡，皆是从事物的两方面入手，极具辩证思维。《考工记》云："青与赤谓之文，赤与白谓之章。"意谓青色与赤色交错而成"文"，赤色与白色交错而成"章"。蒋励常从"文"字的本义，引申出文章创作需要兼容内涵相反相成的对待性范畴，使其"相交成文"。同时，他也认识到，诸多异质的文学技法相交，最忌杂乱无章，因此他在强调"文之为言，交也"的同时，也极重视章法的秩然可观："物相交则成文，交而不乱则成章。"他总结说："凡作文，先于参差中求整齐，而后能以整齐为参差。整齐之中有参差，文也；参差之中见整齐，章也。"蒋励常所说的"文"与"章"，即"相交"与"交而不乱"，亦即"参差"与"整齐"，既指向技法层面，也指向文章内容的安排。对于后者，他以《左传》为例说：

> 左氏叙"郑伯克段"至"大叔奔共"，宜接"置姜氏于城颍"矣。忽插入书法一段，而后以"遂置姜氏"一语遥接前事。此等章法最好看，亦即所谓整齐之中求参差也。《左传》似此者不可胜数，后人诗文亦多效此法。独怪近日选本，遇此等每以为闲文，往往节去，亦何可笑也。

《左传》中的此段文字，是在正文之中，忽然横入一段议论文字，解释经文书法，打断了原来的叙事节奏，起到舒缓文气的作用。清代余诚《古文释义》评论说："忽叙入经文，详著书法，笔力老横。"① 此类文笔在后世小说中亦得到较为普遍的应用。明清小说中有些文字对故事情节的发展并无丝毫作用，却是深度刻画人物、调节作品节奏

---

① 余诚：《古文释义》，北京古籍出版社1998年版，第4页。

的关键,删之不得。《左传》此处的文字显然起到了调节文章节奏的作用。从正文开始至"大叔奔共",文章一直在紧张的节奏中发展,给人剑拔弩张之感。此处宕开一笔,将原有的叙事节奏放慢,使得文章张弛交替、疏密相间。蒋励常深悉《左传》此种笔法的高明,他用更为精确的语言总结说:"平铺直叙便不成文。古文往往叙一人一事,未了忽然截住,另叙他人他事,或参入议论,入后遥接前文,云横岭断,旧境忽现奇观,左氏惯用此法。"蒋励常还从《论语》《孟子》中找到此种笔法:"《论语》如'有子其为人也'章,突接'君子务本',《孟子》'食之以时'章,忽插入'民非水火不生活'等篇,皆是也。"在《论文·读〈孟〉》部分他评《孟子》"梁惠王"章,指出"民犹以为小也"一句为奇语,"伏次节'民犹以为大',伏末节'臣始至于境'。忽参以闲语,却不多,颊上添毫,别有风致"。

  蒋励常所说的整齐、参差交互之法,还指向句式的变化多姿。以蒋励常所推崇的唐代古文家韩愈为例:韩愈曾于《答李翊书》中提出著名的"气盛言宜"说,认为"气盛,则言之短长与声之高下者皆宜"①。韩愈本人的散文也多以气盛见长。而排比句式的运用,无疑是实现气盛的重要手段之一。近代学者胡朴安《论文杂记》云:"故文不复则意不显,适形薄弱;文不繁则机不畅,殊觉枯寂。善用复者有再接再厉之精,善用繁者有如蓬如勃之气。"②指出了文章繁、复带来的文气蓬勃之效。然而相同句式高密度的出现,无疑会带来复沓的效果。韩愈的处理方法,便是极其注意句式的变化,整齐之中间以参差。对此,南宋谢枋得已有发掘,其《文章轨范》评韩愈《后二十九

---

  ① 韩愈:《答李翊书》,马其昶校注、马茂元整理《韩昌黎文集校注》,上海古籍出版社2014年第2版,上册,第191页。
  ② 胡朴安:《论文杂记》,王水照编《历代文话》第9册,复旦大学2007年版,第9110—9111页。

日复上宰相书》之首段云:"此一段连下九个'皆已'字,变化七样句法。字有多少,句有长短,文有顺逆,起伏顿挫如层澜惊涛怒波。读者但见其精神,不见其重叠,此章法句法也。"① 蒋励常《论文》的《读〈韩〉部分》,承续谢枋得的评点,称韩愈此文:"起一段连用许多'皆已'字,而长短变化,读之不觉其复沓。此种章法、句法,最宜细玩。'今阁下'一段复连用九个'岂尽'字,对上段九个'皆已'字仍不犯复,是何等笔力!'虽不足'、'虽不能'两小段用笔变甚,细玩亦道理上本应如是说,妙带添两个'岂尽'字,此寓参差于整齐法也。"韩愈此文的原文为:

> 今阁下为辅相亦近耳,天下之贤才,岂尽举用?奸邪谗佞欺负之徒,岂尽除去?四海岂尽无虞?九夷八蛮之在荒服之外者,岂尽宾贡?天灾时变,昆虫草木之妖,岂尽销息?天下之所谓礼乐刑政教化之具,岂尽修理?风俗岂尽敦厚?动植之物、风雨霜露之所霑被者,岂尽得宜?休征嘉瑞、麟凤龟龙之属,岂尽备至?其所求进见之士,虽不足以希望盛德,至比于百执事,岂尽出其下哉?其所称说,岂尽无所补哉?今虽不能如周公吐哺捉发,亦宜引而进之,察其所以而去就之,不宜默默而已也②。

蒋励常发现,此段前九个"岂尽",笔力充足,句式虽然相似,已有微变;后两个"岂尽"则句式大变,给人以生新之感。韩愈文章通过句式的不断变化,使得既有排比造成的充足文气,又避免了烦冗重复,正是蒋励常推崇的"寓参差于整齐法"的典型。

---

① 谢枋得:《文章轨范》卷一,《文渊阁四库全书》本。
② 韩愈:《后廿九日复上书》,马其昶校注、马茂元整理《韩昌黎文集校注》,上海古籍出版社 2014 年第 2 版,上册,第 181 页。

蒋励常的"参差""整齐"并见法渊源有自，南宋吕祖谦的《古文关键》已有"文字一篇之中，须有数行齐整处，须有数行不齐整处"的作文要求①，蒋励常于吕氏文章学基础之上，加以敷衍申发，其"文""章"结合观，"参差""整齐"并见法，是典型的辩证艺术思维，是真正将古文当作艺术种类而非仅以"载道"之器看待的文章观。

## 第四节　推崇"恣肆"的文章风格

北宋以降，古文形成以欧阳修、曾巩为代表的平淡与苏洵、苏轼为代表的恣肆两种风格，前者后来成为宋元明清散文的主导文风，后者可溯源于孟子、韩愈。两相比较，正统古文家尤其是有着理学背景的文学家，更为推重前者，而对有恣肆奇绝之美的后者并不赞赏。朱熹便是主张散文风格要"中正平和"的代表，他称："欧公文字敷腴温润，曾南丰文字又更峻洁，虽议论有浅近处，然却平正好。到得东坡，便伤于巧。"② 他认为"自三苏文出，学者始日趋于巧"③，古文"固宜以欧曾文字为正"④。三苏文字中得到朱熹赞赏的，也是那些具有平淡文风的作品："欧公文章及三苏文好，说只是平易说道理，初不曾使差异底字换却那寻常底字。"⑤

---

①　吕祖谦：《古文关键·看古文要法》，王水照编《历代文话》第1册，复旦大学出版社2007年版，第236页。
②　黎靖德编：《朱子语类》卷一三九《论文上》，中华书局1986年版，第3309页。
③　同上。
④　同上书，第3311页。
⑤　同上书，第3309页。

蒋励常于理学修养湛深，其《十室遗语》开篇即为《性理》。然而蒋励常与一般理学家不同，其古文观非常开明，他更为欣赏的是以孟子、韩愈、苏洵、苏轼为代表的具有"恣肆"风格的古文家，《十室遗语·论文》中所收的两家古文评点，也正是孟子与韩愈。蒋琦龄注释说："先大父肆力于古文，尝自谓于《孟子》文有心得，于唐、宋大家尤嗜昌黎、老泉，谓皆得力于《孟子》者也。"蒋励常认为韩愈、苏洵文风皆受益于《孟子》，无疑是有识之见。作为有着深厚修养的理学家，蒋励常同样认为文章需要做到"理醇"："作文需醇而后肆，未醇而肆，恃才者浮，务博者靡。"而他的开明之处在于：他认为"恣肆"与否只是文章的风格，与"理"无关，不能因文章归属于某种风格而判定其价值之高低；而就其个人而言，他更为欣赏"恣肆"而"可爱"的文风："理醇而文肆，《孟子》是也。故论文者但论其理之当否，不可以文之恣肆而诋之。周子曰：'美斯爱，爱斯传。'文不恣肆，第拘拘于绳墨之间，乌见其可爱而可传耶？"他评韩愈《与李浙东书》："通篇从'盲'字生出奇情，而'自奋'段尤奇。"便是赞赏此文具有不拘泥于绳墨之间、恣肆奇崛的文风。在蒋励常看来，"平淡"与"恣肆"虽然风格相反，却是相反相成之关系："朱子论东坡文太恣肆。然作文不能恣肆，便是不会作文。虽高简足贵，亦必先由绚烂以造平淡也。"

历代的古文作品中，多有理胜于辞者。蒋励常虽然论文重理，但对具体的行文技巧同样关注，他将《孟子》作为"说理"与"运笔"完美结合的典范："说理不善运笔，便近注疏语录。然而运笔之妙，当先于《孟子》求之。此余十数年用心古文独有会心，未易为不知者道也。"蒋氏认为："作古文须先分段落。而每段起结及每段中小段起结，尤当细为别白。起有突起者，有以承上文为起者，有以转为起者,有以束上为起者;结有遥结本段者,有遥结本段而逗起下段者,有预伏后段者,有回应前段者……"他将文章的起、结细化为若干种,认为"能一一辨别于古人文字,思过半矣"。《读〈孟〉》《读〈韩〉》部分也主要是从段落、章法的角度进行点评。曾国藩曾说:"思古文之道,谋篇布势,是一段最大工夫。"① 蒋励常紧紧抓住谋篇布局这一角度,对孟、韩古文进行细读,是宋元明清评点之学兴盛背景下的结果,这也是《十室遗语·论文》融汇文话与评点二者的特殊之处。总体而言,蒋励常《十室遗语·论文》在创作辩证思维与古文艺术风格论上具有鲜明的特色,与传统的文以载道观相比,蒋励常更为重视古文创作理论,其古文观将古文朝着艺术性的道路上推进了一步。

---

① 《曾国藩日记(咸丰九年八月初九日)》,《曾国藩全集·日记一》,岳麓书社1987年版,第408页。

# 第六章　平步青《国朝文椷题辞》与清代文集叙录

清代文话著述数量繁多，种类可分为以下几种：其一，偏于文章理论的探讨；其二，偏于作家、作品批评；其三，偏于文章作法的总结。其中对作家、作品批评的一类，往往是文话撰者根据自己的研究心得而选取批评对象，涉及的作家、作品往往不多，不成规模且多是历代兼评。对清代文集、文家进行系统、专门而较为全面的评论，显然是规模浩大的工程，需要以对本朝文集的全面把握为学术基础。《国朝文椷题辞》正是如此，它以编纂清代文章总集《国朝文椷》为基础，对清代文集作了大规模的叙录，是众多清代文话中非常特别的一种。

第六章　平步青《国朝文楸题辞》与清代文集叙录

## 第一节　《国朝文楸题辞》与《国朝文楸》

《国朝文楸题辞》为晚清学者平步青所撰对清代散文的批评之作。平步青（1832—1895）①，字景孙，号栋山樵、侣霞、霞侣、霞外、常庸等，浙江山阴（今绍兴）人，晚清著名版本目录学家、校勘学家、史学家、藏书家。谢国桢《平景孙事辑·著述考》列有"《国朝文楸六卷（禹域丛书本）》"条目，云："是书已刻于《樵隐昔寱》，复别行于《禹域丛书》中。题辞云：'咸丰庚申，春官再放……'。"② 今按，谢国桢先生指出了此书的两种版本，却误将《国朝文楸题辞》与《国朝文楸》二书相混。此书名为《国朝文楸题辞》，非《国朝文楸》。所谓的"题辞云：'咸丰庚申，春官再放……'"实指《〈国朝文楸题辞〉自序》一文，即全书总序。"题辞"二字是书名的一部分，指此书是由一则则对清人文集所作的题辞叙录组成的，"题辞"非指此书的序文。

此书的编纂缘由，平步青在《〈国朝文楸题辞〉自序》和《国朝文楸题辞》"余姚黄梨洲宗羲"条下有明确交代："余性嗜丁部，于国朝诸家，尤有鸡跖之合，始创意为《文楸》一书。自是购之厂肆，假之友朋。……监司江右，此事亦间为之。""所辑《国朝文楸》，卷

---

① 平步青卒年，一说为光绪二十二年（1896）。江庆柏先生据平步青《樵隐昔寱》卷末《栋山樵传》及平氏弟子杨越跋，定为光绪二十一年（1895），本书从江说。见江庆柏《清代人物生卒年表》，人民文学出版社2005年版，第103页。

② 谢国桢：《平景孙事辑·著述》，附于上海古籍出版社1982年新1版平步青《霞外攟屑》书后，第773页。

几及千,大车尘冥,汗青无日,而余亦垂垂老矣。廑取《文楖题辞》编入《昔瘱》,文则未暇录也。"① 平步青喜读本朝文集,平日多有搜集。当时已有多种清人所编清文总集,平步青皆不满意,早有重修之志,故其志本在编选清文总集《国朝文楖》,只因卷帙浩繁,一直未能刊刻,便先行将其为各书撰写的题辞整理成书出版,此即《国朝文楖题辞》。清人所编清文总集,数量繁多,有专题性的清文总集,如晚清经世文编系列,贺长龄、魏源《皇朝经世文编》一百二十卷、葛士浚《皇朝经世文续编》一百二十卷、盛康《皇朝经世文续编》一百二十卷、陈忠倚《皇朝经世文三编》八十卷、麦仲华《皇朝经世文新编》二十一卷等;有碑传集系列,如钱仪吉《碑传集》一百六十卷、缪荃孙《续碑传集》八十六卷等。除此之外,清代有大量的官方或私人编修选录的本朝文章总集,如历经康、雍、乾三朝修成的《皇清文颖》,收录顺治至乾隆三百年间文章,嘉庆年间又踵武其事,编成《皇清文颖续编》。清代私人编修本朝总集也很盛行,如李祖陶《国朝文录》八十二卷、《续录》六十六卷、姚椿《国朝文录》八十二卷、吴翌凤《国朝文征》四十卷、朱琦《国朝古文汇钞》二百七十二卷、杨彝珍《国朝古文正的》五卷附录二卷、王昶《湖海文传》七十五卷、林有席《续古文雅正》十四卷、沈粹芬与黄人《国朝文汇》二百卷等。上述总集在平步青之时多已成书,他喜读本朝文集,平日多有搜集,对已经成书的各种清文总集多有不满,早有重修之志。《国朝文楖题辞》中他多次对当世清文总集予以批评,不满之处主要有三:

其一,搜采未备。如平步青发现印本甚稀的蒋汾功《读孟居文

---

① 本书所引《国朝文楖题辞》,收录于平步青文集《樵隐昔瘱》之中,《清代诗文集汇编》第720册影印民国六年(1917)刻香雪崦丛书本。

集》，多种清文选均未收录其文："姚春木《国朝文录》、朱兰坡《国朝古文汇钞》皆无之。"他评姚椿《国朝文录》："三百四十家中，独无西河毛氏文，即不得云明道纪事，岂近稗官？矧考古有得兼擅词章之美乎？竹汀钱氏文亦不录一篇，岂以专门考据，琐屑不得成篇邪？异矣！"① 评论徐斐然《国朝二十四家文钞》称："徐敬斋极重其（冯景）文，而厪钞五篇，何其隘也！"

其二，选文无当。《国朝文楲题辞》卷三明确指出江西林有席"续蔡文勤《古文雅正》，又有《国朝古文雅正所见集》，采辑颇不惬予心"。又指责李祖陶所编《国朝文录》《续录》之不当："不解李迈堂以古文正脉据为西江所有，而所甄录国朝文两编，转以出隶外籍之熊汉阳为首，不特年辈倒置也。"

其三，评骘不确。《国朝文楲题辞》卷三认为储大文"最深于地理，于形胜最精，《原势》一篇其尤也"，而"李迈堂至以掉书袋讥之，真目睫之见，何足以语文家能事哉"！他进而对江西的古文评选家颇有微词："尝谓西江人多好言古文，乾隆时有平园、嘉庆中有李迈堂，皆享大年、勤著述，可谓一时伏、杜，然调鞅文坛、高树赤帜，尚未之逮，然则古文又易言乎哉？"平步青以林有席、李祖陶为例，批评其选评不佳。

平步青对李祖陶的《国朝文录》《续录》尤为不满，《国朝文楲题辞》全书有十六处提及李祖陶编选的《国朝文录》《续录》，其中竟有十处是对其批评的，如称李书的选、评"不知何以云然""非知言也"，有时还很严厉，如评姜宸英文，谓"李迈堂至尽汰其叙事之文，谓非其所长，论皆未是"。批评李氏选文有乡曲之私："李迈堂录

---

① 平步青：《姚春木〈国朝文录补小传〉序》，《樵隐昔寱》卷三，《清代诗文集汇编》第720册，第201页。

国朝文，以其为进贤产而楚籍，取冠一代，谓置诸陈、张两文贞间无愧色，予不以为然。"唯有李书对全祖望文的选评，平步青最为欣赏，他直言道："迈堂录诸家文，多不中肯綮，惟论先生，颇见其大，无以易之。"对已有的诸多清文总集感觉不惬其心，尤其是对当时广为流行的李祖陶《国朝文录》《续录》的不满，是促使平步青着手编纂《国朝文楲》的重要原因。而清文总集《国朝文楲》因卷帙等原因，一直未出版，其中的评语部分即《国朝文楲题辞》便先行独立出版了。

对于《国朝文楲题辞》所论范围，近人或谓其尚未大备。伦明《辛亥以来藏书纪事诗》论平步青云："抽簪早岁恣冥搜，霞外奇书纳众流。三百三家犹憾隘，待搜集目补《文楲》。"① 自注称"《昔疴》中有《国朝文楲题跋》六卷，凡三百三十余家。或疑其滥，余则以为尚隘，暇拟补之，所增当在二倍以上。"虽然《国朝文楲题辞》所论清文未备，但平步青多年搜求清人文集，他计划编撰的总集《国朝文楲》，远非三百三十家。平氏自称，所辑《国朝文楲》，"卷几及千"，虽未最终成书，就其千卷的巨大规模而言，也已远超其他清文总集。因未成书，清末这一仅凭私人之力却规模巨大的清文编纂活动，今日已罕有人知。此举与后人相比，也不逊色。王重民编《清代文集篇目分类索引》，收书四百二十八种。郑振铎是积极搜集清人别集者，据其撰于1944年的《清代文集目录跋》，知其最终收得"清代文集八百三十六种"②。平步青同邑友人李慈铭亦曾对清代文集有过系统研究，他在日记中对日常阅读的清人文集作了叙录，共录一百四十家，其中

---

① 伦明：《辛亥以来藏书纪事诗》，北京燕山出版社2008年版，第21页。
② 郑振铎：《清代文集目录跋》，《郑振铎文集》第7卷，人民文学出版社1988年版，第593页。

还多有诗集和骈文集,并非单纯的散文文集叙录。钱基博《读清人集别录》叙录清代二十三家之文。张舜徽《清人文集别录》收书六百七十种,被目为当下清代文集叙录的集成之作。平步青《国朝文椒》规模远超诸家,《国朝文椒题辞》本是编纂《国朝文椒》的副产品,以千余卷的《国朝文椒》为知识背景,故《国朝文椒题辞》虽然规模有限,却有着宏通、广博的视野。与张舜徽《清人文集别录》、钱基博《读清人集别录》等相比,此书为清人论清文,尤为难得,可以视为清人叙录本朝文集的集成之作。

## 第二节 江西古文的叙录

蒋寅先生指出:"清代的文坛基本是以星罗棋布的地域文学集团为单位构成的。"① 清人的地域文学意识特强,一省往往有一省之文学传统,作家在创作时,既不得不正视当时文坛的流行风气,同时,地域固有的自身文学传统往往也排斥着外来影响。以清代散文而论,当数桐城文派影响最盛。民国初刘声木编《桐城文学渊源考》《补遗》,将有清1223人叙入桐城谱系之中,这是以桐城文章涵盖清代散文的典型。桐城文派以一地而传及全国多地,在清代确实影响至大。以桐城总领清代散文,好处是可以览其大势,但不可否认的是,这也不可避免地屏蔽了清代文坛的多样性与丰富性。

平步青在叙录本朝文家、文集之时,并不以桐城派的流衍为中

---

① 蒋寅:《清代诗学史》第一卷,中国社会科学出版社2012年版,第38页。

心，而是特别关注桐城以外的地域散文，力图以地域文学的视角，构建起多元的清代散文史。《国朝文概题辞》"广济金谷似德嘉"条云："鄂居天下之中，人文科名亦盛，而国朝别集颇稀。国初，茶村、黄公二家外，继武者当推先生（金德嘉）。"这是对湖北散文的关注。"宁州刘大绅"条论云南文章云："滇云僻居天末，通中华稍晚，国朝文人别集传世者稀。……惜皆不可得。""华阴王山史宏撰"①条云："关中自明空同高言秦汉、秕糠八家，后起者多宗其派，流为赝鼎。山史出而始诡于正。"这是对关中散文的关注。"武宁盛于野大谟"条云："自闽中朱梅厓氏不屑同时方望溪侍郎以古文名世，远绍周秦，近学昌黎，异军苍头特起，闻其风者，文率以戛戛独造为古。……闽士学梅厓者众。"平步青指出，福建古文由朱仕琇（梅崖）开创了学习周、秦、韩愈的新传统，与流行的方苞古文不同。衷以垍于嘉庆十一年（1806）称："闽中前辈治古文者，皆宗王遵岩，而建宁朱梅崖以韩为宗，力矫颓俗，仡仡独造，学者翕然从之，至今言古文者其推梅崖朱氏。"②指出了福建古文走向的变革。《清史稿》卷四九二亦云："福建古文之学自仕琇，其后再传有高澍然，字雨农。"③皆与平步青论述合。有清一代散文，地域性特征最为明显的莫过于桐城、江西和浙东。晚清学者王葆心云："国初江西古文家皆以同人聚合成家，与浙东及桐城相似。"④桐城、浙东与清初江西古文，皆因同乡、师弟、父子、兄弟等关系而集群，文学流派特征最为明显。平步青着力

---

① 按，"宏撰"一般作"弘撰"。
② 衷以垍：《雅歌堂文集序》，《北京师范大学图书馆藏稀见清人别集丛刊》第19册，广西师范大学出版社2007年版，第42页。
③ 赵尔巽等撰、"国史馆"校注：《清史稿校注》卷四九二《文苑二》，台湾商务印书馆1999年版，第11187页。
④ 王葆心：《古文辞通义》，王水照编《历代文话》第8册，复旦大学出版社2007年版，第7958—7959页。

## 第六章　平步青《国朝文楙题辞》与清代文集叙录

论述的便是桐城之外的浙东古文与清初江西古文。

江西古文传统久远，唐宋八大家中即有三位：欧阳修、王安石、曾巩。平步青曾任江西粮道并署布政使，于江西文学更为熟稔，在江西时便曾四处访书。他在多位江西籍古文家条目之下，叙及江西古文史。"新建陈宏绪"条云：

> 西江自北宋欧阳、王、曾出，以古文雄长寰中。南渡后有周益公，元有虞道园，明有杨东里、艾天佣，国初有巨源、彭、魏。石庄上掩东乡，下启易堂，空所依傍，一洗晚明纤细通俛之习，与榆墩足称两大，湘帆、轸石尚在下风。不解李迈堂以古文正脉据为西江所有，而所甄录国朝文两编，转以出隶外籍之熊汉阳为首，不特年辈倒置也。

江西古文的传统，清人多有论及，以欧、曾为首，向无异议。对欧、曾之后的人物，看法多有不同，《题辞》"临川李穆堂"条云："安溪言：欧、曾六百载来未有嗣音，当归此子；泽州亦以欧阳、曾、王六百年来文字相属。"李光地、陈廷敬以李绂上接北宋欧、曾统绪，平步青并不认同，认为"皆末杀元明人物，讵为定论"。在论文非秦汉即唐宋的传统下，平氏能如此看重元明文章，实属难得。当然，清人亦有提及元明江西古文者，清初储大文云："西江古文辞，一盛于欧阳氏，再盛于周氏，三盛于虞氏，四盛于杨氏，五盛于魏氏，至公而折衷集成。"[①] 平氏或是受到储氏观点影响，而他对于清初江西古文史的发掘，则意义更大。储大文以魏禧作为清代江西古文第一人，上接明代江西古文，这是很有代表性的观点。邹方锷《与武宁盛于野

---

[①] 储大文：《少司马李公文集序》，《存砚楼二集》卷三，乾隆十九年（1754）刻本。"李公"指李绂。

书》云:"西江古文,自北宋号称极盛,历数百年,国初宁都魏禧起而振之。"①《四库全书总目》之《墨澜亭集》提要云:"江西古文,自艾南英倡于前,魏禧等和于后。"② 皆以魏禧为清代江西古文之发轫者。平步青对清初江西古文的叙述则更为细致,他开列了一份清初江西古文家的名单:徐世溥(巨源/榆墩)、彭士望(树庐)、诸魏、陈宏绪(石庄)、傅占衡(平叔/湘帆)、王猷定(轸石),尤为看重者为陈宏绪、徐世溥,以为二人"足称两大"。平步青不满清代选家李祖陶(迈堂)《国朝文录》《续录》分别以熊伯龙、姚文然为首的做法,《题辞》"汉阳熊锺陵伯龙"条云:"更定其目,以石庄居首,《续录》则以巨源易姚端恪,皆江右人也。"他改动了李祖陶二书的排序,分别以江西文家陈宏绪和徐世溥作为《国朝文录》和《续录》的领衔人物,可见其对清初江西古文的重视。"南昌王轸石猷定"条云:"其时竟陵、公安派盛行,士多效之。诡琐俚碎,文格日下。轸石取裁《左》《国》,自具机杼,间模欧、曾,时出新意,与石庄、榆墩树帜章门,由是易堂诸公起,咸知通经学古为高。"平步青指出,在明末清初竟陵、公安影响方盛之时,以王猷定(轸石)、陈宏绪(石庄)、徐世溥(榆墩)为代表的江西文人,以《左传》《国语》为师,并效仿江西前辈欧、曾,抵制时尚文风的影响,由此才导出后进魏禧,使得江西文人在清初"咸知通经学古为高",形成了较为稳定的地域传统,与时俗相抗衡。平步青赞同汪廷珍"论西江不首勺庭而称轸石"的举措,厘清了魏禧之前,江西古文的发展线索,更为细致真实地揭橥出清初江西古文的面貌。

---

① 邹方锷:《与武宁盛于野书》,《大雅堂初稿》文集卷五,《四库未收书辑刊》第10辑第26册,第220页。
② 永瑢等:《四库全书总目》卷一百八十四,中华书局1965年版,第1671页。

## 第三节 浙文的谱系

平步青本人为浙江籍，而浙江向为人文渊薮，明清时人才尤盛。明人黄洪宪即自豪宣称"惟我两浙文盛嘉隆"①，清乾隆三十年（1765）闰二月庚戌上谕："三吴两浙，文风素盛。……其将江苏、安徽、浙江三省本年应试文童，府学及州县大学增取五名，中学增取四名，小学增取三名。"② 这是深厚的文化底蕴为浙江带来的国家政策上的倾斜。以古文言，浙文传统悠久，南宋时便有浙东文派，黄宗羲编过《东浙文统》③。作为浙人，平步青对乡邦文献极为关注，平日所校典籍中多有乡贤著述，如张岱《陶庵梦忆》《有明于越三不朽图赞》、全祖望《鲒埼亭集》、章学诚《实斋札记钞》及张煌言、祁彪佳等人作品，还曾有意整理黄宗羲全集④。他对浙省科第也颇为关注，撰有《越中科第表》（稿本），订补并刊刻黄安绶《国朝两浙科名录》（安越堂平氏刻本）。对于浙人文集的流播传世，平步青甚为留意，"会稽蒋云壑"条称："粤逆乱后，越中先哲别集甚稀。同治辛未，八世孙志杰重刻，皓城同年黄鞠人转馕南归，持以相赠，后有甄录越文者，当在所取焉。"太平天国曾破坏大量浙江典籍，蒋云壑文集劫后重刻，殊为难得，平步青特意提醒他日编选浙文总集者留意⑤。而

---

① 黄洪宪：《同省祭念斋陶公文》，《碧山学士集》卷七，明万历刻本。
② 王炜：《〈清实录〉科举史料汇编》，武汉大学出版社2009年版，第402页。
③ 吴光：《黄宗羲著作汇考》，台湾学生书局1990年版，第244页。
④ 《国朝文楸题辞》"余姚黄梨洲宗羲"云："曩官京师，有志于梨洲大全集之辑。岁月侵寻，搜采未备，知不能成。"
⑤ 民国时期《重修浙江通志稿》辑有《两浙文征》，是为浙文总集。

"萧山毛奇龄西河"条亦因毛奇龄古文"今则人尟知之,合集板存无刷印者"而感到遗憾。"鄞黄定文《东井文钞》"条称其"所作虽未窥鲒埼亭堂奥,要不失浙东矩矱云",亦是对浙东文统的关注。

同乡文人难免互相吹捧,平步青对此保持着警惕。江西李绂在《萧定侯墓志铭》条中,称临川傅占衡(平叔)为国初古文第一。平步青于"临川傅平叔占衡"条指出:"平叔以其学授之婿黄若辕,而定侯则黄婿也。语涉乡曲,未为知言。"指出李绂论断出于乡曲之私且有谀墓之嫌。"建宁朱仕琇梅厓"条指出,福建人高雨农谓朱仕琇"上接震川,昭代一人","则意在以闽盖宙合,为贡腴左海语,不足辨矣"。平步青在评论本省文人时,亦较公允,"钱塘厉樊榭鹗"条称浙人厉鹗以词名世,"文则似未成家"。"萧山毛奇龄西河"称毛奇龄古文"世罕其偶""一代之雄",并特别强调"非鄙人乡曲私言也"。

两浙文化向有差异,浙东、浙西学者论及本籍文家,往往各有偏爱。清人许宗彦概括两浙文化云:

> 吾浙夙称人文渊薮。当国初时,若黄太冲、胡渭生、万充宗之于经;万季野、吴志伊之于史;袁惠子、徐敬可之于算;张绣虎、朱锡鬯、姜西溟、查悔余之于诗、古文,并流美方来,希风曩喆,继之者全谢山、吴中林、杭堇浦诸先生①。

许宗彦于杭州生活二十年,终老于斯,故所列人物多出浙西。平步青在《霞外攟屑》中特设"浙文"一目,以为许说"为杭人侈言之","一郡未可以概行省"②。浙东毛际可曾云:"西陵为人文渊薮,

---

① 许宗彦:《诂经精舍文集序》,《鉴止水斋集》卷十一,《续修四库全书》第1492册,第403—404页。
② 平步青:《霞外攟屑》卷七上《论文》"浙文"条,上海古籍出版社1982年新1版,第509页。

## 第六章 平步青《国朝文楸题辞》与清代文集叙录

诗才佳丽，云蒸霞蔚，其以古文词名家者，则指不多屈。"① 以为浙西以诗人称，浙东以文家称。平步青眼光则较为通达，他历数浙江文家，两浙皆有："梨洲外，浙东西如西河、竹垞、西溟、庆百、山公，古文巨手林立……"② 对于两浙古文巨手如林倍感自豪。他在《题辞》"秀水朱竹垞彝尊"条称朱彝尊："吾浙国初文家林立，而博雅咸推先生第一。"平步青籍隶浙东，其称浙西朱彝尊为清初浙文博雅第一，可见其对两浙文家较为客观的态度。

平步青治学一大特色在于重视地域学术史的梳理与传承，他是历史上较早梳理浙东学派统系的人物："浙东学术，自东发、深宁以来，远有代绪。国初黄南雷、万石园兄弟及邵念鲁、全谢山氏而下，惟令曾祖实斋先生，远绍独肩。先生殁而浙东学术不绝如线。……鄙人少时，妄以习闻先正自期……"③ 他细致梳理了自南宋黄震（东发）、王应麟（深宁）以来的浙东学术史，并将自己纳入谱系（"妄以习闻先正自期"）。《题辞》中，他在多位浙籍文家名下提及清代浙江古文的传承，且同样将自己纳入谱系。"秀水盛百二柚堂"条云：

> 《蒲褐山房诗话》谓其宗小长芦，余谓文亦谨守暴书亭法。盖乾隆初，浙人学问，西则宗朱，东则宗梨洲、西河，皆恪以乡先辈为师承，不自开设户牖。至中叶而稍出入，今则陋者或不知《西河合集》为何书，高才睥睨一切者，至叱云持、园牧为措大，然其所就可知矣。读柚堂文聊为发之。

这里，平步青以盛百二古文师承秀水乡贤朱彝尊为例，指出乾隆

---

① 毛际可：《岁寒堂文集序》，《安序堂文钞》卷六，《四库全书存目丛书》集部第229册，齐鲁书社1997年版，第557页。
② 平步青：《答金少伯同年论西湖六一泉表忠祠书》，《樵隐昔寱》卷四。
③ 平步青：《答章筱同书》，《樵隐昔寱》卷四。

初年，浙人尚能承继乡前辈文学传统①，其后渐有出入，甚者不知浙江先贤毛奇龄《西河全集》之名，妄加指斥胡天游（云持）、周大枢（园牧）等乡贤。对于彼时文学传统的凋零，平步青感到遗憾。浙江文家中，盛名在外如黄宗羲、全祖望、朱彝尊辈，《题辞》未作过多评论，而对于文名隐晦不彰的毛奇龄、茹敦和等人，《题辞》则多有评述，洞幽烛微，揭橥出古文史上这些为人忽视的浙江人物的价值。

> "萧山毛奇龄西河"条：古文得之云间陈忠裕，加以博奥宏整，与竹垞皆以才丰学赡雄峙浙东、西。黄瘖堂推为杰出，世罕其偶。乾隆中，越人如茹三樵、范薲洲、先高伯祖火莲居士，犹绍述其学，今则人尟知之。《合集》板存，无刷印者。然其文纵横博辨，与经说相表里，议论独到处，实一代之雄，非鄙人乡曲私言也。

> "会稽茹三樵敦和"条：先生以循吏掩其经学，所著《易学十书》，胚胎西河而自辟户牖，今已无称述者，古文更无论矣。然取法欧阳、上溯龙门，精光迸露，不可逼视，似亦探源河右。余幼即酷好之，平生散体文，肆力于是者为最早，学之三十年，乃弥不隶。吁，可恨也！

平步青分别以毛奇龄、朱彝尊为清初浙东、浙西古文代表。他本人学习茹敦和（三樵）散文三十年，鉴于茹氏其人其文"今已无称述者"，平步青于著述中多次发其幽光：平氏《霞外攟屑》卷四有"茹三樵"条，因"越人尟道之者"而详细考证其著述。平步青提及的

---

① 平步青既云盛百二"文亦谨守暴书亭法"，又说"浙人学问，西则宗朱，东则宗梨洲、西河"，则此处"学问"二字实应包含散文之学。

"火莲居士",乃其高伯祖平圣台,字瑶海,号确斋,乾隆十九年(1754)进士①。平步青指出平圣台散文渊源在于毛奇龄,他接受的是浙东地域文学传统。据此,可大致梳理出平步青《国朝文椷题辞》中零星提及的清代浙文的谱系:

> 陈子龙(陈忠裕)→毛奇龄(西河)→茹敦和(三樵)、范家相(蘅洲)、平圣台(火莲居士)→平步青

平步青虽然强调清代浙文"西则宗朱,东则宗梨洲、西河",但从其梳理的谱系来看,主要还是浙东散文传统。如同其在梳理浙东学派谱系时,将自己纳入其中一样,平步青所梳理的浙东散文史,同样纳入自己,说明自身对此种地域文统的认可。平步青以外省的陈子龙为清代浙江散文的发轫,突出其对浙江散文的影响,于史有据。崇祯十三年(1640),陈子龙出任绍兴府司理,寻兼摄诸暨知县。在浙期间,陈子龙以其声望影响当地士子,积极选拔人才,主持崇祯十五年乡试,"所拔多名士及才而单寒者",此次人才选拔被誉为"十得其八,数十年所无也"②。《绍兴府志》本传载:"子龙为绍兴推官,士以其夙有文望,争师事之,皆无峻拒。"③ 因之,陈子龙的散文创作理念传播到浙江。

陈子龙为几社中枢,自称"幼时即好秦汉间文"④,几社成员于

---

① 平步青对家门中这位进士先祖引以为傲,在"大兴朱筠《笥河文集》"条下云:"甲戌一榜,得人最盛。馆中有虎豹师象之目。相传文达为虎,竹汀为象,先生为师,先高伯祖火莲居士为豹云。"将平圣台与纪昀、钱大昕、朱筠相提并论。
② 陈子龙:《自撰年谱》卷中,施蛰存、马祖熙标校《陈子龙诗集》附,上海古籍出版社 2006 年版,第 671 页。
③ 陈子龙:《自撰年谱》卷中,注者"考证"引,上海古籍出版社 2006 年版,第 669 页。
④ 陈子龙:《李舒章仿佛楼诗稿序》,《安雅堂稿》卷三,《续修四库全书》第 1387 册,上海古籍出版社 2002 年版,第 693 页。

明末一反公安、竟陵，瓣香前后七子，重提"复古"，再次将秦汉古文作为师法对象。陈子龙等几社诸子所撰古文辞，以华亭为中心，流风所及，东南文人多有效法。平步青特别留意几社文风在清初对于浙江的影响，《题辞》称会稽蒋云壑："文学西汉，意在以质救靡，盖闻几社之风而起者。国初，吾越文人大半出陈忠裕门，故流派如此，虽拟议未纯，要以古学相砥砺，非枯槁石隐者流也。"指出清初浙江散文以复兴"古学"相勉的事实。《题辞》收录了几社重要成员李雯，称："舒章生胜国之末，道丧文敝，东涧、东乡思以唐宋八家起之，犹未复古。先生与陈忠裕共主几社，独以东汉六朝之学，劙才丰学赡古文，訇耀海内，力扫竟陵、公安，又防李、何、王、李流弊。"李雯为陈子龙挚交①，正是看到了他在几社中的特殊地位及其对清初浙文的影响，平步青才将其收入《题辞》。

与研究浙江散文相关，平步青对于康熙十八年博学鸿儒、乾隆元年博学鸿词两次制科特别关注，撰有《诏试博学鸿儒考略》《诏试博学鸿词考略》。康熙、乾隆鸿博两科，浙江一省被荐征士有六十人，仅次于"江南七十人"，远超他省②。就文章而言，平步青注意到两浙鸿博词人给文坛带来的闳博奇丽之风。他称赞杭世骏："诗固卓然大家，文更学赡才雄，而以苍秀凝重之笔出之，排突古今，自成一子。词科中，双韭（全祖望）、云持（胡天游）两大外，先生与之鼎足，无可甲乙。"称赞齐召南："博览强识，与董浦齐名，丙辰之有杭、齐，犹己未之有毛、朱，并称两大浙人，高出宇内者，百年来无异词。"他以乾隆鸿博科的杭世骏、齐召南比拟康熙鸿博科的毛奇龄、

---

① 陈子龙《自撰年谱》云："（崇祯二年）始交李舒章、徐闇公，益切劘为古文辞矣。"记录了与李雯共同研治古文的经历，《陈子龙诗集》附，上海古籍出版社2006年版，第643页。

② 据袁丕元《清代征士记》，民国二十三年（1934）石印本。

## 第六章 平步青《国朝文概题辞》与清代文集叙录

朱彝尊，强调浙江鸿博文风的传统。"建宁朱仕琇梅厓"条云："国朝古文家，乾隆以前，大抵规抚韩、欧，积久生厌。丙辰大科之召，石笥（胡天游）、堇浦（杭世骏）诸公出，始以闳博奇丽为宗。"平步青认为此前学习唐宋（实际主要是宋）带来的枯淡之风，受到了乾隆鸿博词人的冲击，并指出这仍是远绍清初几社遗风的结果。"华亭黄之隽"条云：

> 明崇正中，云间几社陈忠裕诸公，不餍艾东乡规复八家之赝体，倡为周秦东西京文，下逮六朝，树骨撷采，博奥闳整，斐然称盛，流风及于国初，范型未沬，王玠右、吴日千尤卓荦雄霸，至康熙末稍衰。痦堂起而复振，其《跋壬申文选》，隐以起衰自任。文集才力雄健，意语铿耀。视貌为唐宋者，有淄渑之别焉。乾隆初，石笥、堇浦诸公文率奇丽博洽，远驾班扬，先生实为首功。

陈子龙与几社后劲吴骐（日千）、王光承（玠右）均为华亭人，几社文风于康熙末年渐衰，同为华亭人的黄之隽以起几社之衰自任，而黄之隽即曾举乾隆元年博学鸿词。平步青指出：乾隆初年的文坛，一反枯淡之弊，兴起奇丽博洽之文风，肇始于黄之隽，倡和于胡天游、杭世骏、齐召南等浙籍鸿博词人，众人不满于仅仅师法唐宋，重新以周秦两汉为师，乃至以六朝骈俪之风打入散文，为文坛带来了新的面貌。平步青也注意到，鸿博词人中亦有谨守桐城家法之人。沈廷芳古文亲炙于方苞，是桐城派在浙江的代表，平步青指出"其词科同年如堇浦、息园、丹茨诸公与稚威、元木、夷门皆以奇博绝丽为长，而株守桐城家法，不敢尺寸自轶。"既指出沈廷芳的特殊，更是强调鸿词文人在文风上的集群性。

要之，平步青所总结的清代浙江古文传统，即是受以陈子龙为代表的"几社"复古思潮的影响，以秦汉乃至六朝骈文为师法、借鉴对象。相比于清代普遍流行的以唐宋为师法对象的风气，浙江散文可谓异数，以"复古"的形式来"变革"唐宋文一统文坛的局面；乾隆初年，这股复古思潮又由浙籍鸿博词人重新揭起，在桐城文章的影响愈来愈炽的背景下，多省文风受到桐城文派影响，有着强劲地域传统的浙文却能够抗拒文坛时尚，殊为难得。若将其时广泛流行的桐城文章看作"正"，则彼时浙江文章可谓"奇"，以"奇丽博洽"来抗衡桐城文章的"平淡简易"。著名浙籍学者黄宗羲在谈到明代浙江诗学时，曾骄傲地说："吾越自来不为时风众势所染。"① 这在清代浙江文章学的独特不群之发展中同样可以得到印证。当下的多种《中国散文史》著作叙及清代散文时多以桐城派为中心，忽视了桐城派外的许多杰出文家，缺少对文学史细节的描绘。平步青清理的浙文系统，揭示出浙文以"奇"反"正"，每为清文带来变奏的特点，这也为我们还原清代散文史原貌提供了研究积累。

　　晚清桐城人方宗诚在为本县文家编选总集时说："夫学问之道，非可囿于一乡也。然而流风余韵，足以兴起后人，则惟乡先生之言行为最易入。"② 清代桐城派如是，而从平步青梳理的江西、浙江古文统绪来看，亦如是。

---

　　① 黄宗羲：《姜山启彭山诗稿序》，吴光主编《黄宗羲全集》第10册，浙江古籍出版社2012年版，第61页。
　　② 方宗诚：《桐城文录序》，《柏堂集次编》卷一，《清代诗文集汇编》第672册，第141页。

# 第七章 徐湘潭《论文绝句一百七十五首》与论文绝句的创制

论诗诗是中国古典文学批评文体中重要的一类。考之批评史，论诗诗约有以下几种类型：其一，"诗品"类；其二，古体论文诗；其三，论诗绝句。影响最大、创作最盛者当数论诗绝句。论诗绝句自杜甫《戏为六绝句》、元好问《论诗三十首》创体以来，师范效法者众。郭绍虞等编《万首论诗绝句》已证论诗绝句数量、价值之宏富。清人踵事增华，论诗绝句之外，论词绝句、论曲绝句均为数不少，甚至论画、论印、论医、论书、论金石者亦屡见不鲜，唯独论文绝句甚为罕见。无论是以绝句论散文还是论骈文，都不及论诗绝句、论词绝句给人的印象深刻，往往会给人批评史上并无论文绝句的印象①。在诗学和词学研究中，论诗绝句、论词绝句已经是理论研究的重要文献基础，而文章学研究中

---

① 如有学者认为："清中叶陈文述的《灯下与稚回论骈体文》这一首五言长诗，大概是目前为止所发现的唯一以诗论骈体文的批评文献。"李金松《乾嘉学术视野下的以诗论骈文——陈文述〈灯下与稚回论骈体文〉诗考论》，《文艺理论研究》2015年第1期。

罕有援引论文绝句者，论文绝句俨然成为中国文学批评史上的空白。

## 第一节  清人的批评文体自觉与论文绝句的创制

历代迄清，有一些为数不多的论文诗。北宋张耒《与友人论文因以诗投之》、金元时代元好问《与张中杰郎中论文诗》、明代艾南英《论文诗》、清代郑燮《偶然作》等均以古体诗论文；清代陈文述《灯下与稚回论骈体文》则以古体诗专论骈文；明代袁宏道《登平山阁同江浦诸友论文》以五律论文；清代李联琇《论文四首》则以四首古体组诗论文；清代马荣祖《文颂》、许奉恩《文品》则仿《诗品》以四言韵诗论文。而直到清中叶，论文绝句尚未出现。值得注意的是，清人在批评史上有很强的"填补空白"的意识，题名"文话""赋话""赋品"之类的批评著作在清代纷纷问世。魏谦升说："自司空表圣作《诗品》，仿而为之者，《词品》《画品》各有其人，而于赋阙焉。"① 因之制作《二十四赋品》；杨复吉感慨历代"独品文者尚少其人，亦艺林缺典也"②，故而欣喜于马荣祖《文颂》的创作；李调元认为"古有诗话、词话、四六话而无赋话"③，故特作赋话；李元度考察诗文评史，认为："自梁锺嵘、唐司空图作《诗品》，逮宋汔

---

① 魏谦升：《二十四赋品序》，陈良运主编《中国历代赋学曲学论著选》，百花洲文艺出版社2002年版，第400页。
② 杨复吉：《文颂跋》，王水照编《历代文话》第4册，复旦大学出版社2007年版，第4042页。
③ 李调元：《赋话》，《丛书集成初编》本，中华书局1985年版，第1页。

第七章 徐湘潭《论文绝句一百七十五首》与论文绝句的创制

今,撰诗话者,几于汗牛充栋矣。宋王铚有《四六话》,近世毛西河有《词话》,梁茝邻有《楹联话》《制艺话》《试律话》,而《文话》独无闻焉。"① 故特撰以"文话"题名之《古文话》。凡此,皆可说明清人在批评文体自觉的学术背景下,有着强烈的"求全""补白"意识。清代为古典诗文评之学的集成期,清人追求的是每种批评文体都有对诗、文、词、赋等各种文学文体的讨论。在这种学术背景下,以绝句论诗、论词而不及于文的客观事实被发现。本着填补"艺林缺典"的宗旨,自清中叶至晚清民国,直至当代,论文绝句开始陆续增多。考诸文献,目前可知的有以下十五种论文绝句(见表7-1)。

表7-1　　　　　　清、民以来《论文绝句》撰作表②

| 题名(数量) | 作　者 | 版本著录 | 备　注 |
| --- | --- | --- | --- |
| 《论文绝句》(十二首) | 汪辉祖(1730—1807) | 载于《病榻梦痕录》 | 专论制艺 |
| 《论文绝句》(八十首) | 钱梦铃 | 载于《补巢书屋诗集》,乾隆三十四年(1769)刻本。南京图书馆藏 | |
| 《论文绝句一百七十五首》 | 徐湘潭(1783—1850) | (1)稿本(单行本),国家图书馆藏;(2)《徐睦堂先生全集》诗集部分,道光二十二年(1842)刻本 | |
| 《论文绝句》(七十五首) | 王锡纶(1809—?) | 载于《怡青堂诗集》,民国铅印本 | 其中三十三首专论清文 |

---

① 李元度:《古文话序》,《天岳山馆文钞》卷二六,《续修四库全书》,上海古籍出版社2002年版,第1549册,第407页。
② 在2015年复旦大学第三届中国古代文章学学术研讨会上,复旦大学中文系博士倪春军先生为拙文增补民国论文绝句四种,谨致谢忱!

续表

| 题名(数量) | 作　者 | 版本著录 | 备　注 |
| --- | --- | --- | --- |
| 《论文四首》 | 刘熙载<br>(1813—1881) | 载于《昨非集》,古桐书屋六种本,同治十二年(1873)本 | |
| 《论骈体文绝句十六首》 | 谭莹<br>(1842—1926) | 载于《乐志堂诗集》卷十一,咸丰九年(1859)吏隐园刻本 | 将清人对骈体文的论述汇总以诗语道之 |
| 《仿元遗山〈论文绝句〉》(十二首) | 黄际清<br>(1846—1926) | 载于《读东观书室诗草》 | |
| 《论文绝句》(三百零六首) | 倪宜园 | 袁嘉谷《卧雪诗话》:"吾友倪宜园《论文绝句》,多至三百六首,伟大可惊。"①《诗话》著录末六首 | |
| 《论文》(二十首) | 黄人<br>(1866—1913) | 《黄人集》卷一三,江庆柏、曹培根整理,上海文化出版社2001年版。 | |
| 《与宗素、济扶两女士论文》(四首) | 陈去病<br>(1874—1933) | 载于1904年7月26日《警钟日报》 | 刘师培有《题佩忍与林宗素、孙济扶女士论文绝句后》,载于《警钟日报》第175号 |
| 《论古文》(九首) | 夏默庵<br>(1853—1924) | 载于1915年第2卷第3期《宗圣学报》(录六首) | |

---

① 袁嘉谷:《卧雪诗话》,袁丕厘编《袁嘉谷文集》第2册,云南人民出版社2001年版,第511页。

第七章　徐湘潭《论文绝句一百七十五首》与论文绝句的创制

续表

| 题名(数量) | 作　者 | 版本著录 | 备　注 |
|---|---|---|---|
| 《论散体文诗五首——近三百年内散体文所心好者各题数语》 | 赵必振（1874—?） | 载于《孔道期刊》1936年第89期 | |
| 《论骈体文诗八首——近三百年内骈体文所心好者各题数语》 | | | |
| 《论文诗说》（三十首） | 光明甫（1876—1963） | 《江淮论坛》1982年第2期选录十一首。许永璋云："爬梳剔抉成《诗说》，绚烂奇文三十篇。"① | |
| 《论文绝句》（二十五首） | 孙靖圻（1876—1959） | 孙靖圻《次玄老人诗文遗稿》 | 钱基厚《次玄老人诗文遗稿序》："以诗论文，一文论诗，一炉而治，前人未有。" |

上述十五组论文绝句之中，汪辉祖之作专论八股文，谭莹之作专论骈文，赵必振八首论骈文，其他七组主要论述散体文。从创作时间上来看，汪辉祖、钱梦铃之作较早。但鉴于清人多有"补缺"的主观意识，往往各自撰制。就其组诗的系统与规模而言，徐湘潭的《论文绝句一百七十五首》为其中创制较早而价值较高的一种，其以绝句构

---

① 许永璋：《题光明甫先生〈论文诗说〉四绝句》，褚宝增笺注《许永璋诗集初编笺注》，诗联文化出版社2009年版，第55页。

建中国散文史更是引人注目。

徐湘潭（1783—1850），江西永丰人，字东松，号兰台，后改为金溪，又增号为睦堂①，有《徐睦堂先生集》一百三十卷。姚鼐尺牍中评价其人其文称："其文诚有才气，亦佳士也。其年三十二，甚可用功，将来成就，未可限，安知不突过吾辈乎？"② 湘潭又与包世臣、恽敬等名家相交。包世臣在与他人书信中称其"足与汪钝翁颉颃，惜太繁耳"③。客观而言，徐氏不失为清代江西古文的重要一家。

## 第二节　"诗以论文诗更史"
### ——散文史的诗意构建

徐湘潭《论文绝句》所论之文④，除当下文学观念中认同的有一定"文学性"的"文学散文"之外，还涉及史书、奏议等诸多今日文学观念中的"非文学文体"、实用文体，实为传统的"文章"批评。综观全书，其论述对象主要为散体，个别绝句论及骈体时也以批评为主。对中国散文史的系统论述，晚清、民国以前罕有其书，以诗论述散文史，更是前无古人。徐湘潭以一百七十五首绝句的规模，尝

---

① 此据《徐睦堂先生集》之《凡例》，《清代诗文集汇编》第558册，上海古籍出版社2010年版，第11页。此前今人所编多种方志将其字、号混淆。
② 姚鼐：《与陈硕士》，《惜抱先生尺牍》，海源阁丛书本。
③ 刘德熙《与阳质民孝廉书》云："包慎伯尝与弟言：'东松古文足与汪钝翁颉颃，惜太繁耳。'"收入《徐睦堂先生集》，《清代诗文集汇编》第558册，第10页。
④ 徐湘潭《论文绝句一百七十五首》现有刻本、稿本两种，刻本附于道光二十二年（1842）刻《徐睦堂先生集》之诗集部分；国家图书馆则藏有单行稿本一册。刻本字迹多漶漫不清处，本书引用文字以稿本为主，参以刻本。

试建构起从先秦至明代两千年的散文史，蔚为大观。时人评论此书说："于上下二千余年之间文体正变及作者源流，一一辨察清晰。"①全书分为上、中、下三卷，上卷"所论自周至唐末五代"，共六十五首。中卷"专论宋文"，共五十五首。下卷论"辽金元明"，共五十五首。"古文"自唐宋以来即与道密切相关，文道关系是散文理论家需要回答的第一个问题。湘潭对道之于文的根基作用非常强调，绝句第一首云："仁义之辞非一艺，古来巨手尽高贤。斯文稽首尊宗主，万代尼山亦简编。"诗自李翱《寄从弟正辞书》翻出，将文章分为"仁义"之文与"一艺"之文，强调根植于"仁义"的文章才是文之正宗，这也是历来古文名家共通之处。与李翱一味强调"仁义"之文与"一艺"之文的差异不同，徐湘潭对文章作为"艺"的特殊性更为关注，紧接着第二首即云："道德文章虽共源，修辞行远亦专门。程朱笔力输韩董，颜闵方难掩卜言。"指出"仁义"之文不等同于道学家言，强调"修辞行远亦专门"。他认为作为理学家的程、朱，在古文创作上并不及"仁义""修辞"兼备的韩愈、董仲舒，这就消解了开篇第一首可能带来的以"道"否定"文"的危险。徐湘潭曾受到姚鼐赏识，《论文绝句》中引述姚鼐口授之论文言语不少。不过他也并非简单地复述桐城派理念，李祖陶谓其为文"不主故常，亦不名一格"②。他的文章学观念较为通达，不为姚鼐所局限。如《论文绝句》中因姚鼐《古文辞类纂》不取《陈情表》，而感慨道："令伯陈情千载垂，淋漓不减蓼莪诗。桐城老眼无纤翳，操选何因却见遗？"为《陈情表》的落选鸣不平。

对先秦散文，徐湘潭没有直接论述其价值高低，而是先考辨其书

---

① 刻本卷首附有数家评论，此为石家绍评语。
② 李祖陶：《悦亲堂文集序》，《清代诗文集汇编》第558册，第4页。

之真伪。清代考据学兴盛，出现了一批敢于疑古的学者，阎若璩、姚际恒、崔述等人对诸多古书皆有辨难。作为古文名家的姚鼐标举"义理、考证、辞章"，他对"考证"的强调并非仅仅是受时风影响所作的门面语而已，姚鼐本人对先秦典籍多有辨伪。徐湘潭受姚鼐、崔述等人影响，论文以辨伪为前提，他论《左传》"后来增益匪全真"，说"《管》《晏》《孙》《吴》多伪书"，自注说："《管》《晏》二书之伪，人多知之；《孙子》《吴子》惟姬传先生辨其诈舛甚确。"湘潭称："《论语》亦难尽信，近日崔东壁之说甚有见。《荀》《韩》下，未必尽是本书，姬传先生所辨《左氏》各条皆确。"他对先秦古书真伪的判断，未必尽是确论，有些今天仍可继续讨论，但其论先秦散文先辨真伪的研究方法，与之前文评画然有别，无疑更具现代学术气质。基于这种散文文献考辨的敏感性，他对于史书所录散文，没有径直将其视为原作："汉人无不解为文，史册篇章多轶群。须识兰台工代斫，可能皆是鲁般斤。"自注："西京文载《汉书》者多佳。韩文公所以谓'汉朝人莫不能为文'。盖班氏有润色也。"汉文佳者多载于《汉书》，以往的论者径将其视为汉人文字原貌，韩愈《答刘正夫书》据之有"汉朝人莫不能为文"[①]的论断。徐湘潭跳出文本本身，从文献流传的角度重新审视这一论断。他指出今人面对的文本可能是班固等润色加工后的文字，并非作者文字原貌。这一判断涉及史书、总集、选本、类书等文献著录文学作品的方式问题，眼光较为深邃。《汉书》中的汉人文章未必全有班氏父子的润色，但徐湘潭的思路仍能给今人以相当启发，史家、选家在载录作品之时，自然地拥有"文

---

① 韩愈：《答刘正夫书》，马其昶校注、马茂元整理《韩昌黎文集校注》，上海古籍出版社2014年第2版，上册，第232页。

## 第七章 徐湘潭《论文绝句一百七十五首》与论文绝句的创制

学史的权利"①，有可能依据个人理念或书籍体例删改作品，徐湘潭的推测有助于重新审视文学史。从文学角度而言，秦汉散文中，徐湘潭最赏《檀弓》，这也延续了宋以来的观念。他将《檀弓》置于《左传》之上："尤怜逸调是《檀弓》，列子泠然善御风。洗髓伐毛工力到，赏音旷代始东坡。"自注："予最爱《檀弓》篇无余句，句无余字，寓奇于正，藏浓于淡。蕴藉中和，精工远逸，直已臻文章神化之境。即《左传》且不及也。"《檀弓》语少意密，有韵外之致，在重"韵"的宋代文章学语境中引起注意。后来刘熙载《艺概》认为："左氏森严，文赡而义明，人之尽也；《檀弓》浑化，语疏而情密，天之全也。"② 他将《左传》与《檀弓》对比，且同样更为欣赏《檀弓》。

全书三卷之中有一卷全为宋文，从对散文史的划分和绝句的数量，可以见出湘潭对于宋文的极度偏爱。他总论宋文云："宋朝作者较唐多，粤镈燕函不啻过。佳木林中选楩梓，尚难逐一入搜罗。"宋朝散文作家之多，他以"粤镈燕函"为喻，谓宋代人人能文，欲"逐一入搜罗"，阐幽发微之义明显。对于偏安一隅的南宋，他认为"较量事事非如旧，只有文章尚典型"，承认其在颓唐国势下取得的文章成就。两宋文章无论数量还是质量均有极高成就，宋人自己及后来者多认为宋文超越唐文③，湘潭对宋文的推崇与宋以来观点相合。湘潭论文，还关注到少数民族政权的创作，眼界较宽。他将辽金元明集于一卷，总论辽夏金元之文说："辽夏均开万里疆，百年传世少篇章。寥寥艺苑推王子，不及金源文物详。"辽、夏传世汉文作品极少，徐

---

① 程章灿：《总集与文学史权利——以〈文苑英华〉所采诗题为中心》，《南京大学学报》2011 年第 1 期。
② 刘熙载：《艺概》卷一《文概》，薛正兴点校《刘熙载文集》，江苏古籍出版 2001 年版，第 57 页。
③ 曾枣庄：《"散文至宋人才是真文字"》，《文学遗产》2009 年第 3 期。

湘潭指出辽、夏不及金源，符合史实，他还从辽代不多的散文家中拈出王鼎一人。王鼎有《焚椒录》一卷，其序情理兼具，不失为佳作，堪为辽代散文代表。与辽、夏作品稀少不同，元代散文存世作品较多，徐湘潭总论元文说："有元一代直无文，降格相求有轶群。虞揭柳黄称大手，其余翘楚亦纷纷。"清人李祖陶评论首句观点称"似大骇人"①。自元代以降，论文非秦汉即唐宋，元代散文长期地位不彰，不为人所注意。其实湘潭已在首句下明确注出："此语面闻于姬传先生，故先生选《古文辞类纂》于元不录一篇。"称元代无文，原是湘潭转录姚鼐之语。姚鼐《古文辞类纂》的编选目的很明确，意在建构桐城派文统，入选篇目集中于秦汉、唐宋八家、归有光和方苞、刘大櫆。徐湘潭当面聆听姚鼐"有元一代直无文"的意见，并书诸绝句，但他显然没有完全继承姚鼐观点。元末明初的戴良已将虞集、揭傒斯、柳贯、黄溍四人并称②，徐湘潭继承这种观点，肯定四人为"大手"，并称"其余翘楚亦纷纷"，认可元代散文的成就，与姚鼐的元代散文观已然有别。他说"人才元代胜辽金，艳耀声华著作林"，认为元代程钜夫"下笔能追北宋贤"，都可见出对元代散文的认可。

对散文史辨析流别、识别正伪是古典文章学的核心内容之一。徐湘潭于此较为自信，自谓："于古文固非敢谓能者也，独是究心历有年所，亦颇能辨其流别正伪矣。"③ 他辨析史传文学宗派云："马班二史分宗派，狂狷参并好折中。"班马优劣，是史学也是文章学中的老话题，徐湘潭追溯源头，自注："《史记》似《左传》，《汉书》似

---

① 李祖陶：《书徐东松〈论文绝句一百七十五首〉书后》，《迈堂文略》卷一，《续修四库全书》第 1672 册，第 256 页。
② 戴良：《夷白斋稿序》，李修生主编《全元文》第 53 册，凤凰出版社 2004 年版，第 246 页。
③ 徐湘潭：《与石瑶辰明府书》，《徐睦堂先生集》，《清代诗文集汇编》第 558 册，第 281 页。

《国语》。……《史记》高奇微妙处,恨班《书》不能兼;班《书》虽以详密称,然其体要简当处,《史记》亦时有愧色。""二书之后,无能合其长者,《三国志》简净矣,而太枯淡。欧阳公《五代史记》才识最高,然亦未能综擅二家之美妙耳。"他将《左传》《国语》《史记》《汉书》《三国志》《五代史》等史传代表一并论述,辨体溯源。对《史记》在单篇散文史上的影响,他也有论述:"嘘云喷雹矫游龙,迁史云亡孰继踪?唐有昌黎宋苏子,前朝制艺两文宗。"认为汉以后司马迁、韩愈、苏轼三人可谓"文中之龙",归有光古文亦接近却难以并列,归有光与陈际泰的时文"均登峰造极","天矫纵横,千汇万状",可与三家古文相配,有"异曲同工"之妙。又如他论奏议:"宣公笔舌定唐倾,贾魏欧苏际太平。继此忠肝兼辩口,闽西忠定越文成。"论及陆贽、李纲、王守仁等奏议,一诗之中贯穿上下千年之奏议文章史。他论述以子为文的创作传统说:"神仙游戏传文籍,痴绝齐邱攘《化书》。后此子家方博奥,郁离之后有衡庐。"针对昔人"唐以后无子"的观点,湘潭拈出谭峭《化书》,并以明代刘基《郁离子》、胡直《胡子衡斋》继之,别具慧眼。

古人学文多是取前人之文为师,但以字句样貌为终极追求者往往流为伪体。徐湘潭对于学古有着自己的看法,他说:"请看鲁邹诸子笔,不同盘诰苦聱牙。"批评对上古佶屈聱牙的文字模仿,自注称:"世俗多于字句面貌求古,不知古在神理耳。即如四子书,何尝效《周诰》《殷盘》体耶?"他强调学习《尚书》的"古直雅奥之真精气",而非已经变异的语言文字。他批评樊宗师"句狂字谲骇人情",自注称其:"无其古直雅奥之真精气存焉也。夫为文而务为举世所不解,所不为奴亦何为哉,抑又何难也哉?"他称"赝体无如明季多"。明文多赝,清人多有论及,而徐湘潭于此更进一步论断说:"此风开自宋之末。"这便属创见。唐宋古文运动以后，秦汉、唐宋古文传统逐渐形成，古文中的诸多文体都已定型并有了典范之作，故宋末及元明清三代古文，多以向秦汉、唐宋学习为途径，伪赝之作自然同时产生。徐湘潭点出伪体的同时，也提出了学古的典范，"摹韩而似只荆公"一首，自注称欧阳修学韩是"不似之似"，王安石学韩是"似之似"。一般而言，古文家提倡能入而又能出，推崇"不似之似"，而面目相似则易陷于伪。在此湘潭特意拈出"似之似"这一种境界，认为面目似古不一定流为赝伪，也可能成为"似之似"这种成功面貌，王安石的学韩即是典范："不独非前明七子摹《史》《汉》之比，即视柳子厚之摹《左》《国》，亦更为浑化也。"湘潭论其成功原因说："然不入浮伪，又不著瑕类，由其根柢深厚，巧力并兼，是以可贵。"徐湘潭提出的"似之似"与"不似之似"无疑是文章学中新颖而重要的一对概念。

散文史上作家众多，在有限的篇幅内，不可能一一论及。徐湘潭在挑选论述对象时，既关注名家、大家，同时，也非常注意对在散文史上湮没不彰的优秀作家作品进行发掘，发潜阐微之意甚明。他在绝句前的小序中谈及选录对象的标准："前人论之已详者，每不多著语，或但举其类概之。声迹稍晦昧者，却辄为标列焉。盖于温故之中又时存发潜之义。"具体而言，徐氏论文绝句阐幽发微的对象主要有以下几类：

其一，文名为政治功绩所掩的政治家。历史上的帝王宰辅并非皆不能文，有些甚至可以跻身于优秀散文家之列。但囿于政治视角的局限，帝王作品常被忽略。徐氏《论文绝句》中对帝王之文多有关注："汉文诏令追三代，后此萧王隽语传。北魏长陵尤敏给，千言倚马立成篇。"自注："光武诸手书多奇隽古直。"称赏光武帝刘秀诏令。而他对少数民族君主北魏孝文帝尤致赞词。史载孝文帝"才藻富赡，好为文章，诗赋铭颂，任兴而作。有大文笔，马上口授，及其成也，不改一字。自太和十年以后诏策，皆帝之文也；自余文章，百有余篇"①。孝文帝曾自编文集②，诗赋之外，长于诏令碑表等实用文体。赵翼《廿二史札记》专门设有"魏孝文帝文学"条，其人应在散文史上占有一席之地。另"名士帝王萧老公，才超沈范两宗工。李唐三主富文藻，未脱南朝徐庾风"，论及梁武帝萧衍、唐太宗李世民、唐玄宗李隆基、唐德宗李适。论宰辅之文的，如论明万历年间首辅王锡爵："当世纶扉有荆石，以方二美雅裁多。"自注："王文肃公才名远不及元美、敬美兄弟，然其文实更雅则也。二美则浮情客气多矣。"王世贞、王世懋兄弟于文坛享有大名；王锡爵在首辅任上，曾领导抗倭援朝战争，名重一时，却不以文称。徐湘潭认为王世贞兄弟之文应酬社交之作过多，与之相比，王锡爵散文更为典雅。

其二，文名为诗名等所掩的"兼才"。三曹父子是历史上较著名的文学帝王，但历来以诗著称，徐氏则从文章角度审视，称赞"风流三祖递相嬗，妙解篇章不独诗"，认为三曹散文同样优秀。文学史上，像三曹父子这样，因其诗艺或其他成就的特出而遮蔽其散文成就的尚有不少，这些精通多艺的作家往往只以其某一种身份为人所知。湘潭特别重视这些"兼才"被遮蔽的一面，像其绝句中所写的："高刘诗伯又文雄，驰骤纵横绳墨中。春雨孟阳皆两擅，兼才可惋概凶终。"自注："人只知刘文成兼能文，不知季迪《凫藻集》亦彬彬有法也。"刘基在明初诗名、文名皆重，而同时代的高启一直以诗歌著称，文名少有人认可。《四库全书总目》之《凫藻集》提要云："启诗才富健，

---

① 魏收：《魏书》卷七《高祖纪下》，中华书局1974年版，第187页。
② 《魏书》卷五七《崔挺传》："十九年，车驾幸兖州，……又问挺治边之略，因及文章。高祖甚悦，谓挺曰：'别卿已来倏焉二载。吾所缀文，已成一集。今当给卿副本，时可观之。'"中华书局1974年版，第1264页。

工于摹古,为一代巨擘,而古文则不甚著名。"①甚赞其诗而于文不甚推崇,是较有代表性的观点。徐氏则在阅读高启文章后认为其亦"彬彬有法",突破传统观点。评论其他"兼才"的如:"守溪八股格穹隆,散体偏饶苏氏风。绝作太湖两篇记,能从简巧赛坡公。"王鏊为明代八股文大家,对后世影响极大,清人称其"于制艺为祖",将其制艺与司马迁之史、杜甫之诗、王羲之之书法并称,均"更百世而莫并者也"②。徐湘潭首句承认王鏊八股成就,其余三句则就为人忽略的王鏊散体文立论,认为王氏散文有苏轼文风,并以其《太湖诸山记》《太湖七十二山记》二文为其散体文代表,认为简巧处超过东坡,改变了历来对王鏊的片面认识。

徐湘潭学术态度笃诚,在序中自谓"多本前人之论,而自为之说不及半"。客观而言,徐氏绝句确有一些是就史书评语申发而成,他论述的少部分作家,并没有读过其作品,这也是大部头论诗、论词组诗常有的现象。但总体而言,湘潭绝句仍属价值较高的一种,原因在于他提出了许多原创性的文章学概念,值得深入研究。以诗通论散文史,类近于咏史之作,李祖陶评徐湘潭论文绝句说:"既不似流俗咏史,活剥生吞;又不类文士题词,浮言掩意。"③大抵较为符实。诗中提出了一些文章学上新的概念,如:"庄周苏子是文仙,游戏飞腾隘九埏。广大如来惟六一,半山乃似祖师禅。"他以诗学术语比附散文。唐人《诗人主客图》曾立"广大教化主",以白居易当之。徐湘潭提出文中"广大教化主"的概念,并以欧阳修当之,洵为卓识。众所周知,古文在欧阳修手中奠定平澹典要之风。六一门庭广大,提携后

---

① 永瑢等:《四库全书总目》卷一百六十九,中华书局1965年版,第1472页。
② 俞长城:《可仪堂一百二十名家制义》之《题王守溪稿》,康熙三十八年(1699)版。
③ 李祖陶:《书徐东松〈论文绝句一百七十五首〉书后》,《迈堂文略》卷一,《续修四库全书》第1672册,第256页。

进，影响士子无数，誉其"广大教化主"，最为适宜。黄庭坚为诗中"祖师禅"，徐湘潭认为王安石为文中"祖师禅"。借鉴"诗中之仙""诗中之佛"的评价，徐湘潭于此诗自注中提出"时文之仙"的概念，认为"本朝李文贞乃直可谓时文中之佛矣"。又如，在文学批评史上，常会有一些立论严苛而又耸人听闻之论，苏轼曾云："欧阳文忠公尝谓：'晋无文章，惟陶渊明《归去来》一篇而已。'余亦以谓：'唐无文章，惟韩退之《送李愿归盘谷》一篇而已。'"[①] 南宋刘子澄仿此而提出宋只四篇文章之论。对此，徐氏绝句说："清江寺簿语争传，有宋文章只四篇。立论虽苛匪无识，一时兴到抹前贤。"徐湘潭友人包世臣分古人谈诗论文之言为三种：自得语、率尔语、僻谬语。只有率尔语最易流传却又最易误人，欧阳修、苏轼之言，"固二公心有所感，而偶然所出，然艺苑久以为圭臬矣"[②]。率尔之言，在本人只是兴到偶然，然因其耸人听闻、突破传统观念，立论者又是文坛领袖，故而闻者往往记忆深刻，奉为金科玉律。徐湘潭打破迷信，明确在注中提到"此皆偶然兴到之言耳"，与包世臣之说相互发明，有助于时人与今人对古人此类言论的深入理解。

## 第三节　批评文体的文学追求与体制生新

　　论文绝句与论诗绝句一样，既是批评文体，也是文学文体。对论文绝句的价值考量，既要关注其批评价值、批评特色，也不能忽视其

---

　　① 苏轼：《跋退之〈送李愿序〉》，李之亮笺注《苏轼文集编年笺注》第9册，巴蜀书社2011年版，第46页。
　　② 包世臣：《书韩文后下篇》，《艺舟双楫·论文》，中国书店1983年影印版，第29页。

作为诗歌本身的文学价值。徐湘潭《论文绝句一百七十五首》作为最早的《论文绝句》组诗之一，于此皆有特别的引导和示范价值。

## 一　批评与文学的权衡

论文绝句集批评与文学于一体，身为批评家的徐湘潭，关注的是对散文史的论述是否准确到位；而身为诗人的徐湘潭，关注的则是绝句本身的诗艺价值。徐湘潭本身即是清代少有的诗文皆善的"兼才"，刘德熙称"其诗文并胜，实近来所少"，并将其与江西文人魏禧、蒋士铨相比，认为魏禧、蒋士铨或精于文，或精于诗，徐则精通诗文①。徐世昌《晚晴簃诗汇》之"徐湘潭"条《诗话》云："昔张亨甫云：'西江诗学，至蒋心余、曾宾谷、吴兰雪而衰，至徐东松而复。'盛推许，未免过情。然当举世空谈性灵，独喜为朴淡直拙之词。"② 对于诗、文之别，湘潭辨体意识较强，他评屈大均《广东新语》："作者故诗家非文家也，故其书博而寡裁，颇乖著述之体。"③ 出于经世实用目的，湘潭将精力更多放在了古文上，他在《与黄树斋侍郎》中说："弟近年少作诗、勤作文，良以诗之佳者，亦大半是风云月露，花草景物应酬之空言。文之当者，多有济于实用。私心亦期稍有补于世。"④ 而当其撰写论文绝句时，对于诗艺仍是有所期盼的。不过绝句篇幅短小，轻便灵巧，适合抒情写景，并不是用于议论的适宜诗体。徐湘潭担心读者对《论诗绝句》诗艺本身的否定，在序中多有辩解。

---

① 刘德熙：《与阳质民孝廉书》，《徐睦堂先生集》，《清代诗文集汇编》第 558 册，第 10 页。
② 徐世昌：《晚晴簃诗汇》，中华书局 1990 年版，第 5562 页。
③ 徐湘潭：《跋广东新语》，《徐睦堂先生集》卷二四，《清代诗文集汇编》第 558 册，第 248 页。
④ 徐湘潭：《与黄树斋侍郎》，《徐睦堂先生集》卷二九，《清代诗文集汇编》第 558 册，第 301 页。

他说:"诗句朴直,多涉铺砌,固自知已,审观者勿烦以有韵语录相诮也。……特以议论为诗,毕竟恐'鸶集翰林'耳。"道学家的诗歌向被讥讽为有韵语录,刘克庄批评宋人诗多"经义策论之有韵者尔,非诗也"①。湘潭自认为己作"较诸胡曾、周昙之咏史,其当差有别矣"。晚唐胡曾、周昙咏史诗,许学夷称"俱庸浅不足成家"②,湘潭《论文绝句》并非如此。《论文绝句》与其为文的实用目的一致,以"有物"为首要宗旨:"言皆有物,固非徒饰之车;辞不废文,亦异无珠之椟。"他自比载道之车、有珠之椟,"有物"的同时,不少绝句还能做到"有序",如:"摹韩而似只荆公,离貌追神六一翁。未害鲁男师展惠,兰陵假面亦英雄。"此诗论及韩愈在宋代的两位师法者,欧阳修是"离貌追神",即"不似之似",王安石是"兰陵假面",即"似之似",均为韩文成功的学习者。后两句比喻别致新颖,连较多苛评的蒋评也说:"三句顶次句,四句顶首句,此等比喻极工隽切当。"绝句最贵含蓄,对于评价作家作品的论文绝句而言,议论则有伤情韵,通过比喻的方式说理,可以在说理议论的同时最大限度地保留诗意。"皇甫李刘张与杜,不堪鲁卫只滕邾",将皇甫湜、李翱、张籍、杜牧诸人与柳宗元进行比较,认为皇甫诸人只是滕、邾之类蕞尔小国。以国之小大喻文学成就之高低,在黄庭坚诗中即有:"我诗如曹郐,浅陋不成邦。公如大国楚,吞五湖三江。"这种比喻新奇,令人印象深刻,在以议论为目的的诗歌中,能有效地做到议论而不失文学性。又如:"贤哲有时如妄语,惠卿翻觉胜秦观。东坡竟是蔡京类,幸不飞腾作热官。"蒋评商榷说:"第三句恐后人误认,不若作'谓东坡是蔡京类'。"此诗是论朱熹对文人的评价偶然亦有谬论妄语,后三

---

① 刘克庄:《竹溪诗序》,《后村先生大全集》卷九四,《四部丛刊》初编本,第14页。
② 许学夷:《诗源辩体》卷三一,人民文学出版社1998年版,第300页。

句皆为"妄语"内容。针对蒋评,徐湘潭评点说:"下三句俱顶'如妄语'来,若如改稿,以'谓'字横亘于中不合,且改稿句亦近拙。"蒋评担心读者误将"东坡竟是蔡京类"一句当成诗人的看法,而提出修改意见。平心论之,徐诗结构由首句统摄后三句,第三句亦属"妄语"的内容,实不烦改。蒋评提出的"谓东坡是蔡京类"是典型的散文句式,这与蒋氏亲近宋诗有关。

## 二 诗注一体与对话场景的再现

《论文绝句》书成之后,徐湘潭曾广邮其书请亲友子弟品题,这就是附于刻本《论文绝句》前的《论文诗评论》,收录宋鸣琦、石家绍、张舒翘、沈毓荪、蒋启敭、冯询、刘绎、王晖吉等人或散或韵的评语。唯有蒋启敭还在"快读之余,偶有小评,列于眉上,聊见赏会之致"。今《论文绝句》稿本与刻本的天头处,皆保留了蒋启敭评语。蒋启敭的评语打破了一味推扬的文坛习气,多有商榷意见,这在应人之邀而作的品题、评语中是不多见的。蒋启敭(1795—1856),字玉峰,广西全州人。自明代以来,全州蒋氏即为地方文学望族,蒋启敭与其父蒋励常、子蒋琦龄在文章学上皆有造诣。蒋启敭于道光二年(1822)进士,历任江西广昌、德兴等地知县,定南厅抚民同知、知府等职,"自县令至监司,官江西者几三十年矣"[①],在江西任上结识本地古文名家徐湘潭。徐湘潭将蒋评不论褒贬一律录于《论文绝句》之上,面对蒋启敭在己作上留下的批评,徐湘潭不可能无动于衷,于是在蒋评有所商榷的地方,湘潭在书籍天头处皆以"自云"的方式继

---

① 梅曾亮:《问梅轩诗草偶存序》,蒋启敭著,蒋世玢、唐志敬、蒋钦挥点校《问梅轩诗草偶存》,广西人民出版社2001年版,第23页。

## 第七章 徐湘潭《论文绝句一百七十五首》与论文绝句的创制

续申论，形成了两人间的对话。当然，因为蒋启敩没有继续探讨的机会，话语权最终落在徐湘潭那里。不过，通过一来一往的回复，相比于一般点评，仍有助于问题的深入探讨。而蒋启敩的某些评语表现出的眼光与观念，又弥补了徐湘潭之不足，特别是在对待骈文的态度上。虽然湘潭曾在"絺章绘句擅杨刘"一首下自注说："欧阳子云：'偶丽之文，苟合于理，未必为非。'此最公论。"看似对骈文有着较平允的态度，但在其论述具体作家时，便透露出对骈文的偏见。如他肯定《文心雕龙》的识见之精，但对刘勰采用骈体予以批评："刘勰论文眼识精，虞光书掩遂孤行。如何袭陋骈词体，劣少回光返照明。"蒋启敩对此批点说："刘勰文虽不离骈体，然自是一家，风味亦未可尽非也。"对此，徐湘潭在天头处予以解释："一家风味固已，然谓其识论精而所作不脱当世俗体，亦自不为苛，固非尽非之也。"但这种解释已没有多少理论内涵，只是从自己的骈文观念出发继续强调而已。徐湘潭称唐初文坛"百年犹未古风回"，是指唐初沿袭六朝骈风。蒋评说："六朝文古艳古香古光古气。唐四子摹之，略得其似。后人不能学而强訾之，多见其不知量也。"以"四古"之说评论六朝骈文，较为新奇。对此，湘潭云："信如此评，则六朝文蔓哉尚矣，非后人所可几及也。何以东坡谓昌黎为文起八代之衰？岂东坡亦不能学六朝文而强訾之耶？"湘潭纯以苏轼"八代之衰"说驳之，未能就蒋评提出的"古艳古香古光古气"进行评议，已近于意气之言。作者以己作求得友人、官长评语，自以揄扬称颂之辞为合乎人情，蒋评既对徐诗有赞赏，商榷处亦复不少，这在文坛是较为少见的，自然就提高了点评的价值。

诗歌本有多义性、模糊性的特点，往往难有达诂，对于含蓄蕴藉的绝句来说，尤其如此。有学者认为，以诗论诗，多有弊端，因为

"它是诗,所以就要受到声律、篇幅的限制和束缚,不能像散文那样曲折达意"。同时,"用具体生动的形象去表达,所以它又常常显得拐弯抹角,端倪难寻"①。绝句以含蓄为胜,批评则以清晰明白为宜。毋庸讳言,以绝句来品评作家作品,确实会有意义不明、指向不清的先天文体不足,历来歧义纷出的论诗诗也并不少见。论文绝句、论诗绝句都存在如何权衡文学与批评这一天平的问题。徐湘潭长于写诗,深悉诗歌作为批评文体的这一特点,故以注补诗,解决了这一问题。自序说:"诗有未尽之意,则详注中。"湘潭自注不仅仅是对诗歌正文未尽之意、模糊之义的补充和解释,同时它还与绝句本身形成互补关系:"注已论及之家数,又不必悉复著于诗。"两千年散文史上的人物众多,即便是有选择地论述,通过一百七十五首绝句的容量来建构散文史,仍有挂一漏万之憾。湘潭创造性地采用绝句与注释结合的办法,对部分文家在注中予以评论。脱离了湘潭自注,不但许多诗句含义难明,且遗漏了他论述的许多重要文家,这并非湘潭完整的散文史。从这个角度而言,自注与绝句的结合,才是徐湘潭撰制的完整的《论文绝句》,这是与杜甫、元好问等论诗诗不同之处,也与清代论诗诗的注释有别。清代的论诗诗已经出现了注释②,但一般限于对诗句的解释及史实的补充,像徐湘潭这样将注释作为论述的重要场所,还不曾见。与诗歌正文相比,注释已经不是诗歌的副产品,注释自身价值得到提高。从批评的角度而言,其地位甚至不低于诗歌文本本身。在这样的组合文体中,绝句尽可能地含蓄蕴藉、保存诗意;注释则阐释解说,以诗歌为申发的起点,广泛论及诗中未提及的其他作家,学

---

① 欧阳世昌:《以诗论诗之弊》,《学术研究》1985年第2期。
② 张伯伟:《论诗诗的历史发展》,《文学遗产》1991年第4期,收入《中国古代文学批评方法研究》,中华书局2002年版,第435页。

术性更为明显，篇幅也远超诗歌。湘潭《绝句》全书相当多的注释是论说较为独立的文本，换一种读法，先读注释，再读绝句，注释便在一定程度上具有了文话的性质，诗则成为文末总结全文的韵语，类似史书篇末的赞语。

徐湘潭在清中叶创制论文绝句，以诗论文，"包孕二千余载富，权衡数十百家精"①。其文章学与文体学意义自然较大。《论文绝句》最后一首云："三尺喙长手五斤，迂生取次撼前闻。不知后日留篇卷，可有褒弹及此君？"感慨自己评骘古人，对他年自己及其绝句能否进入后人视野既有担忧，更有期盼。黄人《论文》最后一首同样有这样的感慨："摩挲敝帚泪纷纷，后世何人定我文？"② 所幸同时代文章学家李祖陶曾对徐书有过较为全面、客观的评价，兹引录于此，作为对徐氏论文绝句的总结性评价：

> 以诗论诗者多，以诗论文者少；以诗论一家之文者间有，以诗论历代之文，合二千余年之作者而皆以二十八字包括之，或品其瑜，或摘其瑕，斩斩然若老吏之断狱，则绝无而仅有焉。东松胸罗万卷，笔扫千秋，于艺苑中特创此体。其论或准前贤，或抽心绪，笔端有口，腕下有神，随手拈来，自成结构。既不似流俗咏史，活剥生吞；又不类文士题词，浮言掩意。正文不备者，复下注语以申引之。可谓之大观矣③。

徐湘潭《论文绝句一百七十五首》湮没不闻久矣，其创制之功，建构之力，若能引起后人重视，也正合其绝句阐幽发微之意。中国文

---

① 《论文绝句》前所附张舒翘评语。
② 江庆柏、曹培根整理：《黄人集》，上海文化出版社2001年版，第212页。
③ 李祖陶：《书徐东松〈论文绝句一百七十五首〉书后》，《迈堂文略》卷一，《续修四库全书》第1672册，第256页。

学史、文学批评史中的著作浩如烟海，不乏大量有价值之作湮没于历史尘埃之中。徐湘潭论文绝句体现出的阐幽表微之旨，正是古代中国重要的学术传统，其要旨在于发掘尘封于故纸堆中的有价值之作，而非简单的拾遗补阙。以论文绝句而言，各种版本的《中国文学批评史》《中国散文理论史》均未提及这种极具民族特色又富理论价值的批评文献。但这些论文绝句显然并不能轻易忽略，仅以本篇统计的十五种论文绝句而言，绝句总数已达到七百八十一首，数量较为可观。这些绝句论及文章史上大量作家、作品，提出了许多文章学新的理论，是文章学研究不可忽视的资料库。论文绝句多以组诗形态附于诗集之中，少有单行本，不易发现。若能将清代以来诗集等全面核检，相信所得会远超本篇已揭示的数字。面对如论文绝句这般已不为人知的历史存在，更见出承继发潜阐幽的学术传统之必要。只有在不断拂去尘埃、尽可能恢复或接近古人相关学术研究原貌的前提下，才有可能"照着讲"与"接着讲"。

# 附录一 文话的创体之作*
## ——吕祖谦《丽泽文说》考论

文话是中国传统文评类著作中的一种,其形式为札记随笔体,其内容主要为文章理论、文章批评、文章作法等,是中国传统文章学的基础。文话兴起于宋代,现存第一部文话著作为南宋陈骙的《文则》。其实,与陈骙同时的著名理学家吕祖谦也曾撰有一部文话著作,名《丽泽文说》。此书曾被多家援引,却渐为后世所罕闻。

刘昭仁先生《吕东莱之文学与史学》(台北文史哲出版社1986年1月版),潘富恩、徐余庆先生《吕祖谦评传》(南京大学出版社1992年1月版)均未提到此书。杜海军先生《吕祖谦文学研究》(学苑出版社2003年7月版)专门从文学角度研究吕祖谦,也未论及吕氏此种论文著作。由黄灵庚、吴战垒两先生主编的《吕祖谦全集》(浙江古籍出版社2008年1月版),于吕氏著述收罗宏富,该书《前言》辑

---

* 本文是对南宋吕祖谦所撰文话《丽泽文说》及其意义的考论,有少数材料、论断与上编第一章第一节《文话的体制特征》略有重合,为保证本文的独立性和完整性,暂不作删削。另,本文初刊于2009年出版的《古代文学理论研究丛刊》(第29辑),其后出版、发表的关于吕祖谦及宋代文话研究的论著仍罕有注意到此书。

考吕氏著述凡五十六种，却也未将此书纳入视野。笔者管见所及，只有在吴承学先生《现存评点第一书——论〈古文关键〉的编选、评点及其影响》一文中①，提到宋代魏天应编、林子长注的《论学绳尺·论诀》中引到吕祖谦语，其中有出自《丽泽文说》者。因研究对象是《古文关键》，吴文对《丽泽文说》的看法仅限于此，未遑多论。而郑奠、谭全基先生编《古汉语修辞学资料汇编》虽收录了两则佚文，却又将此书著者定为佚名②。甚者援引此书者有以"丽泽"为著者姓名，以"文说"为书名，标点作"丽泽《文说》"的；还有将《丽泽文说》与吕祖谦另一部著作《丽泽论说集录》混为一谈的。作为文话创体史上的一部重要著作，《丽泽文说》之影响于今几近消亡殆尽。本文拟在辑录佚文的基础上，对《丽泽文说》的作者、内容、成书、理论价值及其在文话史上的创体意义作一初步的探讨。

## 第一节 《丽泽文说》的佚文辑录与辨析

《丽泽文说》之名不见载于公私书目，惟明初杨士奇《文渊阁书目》著录有："《丽泽文式》，一部一册完全；《丽泽文式》，一部一册阙。"③疑即《丽泽文说》之异名。《丽泽文说》的作者，后世诸书在引述它时，多未言及。最早提到该书作者的，是南宋张镃所编的《皇

---

① 吴承学：《现存评点第一书——论〈古文关键〉的编选、评点及其影响》，《文学遗产》2003年第4期，第75页。
② 郑奠、谭全基：《古汉语修辞学资料汇编》，商务印书馆1980年版，第232页。
③ 杨士奇：《文渊阁书目》卷九，冯惠民、李万健等选编《明代书目题跋丛刊》，书目文献出版社1994年版，第79页。又，《文渊阁书目》不设"诗文评"类，《丽泽文式》与《文心雕龙》《文则》等同被收入"文集"类。

朝仕学规范》（以下简称"《仕学规范》"），这也是最早引用《丽泽文说》的著作之一。《仕学规范》在书前列有《所编书目》，详列书中引述到的著述与作者，其云："《丽泽文说》，吕祖谦伯恭。"① 明确指出《丽泽文说》的作者是吕祖谦。吕祖谦（1137—1181），字伯恭，南宋著名理学家，与朱熹、张栻并称"东南三贤"。张镃（1153—1235）与吕祖谦为同时代之人，仅小吕氏十六岁。他又是循王张俊之曾孙，出身华贵，交游广泛，好学多闻，所记应当可信。明代唐顺之《荆川稗编·文章杂论》也将《丽泽文说》的著作权归属于吕祖谦。而且单从书名看，也应与吕祖谦大有干系，吕祖谦于乾道五年（1169）在金华创办丽泽书堂，聚徒讲学，因而他的著述多有以"丽泽"命名者，如《丽泽论说集录》《新增丽泽编次扬子事实品题》等。其弟吕祖俭、从子吕乔年编辑的《东莱吕太史文集》中附有《年谱》②，《年谱》中虽未提及此书，但《左氏传说》《十七史详节》《古文关键》等多种吕氏著述皆不见载于《年谱》，据此也难以否定吕祖谦对《丽泽文说》的著作权。

张镃《仕学规范》卷三十二至三十五为《作文》，专门辑录两宋论文之语，所引《丽泽文说》内容都在卷三十五中，凡十四则，是所有征引《丽泽文说》的著作中引文最多的一种。现以《北京图书馆古籍珍本丛刊》影印宋本《仕学规范》为据③，将所得《丽泽文说》佚文胪列于下：

---

① 张镃：《皇朝仕学规范·所编书目》，《北京图书馆古籍珍本丛刊》第68册，书目文献出版社1988年版，第556页。
② 吕祖谦：《东莱吕太史文集·附录》卷一《年谱》，黄灵庚、吴战垒主编《吕祖谦全集》第1册，浙江古籍出版社2008年版。
③ 张镃：《仕学规范》卷三十五，《北京图书馆古籍珍本丛刊》第68册，书目文献出版社1988年版，第664页。

（1）作文，他人所详者，我略；他人所略者，我详。若用言语，必不得已，只与殿过。

（2）须做过人工夫，方解做过人文字，如何操笔，便会做好文字。

（3）看文字，须要看他过换处及接处。

（4）结文字，须要精神，不要闲言语。

（5）文字不必多用事，只用意便得。

（6）文字贵曲折斡旋。

（7）文字一意，贵生段数多。

（8）凡做文字，每段结处，必要紧切可以动人言语。凡造语，不要尘俗熟烂。

（9）凡作简短文字，必要转处多。凡一转，必有意思则可。

（10）大抵做文字，不可放，令慢，转处不假助语而自连接者为上。然会做文字者，亦时一用之于所当用也。

（11）文字若缓，须多看杂文。杂文须看他节奏紧处，若意思新，转处多，则自然不缓。善转者如短兵相接，盖谓不两行又转也。讲题若转多，恐碎了文字，须转虽多，只是一意方可。若使觉得碎，则不成文字。若铺叙处，间架令新不陈，多警策句，则亦不缓。

（12）凡作文须要言语健，须会振发，转换亦不要思量远过，才过便晦。

（13）文字有三等，上焉藏锋不露，读之自有滋味；中焉步骤驰骋，飞沙走石；下焉用意庸庸，专事造语。

（14）鼓气以势壮为美，势不可以不息，不息则流宕而忘返。亦犹丝竹繁奏，必有希声窈眇，听之者悦闻；如川流迅激，必有洄洑逶迤，观之者不厌。

《仕学规范》之后，又有多种著作引用过《丽泽文说》，分析如次：

1. 南宋魏天应编、林子长注的《论学绳尺》在卷首《诸先辈行文法》中①，援引吕祖谦语共十一则，但未注明具体出处。对照现存吕氏著述后，发现其中引自《古文关键》者两则，另有二则内容应出自《丽泽文说》，分别同于上文所列《仕学规范》引文的（13）条和（2）条，还有一则是（10）条与（1）条的杂糅。

2. 金元之际元好问《诗文自警》，此书早已亡佚，孔凡礼先生有辑佚本。其中引吕祖谦语凡十则，有四则同于（9）（10）（11）（12）条，另有一则云：

文贵曲折斡旋，不要排事，须得明白坦然②。

"文贵曲折斡旋"同于（6）则，"不要排事，须得明白坦然"可能也是《丽泽文说》之佚文。另有一则，文字同于《古文关键·看古文要法》，其他四则，不能确定出处，兹不转引。

3. 元王构《修辞鉴衡》引用八则，全部在《仕学规范》所引范围之内，按援引顺序，分别为（13）（14）（3）（6）（5）（7）（1）（4）条，文字上略有出入。

4. 明高琦《文章一贯》引用十三则，是在《仕学规范》之后，引用《丽泽文说》佚文最多的一书，但问题也最多，需作具体辨析。

---

① 魏天应编、林子长注：《论学绳尺》，王水照编《历代文话》第1册，复旦大学出版社2007年版，第1077—1078页。

② 元好问撰，孔凡礼辑：《诗文自警》，见姚奠中主编、李正民增订《元好问全集》（增订本）卷五十二，山西古籍出版社2004年版，第1244页。

其中八则同于《仕学规范》引文的（13）（7）（1）（6）（5）（3）（10）（4）条。有疑义的条目是：

> 《丽泽文说》云："题常则意新，意常则语新。"又云："意深而不晦，句新而不怪，笔健而不粗，语新而不常。"①
>
> 《丽泽文说》云："作文之法，一篇之中有数行齐整处，数行不齐整处。……"②

这三则实出自吕祖谦《古文关键·看古文要法》。抑或《丽泽文说》与《古文关键》均有这三则内容。

> 《丽泽文说》……又云："散文若作段子，恐不流畅。"③

此则内容亦见于元好问《诗文自警》④。在《诗文自警》中，元好问只将其归于吕祖谦言论，未注明具体出处。高琦径将其归于《丽泽文说》名下，不知何据⑤。

> 又云："作简短文字，要转处多，必有意思则可。沈隐侯云：'文章当从三易：易见事，易识字，易诵读也。'"⑥

此则"作简短文字，要转处多，必有意思则可"既同于（9）

---

① 高琦：《文章一贯》，王水照编《历代文话》第 2 册，复旦大学出版社 2007 年版，第 2152 页。
② 同上书，第 2156 页。
③ 同上。
④ 元好问撰，孔凡礼辑：《诗文自警》，见姚奠中主编、李正民增订《元好问全集》（增订本）卷五十二，山西古籍出版社 2004 年版，第 1244 页。
⑤ 高琦在"结文字，须要精神，不要闲言语"一则前，明确指出转引自《修辞鉴衡》，说明他本人并未见到《丽泽文说》原书，此时应已散佚。
⑥ 高琦：《文章一贯》，王水照编《历代文话》第 2 册，复旦大学出版社 2007 年版，第 2156 页。

条，又见于元好问《诗文自警》，唯（9）条与《诗文自警》中均无"沈隐侯曰：文章当从三易：易见事，易识字，易诵读也"。此句最早出自颜之推《颜氏家训·文章篇》，录之存疑。

5. 明唐顺之《荆川稗编·文章杂论》引用五则，其中四则在《仕学规范》引文范围之内，分别为（7）（11）（13）（14）条，另有一则为：

> 《丽泽文说》云："结文字须要精神，不要闲言语。韩文公《获麟解》结云：'麟之所以为麟者，以德不以形，若麟之出不待圣人，则其谓之不祥也亦宜。'《送浮屠文畅序》结：'余既重柳请，又嘉浮屠能喜文辞，于是乎书。'欧公《纵囚论》结：'是以尧舜三王之治，必本于人情。不立异以为高，不逆情以干誉。'皆此法也。"以上皆《辨体》①。

此则佚文只有首句"结文字须要精神，不要闲言语"与（4）条同，"韩文公"以下大段文字不见于《仕学规范》引文之中，是否就是逸出于《仕学规范》所收范围之外的佚文，还需辨析。唐顺之明确表示此则引文转引自《辨体》，《辨体》应当指明代吴讷编撰的《文章辨体》，今核之于《文章辨体》，发现其中确有此段文字，但独无段首"《丽泽文说》云"五字，而且吴讷注明是引自《文则》②，并非《丽泽文说》。再追踪至陈骙《文则》，却发现《文则》中并无此段文字。看来，从吴讷《文章辨体》开始，转引时就已产生讹误。经查考，发现《文章辨体》中的此段文字实际转引自元王构《修辞鉴

---

① 唐顺之：《荆川稗编·文章杂论》，王水照编《历代文话》第2册，复旦大学出版社2007年版，第1775页。

② 吴讷：《文章辨体》，见于北山校点《文章辨体序说》，人民文学出版社1962年版，第17—18页。

衡》,《修辞鉴衡》"结语"条云:"结文字须要精神,不要闲言语。《丽泽文说》。愚按:韩文公《获麟解》结云……"①"愚按"二字说明"韩文公"以下的文字是王构的按语,吴讷《文章辨体》在转引时,不仅将书名《修辞鉴衡》错标成《文则》,而且删去"《丽泽文说》"和"愚按"六字,作为一整段处理。唐顺之从《文章辨体》中再次转引时,补上"《丽泽文说》",却以讹传讹,将后面的王构按语也当作了《丽泽文说》的内容。

6. 清末民初林纾《春觉斋论文》引用《丽泽文说》,其中二则同于(13)(14)条,另有两则为:

　　《丽泽文说》之所谓"不难于曲,而难于直"者,即曲中得直之谓。

　　《丽泽文说》曰:"篇中不可有冗章,章中不可有冗句,句中不可有冗语。"②

　　此二则实出自明吴讷《文章辨体·诸儒总论作文法》,且吴讷在引文下已注明出处,前一则引自元李淦《文章精义》,后则出自宋人李耆《纬文琐语》③。林纾应是误记。

　　从以上分析可以看出,由于明以后《丽泽文说》散佚,学者引用时从他书辗转相引,错讹时出。且基本不出《仕学规范》引文范围,对《丽泽文说》引文最多也最可靠的还应是《仕学规范》。另外,国

--------

① 王构:《修辞鉴衡》,王水照编《历代文话》第 2 册,复旦大学出版社 2007 年版,第 1212 页。
② 林纾:《春觉斋论文》,人民文学出版社 1959 年与《论文偶记》《初月楼古文绪论》合刊本,第 89、93 页。
③ 吴讷:《文章辨体》,见于北山校点《文章辨体序说》,人民文学出版社 1962 年版,第 15、14 页。

家图书馆藏有宋刻吕祖谦《续增历代奏议丽泽集文》十卷①,其后附有《关键增广丽泽集文》一卷。《关键增广丽泽集文》为一则则互不相连的论文札记,基本上涵盖了吕祖谦《古文关键》卷首的《看古文要法》。前文所辑《仕学规范》所收十四则《丽泽文说》佚文,其中的十一则亦见于此书。除此之外,此书还有不少吕祖谦论文言语,其中一些可能就是出于《丽泽文说》。因而《关键增广丽泽集文》一书对于研究吕祖谦文论思想极具价值,似尚未引起学者注意。

## 第二节 《丽泽文说》的理论价值及创体意义

吕祖谦虽为理学家,却极为重视文章,他突破理学家"文道观"的束缚,讲求古文艺术法则。以往对吕祖谦古文理论的探讨,主要基于其评点著作《古文关键》等书。《丽泽文说》的发现,丰富了研究吕祖谦古文理论的文献基础,在某些方面可以修正以往的观点。如有论者以现有材料为据认为:"吕祖谦、楼昉对开头与结尾极少注意。"② 现从《丽泽文说》有限的佚文之中,就可发现有两则文字是讨论文章结尾的,如(4)条:"结文字,须要精神,不要闲言语。"(8)条:"凡做文字,每段结处,必要紧切可以动人言语。"由此可见《丽泽文说》价值之一斑。从现存十余则佚文来看,此书纯为文章学理论著作,不涉及批评。此书非常关注文章的章法结构,除了上文

---

① 此书 2004 年由北京图书馆出版社推出《中华再造善本》版,《吕祖谦全集》第 16 册据之排印。
② 张智华:《南宋人所编古文选本与古文家的文论》,《文学评论》1999 年第 6 期,第 52 页。

所引对结尾的要求之外，还主张文章结构不能一气而下，要有曲折之妙，如（6）则"文字贵曲折斡旋"，（14）则与此意同："鼓气以势壮为美，势不可以不息，不息则流宕而忘返。亦犹丝竹繁奏，必有希声窈眇，听之者悦闻；如川流迅激，必有洄洑透迤，观之者不厌。"《古文关键·看古文要法》中也有相似的观点："文字一篇之中，须有数行齐整处，须有数行不齐整处。或缓或急，或显或晦，缓急显晦相间，使人不知其为缓急显晦。"① 又如（9）则"凡作简短文字，必要转处多，凡一转，必有意思则可"，其对文章结构的要求已经推阐入微。对于文章的语言、用事也都有具体要求，（5）则"文字不必多用事，只用意便得"。（12）则"凡作文须要言语健，须会振发，转换亦不要思量远过，才过便晦"，这样具体而细致的行文指导，显然是基于自身的创作经验，也就更具实用价值。《丽泽文说》所表述的吕祖谦古文文法理论，有与《古文关键》相一致处，又有《古文关键》所未论及处，既可与之印证，也可与之互补。

《丽泽文说》产生的时代，正是文话这一批评形式初创之时，因而其更大的意义即在于对后来文话写作的引导和规范。张镃《仕学规范·作文》广泛收录两宋的论文之语，引书多达三十三种，从中可以探得文话初创之时的一些消息。这三十三种著作中，有的是诗文话合论，如王直方《诗文发源》；有的是诗话或语录中兼及论文之语，如陈师道《后山诗话》、刘安世《元城语录》；真正勒成专书、专门论文的札记随笔体著述只有两种：《四六谈麈》和《丽泽文说》。《四六谈麈》为四六话，文话则只有《丽泽文说》一种。

中国古代对文的评论产生较早，《易传》《论语》《左传》等先秦

---

① 吕祖谦：《古文关键·看古文要法》，王水照编《历代文话》第 1 册，复旦大学出版社 2007 年版，第 236 页。

文献中已有论文之语。早期的论文之语寄生于经、子等著作之中，非为论文而论文，而且零珠碎玉，并没有勒成专书的论文之作，刘勰《文心雕龙》则是综论各体文学。直到北宋宣和四年（1122），王铚著成《四六话》，他在序中说道："又以铚所闻于交游间四六话事实，私自记焉。其诗话、文话、赋话各别见云。"① 据序文，王铚应当撰有一部文话，这是现存文献可以查考的首部文话，但早已亡佚，且未见他人引用。现存第一部文话是成于南宋乾道六年（1170）的陈骙《文则》。吕祖谦（1137—1181）小陈骙（1128—1203）九岁，却先陈骙二十二年而离世。《丽泽文说》的成书时间已很难考定，无法判断它与《文则》何者成书于前，若将其成书时间定为吕祖谦创办丽泽书堂（1169）之后，则其成书时间范围为1169—1181年（吕祖谦亡年）。最早先于《文则》一年成书，最晚迟于《文则》十一年，二书的成书时差在一到十一年之间，相去不远。《丽泽文说》与《文则》同为文话创体伊始阶段的重要著作，而在文体初创阶段，作者的声望、文坛影响也直接关系着由他所开创的文体能否得到广泛的接受。如首部诗话即《六一诗话》诞生于北宋著名文学家欧阳修之手②，欧阳修为当时文坛盟主，引导着文坛趣向。在他之后，司马光作《续诗话》、刘攽作《中山诗话》，"以欧阳、司马两公在文坛上和政治上的地位和影响力，这也就奠定了诗话写作的基本风格，并逐步形成风气"③。陈骙曾官至参知政事，而吕祖谦创立金华学派，更是名倾天下，在当时文坛、学界尤为著名。由这二人所开创的文话风格，无疑直接影响着后来者。虽然早在北宋末年王铚就撰有文话，却未见人引用，以致湮

---

① 王铚：《四六话序》，王水照编《历代文话》第1册，复旦大学出版社2007年版，第6页。
② 《六一诗话》原名《诗话》，后人为与他人诗话相区别，改题今名。
③ 张伯伟：《中国古代文学批评方法研究》，中华书局2002年版，第468页。

没不闻,当与他的名望、影响力较小有关。

　　从现存《丽泽文说》佚文看,作为批评文体的一种,它所代表的文话特征与同为"话体"的诗话存在较大区别。《六一诗话》卷首云:"居士退居汝阴而集,以资闲谈也。"① 诗话的创作目的是"以资闲谈",同时也记录了许多旧时"闲谈"的内容,其写作态度是轻松的、随意的。而《丽泽文说》所代表的早期文话,其口吻显然较为严正,不像诗话那样平易风趣,反而显得居高临下,学究气较浓;章学诚将诗话内容总结为"论诗而及事"和"论诗而及辞"两种②,而现存《丽泽文说》佚文中无一则是"及事"的,皆是"及辞"之论。唯一能找到的和诗话相通之处,似乎只有在二者都采用随笔札记体这一点上。上述《丽泽文说》的诸种体制特征,是与它服务于科举的目的分不开的。两宋科举重策、论,王安石熙宁变法时更是废诗赋而行经义,这些都带动士子研习文章的热情。吕祖谦科场名家,曾一年之内连中进士科与博学鸿词科。吴子良《荆溪林下偶谈》称:"东莱早年文章在词科中最号杰然者。"③ 他创办丽泽书堂后,编有《古文关键》《历代奏议》等供学生学习为文之法,并亲自创作《东莱博议》,示学生以创作圭臬,《丽泽文说》应当也是他在书院中教授作文的教材之类。《丽泽文说》远离"说部",指示读者作文门径,对为文技法条分缕析,这种特点也为后世多数文话所继承,虽然它们并非全是为了应试而作,如南宋王应麟《辞学指南》、元陈绎曾《文章欧冶》、明曾鼎《文式》等。

---

　　① 欧阳修:《诗话》,李逸安点校《欧阳修全集》第5册,中华书局2001年版,第1949页。
　　② 章学诚:《文史通义·诗话》,叶瑛《文史通义校注》,中华书局1985年版,第559页。
　　③ 吴子良:《荆溪林下偶谈》卷三,王水照编《历代文话》第1册,复旦大学出版社2007年版,第569页。

《丽泽文说》还是首部以"文说"命名的文话著作。后世多部文话沿袭了这种称呼，如南宋孙奕《履斋示儿编·文说》、元陈绎曾《文说》、清田同之《西圃文说》、焦循《文说》、黄承吉《梦陔堂文说》、刘师培《文说》等。明人所撰《近古堂书目》设有"文说类"，与"诗话类"对举①，已将"文说"看成文话的通称。《丽泽文说》作为文话初创之时的著作，无论是其理论价值还是创体意义，无疑都是值得我们瞩目和重视的。

---

① 《近古堂书目》，冯惠民、李万健等选编《明代书目题跋丛刊》，书目文献出版社1994年版，第1190页。

# 附录二  清代文话简目

## 凡　例

一、《简目》大致以作者生年排序，生年不详者，按著作刊刻及登科时间编排。仍不可考者，则统列于后。

二、对于较为常见之书，仅列出作者简介；罕僻著作则标出馆藏或书目来源。清代文话以论古文者为大宗，《简目》对于骈文话或制义话则标出提示。为方便行文，将国家图书馆简称为"国图"，上海图书馆简称"上图"，南京图书馆简称"南图"。

三、清代文话数量繁多，王水照先生所编《历代文话》收录六十二种。余祖坤编有《历代文话续编》，全书收录清代文话八种。现据公私书目、清人笔记、文集、方志等，共辑得清代文话存目凡二百三十一种，以散文话为主，兼及重要的四六话、时文话。

四、个别文话虽刊刻于民国初年，其撰写时间或在清末，难以截然划分，亦予著录。

## 一 以下按作者生年排序

1.《文縠》二卷，冯舒撰

按：冯舒（1593—1649），字己苍，号默庵，又号癸巳老人，江苏常熟人。是书抄本，王绍曾主编《清史稿艺文志拾遗》著录。

台湾《"国立中央图书馆"善本书目》著录为丁晏编，二卷二册，咸丰年间山阳丁氏清稿本。按，丁晏所编者为《文縠》，《"国立中央图书馆"善本书目》或将其名误著为"文穀"。

2.《文训》，傅山撰

按：傅山（1607—1684），字青竹，后改为青主，号朱衣道人、石道人等，山西阳曲人。《文训》收于《霜红龛集》卷二十五，有乾隆十二年（1747）刻本，山西人民出版社 1985 年据宣统三年（1911）山阳丁宝铨刊本影印。

3.《金石要例附论文管见》二卷，黄宗羲撰

按：黄宗羲（1610—1695），字太冲，号南雷，学者称梨洲先生，浙江余姚人。是书版本较多，有《四库全书》本、《金石三例》本、道光《昭代丛书》本等，《历代文话》本据《文渊阁四库全书》本录入。

4.《文章薪火》一卷，方以智撰

按：方以智（1611—1671），字密之，号鹿起，安徽桐城人。是书原收于方以智学术专著《通雅》之中，与《音义杂论》《读书类略》《小学大略》《诗说》并为《通雅》卷首五种独立著作。除随《通雅》流传之外，作为单行本，另有道光《昭代丛书》戊集续编本、《文学津梁》本等，《历代文话》本据《昭代丛书》本录入。

5. 《读诸文集偶记》一卷，张履祥撰

按：张履祥（1611—1674），字念夫，一字考夫，号杨园，浙江桐乡人。世居清风乡炉镇杨园村，学者称杨园先生。明末清初著名理学家，清初朱子学的倡导者，入清后隐居不出。是书收于《重订杨园先生全集》，有同治十年（1871）江苏书局刻本。

6. 《日知录·论文》一卷，顾炎武撰

按：顾炎武（1613—1682），字宁人，号亭林，江苏昆山人，明末清初著名大儒。《日知录》为顾氏积三十余年之功而成的一部论学名著，其书卷十九专门论文，可以文话视之。

《日知录》常见版本为清人黄汝成所撰《日知录集释》。另，陈垣先生曾于20世纪30—50年代末，花费近三十年光阴而成《日知录校注》（上、中、下），此书于2007年首次由安徽大学出版社出版。陈注删去了参差不齐的《集释》文字，并根据不同系统的刻本、抄本校正原文。同时区分了顾炎武原文与引文，标示了顾氏偶误之处，成为《日知录》最新的精注精校本。《日知录》卷十九原随《日知录》全书流传，姚椿《论文别录》辑录有《顾亭林〈日知录〉论文二十条》。1920年出版的张文治《古文治要》收录六条，称《论文六则》。

7. 《救文格论》一卷，顾炎武撰

按：本书为论史书义例之作，凡十一则，有《说铃》本、《古今说部丛书》本，《历代文话》本据《说铃》本排印。

8. 《夕堂永日绪论外编》一卷，王夫之撰

按：王夫之（1619—1692），字而农，号薑斋，又号夕堂，学者称船山先生，湖南衡阳人。是书凡五十四则，以论八股时文为主，收

于《船山遗书》，有同治本、民国本等，《历代文话》本据同治本排印。

9.《伯子论文》一卷，魏际瑞撰，张潮编

按：魏际瑞（1620—1677），原名祥，字善伯，号伯子，江西宁都人。是书卷首张潮所撰《题辞》称："古有诗话而无文话，即有之，亦不过散见于各篇之中，未有汇为一卷者，今宁都魏伯子集中独有之。三魏之集，合为一部，购者不易，读者亦难。余因特取此卷以行于世。"张潮称古无文话，并不确切。但据此《题辞》可知此书原非独立著述，为张潮从魏际瑞文集中裁出而单行。今《魏伯子文集》卷四《杂著》类有《与子弟论文》，即此《伯子论文》，凡五十六则。魏禧《与诸子世杰论文书》云："舟中日视吾兄论文数十则，最得大意，其天资高，乃都于近人近情处，故为特妙。"魏禧所阅，当即其兄《与子弟论文》。《伯子论文》有康熙《昭代丛书》乙集本、道光《昭代丛书》乙集本、《文学津梁》本，《历代文话》本据道光本《昭代丛书》排印。

10.《论学三说·文说》一卷，黄与坚撰

按：黄与坚（1620—1701），字庭表，号忍庵，江苏太仓人，顺治十六年（1659）进士。《论学三说》分为《理说》《文说》《诗说》，《文说》为其中之一种，并未单行，有《学海类编》本，《历代文话》本据之录入。

11. & 12.《论文杂语》二种，徐枋撰

按：徐枋（1622—1694），字昭法，号俟斋，江苏苏州人，明末清初著名遗民。其所撰《居易堂集》卷二十中有《论文杂语》两种，第一种专论叙事文"支""复""芜""赘""漫""习"之弊。在第

二种《论文杂记》之中，徐枋与友人专门谈论对己作的修改。此前徐枋曾为友人之父撰有行状，其后"复加详阅，觉通篇是病"，遂现身说法，专论其病。有康熙二十三年（1684）序刻本。《四部丛刊三编》《续修四库全书》均据之影印。《历代文话》本据之录入。

13.《日录论文》一卷，魏禧撰，张潮编

按：魏禧（1624—1681），字叔子，号裕斋，江西宁都人。是书凡二十二则，卷首张潮《题辞》云："叔子之论文，初非如伯子之专有其书也。余爱其论之透辟而精当，因从《里言》及《杂录》中摘出钞之，以时自省览。"知此书为张潮从魏禧著作中摘抄而成。有康熙《昭代丛书》乙集本、道光《昭代丛书》乙集本、《文学津梁》本，《历代文话》本据道光《昭代丛书》本排印。

14.《文家金丹》二卷，魏禧撰，日本土屋弘编

按：据《早稻田大学图书馆所藏汉籍分类目录》著录。是书为日本学者土屋弘（号凤洲）据魏禧文论编辑而成，明治十三年（1880）三月于大阪晚晴舍出版。王宜瑷《知见日本文话目录提要》云是书两册，"上册收魏叔子批点《孟子牵牛章序》及（土屋弘）自作《评释孟子荀卿列传》，下册收录《魏叔子论文》数章"。

15.《归震川文谱》一卷，汪琬编

按：汪琬（1624—1691），字苕文，号钝庵，晚年隐居太湖尧峰山，学者称尧峰先生，江苏长洲人。刘声木《桐城文学渊源考》著录。

16.《四六金针》一卷，陈维崧撰

按：陈维崧（1625—1682），字其年，号迦陵，江苏宜兴人。有《学海类编》本，《丛书集成初编》本据之排印。

17.《万青阁文训》一卷,赵吉士撰

按:赵吉士(1628—1706),字天羽,安徽休宁人。是书有康熙二十九年(1690)《万青阁全集》本,《历代文话》本据之排印。

18.《吕晚邨先生论文汇钞》不分卷,吕留良撰、曹鏳等编

按:吕留良(1629—1683),字用晦,号晚邨,浙江石门人。是书以论时文为主,兼论古文。有康熙五十三年(1714)吕氏家塾刻本,《四库禁毁书丛刊》据之影印,《历代文话》本据之排印。

19.《吕子评语》正编四十二卷首一卷附刻一卷,余编八卷首一卷附刻一卷,吕留良撰、车鼎丰编

按:是书有康熙五十五年(1716)晚闻轩刻本,《续修四库全书》《四库禁毁书丛刊》本据之影印。

20.《更定文章九命》一卷,王晫撰

按:王晫(1636—?),自号松溪子,钱塘人,顺治年间诸生。有康熙《昭代丛书》甲集本,道光《昭代丛书》甲集本,《历代文话》本据道光《昭代丛书》本排印。

21.《榕村语录·诗文一》一卷《榕村续语录·诗文》一卷,李光地撰,徐用锡、李清植、李清馥编

按:李光地(1642—1718),字晋卿,号厚庵,别号榕村,福建泉州人。《榕村语录》卷二十九《诗文一》专门论文,卷三十《诗文二》专门论诗,前者可以文话视之;《榕村续语录》卷十九亦专门论文。有《四库全书》本、道光《榕村全集》本、中华书局1995年陈祖武点校本。

又,王绍曾主编《清史稿艺文志拾遗》著录有《榕村文谈》一

· 323 ·

种，抄本。可能即据《榕村语录·诗文一》抄录而成。

22.《䌷斋论文》六卷，张谦宜撰

按：张谦宜（1649—1731），字稚松，号山农，山东胶州人，雍正帝师。是书以论古文为主，兼论骈文。有乾隆二十三年（1758）法辉祖刻《家学堂遗书》本，《续修四库全书》第1714册据国家图书馆藏本影印，上有匿名批注。《历代文话》本亦据乾隆本排印。

23.《学规类编·论文》不分卷，张伯行撰

按：张伯行（1651—1725），字孝先，号恕斋，河南仪封（今河南兰考）人。《论文》见于《学规类编》卷十九，张氏论文一依程朱理学家之说。有同治间重刻正谊堂全书本，《续修四库全书》《四库存目丛书》本据之影印。

24.《古文评论》十八卷，爱新觉罗·玄烨撰、张玉书编

按：清圣祖爱新觉罗·玄烨（1654—1722），即康熙帝。是书为其御选古文总集《古文渊鉴》中的评语汇录，由大学士张玉书编辑，收于《圣祖仁皇帝御制文集》第三集杂著类中。是书所反映的文章思想与理念，对整个清代的文章学发展有重要影响。有《四库全书》本。

25.《文法辑要》不分卷，张大受编

按：张大受（1660—1723），字日容，号匠门、拙斋，江苏嘉定人。康熙四十八年（1709）进士，改庶吉士，官至翰林院检讨。是书有道光刻本，王绍曾《清史稿艺文志拾遗》著录。

26.《时艺书评》一卷，何焯撰

按：何焯（1661—1722），初字润千，因早年丧母，改字屺瞻，晚号茶仙。崇明人，为官后迁居长洲。先世曾以"义门"旌，学者称

义门先生。

是书稿本，1册，经折装，藏于上图。有许乃钊、戴熙、毛庚、乔有年跋、藏印。该书是直接将评语剪切后粘贴于经折之上，不知所评原文为何。评语多对时文的气韵、格调作评，较少计较于文法技巧，如云："照'思'字落笔，'晓露精神妖欲动'，极画家渲染之妙。""卷舒一气，风起水涌，视钩章棘句者苦乐悬绝矣。开讲更要清机徐引。""波澜不阔，时有云气往来。"戴熙跋语称何焯评语"专法清劲，天趣盎然"，大致符实。

27.《此木轩论制义汇编》三卷，焦袁熹撰

按：焦袁熹（1661—1736），字广期，自号南浦，江苏金山人。是书抄本，2册，藏于上图。无序跋，卷一《制义谱略》云："余述制义源流，未卒业也，乃先为斯谱，以志其略，用告吾徒之习斯艺者，语云'孙阳相马，在骊黄之外'，观者当自得之。"是书分《制义谱略》《皇朝制义谱》《文评十九条》《举隅》《尚志轩论文》《丙申年论文》（末云：按此卷作于丙申丁酉间，而后卷则癸丑年笔也，体类相同，而时有先后，其中议论间有重出之处，今并存之，徐颎柔识）《癸丑年论文》《会元墨评》。

28.《此木轩论韩文说略》一卷，焦袁熹撰

按：王绍曾主编《清史稿艺文志拾遗》著录。上图藏本为康熙九年（1670）韩应陛抄本。

29.《〈檀弓论文〉十则》，孙濩孙撰

按：孙濩孙（1668—1738），字遂人，号沛村，高邮人。是书谓《檀弓》"谨严似《春秋》，蕴藉似《三百篇》，殆炉冶诸经而成一家言者。熟此，则推之《左》《公》《穀》，再降而秦、汉、唐、宋诸

家，文章之宗派门径，了如指掌矣"；"《檀弓》最利举业……能读《檀弓》，则于守溪、荆川之以古文为时文者，思过半矣"。知是书为科考而编。王葆心《古文辞通义》卷七云："高邮孙邃人濩孙《孙氏家塾〈檀弓论文〉十则》有'熟《檀弓》以推之《左》《公》《穀》，再降而秦、汉、唐、宋诸家，文章之宗派门径，了如指掌'之说。其说较之陈恭甫为约，而求诸《礼记》一篇之中更为简练。"有康熙六十年（1721）序刻本，《四库全书存目丛书》本据之影印。

30.《秋山论文》，李绂撰

按：李绂（1673—1750），字巨来，号穆堂，江西临川人。是书凡四十则，兼论古文、骈文、时文。原刊于李绂《穆堂先生别稿》卷四十四，有乾隆十二年刻本（1747），《历代文话》本据之排印。

31.《古文辞禁》，李绂撰

按：与《秋山论文》同出《穆堂先生别稿》卷四十四，版本亦同，凡八条。

32.《史席闲话》，鞠莲隐讲授，董元赓记录

按：鞠濂，字莲隐，号悦轩，山东海阳人，《清代诗文集汇编》人物小传曰："生于康熙十三年（1674），卒年不详，乾隆九年（1744）尚在世。"是书有嘉庆二十五年（1820）于学训《文法合刻》本，藏于国图。又有《悦轩文钞附史席闲话》本，宣统庚戌海隅山馆斠刊，《清代诗文集汇编》第235册据之影印。

33.《制义纲目》一卷，赵国麟撰

按：赵国麟（1675—1751），字仁圃，号拙庵，山东泰安人。道光年间刻本，《贩书偶记续编》著录。是书专论时文。

34.《续锦机》十五卷,《补遗》六卷,刘青芝编

按:刘青芝(1675—1756),字芳草,号实夫,晚号江村山人,河南襄城人。雍正五年(1727)进士,官庶吉士,未几引疾归,闭户著述垂三十年。有《江村山人未定稿》六卷、《江村山人续稿》四卷、《江村山人闰余稿》六卷、《尚书辨疑》一卷、《学诗阙疑》二卷、《周礼质疑》五卷、《史汉纪疑》二卷、《史汉异同是非》四卷、《古氾城志》十卷、《拟明代人物志》十卷、《古今孝友传补遗稿》二卷、《江村随笔》十卷等。

傅增湘《藏园群书经眼录》卷九著录此书,其云:"原稿本。前有自序,言元遗山著《锦机》一书,未得睹,因仿其意,集前人议论,厘为十门,曰源流、曰体裁、曰义例、曰法式、曰自得、曰评骘、曰窜改、曰讥赏、曰辩证、曰话言云云,有门人会稽章文然跋。其采经史百家之论文章者,上自周秦、下及清初,如渔洋、望溪等皆采入之而不加论定。为文者阅,之可以省钞辑之劳也。"其书共十五卷,卷一源流、卷二体裁上、卷三体裁下(多引《文心雕龙》《史通》《文章辨体》,又引程敏政、王士禛、朱鹤龄、方苞等)、卷四义例上、卷五义例下(多引黄宗羲《金石要例》)、卷六法式、卷七自得、卷八评骘上、卷九评骘下(引黄宗羲、计东、王士禛等)、卷十窜改(多记故事)、卷十一讥赏(多记故事)、卷十二辩证上、卷十三辩证下、卷十五话言(论语言)。

35.《西圃文说》三卷,田同之编

按:田同之(1677—?),字在田,号砚思,山东德州人,清初著名文人田雯之孙,康熙五十九年(1720)举人。有乾隆《德州田氏丛书》本,《续修四库全书》第1714册据之影印,《历代文话》本亦据之排印。

36.《文颂》一卷，马荣祖撰

按：马荣祖（1686—1761），字力本，号石莲，江苏江都人。全书为四言颂体，采用意象化批评。与一般文话著作相比，《文颂》本身即具有较强的文学性，但其所指也较模糊。有道光《昭代丛书》己集广编本，《历代文话》本据之排印。

37.《菜根堂论文》一卷，夏力恕撰

按：夏力恕（1690—1754），字观川，号澴农，湖北孝感人，康熙六十年（1721）进士。是书兼论古文、时文，有《澴农遗书》本，《历代文话》本据之排印。

38.《论文约旨》不分卷，张泰开撰

按：张泰开（1690—1774），字履安，号乐泉老人，江苏金匮人。据序文，知其为康熙五十九年（1720）顺天榜举人、乾隆七年（1742）进士。有光绪年间无锡木活字本，1册，书末题"无锡匡宗衡排印"。10行24字，四周单边，单鱼尾，白口。前有光绪十七年（1891）尤樑氏序。全书分审题、布局、章法、命意、修辞、变化、根柢、养气八纲，"仍恐中下之资溺于习染，无从摆脱，难以入门。因复条分缕析，或据先辈之言，或砭世俗之失，俾易知易从，虽其中条目与前略同者，要之义各有取，正可互相发明焉"，随后又分论通篇、论破承、论起讲、论入题、论起股、论出题、论中股、论后股、论结束、论短股、论对股、论活局、论认题、论文气、论用意、论用笔、论用词、论字句、论虚字、论篇幅、论作论、总论。全书对时文章法作了详尽的论述。

39.《论文摘谬》不分卷，张泰开撰

按：是书附于《论文约旨》之后，标题下有双行小字云："以下原刻另为数页,今接书于《论文约旨》之后。"

40.《诗文话》八卷,王文清撰

按:王文清(1688—1779),字廷鉴,号九溪,湖南宁乡人,雍正二年(1724)进士。乾隆十三年、二十九年曾两次被聘为岳麓书院山长。曾国荃等撰光绪十一年重刊本《湖南通志》卷二五八《艺文志十四·集部六》著录。是书为诗、文合话。岳麓书社有《王文清集》,未见收录。

41.《文谈》一卷,张秉直撰、李元春评

按:张秉直(1695—1761),字含中,号萝谷,陕西澄城人。是书有道光十五年(1835)《青照楼丛书》本,《历代文话》据之排印。另有光绪十八年(1892)关中书院刊本,李古寅主编《河南省图书馆中文古籍书目(集部)》著录。

42.《论文偶记》一卷,刘大櫆撰

按:刘大櫆(1698—1779),字耕南,又字才甫,号海峰,安徽桐城人。是书凡三十一则,专论古文,为清代著名文话,也是桐城文派早期的代表性文论著作。李瑶序文称此书"直可与宋李耆卿《文章精义》、元陈伯敷《文说》等著作并驱传世",并非溢美之词。桐城派方苞论文,较为强调文章义理,刘大櫆则更为重视行文之法,主张学习古文由粗至精,颇具可操作性。是书对文章风格亦有论述,认为文章贵奇、贵高、贵大、贵远、贵简、贵疏等,对桐城姚鼐等有重要影响。有《逊敏堂丛书》本、《文学津梁》本、人民文学出版社1959年与《初月楼古文绪论》《春觉斋论文》合刊本,《历代文话》整理本均以《逊敏堂丛书》本为底本。

43.《时文论》，刘大櫆撰

按：是书收录于同、光间刊刻《海峰诗文集》之中，又见于光绪乙亥刻本《刘海峰稿》，上海古籍出版社1990年吴孟复标点本《刘大櫆集》据前者收录，成为常用的通行本。然《海峰诗文集》所附《时文论》只有六则，而《刘海峰稿》中收录的《时文论》则有十八则之多，上海古籍出版社《刘大櫆集》据《海峰诗文集》而收，因此失收十二则。这失收的条目中就有诸如"谈古文者，多藐视时文，不知此亦可为古文中之一体"等重要内容。桐城派被时人讥为"以古文为时文""以时文为古文"，刘大櫆的这些论文条目，提供了绝佳的佐证，有助于深化对桐城派时、古文观的研究。

44.《文史谈艺》一卷，姚范撰

按：姚范（1702—1771），字南青，号姜坞，安徽桐城人，为桐城派著名古文家姚鼐伯父，又与姚鼐之师刘大櫆友善，亦善古文。刘声木称："太史古文，传归、方之绪，屹然为桐城一大宗。"《文史谈艺》为姚范《援鹑堂笔记》第四十四卷，方宗诚《读文杂记》云："惜抱先生伯父姜坞先生《援鹑堂笔记》集部中有论文数十则，皆微言也，欲作文者不可不精求其义。姜坞友刘海峰先生有《论文偶记》百数十条，亦皆微言至论。韩、欧以外，少能见及者。"将姚范此书与刘大櫆《论文偶记》相提并论。《文史谈艺》一直随《援鹑堂笔记》而流传，有道光十六年（1836）姚莹校刻本，台湾广文书局1971版、《续修四库全书》本均据之影印，《历代文话》本将其从《援鹑堂笔记》中别裁单行。

45.《古文指授》四卷（又名《文章指南》），沈廷芳编

按：沈廷芳（1702—1772），字椒园，浙江杭州人，方苞弟子。

钱林《文献征存录》卷五著录是书。

46.《时文蠡测》一卷，袁守定撰

按：袁守定（1705—1782），字叔论，号易斋，晚号渔山翁，江西丰城人。是书有嘉庆十九年（1814）刊本、光绪十二年（1886）重刊本。《四库未收书辑刊》第6辑第12册收录。

47.《谈文》，袁守定撰

按：《佔毕丛谈》卷五为《谈文》《谈诗》，《谈文》部分为文章专论，以论时文为主。有光绪十二年（1886）刻本，《四库未收书辑刊》据之影印。

48.《惺斋论文》三卷，王元启撰

按：王元启（1714—1786），字宋贤，号惺斋，浙江嘉兴人。是书兼论古文、时文。有《惺斋讲义》本、《惺斋先生杂著》本，《历代文话》以《惺斋讲义》本为据选录第一卷。

49.《文说二首》，全祖望撰

按：全祖望（1705—1755），清代史学家、文学家。字绍衣，号榭山，鄞州（今浙江宁波）人。《文说二首》收于《鲒埼亭集外编》卷四十八《杂著》之中，有乾隆年间刻本、嘉庆十六年（1811）刻本等。

50.《朱梅崖文谱》，朱仕琇撰、徐经辑

按：朱仕琇（1715—1780），字斐瞻，号梅崖，福建建宁人。徐经（1752—?），福建建阳人。是书为徐经从朱仕琇《梅崖集》及《外集》中摘录论文之语而成，收入徐经《雅歌堂全集·外集》卷十二，有光绪二年（1875）刻本，《历代文话》本据之排印。

51. 《诸名家文集笔记》，褚寅亮撰

按：褚寅亮（1715—1790），字搢升，号宗郑，江苏长洲人。缪荃孙等撰《江苏省通志稿·经籍志》卷三著录。

52. 《述庵论文别录》一卷，王昶撰，金学莲等辑

按：王昶（1725—1806），字德甫、号述庵、又号兰泉，上海青浦人。是书为清代铅印本，1册，10行19字，无界格，单鱼尾，白口，四周双边。前有金学莲序云："吾师述庵先生以经述、诗、古文，名海内几五十年，自场屋所取士与受业门下及小门生，著录至千人。每见辄以学问之源流、诗文之得失前席请示，口讲指画，苦不能尽也。学莲等因取先生集中论文诸作，汇为一编。"金学莲等人从其师文集中收集论文之语，辑成此书，以备王昶门人学习之用。全书收王昶十六篇文章，即《与沈果堂论文书》《与褚舍人搢升书》《与顾上舍禄百书》《与门人张远览书》《答赵升之书》《与吴二匏书》《与陈絅斋书》《与蒋应嘉检讨书》《与吴竹堂（霁）书》《答李宪吉书》《答门人陈太晖书》《为学说示戴生敦元》《通说示长沙弟子唐业敬》《诗说示朱生桂》《友教书院规条》《履二斋诗约凡例》。

53. 《文法摘钞》，韩梦周撰

按：韩梦周（1729—1798），字公复，号理堂，山东潍县人。有嘉庆二十五年（1820）于学训《文法合刻》本，国图藏。

54. 《惜抱轩语》，姚鼐撰、廉泉编

按：姚鼐（1731—1815），字姬传，号惜抱轩，桐城派著名古文家。姚鼐本无论文专书，门人陈用光编成《惜抱轩尺牍》，其中多论文之语。廉泉又从姚鼐尺牍中辑录专门的论文之语而成《惜抱轩语》，

有光绪十八年（1892）刻本。余祖坤编《历代文话续编》收录。

55.《宋四六话》十二卷，彭元瑞编

按：彭元瑞（1731—1803），字掌仍，一字辑五，号芸楣（一作云湄），江西南昌人。有道光二十六年（1846）番禺潘氏刻《海山仙馆丛书》本，《续修四库全书》本据之影印。

56.《审题要旨》，鲁九皋撰

按：鲁九皋（1732—1794），字絜非，号山木，江西新城人。王绍曾《清史稿艺文志拾遗》著录。是书为制义话。

57.《制义准绳》，鲁九皋撰

按：王绍曾《清史稿艺文志拾遗》著录，是书为制义话。

58.《四六丛话》三十三卷，孙梅撰

按：孙梅（1739—1790），字松友，号春浦，浙江吴兴人，乾隆三十四年（1769）进士。是书有嘉庆三年（1798）本，《续修四库全书》据之影印，人民文学出版社整理本据之排印；又有光绪七年（1881）重刻本，《历代文话》本据之整理。

59.《论文五则》，彭绍升撰

按：彭绍升（1740—1796），法名际清，字允初，号尺木，江苏长洲人。是书录于《二林居集》卷三杂著书问一，有清嘉庆味初堂刻本。

60.《骈体源流》一卷，吴蔚光撰

按：吴蔚光（1743—1803），字哲甫、执虚，号竹桥，又号湖田外史。原籍安徽休宁，乡举后改入昭文籍，乾隆四十五年（1780）进士。治古文，兼长骈体，尤擅诗词。有《金石斋诗集》《素修堂文集》《小湖田乐府》。何绍基等撰光绪三年重修本《安徽通志》卷三四六《艺文志·集部》著录。是书专论骈文。

61. 《志铭广例》二卷，梁玉绳撰

按：梁玉绳（1745—1819），字曜北，号谏庵，浙江钱塘人。有光绪十四年（1888）刻本，《丛书集成初编》本、《石刻史料新编》影印本等。

62. 《策学例言》，侯凤苞撰

按：侯凤苞（1747—1816），字舜威，金匮人（江苏无锡人）。《策学例言》凡六则，专论策体。

63. 《岳麓先生十室遗语·论文》一卷，蒋励常撰

按：蒋励常（1751—1838），字道之，号岳麓，广西全州人。《岳麓先生十室遗语》，其孙琦龄编注。凡十二卷，无鱼尾，黑口，四周单边，9行19字。据蒋琦龄跋，知为同治五年（1866）四月既望刻本。卷九为《论文》，综论古文、时文。分评文与作文法两种类型。评文条目如评韩愈《上于襄阳书》《送石处士序》等则，虽然未录韩愈原文，但同样逐段分析，类似评点文体的篇末小结。

64. 《碑版文广例》十卷，王芑孙撰

按：王芑孙（1755—1818），字念丰，号铁夫，更号惕甫，又号楞迦山人。有道光二十一年（1841）刻本，清傅以礼批注，藏于南图。

65. 《全唐文纪事》一百二十二卷，陈鸿墀编

按：陈鸿墀（1758—?），字万宁，号范川，浙江嘉善人，嘉庆十年（1805）进士，授翰林院编修。陈鸿墀为《全唐文》总纂官，因仿《唐诗纪事》而撰《全唐文纪事》。有同治十二年（1873）刻本，

整理本有中华书局上海编辑所 1959 年版、上海古籍出版社 1987 年新 1 版。

66.《文说三则》，焦循撰

按：焦循（1763—1820），字理堂，江苏扬州人，清代扬州学派著名学者。《文说三则》收于焦循《雕菰集》卷十，有《文选楼丛书》本、《文学山房丛书》本、道光四年（1824）刻本，《历代文话》本据道光本排印。

67.《苏海识余》四卷，王文诰撰

按：王文诰（1764—?），字纯生，号见大，浙江杭州人。《清史稿艺文志》著录，有嘉庆二十四年（1819）、光绪十四年（1888）刻本，国图藏。

68.《四书文话》，阮元撰

按：阮元（1764—1849），字伯元，号芸台，江苏仪征人。梁章钜《制艺丛话》卷一引有《四书文话序》，并云："此吾师所自作《四书文话》序，已刻入《揅经室集》中，而其实《文话》尚未成书。余以道光丙申入觐京师，曾向师乞读此书，师曰：'此书初稿有两本，一存扬州家塾，一留广州学海堂。君此去广西，可就近索阅耳。'"

又，徐世昌辑《晚晴簃诗汇》卷一三八"侯康"条云："阮文达督粤时，命佐辑《四书文话》，一代功令程序、场屋风气，于斯具备，亦论世者所不能废也。"

69.《金石余论》一卷，李遇孙撰。

按：李遇孙（1765—?）字庆伯，号金澜。有《古学汇刊》本，稿本藏于上图。

70.《初月楼古文绪论》一卷，吴德旋述，吕璜记录

按：吴德旋（1767—1840），字仲伦，江苏宜兴人。有道光《别下斋丛书》《花雨楼丛钞》《常州先哲遗书后编》《文学津梁》本。人民文学出版社1959年与《论文偶记》《春觉斋论文》合刊本，《历代文话》整理本均以《常州先哲遗书后编》本为底本。

71. & 72. & 73.《文评三种》，吴德旋撰

按：钱泰吉跋吴德旋《初月楼古文绪论》云："蒋生沐茂才方刻丛书，愿以此卷传示学者。先生尚有《文评三种》，他日当副墨以赠生沐。"

74.《金石例补》二卷，郭麐撰

按：郭麐（1767—1831），字祥伯，号频伽，又号白眉生，江苏吴江人。道光十二年（1832），李瑶将是书与《金石三例》合刊排印（泥活字本），称《校补金石例四种》，又有光绪三年（1877）刊本。

75.《四书文法摘要》，李元春撰，刘维翰、刘文翰编

按：李元春（1769—1855），字仲仁，号时斋，陕西大荔人，著有《四书文法三编》，弟子久"奉为圭臬"，因"尚苦繁多，不尽可记忆"（《〈四书文法摘要〉引》），于是刘氏昆仲摘其要目而成此书。有《青照楼丛书》本，《历代文话》本据之排印。

76.《初学四书文法述闻》二卷，李元春撰

按：是书专论时文，有《桐阁全书》本，王绍曾《清史稿艺文志拾遗》著录。

77.《诸集拣批》一卷，李元春撰

按：有《桐阁全书》本，王绍曾《清史稿艺文志拾遗》著录。

78.《梦陔堂文说》十一卷，黄承吉撰

按：黄承吉（1771—1842），字谦牧，号春谷，江苏江都人，嘉庆十年（1805）进士。是书有《梦陔堂全集》本。

79.《退庵论文》一卷，梁章钜撰

按：梁章钜（1775—1849），字闳中，一字茝林，晚年号退庵，福建长乐人。是书兼论古文、骈文。《退庵论文》辑自《退庵随笔》，有道光十九年（1839）刻本，《历代文话》据之排印。单行本尚有《文学津梁》本。

80.《制艺丛话》二十四卷，梁章钜撰

按：是书有道光三十年（1850）、咸丰九年（1859）刻本，《续修四库全书》本据咸丰本影印，又有上海书店出版社2001年陈居渊点校与《试律丛话》合刊本。

81.《艺舟双楫·论文》四卷，包世臣撰

按：包世臣（1775—1855），字慎伯，号倦翁，安徽泾县人。有《安吴四种》（道光、咸丰、光绪）本、黄山书社《包世臣全集》整理本等，《历代文话》本据光绪本整理而成。

82.《慎伯论文》一卷，包世臣撰

按：光绪九年（1883）刊本。《安徽文献书目》著录，安庆图书馆藏。此书或即《艺舟双楫·论文》之同书异名者，然卷数有异。未见其书，待考。

83. 《见星庐文话》，林联桂撰

按：林联桂（1775—1836），字道子，又字辛山，吴川人。光绪十六年《高州府志》卷三九云："（林联桂）有《文话》《赋话》《诗话》《馆阁诗话》《作吏韵话》《讲学偶话》《续清秘述闻》《日下推星录》诸书。"又，光绪《吴川县志》卷九引《作吏韵话》自序云："曩桂有《见星庐文话》《赋话》《诗话》二十余卷。"

84. 《论文别录》，姚椿编

按：姚椿（1777—1853），字子寿，号春水，松江（今属上海）人。是书稿本，尚未成书，上图藏。

85. 《读文笔得》一卷，黄本骥撰

按：黄本骥（1781—?）字仲良，号虎痴，湖南宁乡人，道光元年（1821）举人。是书原为黄本骥《痴学》卷五，有《三长物斋丛书》本，《历代文话》本及《黄本骥集》本（岳麓书社2009年版）据之整理而成。

86. 《金石综例》四卷，冯登府撰

按：冯登府（1783—1841），字柳东，一字云伯，浙江嘉兴人，嘉庆二十五年（1820）进士，有道光刻本，李慈铭批校，二册，11行23字，黑口，左右双边，国图藏。另有抄本两种藏于上图。

87. 《汉魏六朝墓铭纂例》四卷，李富孙撰

按：李富孙（1784—1844），字既汸，号芗沚，浙江嘉兴人。有《别下斋丛书》本、《槐庐丛书》本、《金石全例》本等。

88. 《仁在堂论文各法》六卷，路德撰，张寿荣编

按：路德（1784—1851），字闰生，陕西盩厔人。是书主论时文，

有光绪十四年（1888）夏五蛟川花雨楼张氏锓板，亦即《花雨楼丛钞》本。2册，黑口，单鱼尾，左右双边，9行20字。前有"镇海张寿荣"弁言："路闰生先生以制艺一道苦口良药，谆谆为学者告，而并分析各题，论列诸法，不惜以金针度人，其心可谓至而尽矣。顾其所发明指示者，皆散在各集文后，非批阅全编，无由挈其要领，以得夫指归。予浏览之下，因为分类辑录，俾不致漫无统纪，各题亦以次附存，若纲在纲，有条不紊矣。学者之阅是编也，知一题有不可易之法，有不容混之题。"卷一为"作法总论"，以下诸卷为"各法分论"。

89. 《作文法》一卷，艾畅撰

按：艾畅（1787—?），字至堂，江西东乡人。是书有《逊敏堂丛书·登瀛宝筏》本。

90. 《汉石例》六卷，刘宝楠撰

按：刘宝楠（1791—1855），字楚桢，号念楼，江苏宝应人。有道光二十九年（1849）刻本、同治八年刻本（1869）等。稿本藏复旦大学图书馆。

91. 《读集札记》一卷，涂鸿仪撰

按：涂鸿仪（1791—?），字羽皋，号澹轩，江西新城人。赵之谦等撰光绪七年刊本《江西通志》卷一〇六《艺文略·子部二》著录。

92. 《文彀》，丁晏编

按：丁晏（1794—1876），字俭卿，一字柘堂，江苏淮安人。稿本，藏于上图。

93. 《金石称例》四卷，《续金石称例》一卷，梁廷枏撰

按：梁廷枏（1796—1861），字章冉，号藤花亭主人，广东顺德

人。有《藤花亭十七种》本。

94. 《诗文题解》一卷，况澄撰

按：况澄（1799—1866），字少吴，广西桂林人。道光壬午（1822）进士，任翰林院庶吉士，户部主事，河南按察使，后还乡归里。著作有《西舍诗钞》《西舍文集》《粤西胜迹诗钞》等稿本，桂林图书馆藏《况氏丛书》（共84种，144册）第123册。据阳海清主编《中南、西南地区省、市图书馆馆藏古籍稿本提要》著录。

95. 《文翼》三卷，吴铤撰

按：吴铤（1800—1832），字耶溪，江苏阳湖人。是书有道光十六年（1836）刻本。书中论文多精辟之语，张裕钊《张廉卿论文语》中多有引录。薛福成《论文集要》卷三《曾文正公论文》则将多条《文翼》内容作为曾国藩之语误收。

96. 《论文迂见》一卷，张玉堂撰

按：张玉堂（1801—1873），字翰斋，号大迂，直隶故城人，道光八年（1828）举人。徐世昌《大清畿辅书征》卷十九著录。

97. 《论文汇语》，余龙光撰

按：余龙光（1803—1867），字灿如、黼山，号拙庵，安徽婺源人（今属江西）。何绍基等撰光绪三年重修本《安徽通志》卷三四二《艺文志·子部》著录。

98. 《论文肯綮》二卷，刘存仁撰

按：刘存仁（1805—1880），字炯甫，号念我，晚号蘧园，福建闽县人。《清代硃卷集成》刘孝祐硃卷著录是书。

· 340 ·

99.《论文臆说》二卷，曾国藩撰

按：曾国藩（1811—1872），初名子城，字伯涵，号涤生，湖南湘乡人。曾氏于《致刘蓉（咸丰八年正月初三）》一信中说："《论文臆说》当录出以污尊册，然决无百叶之多，得四十叶为幸耳。"

刘声木《苌楚斋四笔》卷六则云："湘乡曾文正公国藩，撰《论文臆说》二卷，未刊。文正致同邑刘孟容中丞蓉书，自云：'只四十页。'见于文正书牍。"然刘氏亦未得见其书。薛福成编有《论文集要》四卷，多录曾国藩语，刘声木认为据此可窥《论文臆说》一斑，并且发现"其中颇多钞录阳湖吴耶溪秀才铤《文翼》三卷中语，然文正亦非盗取他人书者，当是文正当时实见《文翼》刊本，爱其论文之语，录于《论文臆说》中，然未尝书明名氏及书名于卷中，仍未脱明季山人撰述不注出典之恶习，亦不必曲为之讳。"

100.《艺概·文概》一卷，刘熙载撰

按：刘熙载（1813—1881），字伯雨，号融斋、寤牙子，江苏兴化人。《文概》为《艺概》卷一，有同治《古桐书屋六种》本、《文学津梁》本、上海古籍出版社1978年王国安《艺概》校点本、贵州人民出版社1986年王气中《艺概笺注》本、江苏古籍出版社2001年薛正兴点校《刘熙载文集》本、中华书局2009年袁津琥《艺概注稿》本等，《历代文话》本据同治《古桐书屋六种》本排印。

101.《艺概·经义概》一卷，刘熙载撰

按：有同治《古桐书屋六种》本、上海古籍出版社1978年王国安《艺概》校点本、江苏古籍出版社2001年薛正兴点校《刘熙载文集》本、中华书局2009年袁津琥《艺概注稿》本等。

102.《游艺约言》一卷，刘熙载撰

按：有光绪十三年（1887）《古桐书屋续刻三种》本，《刘熙载文集》本、《历代文话》本均据之排印。

103.《桐城许叔平〈文品〉〈论诗〉合钞》一卷，许奉恩撰

按：许奉恩（1815—1878），字叔平，号兰苕馆主人，安徽桐城人。是书为诗、文话合著，清稿本，《安徽文献书目》著录。有郭绍虞《文品汇抄》本，《历代文话》本据之录入。

104.《论文章本原》三卷，方宗诚撰

按：方宗诚（1818—1888），字存之，号柏堂，安徽桐城人。是书出自《柏堂读书笔记》，有《柏堂遗书》本，《历代文话》本据之排印。

105.《读文杂记》一卷，方宗诚撰

按：是书出自《柏堂读书笔记》，有《柏堂遗书》本，《历代文话》本据之排印。

106.《仰萧楼文话》，张星鉴辑

按：张星鉴（1819—1877），字纬余、问月，号南鸿，江苏新阳人。咸丰九年（1859）稿本，上图藏。1册，蓝格，白口，四周双边，单鱼尾。分上、下两篇，每篇若干则。有王炳、李德仪、何秋涛、李慈铭及自作跋，前有许虞臣序。张氏自作跋语云："余好读古人文集，见其论文之旨有与敝意合者，录其词句以为吾论文之证据，积之既久，得百有余条，同郡许虞臣茂才见而爱之，以为可作文话，为余序之。戊午入都，得叶元垲《睿吾楼文话》，读之，其中引证极博，与余所摘取者颇有符合，可谓先得吾心矣。惟叶氏全录古人书，

前后所引，略有异同之说。余则参以己意，以孔子《文言》为论文之祖，以《〈昭明文选〉序》为论文之极轨，不使寡学之士高语起衰，此则区区负山之志，所愿与世之论文者共证之。"张氏论文，推重阮元《文言说》，以骈文为文章正宗。

107. 《古文话》六十四卷，李元度撰

按：李元度（1821—1887），字次青，一字笏庭，自号天岳山樵，晚更号超园老人，湖南平江人。王先谦《诰授光禄大夫贵州布政使李公神道碑》（《虚受堂文集》卷九）著录。李氏《古文话》自序尚存于《天岳山馆文钞》卷二六之中。

108. 《论文刍说》一卷，朱景昭撰

按：朱景昭（1823—1878），字默存，安徽合肥人。有《无梦轩遗书》本，《历代文话》本据之排印。

109. 《濂亭试卷评语墨迹》一卷，张裕钊撰、张一麐编

按：张裕钊（1823—1894），字廉卿，号濂亭，湖北武昌人。稿本，卷首题"濂亭试卷评语墨迹"，有王欣夫跋，复旦大学图书馆藏，王欣夫《蛾术轩箧存善本书录》称之为"《濂亭评文》"。王欣夫于卷首题名下笔录张一麐《古红梅阁笔记》一段云："癸未偕兄乘丰顺轮至保定协署前寓所，时保定莲池书院山长为武昌张廉卿先生。莲池不许外人应试，余借先君门生满城康炳宣名考课。先生点名时顾而异之，屡列高等。廉卿先生书名满天下，《续艺舟双楫》以为邓完白后一人，首列神品。余卷评语，缀于一册，时时临摹。后入蜀中，同幕见而借去，竟为所攫，至今惜之。"王欣夫随即跋云："此册于前年得之老友赵学南先生诒琛遗箧，原系祝心渊先生秉纲所赠，故末有'心渊持赠'印记也。案其字迹，知为武昌张濂亭先生裕钊试卷评语，初

不知谁氏所缉。偶阅张仲仁先生一麐《古红梅阁笔记》，始怃然即其蜀中所失之本，几经转徙，尚在人间。"可知此书原为张裕钊为张一麐课业所置评语，张一麐将评语一一从己作之末剪裁，贴于一经折本上。行草字体，秀美异常，本为张一麐临字之用。因其为文章评语的辑录，亦可以文话视之。多为对经学考证文章的评论，如评某文"于诸家之说，能折取其长，又益加征引以疏证，故所考皆为明确"，"一意宗主史迁，以正诸家之误，可云有识"，亦有从文章学置评者，如"虽无深识宏议，而论事尚能持平"，"冥搜之解，旁见侧出，乃尔妙义纷纶"。

110.《张廉卿论文语》一卷，张裕钊编

按：是书附于吴汝纶《古文辞类纂评点》之后，有民国三年（1914）京师国群铸一社铅印本。张裕钊将平日读书所见的精彩文论汇为此编，选录较多者有吴德旋、吴铤、曾国藩等人。

111.《古文义法钞》，许锺岳撰

按：许锺岳（1832—?），字韫生，安徽歙县人。是书抄本，《安徽文献书目》著录，现藏安徽省博物馆。

112.《国朝文概题辞》六卷，平步青撰

按：平步青（1832—1895），字景孙，号栋山樵。《杭州大学图书馆线装书总目》著录，常见本有《禹城丛书》第三种本，1册三卷，铅印本，但此版为残本，缺全书后三卷。平步青文集《樵隐昔寱》中收录有此书的足本即六卷本。书前有平步青自序，云："咸丰庚申，春官再放，过夏京师，贫疾无俚，而主人十室中庋书颇夥，得以恣览。余性耆丁部，于国朝诸家尤有鸡跖之合，始创意为《文概》一书。自是购之厂肆，假之于友朋，至于丁卯，凡八年。所见无虑数千家，国朝人文亦踰千余家。手录文目，则于习见及坊间易购者置之，凡得数百家。"据此，知成书时间在同治六年（1867）。是书为平步青在阅读诸种文集之后，所撰写的作者小传及对文集的评论，文评中又常引前人之说，对清代众多散文作家作出评骘，多精警之言。

113. 平步青《霞外攟屑》卷七缥锦廛文筑《论文》

按：《霞外攟屑》为平步青所撰笔记，内容博杂，其中卷七为《论文》，卷八为《诗话》，分论文与诗。有民国六年（1917）刻《香雪崦丛书》本，整理本有1959年中华书局上海编辑所《明清笔记丛刊》本、上海古籍出版社1982年新1版。

114. 《论文集要》四卷，薛福成编

按：薛福成（1838—1894），字叔耘，号庸庵，江苏无锡人。是书有光绪二十八年（1902）石印本、《文学津梁》本，《历代文话》本据《文学津梁》本排印。

115. 《论文杂言》，金武祥辑

按：金武祥（1841—1924），字粟香，又字菽乡，江苏江阴人。是书与《读书偶得》同附于《读雪山房唐诗序例》之后，有光绪十二年（1886）广州江阴金氏刊本。

116. & 117. & 118. 《古文方》三种，何家琪撰、许鼎臣编

按：何家琪（1843—1904），字吟秋，号天根，河南封丘人，光绪元年（1875）举人。此书含《古文方》《古文三十四品》《论文约恉》三种，由何氏弟子许鼎臣编成于光绪三十二年（1906），有民国四年（1915）刊本，《历代文话》本据之排印。

119. 《天根文法》一卷，何家琪撰

按：是书有光绪三十二年（1906）刻本，藏于国图。王绍曾《清

史稿艺文志拾遗》误著为"矢根文法"。

120. 《盋山谈艺录》一卷，顾云撰

按：顾云（1846—1906），字子鹏，号石公，江苏南京人。有宣统二年（1910）刻本，《历代文话》本据之排印。

121. 《公文缘起》，董良玉撰

按：董良玉（1846—?），字楚生，浙江会稽人，光绪二十三年（1897）举人。是书有光绪二十七年（1901）序刻本。

122. 《蓄播榪论文》，赵曾望撰

按：赵曾望（1847—1913），字绍亭，又作芍亭，号姜汀，江苏丹徒人。书前有光绪二十年（1894）周庚序，有民国八年（1919）石印本。是书所论较杂，古文、时文、诗、赋等皆有涉及。

123. 《写礼廎读碑记》，王颂蔚撰

按：王颂蔚（1848—1895），字芾卿，号笔佣，江苏长洲人，光绪六年（1880）进士。有《写礼廎遗著》本。

124. 《论文八则》，邵作舟撰

按：邵作舟（1851—1898），字班卿，安徽绩溪人，著有《邵氏危言》，启迪民智、倡导西学。徐子超《邵作舟及其〈论文八则〉》一文（《徽州师专学报》1989年第2期）对《论文八则》有具体介绍，并将此书整理后公布于《绩溪文史》1996年第四辑，惜其未说明所据版本。今安徽省图书馆藏民国刊本一册。

125. 《涵芬楼文谈》，吴曾祺撰

按：吴曾祺（1852—1929），字翼亭，福建福州人。有宣统三年

(1911)商务印书馆本,又有台湾商务印书馆1966年杨承祖点校本(1998年第2版),《历代文话》本据宣统本排印。

126.《文体刍言》,吴曾祺撰

按:是书为文体学专著,附于《涵芬楼文谈》之后,版本与之相同。

127.《文钥》二卷,邹福保编

按:邹福保(1852—1915),字咏春,号芸巢,江苏吴县人。有宣统元年(1909)江苏存古堂排印本,王绍曾《清史稿艺文志拾遗》著录。

128.《香草谈文》一卷,于鬯撰

按:于鬯(1854—1910),字醴尊,号香草,上海南汇人。有《于香草遗著丛辑》本(稿本),藏于南图,书首曰:"随意随写,颇无次序,或出入同例而异处,若董理之亦可成一二篇幅文。然不复董理,亦有应检核而遂不检核。"《历代文话》本据上图所藏抄本录入。

129.《高太史论文抄》十卷,高熙喆撰

按:高熙喆(1854—1938),字亦愚,山东滕州人。王绍曾主编《山东文献书目》著录,宣统元年(1909)滕县高氏家刻本。今按,上图、国图均藏有高熙喆《高太史论抄》四卷,分别为光绪三十三年(1907)、宣统元年(1909)刻本,《山东文献书目》或将"高太史论抄"之名衍一"文"字,而成"高太史论文抄"。

130.《文宪例言》一卷,陈澹然撰

按:陈澹然(1860—1830),安徽桐城人,字剑潭,一字剑人,号晦堂。是书有光绪二十五年（1899）版、1916 年《原学三编》本、1923 年《晦堂丛著》本，《历代文话》本据《晦堂丛著》本录入。

131. 《晦堂文钥》一卷，陈澹然撰

按：是书成于宣统二年（1910），有 1916 年《原学三编》本、1923 年《晦堂丛著》本，《历代文话》本据《晦堂丛著》本录入。

132. 《国朝先辈文话举是》，宋恕编

按：宋恕（1862—1910），原名存礼，改名恕，号六斋，晚年更名为衡，浙江平阳人，近代思想家，曾师从晚清著名学者俞樾。是书部分内容曾以《六斋论文》之名刊于《瓯风杂志》第 5—8 期，有光绪二十年（1894）稿本。

133. 《六字课斋文话初编》，宋恕撰

按：宋恕《六字课斋津谈》词章类第十二云："永昼闭门，辑弱冠后七八年来论古今文之语，为《六字课斋文话初编》八卷，凡数万言。"

134. 《古文通论》，虞景璜撰

按：虞景璜（1862—1893），字澹初，号澹园，浙江镇海人，光绪八年（1882）举人。徐德明《清人学术笔记提要》著录。

135. 《论文要言》一卷，邹寿祺编

按：邹寿祺（1866—1940），原名维祺，字介眉，号景叔，杭州人，晚清收藏家，是书有光绪三十一年（1905）刊本，上图、南图有藏。

136. 《庄谐丛话》一卷，李伯元撰

按：李伯元（1867—1906），名宝嘉，原名宝凯，字伯元，别号南亭亭长，江苏武进人。此书收入李伯元《南亭四话》，有1925年大东书局石印本，江苏古籍出版社2000年薛正兴点校本据之整理。是书以论述科举时文为主，诙谐辛辣，兼记赋与四六。

137.《古文辞通义》，王葆心撰

按：王葆心（1868—1944），字季芗，号晦堂，湖北罗田人。此书原名《文学讲义》，属《汉黄德道师范学堂》丛书系列，有光绪三十二年（1906）刻本，复旦大学图书馆藏有《文学讲义》稿本。后经修订易名为《古文辞通义》，有湖南官书报局1916年刊本，《历代文话》本据1916年本录入。又有武汉大学出版社2009年熊礼汇点校本。

138.《经义策论要法》，王葆心撰

按：本书为晚清科举改革之后出现的策学书籍，跋语曰："本书坊延请王先生撰辑，初名《科举新章绎语》，继改今名。"

139.《文章溯原》，章炳麟撰

按：章炳麟（1869—1936），初名学乘，字枚叔，后更名绛，号太炎，后又改名炳麟，浙江余杭人。稿本，上图藏。是书写于一卷子之上，论述文章中地名、称谓的用法，如云："父得称大君，皇后不当称大行。"又如《地名称单字》条云："今人举郡县国邑之名，或单举首字，议者以为不古。"

140.《古文讲授谈》（又名《古文魂》），尚秉和编

按：尚秉和（1870—1950），字节之，自号石烟道人，又号慈济老人，河北行唐人。是书为京华印书局宣统二年（1910）铅印本，1函2册，单鱼尾，白口，13行31字，版心题"一名《古文魂》"。

全书分上、下两编，选文论凡353首，尚氏在天头处有评点。书前有尚氏《叙例》，称是书选录标准为"漓于道者不录也，不漓于道而文不雅饬，或薄弱者，亦不录也。录自西汉迄于今，都三十二家，文三百五十三首"。"上编起自太史公讫于宋代"，"下编则以本朝为多，而以明之归震川为首"，称刘勰《文心雕龙》、陈绎曾《文说》、王构《修词鉴衡》、朱荃宰《文通》、王之绩《铁立文起》、包世臣《艺舟双楫》为"论文美不胜收者"。

141.《古文义法钞》，许锺岳撰

按：许锺岳（1872—1902），字宣三，安徽歙县人，黄宾虹撰有《许宣三祭文》。是书抄本，《安徽文献书目》著录，现藏安徽省博物馆。

142.《四家纂文叙录汇编》四卷《附录》一卷，胡念修编

按：胡念修（1873—？），字右阶，号果盦，浙江建德人。是书以论骈文为主，兼及古文。有光绪二十五年（1899）刻本，《历代文话》本据之排印。

143.《汉文典·文章典》四卷，来裕恂撰

按：来裕恂（1873—1962），字雨生，号匏园，浙江萧山人。有光绪三十二年（1906）商务印书馆本、南开大学出版社1993年高维国与张格《汉文典注释》本，《历代文话》本据光绪本排印。

144.《石例简抄》四卷，黄任恒编

按：黄任恒（1876—1953），字秩南，号述窠，广东南海人。书前有光绪三十二年（1906）十一月自序，又有香山黄佛颐慈博序。黑口，10行20字，双行小字同，间有按语。据自序，鉴于碑志义例之

作"富逾数十书","同一例也，往往称于前者复举于后，甲以为是者乙又以为非，或名义破碎，或考据纷繁"，故"此任恒所以有简钞之作也。简钞者，钞自诸家之说，集其大成，分门而简括之"。该书执简御繁、综合众说，引用本朝金石著作就有以下多种：黄宗羲《金石要例》、顾炎武《金石文字记》、林侗《来斋金石考》、叶奕苞《金石补录》、王澍《竹云题跋》、翁方纲《两汉金石记》、钱大昕《潜研堂金石跋尾》、梁玉绳《志铭广例》、李富孙《汉魏六朝墓铭纂例》、王昶《金石萃编》、王芑孙《碑版广例》、郭麐《金石例补》、吴镐《汉魏六朝唐人志墓例》、梁廷楠《金石称例》、冯登府《金石综例》、刘宝楠《汉石例》、陆耀遹《金石续编》、韩崇《宝铁斋金石跋》、鲍振方《金石订例》、程祖庆《吴郡金石目》、陆心源《金石学录补》、范公诒《汉石例补正》、顾燮光《梦碧簃石言》。

145. 《桐城文学论文汇编》，刘声木编

按：刘声木（1878—1959），原名体信，字述之，辛亥后改名声木，字十枝，安徽庐江人，四川总督刘秉璋子。是书为未竟稿，刘声木《苌楚斋四笔》卷十"吴德旋论诗书"条云："予少时亦欲编辑《桐城文学论文汇编》□卷，仅钞录建宁朱仕琇、桐城姚范等数家，已有二三万言。后以家贫出门谋食中止，此愿竟不能偿矣。"

146. 《论文杂记》，刘师培撰

按：刘师培（1884—1919），字申叔，号左盦，江苏仪征人。《论文杂记》于光绪三十一年（1905）在《国粹学报》上连载，又有《刘申叔先生遗书》本、人民文学出版社1959年与《中国中古文学史》合刊本，《历代文话》本据《刘申叔先生遗书》本排印。

147.《文说》,刘师培撰

按:《文说》于光绪三十一年(1905)在《国粹学报》上连载,又有《刘申叔先生遗书》本,《历代文话》本据《刘申叔先生遗书》本排印。

二 以下按初刻或抄写时间排序

148.《逸楼论文》一卷,李中黄撰

按:与《逸楼论史》合刻,国图藏。又有《逸楼四论》四卷本,论禅、论史、论文、论诗,前有康熙二十一年(1682)冒辟疆序。

149.《论文琐言》,黄中编

按:何绍基等撰光绪三年重修本《安徽通志》卷三四二《艺文志·子部》著录。黄中,字平子,号雪瀑,安徽舒城人,顺治十四年(1657)举人。撰有《黄雪瀑集》,《论文琐言》自序收于集中,原文如下:

> 文章者,造物之英华,两仪之灵秀。数千百里而产一文人,数十百年而生一才士,必有宿缘定分,师授渊源,天姿英敏,勤学好问,会合而成之。然天之生才也易,人之成材也难。或有天姿颖悟,而师授无人、朋友无藉、汨没于流俗者多也,余每念及而神伤焉。今辑先儒之说、时贤之论,编次而梨枣之。但处孤陋之乡,见闻甚狭,遗漏甚多,即所蓄之篇而裒集。俟他日有得,更为续继。至于管窥之见,是非可否,一任同志君子之采择焉矣。庚午秋日舒城黄中平子雪瀑氏书。

据序文,知是书成于康熙二十九年(1690),为辑录式文话。《黄学瀑集》中另有《历科程墨全书题》一文,其云:"至于程墨序言,汗牛充栋，美不胜收。特据孤陋所见，汇而集之，为《论文琐言》，以就正于四方之君子焉。"据之可知，《论文琐言》专论时文。

150.《耐俗轩课儿文训》，申颋撰

按：是书为康熙间稿本，专论时文，国家图书馆藏。《四库全书总目》卷一八三别集类存目《〈耐俗轩诗集〉提要》云："颋，字敬立，广平人，副榜贡生。明太仆寺丞佳允之孙，涵光之侄也。"

151.《操觚十六观》一卷，陈鉴撰

按：陈鉴，字子明，岭南人。此书结构较为奇特，全书没有对文章学的具体阐析，而以十六则故事贯穿始终，唯每则故事之末缀以"操觚当作如是观"一语，提醒读者于故事之中领悟操觚作文之理，有似佛家参禅。有康熙三十四年（1695）《檀几丛书》本，《历代文话》本据之录入。

152.《读书作文谱》十二卷，唐彪撰

按：唐彪，字翼修，浙江金华人。是书兼论古文、时文，有康熙三十八年（1699）、四十七年（1708）、嘉庆十九年（1814）刻本，《历代文话》据嘉庆本录入。董鲁安《修辞学》凡例云："（本书）于前人蹈空之论、胶执之说，如林西仲《评点古文》及清人《读书作文谱》《铁立文起》之类，概不征引。"（北平文化学社1931年版）

153.《铁立文起》二十二卷，王之绩撰

按：王之绩，字懋公，安徽宣城人。是书兼论古文、骈文，有康熙四十二年（1703）刊本，《续修四库全书》《四库全书存目丛书》据之影印，又有《历代文话》本据之排印。时人多以此书为"村夫子言"，阮葵生《茶余客话》卷十云："偶见王懋公论古文作论之法，一曰鼠头欲精而锐，一曰豕项欲肥而缩，一曰牛腹欲壮而大，一曰蜂尾欲尖而峭，真令人喷饭。王阮亭论文与乐府亦采其说，吾所不解。"

154. 《缓堂文述》二卷，顾诒禄撰

按：是书有乾隆五年（1740）刻本，国图藏。顾诒禄，字禄百，沈德潜高足弟子。冯桂芬《（同治）苏州府志》卷八十九称："德潜及门中，盛锦以诗鸣，诒禄以古文辞鸣，人比之韩门翱、籍。德潜乞休后，诒禄权记室，凡应酬之作，皆其所捉刀。诒禄伟躯能言，为人排难解纷，有鲁仲连之风。"

155. 《诗文发明》四卷，陈九龄撰

按：是书有乾隆三十八年（1773）自刊《二物堂全集》本。据蒋寅《清诗话考》著录。

156. 《论文集钞》二卷，高嶂编

按：高嶂，号梅亭，是书为《高梅亭读书丛钞》之一种，乾隆五十三年（1788）广郡永邑培元堂杨氏刊本，浙江图书馆、南京大学图书馆、华东师范大学图书馆有藏。北京图书馆出版社2006年所出《华东师范大学图书馆藏稀见丛书汇刊》第24册，即据乾隆本影印。

另据李古寅主编《河南省图书馆中文古籍书目（集部）》，河南省图书馆藏有高嶂《国朝文钞初二三四五编论文集钞》二卷，为乾隆五十一年（1786）广东写刻本，29册5函1部。

157. 《汉魏六朝志墓金石例三卷唐人志墓诸例一卷附论一卷》，吴镐撰

按：是书有嘉庆十七年（1812）蟾波阁刻本。清华大学图书馆、

国图有藏，国图藏本有翁同龢批注。

158.《文话》二卷，朱曾武撰

按：是书有嘉庆十九年（1814）绿玉堂刻本，《贩书偶记续编》著录。

159.《笔法论》，李德润撰

按：是书又名《李梅冬先生十八笔法》，有嘉庆二十五年（1820）于学训《文法合刻》本，藏于国图。

160.《读古撮要》，王万里撰

按：王万里，字希江。是书有嘉庆二十五年（1820）于学训《文法合刻》本，藏于国图。

161.《晴竹轩文诀》，王万里撰

按：是书有嘉庆二十五年（1820）于学训《文法合刻》本，藏于国图。

162.《文法》二卷，王万里撰

按：是书有嘉庆二十五年（1820）于学训《文法合刻》本，藏于国图。

163.《文笔考》，阮福编

按：是书专论骈文，有嘉庆、道光年间《文选楼丛书》本。

164.《睿吾楼文话》十六卷，叶元垲编

按：叶元垲，字晏爽，号琴楼，浙江慈溪人。有道光十三年（1833）刻本，《历代文话》本据之排印。

165.《经书卮言》一卷，范泰恒撰

按：范泰恒，字崧年，号无涯，河南沁阳人，乾隆十年（1745）进士。有道光十三年（1833）《昭代丛书》本，《历代文话》本据之排印，共9则。

166.《古文凡例》，范泰恒撰

按：《古文凡例》共计15则，录于嘉庆十四年（1809）刻本《燕川集》卷十四。

167.《论文示照藜五则》，范泰恒撰

按：嘉庆十四年（1809）刻本《燕川集》卷十四收录。

168.《古文笔谱》二卷，朱曾武撰

按：有道光十九年（1839）刻本，《山东文献书目》著录。

169.《诗文秘要》一卷，程思乐撰

按：是书有道光二十二年（1842）韩城强望泰刊本，8行20字，白口，四周单边，收于程思乐《程北野稿》中。国图藏。

170.《无近名斋论文忆录》一卷（又名《时文忆录》），彭翊撰

按：彭翊，字仲山，长洲人。是书附刻于作者《无近名斋文抄》之后，道光二十二年（1842）苏州彭氏刊。11行23字，单鱼尾，白口，四周单边。全书凡五十二条，论述认题、审题、听题、用意、布势、深一层用笔、气骨肉神筋、宾主、转、斡法、代字诀、翻、脱、轻、离、宽、浅、曲、洁、逆、据上游法、读书得间法、沉挚和委婉相须间用、熟、排、开合、开合与分股、虚实相生等，忌浮、宽、生涩、晦等，专论时文，阐明为文之诀法和忌讳。

171.《文法心传》二卷，曹宫撰

按：曹宫，字紫垣，江苏常州人。是书专论时文，有咸丰二年（1852）刊本，《历代文话》本据之排印。

172.《初学文法入门醒》不分卷，乔峰秀撰

按：是书有同治六年（1867）刊本，南图藏。

173.《缙山书院文话》四卷，孙万春撰

按：孙万春，字介眉，河北保定人，同治十年（1871）进士。是书专论时文，有光绪十一年（1885）刊本，《历代文话》本据之排印。

174.《文法直指》一卷，姚澍撰

按：是书附于《姚氏家训》之后，有同治十二年（1873）刊本，藏于国图。又有光绪二十五年（1899）刊本，南图藏。

175.《金石订例》四卷，鲍振方撰

按：有光绪十年（1884）常熟鲍廷爵后知不足斋刻本，10行21字，黑口，左右双边，单鱼尾。国图藏。

176.《初学文法一贯》，吴庆珩撰

按：是书有光绪十一年（1885）刊本。南京大学图书馆藏。

177.《行文二十四笔》，汪武曹撰

按：是书有光绪十一年（1855）文萃堂刊本，1册1函2部，河南图书馆藏。李古寅主编《河南省图书馆中文古籍书目（集部）》著录。

178.《黼社笔谈》三卷，张时中编

按：张时中，字熙伯，新乡人。是书为制义话。有光绪十六年（1890）刊本，1册1函5部。李古寅主编《河南省图书馆中文古籍

书目（集部）》著录，余祖坤《历代文话续编》收录。

179.《藻川堂谭艺》一卷，邓绎撰

按：邓绎，字保之，一字辛梅，湖南武冈人。《藻川堂谭艺》收于邓绎《藻川堂全集》，有光绪十四年（1888）刻本，《历代文话》本据之排印。

180.《史论初阶》，李芳楼编

按：是书有光绪二十四年（1898）广州明道堂刊本与广州福芸楼刊本。

181.《诗文禁忌诗》一卷，佚名撰

按：是书有光绪二十五年（1899）敬心堂重刊本。据《清诗话考》著录。

182.《文章释》一卷，王兆芳撰

按：王兆芳，字漱馥，江苏南通人。是书为文体学专著，有光绪二十九年（1903）刊本，《历代文话》本据之排印。

183.《文字发凡》四卷，龙志泽撰

按：龙志泽，字伯纯。是书有光绪三十一年（1905）上海广智书局铅印本，北京大学图书馆、华东师范大学图书馆藏。

184.《效学楼述文内篇》，马峒章撰

按：马峒章，浙江会稽人。本书由单篇文论组成，有光绪三十四年（1908）刊本，余祖坤《历代文话续编》收录。

185.《古文绪论》三卷，孙思奋辑

按：孙思奋，字滂伯，原名澄清，字靖江，浙江山阴人，官江西知县。据刘声木《苌楚斋四笔》卷十记载，孙氏"以古文辞非明体别流派，无由引伸触类，而渐跻古作者之林，于是撷拾国朝桐城、阳湖诸名大家，成《古文绪论》三卷"，有光绪三十三年（1907）徐祖贡家刊袖珍本。

186.《文法解剖》，徐衡纂辑

按：是书为宣统二年（1910）稿本，上图藏。

187.《诗文浅说》，刘春堂撰

按：是书有民国八年（1919）年排印《石林文稿》本，国图藏。

188.《骈文答问》一卷，杨嘉兴撰

按：是书专论骈文，1册。民国九年（1920）文炯蓝格抄本，广东省立中山图书馆藏。据阳海清主编《中南、西南地区省、市图书馆馆藏古籍稿本提要》著录，该书误以当时的出版机构"息尘盦"为作者名。

### 三 以下按登科年代排序

189.《宋四六话》不分卷，周之麟、柴升撰

按：是书为稿本，十册，藏于台北"中央图书馆"，据《国立"中央图书馆"善本书目》（增订二版）著录。周、柴二人另合作编有《宋四名家诗》，《四库全书总目》卷一九四《〈宋四名家诗〉提要》云："之鳞，字雪苍，海宁人。升，字锦川，仁和人。"《全浙诗话》则称："之麟，字石公，萧山人，康熙庚戌进士。授翰林院编修，官至通政司使。"据王士禛《池北偶谈》记载，周之麟为"己亥"进士，即顺治十六年（1659）登科，《全浙诗话》有误。

190. 《古今文评》，赵皇梅撰

按：赵皇梅，字香雪，河北大名人，顺治年间诸生。民国《河北通志稿·文献志·艺文》卷六据《大名县志》著录。徐世昌《大清畿辅书征》卷三十二亦著录。

191. 《课士论文》一卷，林世榕撰

按：清初蓝鼎元撰有《林蓝田小传》称："林世榕，字可亭，海阳人。明司徒熙春元孙也，父应璧，昌化教谕。"世榕"登康熙己酉贤书"，即于康熙八年（1669）中举，其后"建义学，延名士为之师，躬进诸生，与论文，有《课士论文》一书行世"，今北京大学图书馆藏有康熙年间刻本。

192. 《读书谱》四卷，周清原编

按：张维骧《清代毗陵书目》卷五著录，称此书"最录前人论作文法之文，康熙间借录辑刊"。据汤成烈等编撰《光绪武进阳湖县志》卷二十三《人物·文学》："周清原，字雅楫，性至孝。英敏好学，尝言盛世文章当高华沈博，不屑碎文琐义。康熙十八年试博学鸿词，授检讨，与汤斌论学有当。越数年，复相论辩，视前说加进。视学浙江，端士习、正文体，振拔单寒。历迁副都御史，迎驾通州。"

193. 《愸烈堂论文》，缪诜撰

按：缪诜，江苏江阴人。康熙四十五年（1706）进士。缪荃孙等撰《江苏省通志稿·经籍志》卷十一著录。

194. 《论文四则》一卷，杨绳武撰

按：杨绳武，字文叔，号皋里，江苏吴县人，康熙间进士。是书有道光《昭代丛书》戊集续编本,《丛书集成续编》《历代文话》本均据之整理。

195.《孟子文说·杂论十则》,康濬撰

按:康濬,字百川,陕西合阳人,乾隆八年(1743)举人。自序作于嘉庆七年(1802),有嘉庆十一年(1807)岳震川序,《续修四库全书》本据之影印。

196.《大学文说一卷中庸文说一卷》,康濬撰

按:《续修四库全书总目提要》、李正德主撰《陕西著述志》著录。书成于《孟子文说》之后,有嘉庆八年(1803)刻本。

197.《文诀心印》一卷,李登瀛撰

按:李登瀛,字伟斋,一字仙洲,山西蒲州人,乾隆十八年(1753)举人。《陕西著述志》著录。

198.《文法辑要》,王巡泰编

按:王巡泰,字岱宗,号零川,陕西临潼人,乾隆十九年(1754)进士。《陕西著述志》著录。

199.《论文》四卷,王棻撰

按:王棻,字香甫,号吾溪,嘉庆十四年(1809)进士,顺天府教授。民国《河北通志稿·文献志·艺文》卷四据《高阳县志》著录。

200.《作文五要》,董銮撰

按:董銮,字金坡,嘉庆十八年(1813)拔贡,山东青州府同知。民国《河北通志稿·文献志·艺文》卷四据《文安县志》著录。

201.《时文法》，李荣绶撰

按：李荣绶，字荫堂，同治举人。抄本，《陕西著述志》著录。

202.《文话》八卷，张山撰

按：张山，字亦仙，一字景君，九鼎子，同治间贡生，有《退学斋文稿》六卷。民国《河北通志稿·文献志·艺文》卷四据《永平府志》著录，徐世昌《大清畿辅书征》卷十四亦著录。

### 四  以下年代不可考之作

203.《文法》不分卷，郝朝昇撰

按：武作成《清史稿艺文志补编》著录。

204.《先正论文钞》（又名《古今论文钞》），江上受轩老人定、伍荣元编

按：是书为抄本，国图藏。

205.《文章指南》，万修撰

按：万修，安徽芜湖人。余谊密修、鲍寔纂《民国芜湖县志》卷五十六《艺文志》著录。

206.《诗文讲义》，曹仲野撰

按：曹仲野，安徽人。何绍基等撰光绪三年重修本《安徽通志》卷三四六《艺文志·集部》著录。

207.《史汉唐宋文集评》，程杞撰

按：程杞，安徽人。何绍基等撰光绪三年重修本《安徽通志》卷三四六《艺文志·集部》著录。

208.《文论》二十卷，江际和撰

按：江际和，安徽黟县人。何绍基等撰光绪三年重修本《安徽通志》卷三四六《艺文志·集部》著录。

209.《蠡解文诀》，吴粤省撰

按：吴粤省，湖北人。张仲炘、杨承禧等撰民国七年重刊本《湖北通志》卷九十《艺文志十四·集部》著录。

210.《诗文正论》，唐成珀撰

按：唐成珀，湖南常宁人。曾国荃等撰光绪十一年重刊本《湖南通志》卷二五八《艺文志十四·集部六》据《常宁县志》著录。

211.《墓铭举例》，马宗良撰

按：马宗良，湖南澧州人。曾国荃等撰光绪十一年重刊本《湖南通志》卷二五八《艺文志十四·集部六》著录。

212.《文法训》，陈菁撰

按：陈菁，江苏南京人。缪荃孙等撰《江苏省通志稿·经籍志》卷一著录。

213.《五桥论文》，何一碧撰

按：何一碧，上海奉贤人。光绪《重修奉贤县志·艺文志》著录有《四书说》《五经说》《四友堂文稿》。是书为抄本，上图藏。书衣颜曰"五桥说诗"，全书分为"五桥说诗""五桥论文"前、后两部分。

214.《论文随笔》，佚名撰

按：是书为稿本，上图藏。书于红格纸上，内容比较凌乱，尚未成稿。

215. 《抡元汇考》不分卷，汪潢编

按：是书主论时文。台北"中央图书馆"藏本为编者手稿本，四册。《"国立中央图书馆"善本书目》（增订二版）著录。

216. 《论文杂说》一卷，倪世宽撰

按：是书为抄本，与《论诗杂说》合抄，卷二为《论诗杂说》。上图藏。

217. 《文法述略》，佚名撰

按：是书为稿本，上图藏。

218. 《酌雅堂骈体文评语》，龚樵襟、卜贞甫等评

按：是书专论骈文，稿本，浙江图书馆藏。王绍曾《清史稿艺文志拾遗》著录。

219. 《读书作文谱》，吴维震撰

按：吴维震，江苏长洲人。缪荃孙等撰《江苏省通志稿·经籍志》卷三著录。

220. 《论文》二卷，程均撰

按：程均，江苏安东（今涟水）人。缪荃孙等撰《江苏省通志稿·经籍志》卷十三著录。

221. 《论文》一卷，张瑞荫撰

按：张瑞荫，字兰浦，之万子，河北南皮人，荫生，著有《敦朴堂诗文集》六卷。民国《河北通志稿·文献志·艺文》卷八著录。

222. 《论文琐言》三卷，徐士梅撰

按：李文藻撰《（乾隆）历城县志》卷二十三称："士梅，县诸

生，集师友谈讌之语为《论文琐言》一书，颇有心得。"

223.《论说逢源》二卷，王艺编

按：1915年上海会文堂石印本，2册1函1部，李古寅主编《河南省图书馆中文古籍书目（集部）》著录。

224.《作文家法》，吴自肃撰

按：清刊本，1册1函1部，李古寅主编《河南省图书馆中文古籍书目（集部）》制艺策论类著录。

225.《论文集说》，李景绥撰

按：是书为稿本，上图藏。

226.《论文杂录》，佚名编

按：是书为抄本，上图藏。1册，不分卷。四周单边，白口，单鱼尾，版框外印有"吉祥云室"印。有朱、黄两色圈点，天头处有评语。分类辑有《韩集论文》《柳集论文》《欧集论文》《曾集论文》等。

227.《菱溪精舍论文》四卷，湘潭黄氏撰

按：王葆心《古文辞通义》卷九称湘潭黄氏有家塾刻本《菱溪精舍论文》四卷。

228.《课文六条》，杨重恒撰

按：时文专论，后为《菱溪精舍论文》援引，又被王葆心转引收入《古文辞通义》。

229.《樽酒余论》，佚名编

按：是书抄录《沈虹台论文》《茅鹿门论文》等文章学资料，又

节录《三国演义》评文，将小说与文章并谈。是书为抄本，藏于国图，余祖坤《历代文话续编》收录。

230.《论文杂钞》不分卷，佚名编

按：清末民初稿本，1册，重庆图书馆藏。据阳海清主编《中南、西南地区省、市图书馆馆藏古籍稿本提要》著录。

231.《国朝古文辞说》（《清代文话》），曹振勋撰

按：是书原名《国朝古文辞说》，后改名为《清代文话》，或编于清、民之际。稿本，为中国嘉德2004年秋季拍卖会拍品。

# 参考文献举要*

## 书目、方志之属

成瓘等编：《济南府志》，道光二十年（1840）刻本。

何绍基等编：《安徽通志》，《中国地方志集成》影印光绪三年（1877）重修本。

金吴澜等编：《昆新两县续修合志》，《中国地方志集成》影印光绪六年（1880）刻本。

王棻等编：《永嘉县志》，光绪八年（1882）刻本。

曾国荃等编：《湖南通志》，《中国地方志集成》影印光绪十一年（1885）重刊本。

杨承禧等编：《湖北通志》，《中国地方志集成》影印1918年重刊本。

余谊密等编：《芜湖县志》，《中国地方志集成》影印1919年版。

河北省通志馆编：《（民国）河北通志稿》，1935年印本。

---

\* 由于本书所参考的清代文话著作皆已列入附录二《清代文话简目》，故此处不再开列。

金涛撰：《浙江省立图书馆书目提要》，浙江省立图书馆 1936 年印本。

张维骧撰：《清代毗陵书目》，常州旅泸同乡会 1944 年印本。

复旦大学图书馆编：《复旦大学图书馆善本书目》，复旦大学图书馆 1959 年油印本。

安徽省图书馆编：《安徽文献书目》，安徽人民出版社 1961 年版。

张舜徽撰：《清人文集别录》，中华书局 1963 年版。

永瑢等撰：《四库全书总目》，中华书局 1965 年影印本。

彭国栋撰：《重修清史艺文志》，台湾商务印书馆 1968 年版。

徐世昌撰：《大清畿辅书征》，台湾广文书局 1969 年版。

章钰等撰、武作成补编：《清史稿艺文志及补编》，中华书局 1982 年版。

上海图书馆编：《中国丛书综录》，上海古籍出版社 1982 年新 1 版。

傅增湘撰：《藏园群书经眼录》，中华书局 1983 年版。

永瑢等撰：《四库全书简明目录》，上海古籍出版社 1985 新 1 版。

台北"国立中央图书馆"编：《"国立中央图书馆"善本书目》（增订二版），1986 年编印本。

陈振孙撰，徐小蛮、顾美华点校：《直斋书录解题》，上海古籍出版社 1987 年版。

晁公武撰、孙猛校证：《郡斋读书志校证》，上海古籍出版社 1990 年版。

早稻田大学图书馆编：《早稻田大学图书馆所藏汉籍分类目录》，早稻田大学图书馆平成三年（1991）发行。

王绍曾主编：《山东文献书目》，齐鲁书社 1993 年版。

李古寅主编：《河南省图书馆中文古籍书目》，中州古籍出版社1993年版。

杨士奇撰：《文渊阁书目》，《明代书目题跋丛刊》，书目文献出版社1994年版。

叶盛撰：《菉竹堂书目》，《明代书目题跋丛刊》，书目文献出版社1994年版。

祁承㸁撰：《澹生堂藏书目》，《明代书目题跋丛刊》，书目文献出版社1994年版。

高儒撰：《百川书志》，《明代书目题跋丛刊》，书目文献出版社1994年版。

《近古堂书目》，《明代书目题跋丛刊》，书目文献出版社1994年版。

钱谦益撰：《绛云楼书目》，《明代书目题跋丛刊》，书目文献出版社1994年版。

袁行云撰：《清人诗集叙录》，文化艺术出版社1994年版。

中国科学院图书馆整理：《续修四库全书总目提要（稿本）》，齐鲁书社1996年版。

张德意、李洪撰：《江西古今书目》，江西人民出版社1996年版。

《中国古籍善本书目·集部》，上海古籍出版社1996年版。

李正德主编：《陕西著述志》，三秦出版社1996年版。

常书智、李龙如主编：《湖南省古籍善本书目》，岳麓书社1998年版。

阳海清主编：《中南、西南地区省、市图书馆馆藏古籍稿本提要》，华中理工大学出版社1998年版。

北京大学图书馆编：《北京大学图书馆藏古籍善本书目》，北京大学出版社 1999 年版。

孙殿起、雷梦水撰:《贩书偶记附续编》,上海古籍出版社 1999 年版。

王绍曾主编:《清史稿艺文志拾遗》,中华书局 2000 年版。

李灵年、杨忠主编:《清人别集总目》,安徽教育出版社 2000 年版。

黄虞稷撰:《千顷堂书目》,上海古籍出版社 2001 年版。

张之洞撰、范希曾补正:《书目答问补正》,上海古籍出版社 2001 年。

柯愈春撰:《清人诗文集总目提要》,北京古籍出版社 2001 年版。

王欣夫撰:《蛾术轩箧存善本书录》,上海古籍出版社 2002 年版。

缪荃孙等编:《江苏省通志稿》,江苏古籍出版社 1991—2003 年版。

张寅彭撰:《新订清人诗学书目》,上海古籍出版社 2003 年版。

蒋寅撰:《清诗话考》,中华书局 2005 年版。

吴宏一主编:《清代诗话考述》,台北"中研院"中国文哲研究所 2006 年版。

尤袤撰:《遂初堂书目》,《宋元明清书目题跋丛刊》,中华书局 2006 年版。


**古籍文献之属**

蔡邕撰:《独断》,《四部丛刊三编》影印弘治十六年(1503)刻本。

陈弘绪撰:《寒夜录》,清抄本。

王弘撰撰:《砥斋集》,《续修四库全书》影印康熙十四年(1675)刻本。

爱新觉罗·玄烨编选：《古文渊鉴》，康熙二十四年（1685）武英殿五色套印本。

黄中撰：《黄雪瀑集》，《四库未收书辑刊》影印康熙泳古堂刻本。

真德秀编：《文章正宗》，《文渊阁四库全书》本。

爱新觉罗·玄烨撰：《圣祖仁皇帝御制文集》，《文渊阁四库全书》本。

何一碧撰：《五桥说诗》，清抄本。

杭永年编：《古文快笔贯通解》，《四库禁毁书丛刊》影印隆文堂刻本。

沈廷芳撰：《隐拙斋集》，《四库全书存目丛书补编》影印乾隆刻本。

爱新觉罗·弘历编：《御选唐宋文醇》，乾隆三年（1738）武英殿三色套印本。

爱新觉罗·玄烨撰：《圣祖仁皇帝圣训》，乾隆六年（1741）武英殿刻本。

储大文撰：《存研楼文集》，《清代诗文集汇编》影印乾隆九年（1744）刻本。

纳兰常安编：《二十二史文钞》，乾隆十二年（1747）刻本。

沈德潜编：《清诗别裁集》，乾隆二十五年（1760）教忠堂序刻本。

［日］斋藤谦撰：《拙堂文话》，台湾文津出版社1985年影印日本文政十三年（1830）古香书屋版。

徐湘潭撰：《徐睦堂先生集》，《清代诗文集汇编》影印道光二十二年（1842）刻本。

李兆洛撰：《养一斋集》，道光二十三年（1843）活字印四年增修本。

朱琦撰：《小万卷斋文稿》，道光二十六年（1846）刊本。

钱林撰：《文献征存录》，咸丰八年（1858）有嘉树轩刻本。

李元度撰：《天岳山馆文钞》，《续修四库全书》影印光绪六年（1880）刻本。

张星鉴撰：《仰萧楼文集》，《清代诗文集汇编》影印光绪六年（1880）刻本。

方宗诚撰：《柏堂集次编》，《清代诗文集汇编》影印光绪六年（1880）刻本。

郝懿行撰：《晒书堂集》，《续修四库全书》影印光绪十年（1884）东路厅署刻本。

方东树撰：《考槃集文录》，《续修四库全书》影印光绪二十年（1894）刻本。

［日］大典禅师编：《初学文轨》，江户书肆青藜阁梓行本。

［日］广池千九郎：《支那文法书批阅目录》，明治三十九年（1906）稿本。

傅山撰：《霜红龛集》，山西人民出版社1985年影印宣统三年（1911）山阳丁宝铨刊本。

平步青撰：《樵隐昔寱》，《清代诗文集汇编》影印民国六年（1917）香雪崦丛书本。

张翔鸾编：《文章义法指南》，上海有正书局1917年版。

李慈铭撰：《越缦堂文集》，台湾华文书局1971年影印民国十九年（1930）国立北平图书馆刊本。

徐世昌编：《晚晴簃诗汇》，中华书局1990年版。

王夫之撰、舒芜校点：《姜斋诗话》，人民文学出版社1961年与《四溟诗话》合刊本。

吴讷编、于北山校点：《文章辨体序说》，人民文学出版社 1962 年与《文体明辨序说》合刊本。

徐师曾编、罗根泽校点：《文体明辨序说》，人民文学出版社 1962 年与《文章辨体序说》合刊本。

班固撰、颜师古注：《汉书》，中华书局 1962 年版。

刘勰撰、范文澜注：《文心雕龙注》，人民文学出版社 1978 年版。

丁福保编：《清诗话》，上海古籍出版社 1978 年版。

郭绍虞撰：《宋诗话考》，中华书局 1979 年版。

昭梿撰：《啸亭杂录》，中华书局 1980 年版。

郭绍虞编：《宋诗话辑佚》，中华书局 1980 年版。

何文焕编：《历代诗话》，中华书局 1981 年版。

程颢、程颐撰，王孝鱼校点：《二程集》，中华书局 1981 年版。

平步青撰：《霞外攟屑》，上海古籍出版社 1982 年新 1 版。

郭绍虞编、富寿荪校点：《清诗话续编》，上海古籍出版社 1983 年版。

方苞撰、刘季高校点：《方苞集》，上海古籍出版社 1983 年版。

中国第一历史档案馆整理：《康熙起居注》，中华书局 1984 年版。

胡仔纂集、廖德明校点：《苕溪渔隐丛话》，人民文学出版社 1984 年版。

章学诚撰、叶瑛校注：《文史通义校注》，中华书局 1985 年版。

唐圭璋编：《词话丛编》，中华书局 1986 年版。

王得臣撰：《麈史》，上海古籍出版社 1986 年版。

黎靖德编、王星贤点校：《朱子语类》，中华书局 1986 年版。

曾国藩编纂、孙雍长校点：《经史百家杂钞》，岳麓书社 1987 年版。

曾国藩撰:《曾国藩全集·日记》,岳麓书社 1987 年版。

王锺翰校点:《清史列传》,中华书局 1987 年版。

钱仪吉等编:《清碑传合集》,上海书店 1988 年版影印版。

惠洪撰、陈新校点:《冷斋夜话》,与《风月堂诗话》《环溪诗话》合刊本,中华书局 1988 年版。

张镱编:《皇朝仕学规范》,《北京图书馆古籍珍本丛刊》本,书目文献出版社 1988 年版。

钱大昕撰、吕友仁校点:《潜研堂集》,上海古籍出版社 1989 年版。

李攀龙撰、包敬第校点:《沧溟先生集》,上海古籍出版社 1992 年版。

李渔撰:《闲情偶寄》,《李渔全集》(修订本)卷十一,浙江古籍出版社 1992 年版。

姚鼐撰、刘季高校点:《惜抱轩诗文集》,上海古籍出版社 1992 年版。

顾廷龙主编:《清代硃卷集成》,台湾成文出版社 1992 年版。

袁枚撰、王英志校点:《袁枚全集》,江苏古籍出版社 1993 年版。

宋恕撰、胡珠生编:《宋恕集》,中华书局 1993 年版。

曾国藩撰:《曾国藩全集·书信》,岳麓书社 1994 年版。

李光地撰、陈祖武点校:《榕村语录　榕村续语录》,中华书局 1995 年版。

[韩]李宜显撰:《陶谷集》,韩国民族文化推进会 1996 年编印《影印标点韩国文集丛刊》第 181 册。

[日]浅田惟常撰,曹炳章原辑、芮立新主校:《先哲医话》,《中国医学大成》第 8 册,中国中医药出版社 1997 年版。

王十朋撰、梅溪集重刊委员会编:《王十朋全集》,上海古籍出版社 1998 年版。

刘声木撰、刘笃龄校点:《苌楚斋随笔续笔三笔四笔五笔》,中华书局 1998 年版。

赵尔巽等撰、"国史馆"校注:《清史稿校注》,台湾商务印书馆 1999 年版。

王镇远、邬国平编:《清代文论选》,人民文学出版社 1999 年版。

舒芜、陈迩冬、周绍良、王利器编:《近代文论选》,人民文学出版社 1999 年版。

王充撰、杨宝忠校笺:《论衡校笺》,河北教育出版社 1999 年版。

阮元校刊,李学勤主编:《十三经注疏(整理本)》,北京大学出版社 2000 年版。

王念孙撰:《读书杂志》,江苏古籍出版社 2000 年影印版。

王引之撰:《经义述闻》,江苏古籍出版社 2000 年影印版。

刘熙载撰、薛正兴校点:《刘熙载文集》,江苏古籍出版社 2001 年版。

欧阳修撰、李逸安校点:《欧阳修全集》,中华书局 2001 年版。

蒋启敦著,蒋世玢、唐志敬、蒋钦挥点校:《问梅轩诗草偶存》,广西人民出版社 2001 年版。

王昌龄等撰、张伯伟汇考:《全唐五代诗格汇考》,江苏古籍出版社 2002 年版。

姚鼐编纂,吴孟复、蒋立甫主编:《古文辞类纂评注》,安徽教育出版社 2004 年版。

元好问撰,姚奠中主编、李正民增订:《元好问全集》(增订本),山西古籍出版社 2004 年版。

曾国藩撰、王澧华校点：《曾国藩诗文集》，上海古籍出版社2005年版。

俞樾撰：《古书疑义举例》，《古书疑义举例五种》本，中华书局2005年第2版。

章学诚撰、仓修良注：《文史通义新编新注》，浙江古籍出版社2005年版。

陈子龙撰，施蛰存、马祖熙标校：《陈子龙诗集》，上海古籍出版社2006年版。

谈迁撰，罗仲辉、胡明校校点：《枣林杂俎》，中华书局2006年版。

张裕钊撰、王达敏校点：《张裕钊诗文集》，上海古籍出版社2007年版。

王水照编：《历代文话》，复旦大学出版社2007年版。

黄灵庚、吴战垒主编：《吕祖谦全集》，浙江古籍出版社2008年版。

马其昶校注、马茂元整理：《韩昌黎文集校注》，上海古籍出版社2014年第2版。

刘咸炘撰：《推十书》（增补全本），上海科学技术文献出版社2009年版。

刘知几撰、浦起龙通释：《史通通释》，上海古籍出版社2009年版。

王炜编：《〈清实录〉科举史料汇编》，武汉大学出版社2009年版。

黄宗羲撰、吴光主编：《黄宗羲全集》，浙江古籍出版社2012年版。

余祖坤编：《历代文话续编》，凤凰出版社2013年版。

张少康选注：《中国文学理论批评史资料选注》，北京大学出版社2013年版。

司马迁撰、赵生群师等点校：《史记》，中华书局2013年版。

**今人论著之属**

谢无量撰：《骈文指南》，上海中华书局 1925 年版。

《桐城派研究论文集》，安徽人民出版社 1963 年版。

［日］青木正儿撰：《清代文学评论史》，陈淑女译，台湾开明书店 1969 年版。

钱锺书撰：《管锥编》，中华书局 1979 年版。

冯书耕、金仞千撰：《古文通论》，台湾"国立编译馆中华丛书编审委员会"1979 年第 3 版。

郭绍虞撰：《照隅室古典文学论集》，上海古籍出版社 1983 年版。

朱任生编：《古文法纂要》，台湾商务印书馆 1984 年版。

陈柱撰：《中国散文史》，上海书店出版社 1984 年版。

罗根泽撰：《罗根泽古典文学论文集》，上海古籍出版社 1985 年版。

张涤华撰：《类书流别》（修订本），商务印书馆 1985 年版。

吴孟复撰：《唐宋古文八家概述》，安徽教育出版社 1985 年版。

华东师范大学文学研究所编：《中国古代文论研究方法论集》，齐鲁书社 1987 年版。

褚斌杰撰：《中国古代文体概论》（增订本），北京大学出版社 1990 年版。

钱基博撰：《中国文学史》，中华书局 1993 年版。

王水照、吴鸿春编：《日本学者中国文章学论著选》，上海古籍出版社 1994 年版。

张少康、刘三富撰：《中国文学理论批评发展史》，北京大学出版社 1995 年版。

周作人撰：《中国新文学的源流》，华东师范大学出版社 1995 年版。

刘麟生撰：《中国骈文史》，东方出版社1996年版。

钱仲联主编：《中国文学家大辞典·清代卷》，中华书局1996年版。

［日］佐藤一郎撰：《中国文章论》，赵善嘉译，上海古籍出版社1996年版。

曹虹师撰：《阳湖文派研究》，中华书局1996年版。

蒋伯潜、蒋祖怡撰：《骈文与散文》，上海书店出版社1997年版。

梁淑安主编：《中国文学家大辞典·近代卷》，中华书局1997年版。

杨义撰：《中国叙事学》，人民出版社1997年版。

孙琴安撰：《中国评点文学史》，上海社会科学出版社1999年版。

陈居渊撰：《清代朴学与中国文学》，百花洲文艺出版社2000年版。

刘明今撰：《中国古代文学理论体系：方法论》，复旦大学出版社2000年版。

孙立撰：《中国文学批评文献学》，广东人民出版社2000年版。

郭预衡撰：《中国散文史》，上海古籍出版社2000年版。

吴孟复撰：《桐城文派述论》，安徽教育出版社2001年版。

朱东润撰：《中国文学批评史大纲》，上海古籍出版社2001年版。

张伯伟撰：《中国古代文学批评方法研究》，中华书局2002年版。

吴承学撰：《中国古代文体形态研究》（增订本），中山大学出版社2002年版。

于景祥撰：《中国骈文通史》，吉林人民出版社2002年版。

邝健行、吴淑钿编：《香港中国古典文学研究论文选粹（1950—2000）·文学评论篇》，江苏古籍出版社2003年版。

张维、梁扬撰：《岭西五大家研究》，江苏古籍出版社2003年版。

钱基博撰：《现代中国文学史》，上海书店出版社2004年版。

徐德明撰：《清人学术笔记提要》，学苑出版社2004年版。

陈平原撰：《从文人之文到学者之文——明清散文研究》，生活·读书·新知三联书店 2004 年版。

江庆柏编：《清代人物生卒年表》，人民文学出版社 2005 年版。

蒋寅主编：《中国古代文学通论·清代卷》，辽宁人民出版社 2005 年版。

郭英德撰：《中国古代文体学论稿》，北京大学出版社 2005 年版。

莫道才撰：《骈文研究与历代四六话》，辽海出版社 2005 年版。

谭家健撰：《中国古代散文史稿》，重庆出版社 2006 年版。

夏晓虹、王风等撰：《文学语言与文章体式——从晚清到"五四"》，安徽教育出版社 2006 年版。

奚彤云撰：《中国古代骈文批评史稿》，华东师范大学出版社 2006 年版。

周淑媚撰：《刘熙载〈艺概〉研究》，台湾花木兰文化出版社 2006 年版。

何忠礼撰：《科举与宋代社会》，商务印书馆 2006 年版。

关爱和撰：《中国近代文学论集》，中华书局 2006 年版。

方孝岳撰：《中国文学批评　中国散文概论》，生活·读书·新知三联书店 2007 年版。

王达敏撰：《姚鼐与乾嘉学派》，学苑出版社 2007 年版。

柳春蕊撰：《晚清古文研究——以陈用光、梅曾亮、曾国藩、吴汝纶四大古文圈子为中心》，百花洲文艺出版社 2007 年版。

璩鑫圭、唐良炎编：《中国近代教育史资料汇编：学制演变》，上海教育出版社 2007 年版。

汪涌豪撰：《中国文学批评范畴及体系》，复旦大学出版社 2007 年版。

郭绍虞撰：《中国文学批评史》，百花文艺出版社 2008 年第 2 版。

朱自清撰：《朱自清古典文学论文集》，上海古籍出版社 2009 年第 2 版。

何祥荣撰：《四六丛话研究》，线装书局 2009 年版。

李贵生撰：《传统的终结——清代扬州学派文论研究》，复旦大学出版社 2009 年版。

张恩普、任彦智、马晓红撰：《中国散文理论批评史论》，东北师范大学出版社 2009 年版。

刘德重主编：《中国古代诗文名著提要·诗文评卷》，河北教育出版社 2009 年版。

王水照、朱刚主编：《中国古代文章学的成立与展开——中国古代文章学论集》，复旦大学出版社 2011 年版。

吴承学撰：《中国古代文体学研究》，人民出版社 2011 年版。

吕双伟撰：《清代骈文理论研究》，人民出版社 2011 年版。

陈晓芬撰：《中国古典散文理论史》，华东师范大学出版社 2011 年版。

史革新：《清代以来的学术与思想论集》，社会科学文献出版社 2011 年版。

[美] 艾尔曼撰：《从理学到朴学：中华帝国晚期思想与社会变化面面观》，赵刚译，江苏人民出版社 2012 年版。

刘宁撰：《汉语思想的文体形式》，华东师范大学出版社 2012 年版。

黄维樑撰：《从〈文心雕龙〉到〈人间词话〉：中国古典文论新探》，北京大学出版社 2013 年版。

邓国光撰：《文章体统：中国文体学的正变与流别》，上海古籍出版社 2013 年版。

蔡荣昌撰：《制义丛话研究》，台湾花木兰文化出版社 2013 年版。

陈国球撰：《文学如何成为知识：文学批评、文学研究与文学教育》，生活·读书·新知三联书店 2013 年版。

祝尚书撰：《宋元文章学》，中华书局 2013 年版。

王水照、侯体健主编：《中国古代文章学的衍化与异形——中国古代文章学二集》，复旦大学出版社 2014 年版。

潘务正撰：《清代翰林院与文学研究》，人民出版社 2014 年版。

罗根泽撰：《中国文学批评史》，上海人民出版社 2015 年版。

[日]狭间直树、石川祯浩主编：《近代东亚翻译概念的发生与传播》，袁广泉等译，社会科学文献出版社 2015 年版。

[日]平田昌司撰：《文化制度和汉语史》，北京大学出版社 2016 年版。

**今人论文之属**

徐子超撰：《邵作舟及其〈论文八则〉》，《徽州师专学报》1989 年第 2 期。

王更生撰：《开拓中国古代文学理论的新局——从整理文话谈起》，《文艺理论研究》1994 年第 1 期。

张智华撰：《南宋人所编古文选本与古文家的文论》，《文学评论》1999 年第 6 期。

罗志田撰：《抵制东瀛文体：清季围绕语言文字的思想论争》，《历史研究》2001 年第 6 期。

李康化撰：《田同之〈西圃词说〉考信》，《文献》2002 年第 2 期。

刘跃进撰：《走出散文史研究的困境——二十世纪中国散文史研究的回顾与展望》，《人文论丛》2001 年卷，武汉大学出版社 2002 年

10月出版。

彭国忠撰：《论欧阳修〈集古录跋尾〉的文学批评价值》，《古代文学理论研究丛刊》第21辑，华东师范大学出版社2003年版。

曹虹师撰：《在学术与文章之间——清代散文发展历程侧记》，《古籍研究》2004年卷上。

陈文新撰：《论乾嘉年间的文章正宗之争》，《文艺研究》2004年第4期。

夏晓虹撰：《梁启超的文类概念辨析》，《国学研究》第十五卷，北京大学出版社2005年版。

高黛英撰：《〈古文辞类纂〉的文体学贡献》，《文学评论》2005年第5期。

刘世南、刘松来撰：《超汉越宋  别树一宗——清代古文研究的几个问题》，《文学遗产》2005年第6期。

祝尚书撰：《论宋元时期的文章学》，《四川大学学报》2006年第2期。

陈志扬撰：《〈四六丛话〉：乾嘉骈散之争格局下的骈文研究》，《文学评论》2006年第2期。

吕双伟撰：《〈四六金针〉非陈维崧撰辨》，《中国文学研究》2006年第4期。

张伯伟撰：《论唐代的规范诗学》，《中国社会科学》2006年第4期。

王明强撰：《文话：古代散文批评的重要样式》，《长江学术》2007年第1期。

党圣元、陈志扬撰：《清代碑志义例：金石学与辞章学的交汇》，《江海学刊》2007年第2期。

曹虹师撰：《清代散文史格局及分期小议》，莫砺锋编《周勋初先生八十寿辰纪念文集》，中华书局 2008 年版。

张剑撰：《王铚及其家族事迹关系考辨》，《中国社会科学院文学研究所所刊》2008 年卷，中国社会科学出版社 2008 年版。

潘务正撰：《方苞古文理论与清代翰林院之关系》，《文学评论丛刊》第 11 卷第 1 期，南京大学出版社 2008 年版。

刘玉才撰：《从学海堂策问看文笔之辨》，《清华大学学报》2008 年第 2 期。

［日］和田英信撰：《日本江户末期至明治、大正时期的文话》，《お茶の水女子大学中国文学会报》第 27 号，2008 年 4 月。

侯体健撰：《资料汇编式文话的文献价值与理论意义——以〈文章一贯〉与〈文通〉为中心》，《复旦学报》2009 年第 2 期。

王水照、慈波撰：《宋代：中国文章学的成立》，《复旦学报》2009 年第 2 期。

吴承学撰：《宋代文章总集的文体学意义》，《中国社会科学》2009 年第 2 期。

武道房撰：《汉宋之争与曾国藩对桐城古文理论的重建》，《文学遗产》2010 年第 2 期。

慈波撰：《学堂讲授与文话书写——晚清民初教育转型之际的文话考察》，《学术研究》2011 年第 8 期。

曹虹师撰：《学术与文学的共生——论仪征派"文言说"的推阐与实践》，《文史哲》2012 年第 2 期。

何诗海撰：《论清代文章义例之学》，《浙江大学学报》2012 年第 4 期。

吴承学撰：《中国文章学成立与古文之学的兴起》，《中国社会科学》2012 年第 12 期。

胡大雷撰：《"文笔之辨"与中国文章学的成立——"文话"出现于隋唐考辨》，《社会科学研究》2013 年第 2 期。

卞东波撰：《江户明治时代的日本文话探析》，《文艺理论研究》2013 年第 4 期。

诸雨辰撰：《清代文评专书整理与研究综述》，《励耘学刊（文学卷）》2015 年第 2 期。

陆胤撰：《清末西洋修辞学的引进与近代文章学的翻新》，《文学遗产》2015 年第 3 期。

郭英德撰：《名定则实辨——论"文评专书"的内涵与外延》，《北京师范大学学报》2016 年第 5 期。

**学位论文之属**

李四珍撰：《明清文话叙录》，硕士学位论文，台湾中国文化大学，1983 年。

林妙芬撰：《中国近代文话叙录》，硕士学位论文，台湾东吴大学，1986 年。

慈波撰：《文话发展史略》，博士学位论文，复旦大学，2007 年。

# 本书部分章节初刊刊物

（1）上编第一章"文话的辨体与溯源"，《文学评论丛刊》第 12 卷第 2 期，南京大学出版社 2010 年版。

（2）上编第五章"清文话中的文体分类观"，《南京大学学报》2012 年第 1 期，《中国社会科学文摘》2012 年第 5 期转载。

（3）上编第六章，原题"论清人对文章学繁简理论的重建"，《四川大学学报》2014 年第 4 期。

（4）下编第一章，原题"康熙《古文评论》的文章学思想及其意义"，《民族文学研究》2010 年第 4 期。

（5）下编第二章，原题"田同之《西圃文说》引文考"，《清代文学研究集刊》第 5 辑，人民文学出版社 2012 年版。

（6）下编第三章，原题"张星鉴《仰萧楼文话》及其骈文学意义"，《广西师范大学学报》2014 年第 3 期。

（7）下编第四章，原题"'曾国藩文论抄录吴铤《文翼》'说考辨"，《文献》2011 年第 1 期。

（8）下编第五章，原题"论蒋励常及其《十室遗语·论文》"，

《广西师范大学学报》2011年第4期。

（9）下编第六章，原题"地域文学视域下的清人论清文：〈国朝文概题辞〉与清代文集叙录"，《杭州师范大学学报》2014年第5期。

（10）下编第七章，原题"论文绝句的创制与散文史的构建——徐湘潭《论文绝句一百七十五首》论"，《广西师范大学学报》2017年第1期。

（11）附录一，原题"宋文话《丽泽文说》考论"，《古代文学理论研究丛刊》第29辑，华东师大出版社2009年版。

（12）附录二，原题"清代文话总目汇考"，《国学研究》第33卷，北京大学出版社2014年版。

# 后　记

　　过惯了山中无甲子的读书生活，也就淡漠了岁月不居、时节如流的感慨。等到博士论文整理出版之际，才发现毕业后竟忽焉已过了六七个年头。

　　清末民初古文殿军林纾说："余谓先辈治《史记》者，厥有二派：甲派如钱竹汀之《考异》、梁玉绳之《志疑》、王怀祖之《杂志》，均精核多所发明。……乙派则归震川、方望溪及先生之《读本》，专论文章气脉，无尚考据。……顾不有考据，则瞀于误书；不讲文章，则昧于古法。"（《桐城吴先生点勘史记读本序》）读硕时，在南师古文献专业赵生群教授指导下，我选择了从校勘、训诂的角度研治《史记》，亦即林纾所谓钱大昕、梁玉绳、王念孙一派；读博以后，导师曹虹教授建议我以《清代文话研究》为题撰写论文，恰便是"专论文章气脉"的归、方一路。初看起来，读书路数似与林纾甲乙二派之说契合无间。只是读硕三年，所涉多段、王之书，接触的秦汉古文，也被视为古籍整理的材料，未曾于古典文章学着力。蹴蹴然确定选题之后，随之便是在理论典籍上的补课，同时开始搜集材料。清代文话著作数量既富，价值亦高，有如宝山、琅嬛之感。然而贸然闯入，难窥奥窔，好在有疑惑处总有曹师及时的点拨与解疑，最终在老师指导下勉力完成了此文。

  能够完成这学生时代最后一份功课，无疑要感谢导师曹虹教授的三载教诲之恩！曹师吉人辞寡，少有长篇大论，却有着洞悉学术与人生的大智慧。未拜门墙之先，我即学习过曹师的著述，时时仰叹于老师精密的思辨与雅洁的文风。开始论文写作后，每成一节，曹师都会提出细致的修改意见，结稿后又对全文结构作了重新布置。老师仁心简恕，对待学生，更有着慈母般的关爱与宽容。侍坐三年，因为各种琐事，让曹师操了无数的心，在此也向老师道一声感谢！同时亦深深感谢张伯伟老师！张老师在台湾复印的两种有关文话的论文，是我最早获得的文话资料。因论题隶属文学批评史范畴，张师的名著《中国古代文学批评方法研究》便成了我朝夕捧读的经典。此书独断之学与考索之功兼具，也是我为自己定下的一生努力的方向。

  感谢我的硕士导师赵生群教授领我入门，并在我读博与工作后继续给予关心！赵师磨剑多年而成点校本《史记》修订本，其学术精品意识也一直激励着我。大学时的论文导师余恕诚教授，在我本科毕业后，一直关注着我的成长。余师不顾古稀高龄，每每于赐函中告我以戒浮除躁之旨，并多有嘉许。今先生仙逝已近三载，令人唏嘘！读博期间，有幸于香港城市大学中文、翻译及语言学系，跟随王小林教授作访问研究生，得以拓宽学术视野。在港的日子里，亦得到冯翠儿师姐、俞士玲老师的悉心关照。在她们的带领下，我在尖东第一次近距离看到了青蓝色的大海，嗅到了海水的气息。

  2010年博士毕业之后，我赴桂林广西师范大学工作，得到了文学院尤其是古代文学教研室各位老师的帮助。至今常忆起，或是在校车上，或是在学校会议的间隙，胡大雷老师无所保留地和我谈起他最近论文的思路、自己多年的研究心得，并对我今后的发展提出了很多宝贵的建议，令我受益匪浅！赴桂六载，终因思乡心切，我选择了调动到离家较近的南京工作。除了对酸辣的饮食和感觉有些"蓝瘦""香菇"的南普一直不懂欣赏外，广西甲天下的山水之美与淳厚的人情之美都让我很留恋。

2016年，经老同学杨思贤博士引荐、蒙冯保善院长等领导慨允，我转入江苏第二师范学院文学院工作，旋即书稿的出版获得学校资助。这是一个年轻的团队，同仁多比我年轻，成绩却多远胜于疏懒的我。古代文学学科生机盎然，"其兴也勃焉"，相信新的环境也会给予我新的鞭策与动力。

需要感谢的，还有予我卅余载深恩的父母双亲！家乡地处穷乡僻壤，素乏学术之风。邑人常常念叨的光耀门楣之举，非是"升官"，便是"发财"，邻里间相互攀比，风气甚盛。对于我所选择的这种注定与权、钱无缘的人生道路，父母一直坚定地给予支持，并不因他们的儿子没能带来香车宝马而感觉低人一等。已过而立之年，我还能无所忧虑地做着卡尔维诺笔下那位"树上的男爵"，全在于还有树下那劬劳半生的父母，他们的舐犊温情是我坚守理想的绵绵动力。

清代文话，广大精微。书稿虽已在博士论文基础之上有所扩充、修正，但搜抉未透，井底蛙观之处在所难免，只得以韩退之所谓"无望其速成"暂作解嘲了。好在除了我自己的写作外，在广西师范大学期间指导的王丽娟、饶玉群、王海明、石帅、王静、张伟、齐卫红诸弟的硕士论文，选题多隶属清代文话领域，也是对本课题的扩展。张伟、齐卫红、吴庆、肖春兰、梁丽诸弟协助校勘书稿，一并致谢！稿成后，得曹虹师拨冗以古文赐序，以示师门传承之义，令人铭感五内！

　　十年前，复旦大学王水照教授主持的《历代文话》出版，为学界开辟了新的研究领域，也为清代文话、文章学研究奠定了基础性文献，于此也向王先生这样的学科前行者表示深深的敬意与感谢！

蔡德龙

丁酉三月初七

于南京草场门校区